KB061741

해랑

나남
nanam

김용희 金容嬉

대구에서 태어나 이화여대 국어국문학과와 동 대학원을 졸업하다. 1992년 〈문학과
사회〉로 문학평론가 등단, 김환태평론문학상, 김달진문학상을 수상한 바 있다. 2009
년 〈작가세계〉 가을호, 〈꽃을 던지다〉로 소설 등단, 첫 장편소설 〈란제리소녀시대〉
(2009) 문화예술위원회 우수문학도서 선정, 〈수염 난 여자 이야기〉(2011)로 농어촌
희망문학상 소설대상 받다. 장편소설 〈화요일의 키스〉, 소설집 〈향나무 베개를 베고
자는 잠〉 등이 있다.
현재 평택대에서 학생들을 가르치고 있다.
yhkim@ptu.ac.kr

나남창작선 117

해 랑
김용희 장편소설

2014년 3월 25일 발행
2014년 3월 25일 1쇄

지은이   김용희
발행자   趙相浩
발행처   (주)나남
주소   413-120
            경기도 파주시 회동길 193
전화   031-955-4601(代)
FAX   031-955-4555
등록   제1-71호(1979.5.12)
홈페이지   www.nanam.net
전자우편   post@nanam.net

ISBN   978-89-300-0617-0
            978-89-300-0572-2(세트)

김용희 장편소설

해랑

나남
nanam

해랑

차례

프롤로그

쇼와[昭和] 19년,
서기 1944년 12월 15일 오후 4시 무렵

바람, 사나운 바람이 불었다.

이 정도의 폭풍이면 사랑도 꿈꿀 수 없으리라. 먹장구름이 몰려왔다. 하늘이 금방 어두워졌다. 하늘은 고통스럽게 갈라지며 소리 내 울었다. 갈라진 몸 사이에서 번쩍, 빛을 뿜어낸다. 번개는 검붉은 하늘 위로 하얀 꽃을 피워냈다. 몇 차례 황홀한 듯 빛이 쏟아진다.

순간, 절정인 듯, 하늘이 몸을 뒤틀었다.

삼나무 판자로 만든 료칸이다. 바람이 사정없이 몰아치자 판자가 소리 내 울었다. 줄지어 서 있던 대나무도 서로 몸을 부딪치며 서걱거렸다. 저녁이 다가오고 있었다.

회색 기모노 차림에 버선발을 한 시중드는 여자아이가 대야를 들고 들어왔다. 여자아이는 나무 욕조에 뜨거운 물을 부었다. 물이 채워질 때마다 흰 김이 일었다. 뜨거움은 제 스스로를 두려워하는 듯했다. 하얀 입김을 내며 흥분한 제 몸을 진정시키려 했다.

"그럼, 쉬세요."

여자아이가 허리를 숙여 인사를 한다.

남자와 여자만 남았다.

나무 욕조는 좁았다. 남자와 여자가 함께 들어가기에.

여자가 둥근 오후로[桶]로 들어오자 여자의 엉덩이만큼 물이 넘쳐났다. 양쪽 엉덩이만큼이다. 허벅지와 종아리와 여자의 작은 발만큼의 물이다. 물속으로 여자의 둔부 곡선이 보였다. 반으로 자른 과일처럼 풍만한 엉덩이 곡선이었다.

남자는 양다리를 가슴께로 오므렸다. 여자도 양다리를 가슴께로 오므렸다. 남자는 여자의 얼굴을 찬찬히 보았다. 남자와 여자 사이에 하얀 김이 올라오고 있다. 여자가 조심스레 고개를 숙인다. 남자가 여자의 몸을 더 가까이 보려 한다. 여자는 양 가슴을 양손으로 가린다. 여자는 곧잘 부끄러워했다.

남자가 손을 내밀어 여자의 손을 가슴에서부터 떼어낸다면. 그렇다면 탱탱하고 커다란 가슴을 보게 되리라. 오뚝 솟은 젖꼭지와 우아하고 단아한 허리도. 남자는 여자의 길고 부드러운 목을 어루만지는 것을 상상했다.

남자가 말했다.

"몹시 춥군."

여자가 말했다.

"그래요."

동안거에 든 절이었다. 대웅전 아래에 있는 요사채 옆 료칸이
었다.

뜨거운 물에서 하얀 김이 올라왔지만 물 밖으로 나온 얼굴과
어깨가 선선하다. 찬 기운이 올라오고 있었다.

남자가 여자의 뺨을 어루만지다 어금니를 깨물었다. 남자의 배
에서 꼬르르 소리가 났기 때문이다. 남자는 하필이면 이때지? 하
고 생각했다. 남자는 얼굴을 찡그리며 살짝 웃어보였다. 여자도
살포시 웃는다. 추워서인지 배고파서인지 여자도 어금니를 깨물
며 웃었다.

❋

한편 그러는 사이에 군인들은 급하게 말을 몰고 있었다. 누런 군
복의 일본 헌병들이었다. 산길은 점점 좁아지고 있었다. 잎이 말
려 올라간 단풍나무는 벌거벗은 채였다. 가지를 허공중에 겨눈
채 화살처럼 솟아 있었다. 군인들은 양다리를 조이며 말의 배를
세게 눌렀다. 말갈기가 바람에 날렸다. 말은 허옇게 콧김을 내뿜
었다. 비릿한 짐승내가 번졌다. 말발굽이 돌멩이를 튕겨내자 뿌
연 흙먼지가 인다.

산길 모퉁이를 돌 때였다. 허연 각반까지 내려온 허리춤의 장
도가 말의 배를 찔렀다. 말은 재차 허연 입김을 뿜어냈다. 군인들
은 수덕사를 향해 말을 재촉하기 시작했다.

＊

오후로에서는 허연 물김이 올라오고 있다. 남자와 여자는 목욕을
끝낸다. 방으로 들어왔다. 방안은 일식 느낌을 그대로 자아내고
있었다.

푸릇푸릇한 다다미에서 대나무향이 올라왔다. 네모난 코타츠
안 물주전자에서는 김이 올라오고 있었다. 다다미 옆에 하얀 창
호지로 바른 격자무늬 창이 있고 창 옆에는 옷이 걸려 있다. 감청
색으로 물들인 하오리였다.

여자의 것이었다.

특별한 날에 여자는 봉황이 수놓인 감청색 기모노와 하오리를
입었다. 감청색 기모노를 입고 여자는 소매 끝으로 섬세하고 가
지런한 손을 내밀어 살포시 부채를 쥐고 있곤 했다.

다다미 위에는 흰 이불이 깔려 있다. 목화솜을 잔뜩 넣은 흰 자
리요다.

남자와 여자는 흰 유카타를 입은 채 정좌를 하고 요 위에 마주
보고 앉았다.

창호지문 건너 복도 쪽에 시중드는 여자아이가 앉아 있었다.
여자아이는 복도 마루에 무릎을 꿇은 채였다. 료칸 손님들이 부
르면 언제든 여자아이는 시중을 들어야 했다.

"어젯밤에도 공습이었는데…."

여자아이는 혼잣말처럼 중얼거렸다.

"오늘은 괜찮으려나…."

여자아이는 양쪽으로 땋은 머리를 한번 쓸어보았다. 무릎 위에

양손을 포개고 허리를 꼿꼿하게 세웠다. 고개를 돌려 창호지 방문 쪽을 흘깃 보았다.

방 안에 촛불이 일렁인다. 남녀의 실루엣이 휘청거린다.

✽

그 시각 군인들은 산모퉁이를 돌고 있었다. 말들도 지친 듯해 보였다. 군인들은 윗몸을 일으키며 말의 배를 더 세게 조였다. 땀에 젖은 말은 가쁜 숨을 몰아쉬었다. 범종소리가 들려왔다.

맨 앞 군인이 고개를 들었다. 희뿌연 빛 속에 묻힌 산 중턱. 수덕사의 기와가 보였다. 산 중턱에는 눈이 채 녹지 않은 듯했다. 각반을 찬 다리로 말의 배를 찼다. 뱃가죽에 검붉은 피가 맺혔다. 말은 숨을 헐떡였다. 수덕사 기와 처마가 보인다. 곧 대웅전 아래에 당도할 것이다. 산길은 더욱 좁아지고 있었다.

✽

"괜찮소?"

남자가 여자의 안색을 살피며 묻는다. 여자에게 곧잘 묻곤 하던 말이었다.

"……."

여자는 말없이 고개를 끄덕였다. 바람이 격렬한 쾌락처럼 문풍지를 흔들었다. 마지막 밤일지도 모른다, 남자는 생각했다.

법고소리가 울린다. 대웅전 아래 누각의 북이었다. 동안거에 든 스님처럼 천지가 얼어붙은 겨울 한철. 스님들이 입을 봉하는

12

동안 한 시절은 또 지나갈 것이다. 북만이 홀로 울고 있었다. 스님 둘이 북을 쳐댔다. 북의 양쪽에서. 천지간이 다 울리는 듯했다.

남자와 여자의 세계는 엄숙한 신의 권위로 지켜지는 듯했다. 신성해 보였다.

수덕사는 몇 해 전에도 온 적이 있었다. 남자와 여자와 여자의 남편과 함께였다. 여자의 남편과 남편의 수하 몇 명과 여자의 몸종과도 함께였다. 그들은 검은 지프를 타고 왔다. 일행은 덕산에서 온천을 하고 오는 길이었다. 남자와 여자 그들 둘만이 다시 이 절을 찾게 되리라고는 생각지 못했다.

이번에 그들은 말을 함께 타고 왔다. 여자를 앞에 태웠고 남자는 여자의 뒤쪽에 앉았다. 남자가 여자를 안은 채 말의 고삐를 잡았다. 여자의 남편이 몹시 아끼는 말이었다.

법고소리는 깊고 웅장했다. 가슴의 한켠을 쓸고 내려가다 가슴 밑바닥을 치고 떠올랐다. 떠오르다 다시 밑바닥을 쳤다.

그날 덥던 여름날, 남자와 여자와 여자의 남편과 그 수하들과 여자의 몸종은 대웅전 법당에서 절을 올렸다. 승전을 기원하기 위해서였다. 절을 올리고 돌계단을 내려오다 여자는 휘청했다. 비단옷 앞자락을 밟은 것이다. 돌계단은 길고 가팔랐다. 울퉁불퉁하고 위태로웠다. 햇빛이 강했고 여자는 현기증을 느꼈다. 여자의 몸종이 재빨리 여자의 허리를 잡아주었다.

흙 마당으로 내려와 일행은 약수터에서 약수를 마셨다. 그때도 스님 둘이 번갈아가며 법고를 치고 있었다.

그때가 하얀거였던가. 여자는 생각한다.

바람이 멎은 듯하다. 세상이 고요하다.

여자는 그윽한 눈빛으로 남자를 살폈다.

남자의 몸도 여자의 몸만큼 아름다웠다. 윤기가 나는 싱싱한
나무처럼. 여자는 남자의 하얀 유카타 속이 보이는 듯했다. 근육
이 잘 붙은 어깨. 단단하고 봉긋한 가슴. 그리고 배. 허벅지와 허
벅지 사이 웅숭한 털은 비밀한 그곳을 가려주고 있을 것이다.

남자는 여자의 목줄기에 입맞춤을 했다. 따뜻하고 촉촉한 긴
입맞춤이었다. 여자는 잠시 몸을 떨었다. 봉긋한 가슴골이 옷깃
사이로 드러났다. 여자는 외가닥으로 묶은 긴 타래머리를 가슴에
드리우고 있었다. 남자는 긴 머리채를 여자의 오른쪽 어깨 너머
로 넘겨주었다.

❈

헌병들이 돌계단을 오른다. 급박하고 요란한 군화소리가 났다.
산 중턱 눈은 녹지 않았다. 군화는 진흙범벅이 되어 있었다. 총자
루가 군복과 부딪쳤다. 문지방을 때리는 쇳소리가 나고 마루를
밟고 오는 거친 군화소리가 뒤를 이었다.

문풍지 사이로 들어온 바람이 몸을 떨어댔다. 바람이 길게 휘
파람을 불었다.

남자와 여자는 동시에 방문 쪽을 쳐다보았다.

그때였다.

격자무늬 창문이 열렸다. 귀를 찢는 소리가 들렸다. 뭔가가 쏟

14

아졌다.

총알이었다. 총알은 남자의 머리 쪽으로 날아들었다. 남자의 머리 쪽에서 피가 쏟아졌다. 붉고 싱싱한 피였다.

"아악!"

여자가 찢어질듯 비명을 질렀다. 피는 울컥울컥 울 듯이 쏟아졌다. 남자는 이렇게 많이 운 적이 없다는 생각을 했다. 남자는 흰 이불 위로 쓰러졌다. 핏물은 흘러 남자의 흰 유카타를 물들였다. 남자는 핏물로 범벅이 된 자신의 상체를 내려다보았다.

남자는 꿈에서 깨어난 느낌이 들었다. 꿈에서 깨어나자마자 자신은 죽어가고 있었다.

동안거다. 법고소리가 멈추었다. 총소리와 함께 절간이 떠나갈 듯한 절규가 연이어 솟아올랐다.

붉은 절규였다.

새들이 일제히 날아올랐다.

1부

도망자 해랑

그로부터 8개월 뒤,

스물세 살의 해랑

쇼와 20년 서기 1945년 8월 16일

일찍이 미영 양국에 선전포고를 한 까닭은
실은 제국의 자존과 동아시아의 안정을 바
라는 데서 나온 것이다.…1930년 만주사
변부터 시작된 15년간의 아시아 침략전쟁
은 서양제국주의의 침략으로부터 아시아
를 지키기 위한 노력이었으며 진주만 기습
공격은 미국의 포위에서 벗어나기 위한 어
쩔 수 없는 선택이었다.

적은 잔학한 폭탄을 사용하며 무고한 백성
을 살상하였고 교전을 계속한다면 인류문
명은 파괴될 것이다. 이에 전쟁이 끝났음
을 일본신민들에게 고한다.

1945년 8월 15일 정오 12시 경성중앙 라디오방송,
일본 천황 히로히토 〈종전조서〉 중에서

경북 하양, 대낮,
은실

며칠 전 상공에 연합군 폭격기가 몇 차례씩이나 날아갔다. B29
였다. 폭격기는 만주 폭격을 위해 하루 종일 날아다녔다. 잠자리
떼처럼. 폭격기는 밤에도 쉬지 않았다. 어딘가로 향해 갔다.

하루에도 몇 번씩 공습경보가 울렸다. 마을 뒤편 언덕배기에
방공호가 있었다. 미루나무가 줄지어 있는 수수밭 옆길이었다.
수수밭 옆길을 따라가면 봄에는 허연 뱀 허물이 보이곤 했다. 아
이들은 뱀 허물을 갖고 놀았다.

산에는 붉은 흙만 가득했다. 솔뿌리를 캐서 산은 벌거숭이였
다. 소학교 학생들의 숙제 때문이었다. 학생들은 언제나 '송탄 캐
기' 숙제를 해갔다. 그래서인지 소나무 찾기도 어려웠다.

산에는 놀 만한 것도 먹을 만한 것도 없었다. 그래도 아이들은 참꽃이 핀 나무 없는 야산에서 놀았다. 영양실조로 얼굴이 누렇게 뜬 채였다. 아이들은 군가를 부르며 먹을 것을 찾아다녔다.

공습경보가 울리면 사람들은 한달음에 방공호에 모여들었다. 수수밭길을 지나 뱀 허물을 밟고 참꽃을 밟으며 달렸다. 소학교 학생들은 달려오다 게다를 흘리기도 했다. 발등 위에 일자 끈이 걸려 있는 게다였다.

한밤중에 공습이 있기도 했다. 방공호 앞 숲길에는 언제나 게다 몇 짝이 나뒹굴었다.

마을사람들은 방공호에서 굳은 표정으로 얼굴을 대했다. 만나 살아 있는 것을 확인했다.

"에고, 만덕이 아범이 뵈지 않는데 어디서 봤니껴?"

"징용 간 지 한참이나 되었지러, 아매."

"아, 그랬니껴."

그러나, 방공호에서는 서로 말을 아꼈다.

방공호에 이는 흙먼지 냄새를 맡고 있으면 살아 있다는 것이 믿기지 않기도 했다. 방공호는 무덤 속 같았다. 어둠 속에서 눈만을 껌뻑였다. 긴장한 채 몸을 고양이처럼 웅크리고 있으면 폭격기소리가 났다. 폭탄이 떨어져 방공호가 뒤집힐 수도 있었다. 시간도 웅크린 채 멈춰 있는 듯했다. 폭격기가 지나가길 기다리면서.

기다리다 보면 선득하고 바람이 지나갔다. 사람들은 더욱 몸을 웅크리며 가슴을 졸였다. 지나가는 짧은 바람에도 그들은 옷깃을 여몄다. 생을 아껴야 했다. 공출이고 징용이고. 사람들은 더 빼앗길 것이 없었다.

　은실은 가지치기를 하고 있었다.

　경북 하양은 대부분 능금밭이었다. 고개를 드는데 이상한 무리
를 보았다. 은실은 가위질을 멈추었다. 은실은 머리에 쓴 허연 수
건을 끌어내렸다.

　마을 초입길 수수밭길 지나 포플러 길을 따라 젊은이들이 걸
어오고 있었다. 환송회를 했던 젊은이들이다.

　어제였다.

　은실과 마을 사람들은 전쟁터로 나가는 청년들을 환송했다. 함
안댁은 은실에게 징용에 나가는 마을 청년들 환송회가 마을 소
학교 운동장에서 있다고 말해주었던 것이다. 은실과 함안댁은 함
께 환송회를 하러 소학교로 갔다. 운동장은 이미 북적대고 있었
다. 흰 바지저고리를 입은 마을사람들이 허연 일장기를 흔들고
있었다.

　그 사이에 검정 작업복을 입은 이도 있었다. 최근 들어 검정 작
업복을 입은 이들이 늘고 있었다. 세 해 전부턴가 네 해 전부턴
가. 이장 어른이 마을 사람들을 불러 모아서는 물자가 귀하니 검
정 작업복을 입으라고 말했던 것이다.

　"천황폐하 만세~ 천황폐하 만세~ 살아 돌아오거래이."

　군중과 함께 있던 은실도 만세를 불렀다. '천황폐하'라는 대목
에 면장이 스스로 차렷 자세를 취했다. 주변의 일본인 순사들도
허겁지겁 그 짓을 따라 했다.

만세를 부르다 은실은 뒤를 돌아보았다. 갑작스런 담배냄새 때문이었다. 웅이 녀석이다. 교실이 부족해 담배경작조합 창고에서 수업을 한다는 소문은 듣고 있던 터였다.

은실은 자기도 모르게 이맛살을 찌푸렸다. 시골동네로 내려온 이후 은실은 한두 가지가 불편한 게 아니었다. 경성에서 타던 전차도 차를 마시던 카페도 없었다. 시원한 칼피스도 먹을 수 없고 양장점에서 옷을 해 입을 곳도 없었다. 은실은 머리에 쓰고 있던 수건으로 제 몸을 털었다. 이마에서 땀이 흘렀다. 한여름 대낮이었다.

은실 옆에 있던 웅이 할아범이 신이 나서 말했다.

"일본군이 이기고 있다 카대. 필리핀 레이테 섬인가에서 말이다. 대만 근해에서도 크게 이겼다 카고."

주재소 스피커는 매일 전황소식을 전해주었다. 일본군이 승승장구하고 있다는 전황이었다. 운동장에는 할아범들 말고는 아낙들과 아이들이었다. 검은 치마를 입은 아낙들은 허연 중치마를 허리 위에까지 올라오게 입고 있었다.

"전쟁터에 가거들랑 꼭 이기고 오거래이! 이겨야 한대이!"

아낙들은 외쳤다. 머리에 쓰고 있던 수건을 벗어 흔들었다. 외치는 소리는 군악대소리에 묻혀 잘 들리지 않았다. 무대 아래 군악대는 신나는 연주를 이어갔다. 군악대 심벌즈는 챙, 챙, 챙, 점점 절정을 향해 가고 있었다.

군악대소리가 신날수록 청년들의 얼굴은 딱딱하게 굳어갔다. '천황폐하 만세'라고 쓴 휘장을 엑스 자로 맨 채 땀이 누런 얼룩과 함께 옆 이마로 흘러내렸다. 청년들은 기다렸다는 듯이 품에서 뭔가를 꺼냈다. 빨간 종이였다. 천황이 내린 소집 영장 '아카 가미'였다.

청년들은 '아카가미'를 손에 들고 높이 흔들며 함께 군가를 따라 불렀다.

"거역하거나 도망가면 큰일 난다 안 카나. 가족 모두가 주재소로 잡혀가 모진 고문을 당한다 카대."

은실이 세 들어 사는 주인집 함안댁이 말했다. 함안댁은 버려진 일인(日人)가옥을 수리해 은실에게 세를 주고 있었다.

여름볕이었다. 먼지와 햇빛과 땀과 콧물이 뒤섞였다. 함안댁도 콧물을 훔쳤다. 얼굴들이 모두 진흙처럼 흘러내리고 있었던 것이다.

은실은 잠시 어제 일을 떠올리며 능금나무 앞에 세워둔 사다리에서 내려왔다. 은실은 허리를 편 채 한 손으로 허리를 받쳤다. 이마 땀을 닦았다. 은실은 챙이 넓은 밀짚모자를 벗었다. 강한 빛 때문에 눈을 가늘게 떴다.

누런 황군의 옷을 입은 이들이 신작로 길 양쪽에 포플러 무성한 그늘 속을 걸어오고 있었다. 은실은 황톳길을 따라오는 그들을 다시 살펴보았다. 분명했다. 어제 운동장에서 환송했던 청년들이었다.

과수원에서 일하던 마을 아낙들이 모두 한자리로 모여들었다.

"뭐꼬? 자들?"

청년들이 다가오더니 말했다. 온종일 걸어왔는지 지친 듯해 보였다.

"일본 천황이 전쟁에 항복한다고, 돌아가라고 해서 돌아왔심더. 어제 환송회 할 때 이미 항복했다 카대예. 라디오가 없어 아무 소식도 못 들었다 아임니꺼."

"일본이 항복했다고?"

아낙들이 수군거렸다.

"그런 소리를 함부로 해도 됩니꺼?"

마을사람들이 웅성거렸다. 마을의 할아범들과 몇몇 사내들이 모여들고 있었다.

"그런 소리 함부로 하면 안 된닷!"

웅이 할아범이 역정을 냈다.

"그런 말은 입 밖에 내서는 안 됩니더!"

은실 옆에서 서 있던 함안댁도 말했다. 모두들 두려운 듯 서로를 쳐다봤다. 어디선가 일본순사가 노려보고 있는 것만 같았다.

"연합함대가 건재한데 일본이 항복했을 리가 없심니더!"

마에하다 선생이 거세게 말했다. 그는 마을에서 유일한 중학교 사였다. 그는 말을 덧붙였다.

"내가 접 때 말했다 아입니꺼. 언젠가 세도내해에서 산더미보다 더 큰 군함을 보았다고. 정말 얼마나 놀랬는지 모릅니더. 연합함대는 무적함댑니더. 일본 해군은 세계 최강의 해군이라니까예!"

"일본이 이깁니더! 일본이 지면 우리 다 죽는 깁니더!"

언제 왔는지 교복을 입은 까까머리 중학생이 말했다.

그러자 청년이 빨간 종이를 북북 찢으며 말했다.

"일본 천황이 항복한다고 육성으로 방송했다 아닙니꺼, 그란

데 무슨 말들이 이리 많응교!"
하고 쏘아붙였다.

은실이 머리에 쓰고 있던 흰 쓰개수건을 벗어던졌다. 한달음에
내달려 집으로 돌아왔다. 동네사람들도 영문을 모르는 채 갈팡질
팡들을 하고 있었다. 항복이라니. 항복이라니. 그럼, 조선이 해방
이 되었단 말인가.

은실은 흥분한 채로 내달리며 앞으로 자신의 갈 길을 가늠해
보았다. 이젠 왜놈들 피해서 남자를 숨길 필요도 없을 것이다. 은
실은 방안에 누워 있는 남자를 생각했다. 그가 의식만 차린다면
은실은 무슨 일이든 할 작정이었다. 이제 일경이나 쥐새끼 같은
조선인 형사를 피해 숨어 지낼 필요도 없다.

경성으로 올라가 양말기계공장이든 항라를 짜는 가게든 다닐
수 있다. 선술집이나 호떡집에 점원으로도 일을 할 수 있다. 그런
생각이 들자 은실은 가슴이 부풀어 올랐다. 우선 라디오에서 전
황소식을 확인해 둘 필요가 있다. 은실은 주재소로 가볼까 생각
했다. 그러다 남자가 걱정이 되어 집으로 내달렸다.

은실이 살고 있는 집은 함안댁 아래채였다. 사립문을 들어서면
왼쪽에 부엌, 안방, 건넛방 세 칸이 나란히 있다. 연이어 사랑채
가 있다. 안뜰을 사이에 두고 아래채에 작은 와가(瓦家)가 있는데
일인이 살았었던지 다다미를 놓아 일식으로 만들어놓은 방이 있
었다. 조선식과 일식이 섞인 기묘한 방식의 집이었다. 은실이 세
를 들어 사는 방이었다.

집으로 향하며 은실은 생각했다. 조선 해방 소식을 전할 수 있게 남자가 깨어만 난다면. 은실은 갑자기 가슴이 먹먹해왔다. 계절이 몇 번이나 바뀌었어도 남자는 깨어나지 못하고 있었다. 남자는 어쩌면 영원히 못 깨어날 수도 있다. 그렇다면…. 은실은 좀 전의 흥분된 마음이 차츰 가라앉기 시작했다. 그녀는 달리던 걸음을 천천히 멈추었다. 힘이 빠지는 느낌이다. 터벅터벅 걷기 시작했다.

그 시각 남자는 눈을 뜨고 있었다. 세상은 온통 밝은 빛이었다.
남자는 자신이 누워 있는 곳이 어딘지 알 수가 없었다. 새하얀 창호지에 꽃잎을 바른 문살이 보였다. 꽃잎을 바른 문살 사이에서 밝은 빛이 새어 들었다. 빛이 눈을 찌른다.
남자는 머릿속이 하얗게 되어 버린 듯했다.
남자는 자신이 누워 있는 방을 찬찬히 살피기 시작했다. 미닫이 열린 문틈이다. 툇마루가 보인다. 방문 앞 툇마루에 슬리퍼가 놓여 있다. 붉은색으로 봐서는 여자 것이 분명했다.
방은 다다미 15장 정도의 넓이다. 남자는 천천히 심호흡을 했다. 다다미의 푸릇푸릇한 향기가 가슴에 꽉 들어찼다. 벽장 쪽에 오동나무장롱과 반닫이가 놓여 있었다. 벽에는 걸린 옷가지를 덮고 있는 흰 옥양목 천이 보였다. 나지막한 서랍장과 앉은뱅이 나무 책상. 책상 위에는 몇 개의 사진 액자와 등잔이 놓여 있었다. 방안에는 약한 기름 냄새와 연한 분 냄새가 났다.
미닫이문이 천천히 열렸다. 고운 얼굴빛의 한 여인이 들어왔다. 긴 속눈썹을 내리깔고 여인은 채반 위에 놋그릇 한 사발을 들고 있었다. 남자는 여자를 보고 불에 덴 듯 깜짝 놀란다. 여자도 남자가 깨어난 것을 보고 놀라 소리쳤다.

"아이고머니나. 이제, 정신이 드오?"

"……."

"깨, 깨어난 거 맞소?"

여자는 말을 더듬었다. 믿기지 않는지 목소리가 떨리고 있었다. 여자는 엉겁결에 놋사발을 털썩 방바닥에 내려놓았다. 남자가 몸을 일으키려 했다. 순간적으로 심한 두통이 찾아왔다. 남자는 신음소리를 내며 머리를 감싸 안았다.

"아직."

여자는 목소리를 떨었다. 걱정스런 눈빛으로 남자를 바라보았다. 여자의 눈에는 눈물이 가득 고여 있었고 온몸은 전율로 떨리고 있었다. 오랜 시간이 여인과 남자 사이를 흘러 지나갔다. 여자는 기다려온 그간의 회한이 주마등처럼 지나갔는지 눈물 한 줄을 흘렸다. 여자는 감격한 자신의 심정을 애써 진정시키려 애를 썼다. 대신 남자에게 다시 자리에 누우라며 등을 한 손으로 받쳐 주었다. 남자는 여자의 부축에 몸을 맡기다 안 되겠다는 듯 다시 몸을 일으켰다. 어리둥절한 표정으로 주위를 둘러보았다.

"……."

"그래요, 여긴 우리집…."

남자는 양미간을 찡그렸다. 여자는 남자가 인상을 찡그리는 바람에 말을 다 끝맺지 못했다. 남자의 표정을 살폈다. 남자가 양미간을 찡그린 것은 방문 틈으로 들어온 햇빛 때문만은 아니었다. 안개 같은 둥실한 것이 방안 가득 흘렀다. 막연함 같은 것이었다. 남자는 막연한 듯 허공을 둘러본다.

"여기가, 여기가….."

남자는 말을 채 잇지 못한다. 여자가 고개를 끄덕이며 지극한 눈빛으로 남자를 바라보았다. 남자는 여전히 어리둥절한 표정이다. 남자가 여자에게 물었다.

"당신은 누구요? 누구시오? 왜 나와 같이 있는 거요?"

이번엔 여자가 양미간을 찡그렸다. 여자는 얕은 실망을 느끼려는 스스로를 애써 위로했다.

"나를 모른다는 거요? 내가 누군지 모른….."

여자의 말이 채 끝나기 전에 남자가 급하게 말을 이었다.

"난, 난 누구요?"

여자는, 정말 당신이 누군지 모른다는…라고 말하려다 입술을 깨물었다. 남자가 세상의 문으로 들어서려면 어쩌면 긴 시간이 필요한지 모른다는 생각을 했다. 여자는 남자를 치료하던 의사의 말이 떠올랐다.

남자는 여자의 안쓰러운 표정을 보았다. 남자는 상처 받은 표정으로 얼굴을 일그러뜨렸다. 상처 받은 듯 자기 내부를 응시하는 표정이다. 방금 자기 자신을 떠나왔거나 떠나보낸 것 같아 보였다.

남자는 다시 한 번 "내가 누구요?"라고 물었다.

남자의 내부에는 자기가 없는 게 분명해 보였다. 여자는 또 다른 충격으로 남자의 표정을 살폈다. 남자 얼굴은 슬픔과 실망과 막막함으로 가득했다. 슬픔과 실망은 메아리가 되어 남자의 가슴 속으로 파고들었다.

"나는 내가 누군지 모르겠어."

남자는 탄식처럼 중얼거렸다. 순진하게 길을 걷다 모퉁이에서 불현듯 누군가와 심하게 부딪친 사람처럼 남자는 머리를 감싸쥐었다.

"생각나지 않아, 내가 누구인지."

남자는 같은 말을 되풀이했다. 남자는 스스로 같은 말을 되풀이하고 있는 것조차 몰랐다.

여자는 경악스러움에 정신을 잃을 것 같다.

"생각나지 않으오? 정말이오?"

여자가 충격 속에서 애써 자신을 누그러뜨리며 물었다.

"나와 같이 살아온 시절도 생각나지 않으오?"

남자의 동공이 커졌다.

남자는 여자의 다음 말을 기다렸다.

"당신은 이해랑이오. 난 당신의 아내 조은실."

남자는 이해랑, 이해랑, 이해랑을 몇 번씩 중얼거려보았다.

"설마 나까지 기억하지 못하는 건…."

안타까움으로 은실의 눈가가 가늘게 떨렸다. 은실의 눈가에 작은 이슬이 맺혔다. 은실은 손가락을 떨며 해랑의 손등을 덮었다. 해랑은 은실의 손에서 자신의 손을 뺐다. 은실은 약한 한숨을 내쉬었다.

해랑은 안쓰러운 생각이 들었다. 이번에 여자를 안심시켜야 할 듯했다. 해랑은 은실의 손을 잡아주었다. 해랑은 오늘이 며칠이냐고 물었다. 자신이 어떻게 해서 이렇게 의식을 잃고 누워 있게 되었느냐고 물었다. 비로소 은실은 고와진 눈매로 살포시 눈가의 눈물을 손등으로 훔쳤다.

"을유년, 팔월하고 열엿새 날이오."

"몇 날이나 나는 잠을 잤을까."

그러자 은실은 격앙된 목소리로 소리쳤다.

"그런데 해랑 씨, 그거 아오? 우리 조선이 해방이 되었소! 일본으로부터 독립했다지 않소!"

해랑의 손을 덥석 잡았다. 은실의 어깨가 조금씩 떨렸다.

해랑은 얼굴을 일그러뜨렸다. 은실이 물었다.

"왜, 그러오?"

"머리가, 머리가 아파."

해랑이 말했다.

다시 머리를 움켜쥐었다.

기억은 도달할 수 없는 미래처럼 보였다. 옛일들은 멀어지기만 하는 듯했다. 과거는 바라보면 볼수록 모호했다. 아무리 애써도 기억나지 않는 꿈처럼. 삶이란 모호한 기억들과의 싸움일지도 모른다, 해랑은 생각했다.

은실은 애써 희미하게 웃으며 말했다.

"의사선생님이 시간이 지나면 나아질 거라 말했소."

"만약 과거를 기억해내지 못한다면?"

"당신은 반 년 넘게 잠들어 있었소."

"시간이 나를 어딘가에 내려놓고 저 혼자 가버린 거요."

"이제 깨어났으니…."

"그래서?"

"다시 그 시간을…."

"어떻게?"

"따라가서 잡을 수 있소."

"못 따라가면?"

"조급해 하지만 않는다면 시간은…."

"기다려주지 않아. 시간은."

"해랑 씨!"

"해랑이라 부르지 마!"

"왜요?"

"낯설어!"

"당신 이름이어요!"

"난 내가 누군지 모르겠소!"

남자가 소리를 질렀다. 막막한 표정이었다. 은실은 담담히 남자의 얼굴을 뚫어지게 쳐다보았다. 천천히 말했다.

"모든 사람들은 자기 자신이 낯설지 않겠소. 조금씩 자기 자신과 익숙해져 갈 뿐이지."

은실은 해랑의 손을 살포시 잡았다. 길고 하얗던 해랑의 손은 수척해 보였다. 창백하고 온기가 식어 있었다. 손가락 사이에 낯선 바람이 부는 듯도 했다.

은실은 탐스러운 입술을 벌려 얼굴 가득 웃었다. 은실은 기쁨에 솟구쳐 해랑의 품에 안겼다.

"그러나, 해방이 되었다지 않소. 우리 조선이 말이오. 이제 배 불리 먹고 살 수 있게 되었소!"

은실은 힘주어 말했다. 어리광을 부리듯 해랑의 얼굴을 올려다 보았다. 해랑의 갸름한 턱선이 보인다. 날렵한 콧날 끝에는 호두 같은 둥근 콧방울이 얹혀 있다. 짧았던 해랑의 머리는 어느새 자라 있다. 어깨 가까이까지 내려와 있다.

해랑의 눈빛은 총총히 은실을 내려다보고 있었다. 해랑은 자신의 품에 안긴 은실을 안아야 할지 어째야 할지 망설였다. 한참 뒤에 해랑은 무슨 각오라도 한 듯 오른팔을 천천히 뻗어보았다. 조심스럽게 은실을 감싸 안았다.

은실은 해랑에게 안긴 채 묘한 웃음을 지었다. 보조개가 쏙 들어간 웃음이다.

그러나 해랑은,

은실이 낯설었다.

한 달 가량이 지났을 때 해랑의 몸은 충분히 회복되어 보였다.

해랑은 열어놓은 들창문 너머를 바라본다.

들창문 너머는 정원이었다. 해당화와 봉선화가 가득했다. 담장은 붉은 줄장미와 자줏빛 패랭이꽃이 둘러싸고 있었다. 화초 옆에는 우물이다. 우물 뚜껑 위에 두레박이 물기를 머금은 채 놓여 있었다. 헛간기둥에 대나무 광주리와 흙먼지에 쌓인 농기구들이 보였다. 빨래줄 지지대 위에는 은실이 빨래를 하고 걸어놓은 흰 옥양목 이불호청이 널려 있었다. 햇빛에 말라가는 이불호청 옆에 빨간 잠자리들이 날았다.

벌써 초가을인가? 얼마 전까지만 해도 비오는 참외밭을 지그시 바라보곤 했었는데…. 해랑은 생각했다. 가을빛을 쪼이며 빨래들이 말라가고 있었다. 어디선가 알 수 없는 향내가 나는 듯도 했다. 흰 저고리에 흰 중치마를 걸친 은실이 창문너머를 보는 해랑의 얼굴을 살폈다. 잊지 않을 연인을 들여다보는 듯한 눈빛. 정이 담긴 눈빛이었다.

은실은 해랑의 얼굴을 살피더니 말했다.

"면도한 지 한참이 된 것 같으오."

해랑은 고개를 돌려 은실을 바라보았다. 자신의 턱선을 손으로 한번 쓱 문질러 보았다. 까끌까끌하게 수염이 자라 있다. 은실이 면도할 것을 준비할 요량인지 조용히 문을 닫고 나갔다. 해랑은 흰 저고리에 검은 치마를 입은 은실의 뒷모습을 바라보았다. 방문을 닫고 나가는 하얀 버선 뒤꿈무니가 눈에 띄었다.

해랑은 은실이 사라진 창호지 격자무늬 방문을 한참 바라보았다.

며칠 전 밤이었다. 은실이 해랑의 그것에 가만히 손을 얹었다. 해랑의 허벅지 쪽이다. 허벅지를 더듬으며 손길은 위를 향해 오르고 있었다. 해랑은 소스라치게 놀라 일어났다. 이불을 들춰내 은실의 손길을 밀쳐내고야 말았다.

은실은 잠시 가만히 있었다. 해랑은 은실이 얼마나 무안해할까 그제야 생각이 들었다. 해랑이 채 입을 떼기도 전에 은실은 몸을

틀어 은실이 해랑의 반대편으로 등을 돌려 누웠던 것이다.

가을 초입의 문풍지다. 따사로운 햇살이 들었다. 햇살은 꽃잎 문양을 박은 창호지에 비쳐왔다. 방안은 따뜻하고 부드러운 공기가 흐르는 듯했다. 해랑은 조금 전에 사라진 은실의 버선 뒤꿈무니를 떠올려 보았다. 그중에서도 발목 뒤쪽, 움푹 들어간 은밀한 그곳이 떠올랐다. 움푹 들어간 비밀스러움이 떠오르자 몸 전체에 이상한 욕망이 전해왔다.

언젠가 느낀 적이 있던 감각이 몸 전체로 퍼져갔다.

손끝으로 쓰다듬던 매끄러운 살갗, 짧게 입술이 부딪치면서 저절로 열리던 입. 혀를 받아들이면서 입 속으로 목구멍으로 와락 들어오던 내음, 허리를 휘감긴 채 위를 향해 솟아오르던 젖꼭지와 한 손으로 감쌀 수 없던 풍성한 젖무덤이 떠올랐다. 꽃잎이 한 잎 한 잎씩 열리듯 부끄러운 듯 열어보이던 하신(下身), 남자를 받아들이며 조이던 격렬함과 자연스럽게 풀어주던 관대함이 떠올랐다.

해랑은 은실에 대한 갑작스런 욕망에 휩싸였다. 욕망이 격앙되어 불안할 지경이었다. 욕망이 낯설기도 하고 낯익기도 했다.

해랑은 자리에서 일어나려 했다. 은실이 방으로 들어오자마자 아내의 허리를 휘감으며 눕힐 작정이다. 그러면 아내는 부끄러운 듯 잠시 버둥댈 것이다. 해랑은 버둥거림을 즐길 생각이다. 발그스레 윤기나는 뺨에 입을 맞출 것이다. 다음에 입술에 입을 맞출 생각이다.

해랑이 자리에서 일어나려 했다. 이불에 헛발을 짚은 듯하다.

미끄러지며 몸이 기우뚱하면서 비틀거렸다. 책장 선반에 올려둔 작은 홍두깨에 머리를 찧었다.

"어이쿠."

해랑은 정수리를 조심스럽게 만졌다.

책장 쪽을 바라보았다. 홍두깨가 놓인 자리 옆에 책들이 빼곡하다.

해랑은 책들을 바라보았다. 해랑은 생각이라도 난 듯 손을 뻗었다. 책장에서 시집을 꺼냈다.

"해방 전 난, 뭘 하던 사람이었소?"

"흠흠, 당신은 조선 제일의 문인이었던 걸요?"

은실이 해랑에게 자랑스럽게 말해주었었다.

문인이라, 문인이라, 해랑은 호기롭게 책장을 후드득 넘겨본다. 딱딱한 마분지 덮개에 짙은 청색 표지의 책. 낯익은 글을 만난 듯 해랑은 희미하게 미소를 머금었다. 일어로 된 소설책이었다.

책을 선반에 꽂으려는 순간 뭔가 책갈피에서 떨어진다. 물고기에서 흰 비늘이 떨어지듯 가뿐한 낙하.

해랑은 흰 깃털이 떨어진 자리를 내려다보며 허리를 숙인다. 바닥에 떨어진 것은 깃털이 아니라 색이 바랜 종이다.

해랑이 종이를 집고 보니 편지봉투였다. 해랑은 편지봉투를 들여다보았다. 일어식 한자가 섞인 조선어였다. 수신인이 은실로 되어 있다. 발신인의 이름이 뭐지? 재명(在明)? 국재명? 해랑은 고개를 갸웃했다.

그때다. 사납게 개 짖는 소리가 난다.

주인집 함안댁이 키우는 삽살개는 멈추지 않고 다시 이어서 짖었다.

해랑은 대문 쪽으로 나 있는 문살 쪽을 바라본다.

다시 개가 짖는다. 낯선 이가 방문할 때면 삽살개는 어김없이 아우성을 쳐댔다. 집을 찾아오는 이라 봤자 방물장수나 소금장수 따위가 다다.

편지봉투는 지질이 누르퉁퉁했다. 해랑은 발신인이 조선예악원 국재명이라는 글씨를 한참 들여다보았다. 수신인 조은실은 자신의 아내 이름이 분명했다.

내용물이 둔탁하게 만져지는 것으로 보아 편지가 들어있는 게 분명했다.

해랑은 잠시 망설였다. 은실이 나간 방문 쪽을 바라보다 해랑은 마침내 편지를 꺼냈다. 편지 글은 편지지의 반 정도가 적혀 있었다.

해랑은 답답함을 느꼈다. 해랑은 편지글을 읽을 수 없었다. 조선의 글이었고 낯선 글자였다.

해랑은 편지지를 다시 접힌 방식대로 접었다. 편지지 양끝을 마주 잡고 두 번 접었다. 잠시 망설이다 해랑은 다시 편지지를 펼쳐 보았다. 역시 어느 글자도 아는 글자가 없었다. 히라가나와 달리 조선의 글자들은 빡빡하고 딱딱하게 생긴 획이 많았다. 촌스럽고 볼품없고 고리타분했다.

'히라가나는 산뜻하고 날렵하고 멋있게 보이는데….'

해랑은 생각했다.

그러다 해랑의 눈이 휘둥그레 크게 떠졌다. 해랑의 눈에 들어온 글자는 한자였다.

해랑은 아는 몇 몇 한자를 찾아냈다.

'은실(銀實). 생각(生覺), 연모(戀慕), 절실(切實), 각오(覺悟), 당신(當身), 재명(在明),'

해랑이 찾아낸 한자는 그것이 다였다.

편지는 재명(在明)이라는 이가 은실에게 보낸 게 분명하긴 한데…. 해랑은 불현듯 얼굴을 붉혔다.

그렇다면, 그렇다면,

해랑은 편지글 말미에 적힌 '당신(當身)을 절실(切實)히 연모(戀慕)하는 재명(在明)'이란 글씨를 뚫어지게 쳐다보았다. 해랑은 쿵쾅거리는 가슴으로 은실이 방금 나간 방문 쪽을 바라보았다.

은실(銀實), 연모(戀慕), 절실(切實)?

햇빛이 부드러운지 문살을 따뜻하게 데우는 것 같았다. 따뜻한 대기 속에서 이유 없이 해랑은 목이 죄어 왔다. 목에 뭔가 깔끄러운 것이 걸린 듯했다.

해랑은 편지지를 들고 있던 자신의 손이 떨리고 있다는 것을 알았다. 자신의 손을 내려다보았다. 왼손 가장자리가 뭉뚝해져 있다. 해랑은 자신의 손을 내려다보는 것이 고통스러운 듯 얼굴을 일그러뜨렸다.

의심이 물길을 거스르는 물고기처럼 솟구쳤다.

어디선가 뱃고동소리가 조용히 울렸다.

을씨년스러운 부산항 포구 근처, 나오코

부산항은 일인들로 북새통이었다.

기모노를 입은 여인들은 피곤한 기색이 역력했다. 쥐색이나 검은 색 기모노들이었다. 올려붙인 머리는 헝클어질 대로 헝클어져 턱 아래로 한가득 흘러내린 채였다. 여인네는 짐 보따리를 인 채 어린아이를 안고 걸었다. 어린아이가 자루처럼 축 늘어져 여인은 어린아이를 자꾸만 추스르며 안아 올렸다.

엄마의 손을 잡고 걷는 어린애도 있었다. 아이는 걷다 게다가 벗겨지자 게다를 주우러 뒤돌아 뛰어갔다 돌아오기도 했다. 돌아온 아이의 발은 진흙범벅이다.

막사 주위가 진흙투성이였다. 진흙은 오물과 섞여 있었다. 하수도가 제대로 마련되지 않은 상태였다. 역한 냄새가 코를 찌른다. 냄새는 다시 바다 냄새와 섞여졌다. 오물과 진흙이 뒤섞인 아이의 발등 위로 구더기가 기어오르고 있었다.

그들은 항구 주변 막사촌으로 향하고 있었다. 아이는 기모노 소매 끝으로 나온 엄마의 손을 꼭 쥐었다. 엄마를 놓치지 않으려는 듯 올려다보았다. 여인은 지칠 대로 지쳐 보였다. 여인의 눈은 텅 비어있다. 아이를 돌아보지도 않고 허공만 보고 걷는다. 며칠 동안 그들은 아무것도 먹지 못한 듯 보였다.

늙은 여인들도 있다. 짙은 청색 기모노는 누더기처럼 찢길 대로 찢겨 있었다. 흰 머리칼이 산발이 된 채다. 때 묻은 봇짐을 들고 있는 손등에 짙붉은 실핏줄이 돋아나 있었다.

일본 군인들도 막사촌으로 모여들었다. 누런 황군의 군복을 입은 군인들은 이미 미군에 의해 무장해제를 당한 상태였다. 한 젊은 병사는 막사 앞에서 흐느껴 울었다. 경비라고 쓰인 가슴의 노란 명찰로 봐서 경비병임에 틀림없다. 흰 손수건으로 얼굴을 가리고 흐느끼자 동그란 테 안경이 눈썹 위로 올라갔다. 그는 고개를 숙인 채 어깨를 들썩였다. 전쟁에 질 리가 없다고 신음처럼 흐느꼈다.

나이 든 병사들도 있다. 후방에 있던 병사들이었다. 그들 옆으로 영감 하나가 쪼그리며 가 앉았다. 진베이를 입고 흰 수건으로 머리를 동여매고 있다. 영감이 병사에게 물었다.

"어디서 오는 길이우?"

나이 든 병사가 말했다.

"배급반에 배속되었지. 용산에 있는 부대에 보급품을 가지러 가던 길이었소. 경성역에서 열차를 기다리다 라디오를 들었지."

"음, 그랬구먼."

영감이 응수를 했다. 나이든 병사가 말을 이었다.

"2시 라디오에서 흘러나오더군. 천황이 전쟁을 그만한다고…. 순간, 아, 전쟁이 끝났나, 하는 생각을 했소. 진짜인가 궁금하기도 했고. 속으로는 이제 가족에게 돌아갈 수 있구나, 라고 생각했지. 내심 기뻐 만세를 부르고 싶었지만… 부를 수는 없었소. 그러나 목숨을 건졌다는 것이 기쁜 건 사실이오. 사실… 단 한 번도 전쟁이 끝날 거란 생각을 하지 못했거든…."

42

나이 든 병사가 말을 마치자 영감이 옆 이마를 긁었다.

"나도 전쟁에 질 거라고는 죽어도 생각한 바 없지."

나이 든 병사가 손가락에 끼운 담배를 빨아들이더니 말을 이었다. 영감은 병사가 피우는 담배를 바라보고 있었다.

"질지도 모른다는 생각은 한 적 있소. 원래 총알은 200발을 지니고 다녀야 하거든. 하지만 15발 정도밖에 지급되지 않는 거야. 총 끝에 다는 검의 칼집도 철로 된 것이어야 해. 그런데 대나무로 된 것으로 바뀌게 된 거요. 전세가 기울고 있구나. 막연한 의심이 들긴 들었지."

병사는 담배를 끝까지 태우고 바닥에 던지고는 군홧발로 비볐다. 영감은 버린 담배가 아깝다는 듯 입을 다셨다.

일본으로 돌아가는 배는 하루에 고작 한 척이었다.

1,500톤급 배라고 했다. 선실에 탈 수 없는 사람들은 갑판 위에까지 탄 채로 하카타를 향해 갔다. 하카타에서 기차를 타면 고향으로 갈 수 있다고 했다.

막사는 배를 기다리는 사람들을 위해 지어진 것이었다. 검정색 막사는 사각 모양으로 말뚝을 박아 두고 있다. 막사 입구에는 사람들이 드나들 정도의 통로가 있고 통로는 두꺼운 모직 천으로 가려져 있었다.

끼니때가 되면 두꺼운 막사의 천을 접고 아낙들이 밖으로 나왔다. 돌을 둥글게 쌓아 올려 화덕을 만들었다. 둥글고 검은 냄비를 올리고 불을 뒤적거리며 밥을 지었다.

나오코는 봇짐을 들고 막사촌으로 들어서고 있었다. 나오코는 자신의 발아래를 내려다보았다. 게다 밑창이 온통 진흙더미였다. 나오코는 한쪽 발을 들어올렸다. 진흙을 떼어내려 했다. 그러나 진흙과 오물은 떼어내면 다시 들러붙었고 떼어내면 다시 들러붙었다. 나오코가 걸음을 멈추지 않는 이상 그것들도 끈질기게 나오코를 따라올 것이다. 옆에서 묵묵히 나오코를 뒤따르던 유키가 말했다.

"아가씨…."

나오코는 걸음을 멈추었다.

유키는 나오코가 어릴 때부터 같은 집에 살던 하녀였다. 나오코가 혼인을 하자 유키도 함께 따라왔다. 유키는 나오코가 혼인한 이후에도 나오코를 아가씨라고 불렀다. 집 하인들이 모두 마님이라고 부르는데도 불구하고. 나오코는 유키가 아가씨라고 부르도록 내버려두었다.

"배고프시죠?"

유키가 나오코를 쳐다보았다. 나오코는 고개를 저었다. 나오코의 얼굴은 얼룩으로 더러워질 대로 더러워져 있었다. 먼 길을 걸어왔다. 그들은 물 한 모금도 제대로 마시지 못했다. 나오코는 지친 눈빛으로 말했다.

"손을 씻고 싶어."

유키는 우람한 어깨를 으쓱였다.

"여기 조금만 계셔요, 아가씨. 제가 먹을 것과 씻을 물을 찾아볼게요."

유키는 어릴 때부터 건장한 몸집을 가지고 있었다. 몸이 재빠르고 눈치도 빨랐다. 상대가 뭘 원하는지 눈빛만으로 알아차렸다. 세상으로부터 일찍 버림받은 자들의 몸에 밴 습성이었다.

멀리 황군 몇이 보인다. 그들은 등을 구부린 채 흙바닥에 주저앉아 있다. 한 손으로 담배를 잡고 한 손으로는 과자와 건빵을 먹고 있었다. 유키는 진흙이 튀어 더러워진 앞섶을 여몄다. 양쪽으로 땋아 내린 머리채를 정돈하고는 천천히 군인들 쪽으로 걸어갔다.

"저기…."

황군이 건빵을 우적거리다 유키를 쳐다보았다.

나오코는 막사 안으로 들어가 주위를 둘러보았다. 막사 바닥에는 가마니가 깔려 있다. 쉴 만한 자리는 없었다. 모서리와 한가운데까지 귀향자들로 가득하다. 늙은 시모를 모신 며느리와 손주들, 중년의 부부들과 자식들, 부모를 잃은 것인지 어린 자매도 보였다.

"저리 비켜!"

누군가 나오코를 막으며 팔을 휘저었다.

그들은 또 다른 이를 경계하는 빛이 역력했다. 나오코가 들어서자 등을 보이며 돌아앉았다. 나오코는 옷깃을 여미며 고개를 돌렸다. 지린내와 땀내와 젖내가 허공중에 떠다녔다.

나오코는 코를 막으며 뒤로 물러섰다. 뒤로 물러나다 누군가와 부딪친다. 몸을 돌렸다.

한 남자애다. 중학생인 듯 검은 교복을 입고 있다. 학생차림의 남자애는 피투성이가 된 허벅지를 드러낸 채 비스듬히 누워있었다. 연합군 비행기 폭격 파편조각이 박혔는지도 모른다. B29는 쉴 새 없이 삐라와 폭탄을 떨어뜨렸으니까.

무명끈으로 동여맨 남학생의 허벅지에 피고름이 흘렀다. 남자애는 뭔가 같은 행동을 되풀이하고 있었다. 나오코는 그 행동이 이상해 보였다. 남자애는 허벅지에서 뭔가를 자꾸만 주워냈다. 나오코는 그제야 그것을 자세히 들여다보았다.

구더기다.

수많은 구더기가 썩어가는 허벅지 살점에서 허옇게 꼬물거리며 끓어 올라오고 있었다. 살점 옆으로 고름과 농이 흘러내렸다.

"악!"

나오코는 손으로 입을 틀어막았지만 욕지기가 나오는 것을 어쩔 수 없었다. 나오코는 막사 밖으로 뛰쳐나왔다.

헛구역질이 멈추질 않는다.

구역질을 잠시 멎게 한 건 이상한 낌새 때문이었다. 나오코는 자기도 모르게 앞을 쳐다보았다. 한쪽 다리에 목발을 짚은 군인 하나가 다가오고 있다. 군인의 왼발과 목발은 서로 밀고 당기며 걸었다. 허공을 향해 목발을 들어올릴 때마다 목발밑창에 진흙이 후두둑 떨어졌다.

목발은 나오코 쪽으로 오고 있었다.

막사촌에서 해는 길고 투명하게 타올랐다. 바람은 비명을 뭉쳐 나오코에게 불어왔다. 나오코는 얼굴로 쓰러진 제 머리카락 한 자락을 넘겼다.

"코노 아마쵸! 나니오 미테루노?"(뭘 봐 이년아?)

목발이 날카롭게 쏘아붙였다. 나오코는 두려운 듯 몸을 움츠렸다. 나오코는 혐오스러운 눈빛으로 뒤로 돌아섰다. 기우뚱하게 균형을 잡아가면서 목발은 천천히 사라져갔다.

나오코는 또각거리는 목발소리가 사라지자 심호흡을 했다. 심호흡을 내쉬어도 마음속에 여전히 미진한 것이 남았다. 불안의 정체를 알 수는 없었다.

그녀는 불안했다. 앞으로 그녀에게 닥친 시간에 대한 불안일지도 몰랐다. 닥쳐올 것들은 언제나 얼굴을 가린 채 조바심을 치게 했다. 나오코는 지금 충분하다는 생각이 들었다. 자신은 충분히 이 기우뚱한 생의 벼랑 끝에 서 있었다. 그것은 흔들거리는 추의 맨 가장자리일지도 몰랐다. 그러나 그 어떤 절망의 순간에도 나오코는 자신을 지켜왔던 것을 기억했다. 나 자신이란, 최후로 지켜야 할 마지막 보루다. 나오코는 문득 스스로를 위로했다.

봇짐에서 조그만 손거울을 꺼내다 거울을 한 손으로 들어올렸다. 얼굴은 얼룩덜룩한 때와 먼지였다. 나오코는 소매 끝으로 얼룩을 지웠다. 얼룩은 잘 지워지지 않았다. 나오코는 짧은 한숨을 쉬었다. 나오코는 손을 봇짐 속으로 집어넣었다. 더듬자 손끝에 무명천이 잡혔다. 나오코는 조그만 무명천을 끄집어냈다. 손수건이다.

'마츠무라 준이치로'

손수건에는 남자의 이름이 수놓아져 있다.

손수건은 남편이 준 것이었다. 하지만 나오코는 손수건에 다른 남자의 이름을 수놓았다.

나오코는 손수건을 보자 자기도 모르게

"악!"

하고 약한 비명을 질렀다. 손수건은 짙붉게 핏물이 들어있었다. 남편의 피였다.

나오코의 얼굴이 절망적으로 변해간다.

"아!"

나오코는 욕조가 떠올랐다. 욕조는 피와 물로 가득 덮여 있었다. 남편의 얼굴은 욕조 물표면 위에 떠올라 있었다. 새하얀 얼굴이었다. 남편은 죽어서도 냉정한 절도를 지키는 듯했다.

나오코는 기억이 떠오르자 혼절할 듯한 두려움 속에서 몸을 떨었다. 정신을, 정신을 차려야 해. 나오코는 생각했다. 남편을 흔들어 깨우고 싶었다. 그러나 마음과는 달리 몸은 사시나무 떨리듯 떨릴 뿐이었다. 손수건은 그때 자기도 모르게 욕조 위로 떨어진 게 분명했다. 소매 품에 늘상 넣고 다니던 흰 손수건이었다. 손수건은 욕조 위에 떨어지자마자 갈증에 겨운 듯 핏물을 빨아 마셨던 것이다.

나오코는 잔영이 떠오르자 자기도 모르게 비명을 지른다. 고개를 세게 저었다. 핏물이 든 손수건이 어떻게 보자기 속에 담겨 있었지? 나오코는 알 수가 없었다.

막사 쪽으로 걸어갔다. 유키는 아직 돌아오지 않았다. 먹을 것을 못 구한 게 분명했다. 때 절은 검은 막사가 바닷바람에 획, 상장(喪葬)처럼 펄럭였다.

죽음의 냄새는 아주 가까이에서 불어왔다. 바람은 비린내와 오물과 음식찌꺼기 냄새를 함께 몰고 이리저리 나오코의 싸대기를 때려댔다. 생은 감상적이지도 냉소적이지도 않았다. 나오코는 몹시 배가 고팠다. 그렇다. 생은 엄연할 뿐이었다.

나오코는 순간 누군가 자신을 보고 있다는 느낌을 받았다.

한 여인이다. 여인은 짙은 자주색 기모노에 정수리 쪽으로 머리를 틀어 올리고 있었다. 중년의 주름이 눈가에 그득했다. 눈만은 반짝이며 빛을 내고 있었는데 양쪽으로 찢어진 듯 가느다란 눈에서 이상한 기운이 새어나왔다.

자주색 기모노는 가느다란 눈으로 나오코를 뚫어지게 쳐다보았다. 길지도 짧지도 않은 철담뱃대 끝에 담배를 꽂은 채였다.

담배 연기에 나오코는 짧게 콜록콜록 기침을 했다. 나오코는 자기도 모르게 몸을 움츠렸다.

소금에 절인 우메보시와 주먹밥이다.

"배가 고픈가 본데….."

자주색 기모노는 더러운 손바닥 위에 먹을 것을 올려놓았다. 그러자 나오코도 황급하게 보자기를 열었다.

상아로 만든 장식, 오팔 반지와 옷깃을 여미는 부분에 다는 브로치가 나타난다. 브로치는 사파이어 주변에 작은 다이아몬드를 박아 만든 단추 모양의 귀걸이 세트다. 가슴에 다는 브로치는 한때 나오코의 융기된 가슴을 더욱 도드라져 보이게 했다. 사파이어 귀걸이는 날렵하지만 튀어나온 이마와 들쭉날쭉 멋대로 자라 있는 잔머리와 나오코의 계란형 얼굴에 여성스러운 매력을 더해 주곤 했다.

나오코는 헝클어진 자신의 머리카락을 쓸어 올린다.

나오코는 보자기 안을 조심스럽게 여인에게 보여주었다.

여인은 보자기 속에는 전혀 관심이 없는 듯했다. 자주색 기모노는 나오코의 머리 쪽을 가리켰다. 여인은 냉큼 나오코의 머리 정수리 쪽으로 손을 집어넣었다. 숱이 풍성한 나오코의 머리카락을 위로 끌어올리고 있던 철 머리핀이었다. 머리핀에는 봉황무늬가 화려하게 그려져 있었다. 머리핀이 어느새 여인의 수중으로 들어갔다. 머리핀이 사라지자 나오코의 풍성한 머리카락이 어깨 아래로 와락, 쏟아졌다.

나오코가 손을 뻗으며 소리쳤다.

"다메!"(안 돼!)

나오코는 필사적인 얼굴을 했다.

"다메!"(안 돼!)

나오코는 다시 소리쳤다. 핀은 마츠무라가 준 것이었다. 나오코는 수덕사에서 일본 헌병의 총에 맞아 쓰러지던 남자가 떠올랐다. 남자가 입은 흰 유카타가 피로 붉게 변하며 남자는 그녀의 품 앞으로 쓰러졌다. 헌병들은 남자를 그대로 둔 채 비명을 지르는 나오코를 료칸 밖으로 끌고 나갔던 것이다.

나오코는 몸부림치며 울부짖던 때가 떠오르자 몸을 부르르 하고 한 번 떨었다.

나오코는 머리를 움켜쥐고 소리를 질렀다. 자주색 기모노에게 달려들었다.

자주색 기모노는 머리핀을 잡고 물러섰다. 나오코는 자주색 기모노 여인에게 엉겨 붙었다. 여인의 등에 매달리자 여인은 머리

핀을 두 손으로 잡고 머리 위로 올렸다. 나오코는 여인의 목덜미를 한 손으로 거칠게 잡아 뜯었다. 다른 한 손은 머리핀 쪽으로 손을 뻗었다.

막사 안 사람들이 몰려들었다. 웅성거리는 소리를 듣고 유키가 뛰어왔다.

여인이 소리쳤고 나오코가 소리쳤다. 진흙바닥으로 자주색 기모노와 나오코가 함께 쓰러졌다. 진흙바닥으로 주먹밥과 우메보시가 떨어져 나뒹굴었다. 꼬마아이가 진흙에 떨어진 주먹밥을 주워 손바닥으로 흙을 닦아냈다.

자주색 기모노가 나오코의 위로 올라탔다. 나오코가 아래에 깔리는가 싶었다. 그러다 나오코가 위로 올라가 자주색 기모노를 위에서 눌렀다. 둘은 엎치락뒤치락하며 진흙 속에서 엉켰다.

자주색 기모노는 나오코보다 힘이 세 보였다. 나오코를 올라타고 가슴팍을 눌렀다. 유키가 뛰어들 틈도 없다. 자주색 기모노는 나오코의 뺨을 세게 갈겼다. 몇 번 뺨을 갈기자 나오코는 푹 늘어진 채 움직이지 않았다.

나오코가 힘이 빠진 듯 늘어지자 자주색 기모노는 누워 있는 나오코에게서 서서히 일어났다. 여인은 의기양양한 미소를 지었다. 천천히 제 막사 쪽으로 걸어가고 있었다.

흙바닥에 누워 있던 나오코가 일어났다. 그때였다. 나오코는 뒤를 보이며 걸어가는 자주색 기모노에게 달려들었다. 며칠 굶은 사람으로 보이지 않을 정도로 날쌘 동작이었다. 여인의 손에 있

던 머리핀을 낚아챘다. 여인이 나오코가 손에 쥔 머리핀에 눈길을 주는 순간이었다. 나오코는 팔로 여인의 목을 뒤로 말아 휘감았다. 그러곤 버둥거리는 여인의 목덜미에 핀을 찔러 넣었다.

철 머리핀이었다.

날카롭고 뾰족한 핀은 여인의 목덜미에 파고들었다. 여인은 목덜미에 철핀을 박은 채 미친 듯이 울부짖었다. 나오코는 여인의 목덜미에서 핀을 뽑아냈다. 목덜미에서 붉은 피가 분수처럼 솟구쳤다.

나오코는 독기를 풀지 않는 눈으로 주저앉아 있었다. 자주색 기모노는 자신의 목덜미를 타고 흐르는 피를 보며 경악하듯 소리쳤다. 그러다 제 풀에 정신을 잃었다. 나오코는 쓰러진 여인을 노려보았다.

사람들이 몰려들었다. 사람들이 비명을 질러댔다.

호각소리가 날카롭게 귀를 찌른다. 유키가 나오코 옆으로 달려들었다. 알아들을 수 없는 미군의 고함소리가 함께 몰려왔다.

'마츠무라 준이치로'

나오코는 핀을 손에 꼭 쥔 채 고요히 중얼거렸다. 마츠무라 상이 준 핀이었다.

경성,
류형도

요란한 소리를 내며 전차가 왔다.

갓을 쓴 양반과 서양식 양복을 입은 신사들이 전차에서 내렸다. 류형도는 잠시 멍하니 있다. 전차가 움직이려 한다. 류형도는 그제야 뛰다시피 전차에 올랐다. 다시 종소리가 요란스럽게 났다. 전차는 동대문을 돌아 종로를 향했다. 류형도는 의자에 앉아 몸을 깊숙이 박아 넣었다.

"표 찍읍쇼."

차장이 다가오고 있었다. 차장은 일정 때와 마찬가지로 갓을 쓰고 흰 두루마기를 입고 있었다. 류형도는 바지 호주머니에 손을 집어넣었다 꺼내보았다. 손에는 네 닢의 동전이 놓여 있다. 대정(大正) 7년, 12년, 8년, 11년이 새겨진 일본 동전이다. 류형도는 동전을 바라보다 다시 호주머니에 집어넣었다. 류형도는 쓴 웃음을 지어보았다.

차창 밖을 바라본다. 창문은 풍경 대신 자신의 얼굴을 되비쳐 주었다. 뺨이 홀쭉하게 들어가 광대가 더 튀어나와 보였다. 류형도는 그런 자신의 모습이 싫어 소맷귀로 창을 닦아 보았다. 소맷귀에 검정 때가 묻어났다. 뿌옇던 유리창이 맑아지자 풍경이 보이기 시작한다. 처녀들 몇이 광교통을 지나는 것이 보였다. 처녀들은 어느새 류형도의 시선에서 벗어났다. 전차는 다리모퉁이를 돌고 있었다. 화신상회가 보이고 젊은 부부가 지나는 것이 보인다. 차창에는 일정 때와 마찬가지로 스무여 광고판들이 거리를 메우고 있다. 기침약, 감기약, 보약, 위장약, 설사약, 안약, 임질약.

류형도는 일정 때 "약 광고를 보기 위해 오전을 내는 꼴이니"라고 푸념을 늘어놓던 친구 노영훈이 떠올라 갑자기 몸을 떨었

다. 전차만 타면 차창 밖이 약광고 일색일 뿐이니 그럴 만도 했다. 류형도는 잠시 노영훈에 대한 생각을 떨쳐버리려는 듯 이맛살을 찌푸렸다.

'이제 총독부, 아니 중앙청이 곧 나타나겠군.'

류형도는 생각했다.

미군은 일군과 같은 누런 군복을 입고 경성에 입성했다. 일정 때 총독부 건물을 자신들의 거처로 쓴다는 소식이었다. 르네상스식 건축양식에 푸른 돔이 무덤처럼 보이는 건물.

'중앙청이라~'

얼마 전 이은이 류형도를 찾아왔던 것이다.

이은은 일정 때 사상범을 변호하던 변호사였다. 류형도의 외숙이자 스승이기도 했다.

경성형무소 앞이었다. 형무소 앞은 사람들로 장사진을 이루고 있었다. 양복차림의 신사들, 바지저고리의 농군들, 아낙들이었다. 아낙들은 검은 '땅꼬즈봉'을 입고 수건으로 싼 머리 위에 광주리를 이고 있었다. 광주리에는 옥수수가루로 만든 옥수수떡이 그득했다. 가지와 찐 감자도 있었다.

대낮인데도 사람들은 손에 촛불을 들고 있었다. 촛불에는 감옥에 갇힌 가족 이름이 쓰여 있었다.

〈박헌영 동지여, 빨리 나오라〉 조선공산당원 이름을 쓴 촛불도 있었다.

"2시에 다들 나온다고 하지 않았소?"

양복 차림의 신사들이 서로 수군거렸다.

형무소 붉은 벽돌담은 빛이 바래 있었다.

벽돌 사이에 잡풀들이 돋아나 있었다. 시간은 그 틈새에서 썩고 다시 돋아났다. 형무소 밖에 서 있던 사람들은 벅찬 기운을 진정시켰다. 형무소 문이 열리길 기다렸던 것이다.

"와, 나온다, 나와!"

아낙과 신사들의 함성소리가 났다.

형무소 작은 철문이 열렸다. 죄수들이 검은 보따리를 가슴에 안고 밖으로 나왔다. 모두 뼈만 남은 형체였다.

이은은 함성을 지르는 무리 속에서 류형도를 찾아냈다. 류형도의 얼굴은 햇빛을 본 지 한참인 듯 새하얗게 변해 있었다. 이은은 류형도를 힘껏 껴안았던 것이다.

류형도는 전차 차창 너머 멀리 총독부 지붕을 바라본다. 뭉게구름 사이 하늘이 파랬다. 류형도는 청명한 하늘이 두렵고 낯설다.

사상범이라고 낙인찍힌 자들은 뻔했다. 독립자금을 운반한 운반책, 무장비밀조직 결사대, 공산당 당원도 있었다. 공산주의 비밀결사의 일원으로 불온한 사상을 천황의 신민에게 전파한다는 명목이었다.

하지만 어떤 이들은 영문도 모른 채 끌려와 사상범이 되기도 했다.

강원도 출신의 류형도는 불령선인이라는 명목으로 체포되었다. 예비검속 대상이었다. 급박한 전쟁 분위기 탓이었다. 류형도가 지녔던 위험한 도서가 증거가 되었다. 도서는 미술학교 학생인 그가 스케치한 거친 펜화와 목탄화 그리고 서양화가의 도록 몇 점이었다. 연합군에 대한 공포심 때문에 순사는 서양인으로 이루어진 서양화와 거친 드로잉을 보고 류형도를 체포했다. 류형도는 창씨개명도 하지 않은 조선 지식인 청년이었다. 류형도는 재판다운 재판도 받아보지 못했다. 체포된 채로 바로 수감되었다.

이은은 류형도의 뼈만 남은 어깨를 탁탁 쳤다.

"미 군정청에서 특별검찰부장직을 맡아달라고 하더군."

이은이 말했다.

류형도는 이은을 쳐다보았다.

"자네가 나를 도와야겠네. 미 군정청 특별검찰부 수사과에서 일해보지 않겠나?"

류형도는 놀란 눈으로 이은을 쳐다보았다.

"저는, 저는 할 수가 없습니다!"

류형도는 강하게 말했던 것이다.

류형도는 차창너머로 보이는 풍경에 무심히 시선을 던지고 있다.

전차 종소리가 다시 땡, 땡, 땡, 울린다. 곧 종로다.

전차 유리창으로 보는 종로 길거리는 평화로워 보인다.

그 평화로움이 문득 낯설어 보였다. 류형도는 뜻 없이 차창 풍경에 눈을 던지고 있었다.

길거리에 청년 무리가 몰려가는 것이 보였다. 완장을 찬 이도 있다. 류형도는 딴 생각에 빠진 사람처럼 그들을 바라보았다.

청년들은 흥분한 듯해 보였다. 상기된 표정이었다. 무심하게 창밖을 보던 류형도는 창 가까이로 눈을 갖다 댔다. 청년들은 득의만만한 표정으로 무언가를 저지를 사람처럼 보였기 때문이다.

전차가 멈추려는 듯 종소리가 더 세게 울린다. 끼이익 소리를 내며 전차는 느리게 걸음을 멈추어가고 있었다.

류형도의 몸이 앞으로 기울어지다 다시 뒤로 넘어갔다. 풍경에 눈을 떼지 못하던 류형도의 얼굴이 점점 굳어갔다. 동공이 점점 커지고 있었다.

"어, 저, 저, 사람들이….."

류형도는 자신도 모르게 나직하게 소리를 내뱉었다. 류형도의 낮은 비명에 전차를 타고 있던 사람들의 눈길이 류형도의 시선을 따라갔다.

완장을 찬 청년들이다. 몽둥이를 어디선가 꺼내 들고 있었다. 그들은 둥글게 서서 가운데로 사람들을 모으고 있었다. 뭔가 입을 실룩거렸다. 욕을 해대는 것 같았다. 청년들은 가운데 웅크린 사람들을 거칠게 발로 차고 있었다. 류형도는 차창을 위로 들어 올렸다. 진공 속으로 소리가 쏟아지듯 고함소리가 들려왔다.

"더러운 공산주의새끼! 뒈져라, 뒈져!"

청년들은 몽둥이질을 했다. 퍽퍽 소리가 났다. 소리가 날 때마다 비명도 함께 튀어 올랐다. 몽둥이는 신음을 짜내고 있었다. 무릎을 꿇은 이들이 앞으로 꼬꾸라졌다.

류형도는 자기도 모르게 얼굴을 찌푸렸다.

그때였다.

엎드려 있던 누군가 청년들 사이를 뚫고 도망쳤다. 흰 셔츠에 검은 바지를 입은 한 사내였다. 몽둥이질을 하던 청년 하나가 뒤따라 쫓아갔다. 쫓아가더니 품에서 칼을 꺼냈다. 길지도 짧지도 않은 끝이 뾰족한 칼이었다. 도망가던 이를 기어이 잡고서는 칼로 찔렀다. 악, 소리와 함께 옷자락에 핏물이 튀었다.

햇빛이 충혈된 듯 붉게 쏟아졌다. 햇빛이 유리창에 반사되며 류형도의 눈을 찔렀다. 류형도는 놀란 눈을 비볐다. 순간적으로 풍경이 사라지는 듯했다. 류형도는 눈을 감았다 다시 떴다.

칼을 찌른 청년이 보이지 않았다.

류형도는 두리번거리며 청년을 찾았다. 그제야 청년이 눈에 들어왔다. 청년은 옷이 피범벅이 된 채로 이미 축 늘어진 시체의 목에 새끼줄을 묶고 있었다.

"아…."

류형도는 거친 숨을 참고 있었다. 청년은 시체를 새끼줄로 다 묶은 뒤 새끼줄을 끌기 시작했다. 질질 끌고 길거리를 돌면서 환호성을 질러댔다. 핏물이 바닥에 흥건하게 길을 냈다. 흙바닥이 핏물을 마신 듯 흥분해 있었다.

류형도는 자신도 모르게 헉, 숨을 죽여 소리를 질렀다. 누군가 자신의 숨통을 막고 있는 듯했다. 누군가 자신의 목에 뜨거운 갈고리를 거는 게 분명했다. 류형도는 셔츠의 단추를 풀었다.

청년들의 머리띠에 뭔가 글씨가 쓰여 있었다.

"서북청년단?"

류형도는 얼굴을 일그러뜨렸다.

✱

"미 군정청 특별검찰부 수사과에 발령 받은 류형도라고 합니다. 잘 부탁드립니다."

미 군정청 수사과는 중앙청 건물 3층에 있었다. 대리석으로 만들어진 실내와 달리 내부 사무실은 목조다. 류형도는 조금 전 전차에서 보았던 풍경을 잊기라도 하려는 듯 옷매무새를 탁탁 소리 내 폈다. 허리를 굽혀 인사를 하고 고개를 들어 수사과장을 바라보았다.

수사과장은 타이 없는 흰 셔츠에 검정색 '땅꼬즈봉' 비슷한 바지를 입고 있었다.

'해방조국이 자네를 원하네. 과거는 덧일 뿐이야. 해방조국에서 열심히 일해보고 싶지 않은가?'

류형도는 이은의 말을 상기했다. 다짐을 하듯 어금니를 물었다.

'과거에 매달려 살 수는 없지 않은가.'

류형도는 이은의 말을 생각하며 고개를 흔들었다.

과거와 미래가 대립하는 힘 사이에서 현재는 언제나 허둥거렸다.

사람의 일이란 언제나 아득하기만 했다. 끊임없이 밀쳐내도 다시 굴러내려 오는 육중한 드럼통처럼, 기억은 찾아왔다.

류형도는 점점 자신이 무력해지는 것 같았다.

"내, 자네에 대한 얘기는 특별검찰부장님께 익히 듣고 있었네! 앞으로 잘해보세! 해방된 조국에서!"

굵고 힘 있는 목소리. 수사과장이 말했다.

류형도는 다리를 붙여 절도 있게 재차 인사를 했다.

예의바르고 냉정한 듯한 목소리. 적절한 거리감과 친밀감이 섞인 목소리. 수사과장은 둥근 금속테 안경을 쓰고 있고 강고한 고집과 선한 눈매를 가진 얼굴이다. 그는 고개를 숙인 채 검은 철끈으로 묶은 서류철을 넘겼다. 류형도는 수사과장을 쳐다보다 자신의 나무 책상으로 돌아왔다.

수사과장의 목소리, 어디선가 들어본 목소리였다. 어디서 들어본 것일까. 내가 만난 적이 있었던가? 류형도는 기억을 찾아보려 이맛살을 찌푸렸다.

그때 수사과장이 류형도를 불렀다.

"류형도, 여기 일정 때 조선예악원 단장 살인사건이 우리의 첫 번째 과제네."

수사과장은 검은 철끈으로 묶은 서류철을 류형도에게 건넸다.

"미 군정청에서 특별범죄 심사위원회를 만든다는 이야기는 듣고 있었겠지?"

"무슨 말입니까? 과장님?"

"친일협력자와 전범, 민족반역자들을 처단할 작정이야."

"왜 미 군정이? 피해를 입은 당사자인 조선이 전범재판을 해야 하는 것 아닙니까?"

류형도가 격앙된 목소리로 말했다.

"아직 과도정부가 아닌가?"

수사과장이 씁쓸레하게 웃었다.

"서대문경찰서에서 미제 사건으로 넘긴 사건일세. 하지만 단장 살인사건은 아주 중요 사건이야. 조선예악원은 일정 때 총독부에서 계속 감시받아오던 곳이지."

"그렇습니까?"

류형도는 놀란 듯 수사과장을 보았다.

"음, 그렇다면 단장은 총독부 쪽에서 살해했을 수도 있어. 아니면 단장이 민족반역자였거나. 하여간 살인자를 추적하다보면 친일 민족반역자들을 색출할 수 있을지도 모르지."

수사과장은 말을 이었다.

"한일합방 때 군악대가 해체되어 고종 황제가 조선예악원을 만들었다고 하지? 하지만 뭐, 한심한 일이지."

수사과장의 말에 류형도는 눈을 크게 뜨고 그를 쳐다보았다.

"조선 혼을 음악으로 살리겠다는 등 했지만 제대로 한 게 있었나? 모두 일본 총독부의 개 노릇이나 했지."

수사과장은 입술을 비틀며 웃었다.

류형도는 책상 위에 쌓여 있는 서류묶음을 하나씩 넘기기 시작했다.

서류를 재빨리 넘기던 류형도의 손이 멈춰졌다. 다시 서류철의 맨 앞장으로 되돌아갔다. 서류를 보고 있던 그의 동공이 점점 커지기 시작했다. 그는 서류를 눈으로 훑으며 천천히 장을 넘겼다. 살인사건의 수사기록이었다.

[조선예악원 단장 살인사건 사건번호 2153호]

단장은 몸에 어떤 흔적도 없이 쓰러졌다. 즉사했다고 되어 있다.

어떤 단서도, 어떤 살인 물증도 발견되지 않은 사건이다. 자살인지 타살인지조차 밝혀내지 못했다.

몸은 경직된 듯 딱딱하게 굳어 있었고 눈은 뜬 채였다. 동공은 커다랗게 확대되어 뭔가를 응시하는 눈빛이었다고 기록되어 있다. 두개골도 멀쩡했다. 분명한 것은 사체에 어떤 사인이 발견되지 않았다는 점이다. 그럴 경우 검시관은 심장마비라는 지극히 상투적인 사인을 생각할 수밖에 없다. 자살도 타살도 아닌 자연사인가.

그러면서도 검시관은 타살 가능성의 심증을 갖고 있었다. 심장마비가 외압에 의해 일어났을 수 있다는 가능성 때문이었다. 그 또한 증명하기 힘든 과제였다. 외압이 원인인지 생리적 내부의 문제인지 알 수가 없는 것이다.

류형도는 사진을 다시 들여다보았다. 단장은 커다랗게 눈을 뜬 채 죽어 있었다. 형도는 흠칫 놀라고 만다. 그것은 압정에 박힌 곤충처럼 박제된 공포를 불러일으켰다. 딱딱한 얼굴은 죽어가는 자가 죽음에 저항하고 있다는 생각이 들게 했다. 시신의 눈빛은 자신을 공격하는 외부에 대해 강력하게 항거하는 듯이 느껴졌다.

류형도는 기록을 다시 찬찬히 읽어내려 가기 시작했다. 죽던 날 밤에 대한 기록이었다. 그날 단장이 죽던 날 단장실을 황급히 빠져나가던 남자가 있었다고 한다. 목격자의 진술이었다. 그는 양복을 입은 호리호리한 체격이다. 급하게 단장실을 빠져나와 담을 넘었다고 되어 있다. 당시 침모와 어린 생도가 목격자였다.

류형도는 생각에 잠겼다. 손가락에 끼고 있던 연필로 기록철을 탁탁 내리치기 시작했다. 목격자 진술로 그려놓은 몽타주 사진 때문이었다.

어디선가 본 듯한 느낌이 든다.

"마츠무라 준이치로?"

류형도는 자기도 모르게 놀라 소리쳤다. 류형도의 얼굴이 서서히 굳어졌다.

경성, 대한예악원,
국재명

트럼펫소리가 울린다.

소리는 천 리까지라도 날아갈 듯했다. 서늘한 향처럼 번졌다. 나무기둥과 대들보와 서까래 사이로. 처마와 문틀과 툇마루까지. 마루와 마루 사이를 잇는 입식 창문에도.

소리는 마음의 결을 떨게 하다 다시 잠잠하게 했다. 아리랑이다. 소리는 작약 잎이 떨어지듯 애절했다. 애절해서 아름다웠다.

아리랑이 끝나자 도라지다. 트럼펫은 애절하고 붉게 울었다. 소리는 날카로운 세상의 모서리를 둥글게 쓰다듬었다. 소리는 조선예악원 한옥 마당으로 고요하게 스며들고 있었다.

오후의 빛은 마당 붉은 꽃 위로 떨어지고 있다. 재명은 단장실에서 트럼펫소리를 듣고 있었다. 유리창 너머로 붉은 꽃들이 보였다.

한옥 처마 아래 대한예악원이란 현판도 보였다. 재명은 눈을 돌려 자신의 방 책상 위에 놓인 것을 보았다. '경성음악 콩쿠르 1등' '반도음악 콩쿠르 우수상' 재명의 상패들이었다. 아크릴 상패는 침을 묻힌 고른 치아처럼 번쩍였다. 재명은 상패들을 하나씩 쓰다듬어보았다. 서늘한 손끝의 느낌이 심장으로 파고들어 가슴이 뜨거워졌다. 재명은 설명할 수 없는 흥분을 애써 잠잠히 하려 했다. 입가의 웃음을 지그시 누른다.

　재명은 칼라의 셔츠 깃을 만지작거렸다. 재명이 흥분을 가라앉힐 때 으레 하는 습관이었다.

　부악장들이 단장실에 몰려왔다. 그들은 모두 흥분한 표정이다. 흰 테이블보가 깔려 있는 원형테이블에 모여들었다. 그들은 재명 쪽을 보며 한마디씩 새 단장이 된 것에 대한 축하인사를 했다.

　"일정 때 참 혹독했지요."

　부악장 왕현이 말했다.

　"이제 일본놈들 군가를 연주할 일이 없으니 얼마나 다행입니까! 단장님!"

　부악장 사현명이 말했다. 재명이 응수했다.

　"다들 잘 견디고 버텨왔습니다!"

　"그래서 이렇게 조선예악원이 대한예악원으로 다시 탄생한 것 아닙니까?"

　부악장들은 어깨를 으쓱했다. 하얀 연주복의 칼라들이 불빛에 반사되었다. 그들은 흐뭇한 미소를 띠며 재차 재명을 쳐다보았다. 새 단장이 된 재명의 눈치를 보고 있었다. 재명은 나비처럼 보이는 작고 세모난 칼라를 다시 만지작거렸다.

　'대한예악원'이 새롭게 거듭났다! 재명도 감격에 젖은 기색이 역력했다. 재명이 말했다.

　"여러분들이 잘 견뎌주시었소."

　재명은 눈물을 글썽거렸다.

짧지 않은 시간이었다. 시간은 폭력적이고 잔인한 것이었다.

시간만큼 정직하게 움직이는 것도 없다. 해방이니 광복이니, 분명한 미래가 다가올 거라고 생각은 했다. 하지만 그만큼 미래는 매 순간 잡을 수 없는 곳으로 뒷걸음질 쳤다. 광복은 막연한 미래의 일인 듯싶었다. 현재의 시간은 모호했고 참혹했다.

일정 때 악원생도들은 취조와 고문을 견뎌내야 했다. 견디지 못해 자결하기도 했다. 조선민요를 연주했다는 이유에서였다.

주재소로 끌려가면 그것으로 끝이었다. 하반신을 쓰지 못하는 고문을 당했다. 고등형사들은 생도를 올빼미처럼 거꾸로 묶은 채 매질을 했다. 칼로 동맥을 끊어 피를 흘리며 서서히 죽게 만들기도 했다. 평생 죽을 때까지 누워 지내야 하거나 후유증으로 정신이상이 되기도 했다. 차라리 피멍이 든 채로 죽는 것이 호사로 보였다.

청일전쟁에서 일본 군인들은 중국인들의 살 껍질을 벗겨 천천히 죽게 했다는 소문이 돌기도 했다. 총알을 아끼기 위해 뒷머리에 나사를 박아 죽게 했다는 소문도 돌았다. 알 수 없는 풍문이었다. 풍문은 공포와 두려움으로 넘쳐났다.

시간이 준 것은 안간힘이었다. 시간은 견딤을 가르쳤다. 시간은 세월의 혹독함을 가르쳤다. 그리고 다시 세월에 대한 관용을 가르쳤다. 세월은 지나가는 것이었다. 그러나 그것은 시간을 견디기 위한 자기위로였다. 해방이 되었지만 과거는 살아남은 자들을 여전히 괴롭혔다. 과거는 끈질긴 것이었다. 환상통처럼 찾아들곤 했다.

재명은 문득 조선예악원 단장을 떠올렸다. 그러자 왕현이 생각났다는 듯 말했다.

"이 순간, 노 단장님이 살아계셨으면 얼마나 좋겠습니까."

말이 많은 사현명이 말을 이었다.

"단장님이 해방 직전 암살당한 것은 정말 안타까운 일이지 않습니까. 그러나 단장님이 살해되자마자 부단장님이 사라진 것도 이상한 일이지요."

재명은 눈빛을 반짝였다. 재명은 손바닥으로 오동나무 책상을 쳤다. 재명의 눈 끝이 떨렸다. 재명은 입술을 지그시 깨물었다.

그때다.

악원생도들 튜닝소리가 다시 들려온다.

바이올린, 첼로, 피아노, 북과 트럼펫소리다. 연습 전에 화음을 맞추려는 듯하다. 조금 전 연주한 아리랑과 도라지는 몸을 풀기 위한 연습곡이었나? 국재명은 생각했다.

연주가 시작된 모양이다. 그것은 오랫동안 들어본 익숙한 곡이다. 일정 때 네거리에서도 라디오에서도 수도 없이 들어왔던 곡.

재명의 얼굴이 서서히 굳어진다.

그는 지휘봉을 잡고 단박에 연습실로 달려갔다.

물길을 건너듯 부드러운 선율이 흐르고 있다. 그 위로 쿵쾅거리는 재명의 발자국소리가 미친 듯 올라타고 있었다.

재명은 미닫이문을 와락 열어젖힌다.

생도들의 연습실이었다. 재명은 최대한 냉정을 찾으려는 듯했다. 단단하게 절제된 얼굴 위로 노기를 억눌렀다. 그는 상기된 표정으로 생도들을 향해 고함을 쳤다.

"지금 무슨 짓을 하는 게냐?"

생도들의 연주가 단숨에 뚝 멈췄다.

"지금 너희들이 연주한 곡이 무슨 곡인지 아는 게냐? 코노, 아니 안학찬!"

재명은 생도장의 이름을 불렀다.

"하이!"

생도장이 자기도 모르게 큰 소리로 대답을 했다. 생도장은 스스로의 대답에 놀랐는지 다시 재빨리 대답했다.

"아니, 네!"

연습실은 찬물을 끼얹은 듯 조용해졌다. 스스로 만들어낸 모멸감에 휩싸여 생도들은 모두 입을 다물었다. 얼굴을 붉히고 있었다. 재명은 힘겨운 싸움에 진입했다는 생각이 들었다. 진득한 공기가 휘감겼다. 재명은 생도들이 아닌 자신의 내면과 팽팽하게 맞서고 있다는 느낌이 들었다.

재명은 치명적인 시선으로 생도들의 얼굴을 하나씩 살폈다.

"지금 너희들이 연주한 곡이 무엇이냐. 말해 보거라!"

재명의 눈빛에 핏발이 서 있었다. 그 눈빛에 놀란 생도장 안학찬이 뭐라고 중얼거렸다.

"큰 소리로!"

재명이 큰 소리로 호령했다. 깡마른 안학찬이 눈빛을 떨며 대답했다.

"다시! 더 큰 소리로!"

그제야 생도장은 큰 소리로 대답을 했다.

"예! 노예들의 합창, 입니다!"

"그 곡이 누구의 곡인지는 알고 있겠지?"

"예! 피아니스트 마츠무라 준이치로의 대표곡입니다."

"맞다! 그가 누구인지는 알고 있나!"

"……."

안학찬은 얼굴을 붉힌 채 잠잠했다.

"일본제국주의자, 전쟁광이다! 전쟁터로 조선청년들을 몰고 갔던 쪽발이새끼다! 그런 놈의 곡을 연주하다니….."

재명은 분에 못 이긴 듯 지휘봉을 신경질적으로 획획 휘둘렀다.

재명은 탁자 위에 놓여 있던 몽둥이를 들어올려 안학찬의 엉덩이를 때리기 시작했다. 퍽퍽 소리가 났다. 소리가 날 때마다 이를 문 입술 사이로 낮은 신음소리가 새어나왔다. 재명의 눈이 더욱 붉게 물들었다. 재명은 이를 악물고 조그맣게 중얼거렸다.

'마츠무라 준이치로!'

재명의 매질이 점점 거칠어졌다.

생도들의 낯빛이 새하얗게 질려갔다.

경북 하양,
이해랑

해랑은 누런 편지지를 든 채 가만히 있어본다. 막연한 눈빛으로 허공을 노려보면서 심호흡을 한다.

잠시 뒤 해랑은 떨리는 손으로 누런 편지지를 책갈피에 끼웠다. 기껏 몇 자의 글자에 불과하다. 조선어를 모르는 자신이 잘못된 오해를 할 수도 있는 일이다. 해랑은 아무렇지 않은 듯 대범해 보이고 싶었다.

해랑이 편지지를 책 사이에 끼우려는 순간이다.

책갈피는 뭔가를 뱉어냈다.

해랑은 바닥으로 떨어진 종이뭉치를 주웠다. 지난 해 신문이었다. 편지지와 똑같이 질이 나쁜 종이신문이다. 기사 부분을 네모나게 오려서 모아둔 듯해 보였다.

해랑은 반가운 듯 눈을 동그랗게 떴다. 신문의 글이 히라가나였기 때문이다. 글자는 세로줄로 적혀 있었다. 해랑은 신문기사를 재빠르게 읽기 시작했다. 한지가 먹물을 빨아들이듯.

그러다 해랑의 눈이 다시 커다랗게 변했다. 천천히 미간이 찌푸려지더니 한지가 구겨지듯 얼굴 전체를 일그러뜨렸다.

해랑의 얼굴은 더할 수 없이 절망적으로 변해갔다.

개가 다시 거칠게 짖었다.

은실이 급하게 방문을 열어 젖혔다.

"해랑 씨! 큰일 났소!"

은실이 큰 소리로 외쳤다.

"……"

해랑은 은실을 낯선 이를 바라보듯 뚫어지게 쳐다보았다. 은실은 아랑곳하지 않고 다시 큰 소리를 질렀다.

"사람들이, 동네 사람들이, 쳐들어왔어욧! 대문 앞에!"

"……."

해랑은 은실의 말은 전혀 관심이 없다는 표정이다. 해랑은 은실의 눈동자만을 꼿꼿이 바라보았다. 해랑이 아무 말이 없자 은실은 목소리를 낮추었다. 해랑을 천천히 불렀다.

"해랑 씨…."

은실은 영문을 모르겠다는 표정으로 해랑을 바라보았다. 해랑은 은실의 양손을 잡았다.

"아파요."

은실이 가녀린 목소리로 말했다. 해랑은 생각했다. 자신의 존재를 알 수 없듯 은실의 존재를 알 수가 없다고, 그렇다면 나는 누구인가. 내가 누구인지 말할 수 있는 자는 누구인가.

해랑은 말없이 은실을 보았다. 은실의 동공 안에 새겨진 자신의 얼굴이 희미하게 보였다. 은실의 짙은 망막 위에 놓여 있는 자신의 실루엣은 희미했다. 희미했고 알 수 없는 존재였다. 마치 나무뚜껑을 닫아놓은 우물처럼. 우물 안은 고요하고 잠잠했다. 속을 알 수 없는 깊이와 고뇌였다.

'이 여자는 대체 누구일까.'

해랑은 막막한 표정으로 은실을 바라보았다. 해랑은 시간의 폐쇄회로에 갇힌 듯한 느낌이 들었다. 해랑은 자신의 온 힘을 다해 은실을 바라보았다.

은실은 점점 죄어오는 아귀의 힘을 느꼈다. 손목이 잡혀 있던 은실이 애잔하게 말했다.

"아프다니까."

해랑은 천천히 은실의 손목을 풀어주었다.

수갑에 채워졌다 풀려난 사람처럼 은실은 손목 주위를 어루만
졌다. 손목 주위가 붉어져 있었다. 은실은 해랑의 표정을 꼼꼼히
살폈다. 해랑의 어떤 마음변화라도 살피려는 표정이다.

해랑은 집 대문 앞에서 거절당한 이방인과 같은 표정을 짓고
있었다. 쓸쓸하면서 화가 난, 고독해 보이면서 피곤해 보이는 표
정이다. 해랑은 숱 많고 짙은 속눈썹을 깜빡이지도 않은 채 은실
을 바라보았다. 은실에게 뭔가 대답을 들으려는 태도 같았다.

방문 밖에 개 짖는 소리는 더 요란해졌다. 나무 대문을 몽둥이
로 꽝꽝 두들기는 소리도 섞여서 났다. 뒤이어 고함소리도 함께
들려왔다.

"전쟁광, 마츠무라 준이치로, 악랄한 왜놈새끼, 당장 나와!"

대문 밖의 고함소리는 더 높아지고 있었다. 해랑의 얼굴이 굳
어졌다.

"저 사람들이 뭐라고 하는 거요?"

해랑이 은실에게 물었다. 은실은 대답하지 않은 채 해랑을 가
만히 바라보기만 했다.

대문 밖 동네 사내들은 목총을 들고 서 있었다. 마을 중학생에
게 빼앗은 것이었다. 그들은 목총의 개머리판으로 대문을 쳐댔
다. 대문은 곧 부서질 듯 몇 번씩이나 휘청거렸다.

봉선화가 심겨진 마당 앞이다. 마당 안쪽에 머리에 흰 수건을

쓰고 흰 중치마를 두른 함안댁이 부들부들 떨고 있었다. 안절부절못했다. 초조한 눈빛으로 대문과 새댁방 쪽을 번갈아가며 바라보았다.

해랑은 대문 밖에서 찾고 있는 자가 자기일지도 모른다는 생각을 했다.

"저 사람들이 뭐라고 하는 거냐고 묻지 않소?"

해랑이 은실에게 물었다.

은실이 말했다.

"또, 일본말!"

해랑은 움츠렸다.

"이제 일본말 쓰면 안 된다고 했지요?"

"왜 안 된다는 거요?"

해랑이 물었다.

"해방이 되었다 말했잖으오!"

"조선말이 잘 기억나질 않아!"

"그래도 기억하려 해보오. 당신은 조선사람이잖아요…. 아, 잠깐, 잠깐만, 저 사람들이….."

대문이 부서질 듯 굉장한 굉음이 들려왔다. 은실은 방문 입구 쪽으로 눈길을 돌렸다.

해랑이 은실을 바라보며 진지하게 말했다.

"우리…."

"……."

은실은 해랑의 다음 말을 기다렸다. 입술을 꼭 다문 채 해랑의 눈빛을 헤아리려 했다.

"경성으로 올라갑시다. 지금 당장!"

"경성? 경성은 갑자기 왜….'

"이곳을 떠나고 싶소."

"해랑 씨, 진정하시오. 동네사람들이 쳐들어온 것은 당신을 잘 못 착각하고 있기 때문이오. 당황할 필요가 없단 말이오. 전혀. 걱정…."

은실의 말이 채 끝나기도 전이었다.

"대체 난 누구요?"

해랑이 격앙된 목소리로 물었다. 해랑은 은실의 양 어깨를 움 켜쥐며 은실을 바라보았다. 목소리는 허공중에 거꾸로 매달린 짐 승처럼 절박했다.

"그래, 나, 말이야…. 당신은…. 내가… 조선인이라고 했잖소."

"조용하시오. 조용!"

은실은 낮고 힘 있는 목소리로 해랑을 눌렀다.

"왜, 내가 조용해야 하지? 작은 목소리로 말해야 하냐구?"

"아직 조선말에 대한 기억이 돌아오지 않았잖아요."

"……."

"당신은 분명 조선사람이오, 조선사람! 일본인도 제국주의자 도 아니란 말이오!"

"……."

해랑은 머리를 감싸 쥐었다. 두통이 찾아왔다.

은실은 해랑을 쳐다보며 말했다.

"그 사람이 누구라는 게 정해져 있는 건 아니오. 세상에 사실이란 건 없으니까. 사람들은 자신의 선택으로 자신이 누구인가 결정될 뿐이오. 자기가 어떤 일을 하느냐로 말이오."

개 짖는 소리가 더욱 요란했다.

은실은 동네 사람들의 고함소리가 들리는 대문 쪽을 바라보다 다시 해랑을 바라보았다.

"걱정 마오. 내가 해결할 테니."

은실은 해랑을 달래듯 말했다. 부드럽지만 강경한 위압이 느껴지는 어투였다.

은실은 해랑의 말을 들은 척도 않고 등을 보이며 돌아섰다. 방문 쪽으로 걸어가려 했다. 해랑은 은실의 등 쪽 어깨를 잡고 은실을 획 하고 돌렸다. 갑작스런 완력에 은실은 놀란 눈을 동그랗게 떴다. 해랑의 손아귀 때문에 은실의 흰 저고리 깃이 거칠게 구겨졌다.

"당신은 누구요?"

은실은 경악스러운 듯 해랑을 뚫어지게 쳐다보았다. 해랑의 목소리는 좀 전과 달리 소름이 끼칠 만큼 차가워져 있었다. 길들이지 않은 짐승의 이빨처럼 날카로워 은실의 어깨에 흉기처럼 파고들었다.

은실의 도톰한 코끝이 서서히 붉게 변했다. 해랑의 우악스런 손에 어깨가 잡힌 채였다. 은실의 코 전체가 붉어지더니 커다란 눈이 서서히 붉어졌다. 눈물이 고이기 시작했다.

대문 앞에서 고함소리는 더욱 거칠어지고 있었다.

"왜놈새끼, 전쟁 미치광이, 극렬분자를 죽여라~!"

나무 대문이 가격을 견디지 못할 듯했다. 가격은 거셌고 고함 소리는 더 높았다.

은실은 해랑을 보며 천천히 말했다.

"지금, 저 동네 청년들을 먼저 달래는 게 중요하단 말이욧! 저 소리 안 들려요?"

"나한테 진실을 말해주시오! 당신이 내 아내라는 게 맞긴 한 거요?"

"진실? 진실이란 게 뭐요? 당신은 예나 지금이나 똑같아요. 현실에 충실하지 않는 거. 진실이란 현실에 충실한 거요. 바로 지금 당신이 이렇게 살아 있다는 거. 그게 진실이오. 그것이 바로 당신이구욧!"

은실은 해랑을 원망하듯 노려보며 눈가의 물기를 훔쳤다. 돌아서서 미닫이문을 열고 밖으로 나갔다.

은실이 방에서 사라지자 해랑은 황급하게 책상 앞에 앉았다. 흰 무명천 덮개로 씌워둔 앉은뱅이책상이었다. 해랑은 책상 아래 바닥에 손을 집어넣었다. 조금 전 숨겨둔 신문조각과 편지봉투를 끄집어냈다.

그리고는 두터운 이불을 개서 올려둔 오동나무 서랍장 쪽으로 가서 서랍장 옆에 세워둔 검고 큰 비닐가방을 가져왔다. 가방에 신문 조각과 편지를 넣고 벽에 걸어둔 자신의 흰 셔츠와 바지, 몇 가지를 챙겼다. 돈도 잊지 않았다. 은실이 옷장 깊숙이 옷 사이 신문지로 싸둔 지폐였다. 재빠른 행동이었다.

"저희 양반은 일본사람이 아니라니까욧! 당신네들이 사람 잘 못 보았소!"

은실의 앙칼지게 올라가는 목소리가 터져 나왔다.

"왜놈새끼랑 사는 년이 무슨 할 말이 있다고 그라노?"

"암만, 저새끼를 조선천지에서 모르는 사람이 있을라꼬. 저놈 때문에 학병 나간 우리 아는 아직 돌아오지도 않았는데…."

"아니라니깐!"

은실의 톤 높은 소리가 무색했다. 말의 여운이 끝나기도 전에 대문 문짝이 쫘당 하고 넘어지는 소리가 들렸다. 넘어지는 소리와 동시에 함안댁의 비명소리가 허공에 솟아났다.

"아이고 경을 칠 사람인가배. 진짜 사람 잡을라 하능교."

은실이 다급하지만 차분하게 말하는 소리가 들려왔다.

"잘못 봤소. 비슷하게 닮았는지 모르겠지만. 저희 양반은 확실히 조선사람이오, 어릴 때부터 우린 같이 자랐다니까요."

해랑은 가방 싸던 손을 멈추었다. 조선말을 잘 알아들을 수는 없지만 은실의 그 말은 해독된 말처럼 귓속에 박혀 날아들었다.

"어릴 때부터 같이 자랐다?"

해랑은 흠칫 놀라 장지문 쪽을 바라보았다. 두껍게 바른 한지로 강한 오후의 빛이 쏟아지고 있었다. 은실과 어릴 때부터 함께 자랐다니.

마당은 여전히 소란스러웠다. 해랑은 아(亞)자로 짜놓은 창호지 사이의 살대를 한참을 지켜보았다. 갑자기 두통이 찾아왔다. 해랑은 인상을 찡그리며 머리를 감싸 안았다.

혼돈만이 실재하는 것 같았다. 눈앞에 사실이라고 믿었던 풍경이 와르르 무너지는 느낌이 들었다. 깜깜한 것만이 해랑이 알고 있는 유일한 빛이었다. 삶의 무중력에 갇힌 듯 해랑은 허우적댔다. 해랑은 가까스로 일어났다.

뒤뜰로 통하는 창문 쪽이다. 나무 격자무늬가 들어간 창틀은 쉽게 열리지 않았다. 해랑은 가방을 등 뒤에 멨다. 온 힘을 다해 나무창문을 열었다. 천천히 최대한 소리 내지 않기 위해 안간힘을 썼다.

"어, 어, 어, 저기 보래이."

"왜놈새끼가 도망간대이."

사내 하나가 손가락으로 해랑을 가리켰다. 해랑이 검은 가방을 둘러메고 담을 넘고 있을 때였다. 곡괭이와 목총을 든 사내들이다. 흰 한복 저고리를 입은 중년의 사내는 목총을 겨누며 달려들었다. 은실이 동네사내들을 막아섰다. 동네사내들이 은실을 밀어 넘어뜨렸다. 낮은 흙담이다. 해랑은 재빠르게 흙담을 넘었다. 해랑은 자신의 몸이 날렵하게 움직이는 것에 스스로 놀랐다.

잡풀숲 너머 비탈길이 보였다.

해랑은 뒤를 돌아 비탈길 쪽으로 달리기 시작했다. 돌멩이가 위로 솟구치며 종아리를 때렸다. 자갈이 많은 길이었다. 은실의 비명소리가 뒤이어 들려오기 시작했다.

"아악!"

"와, 와, 죄 없는 새댁을 잡능교. 아이고. 사람 잡것네."

함안댁의 울부짖음이 들려왔다. 퍽퍽, 사람 때리는 소리가 비명과 함께 해랑의 고막을 찢었다.

해랑은 고통을 참으려는 듯 미간을 찌푸렸다. 해랑은 달리던 속도를 멈추지 않았다. 해랑은 이를 악물고 앞으로 달렸다.

영문을 모르는 백주(白晝)의 공포에 몸을 떨었다. 앞을 알 수 없는 캄캄한 어둠과 무지와 미혹과 의심과 소량의 슬픔이 해랑이 가진 모든 것이었다.

해랑은 다시 한 번 얼굴을 일그러뜨리며 입술을 깨물었다. 온몸이 땀범벅이다. 유리조각이 박히는 듯 발바닥에 통증이 몰려왔다. 해랑은 맨발이었다. 발바닥에서는 피가 나고 있다. 동네 사내들이 고함을 지르면서 해랑을 쫓아오고 있다.

해랑은 도망가며 조금 전 일을 떠올렸다. 은실의 책갈피에 끼어있던 오려진 신문 기사였다.

경무국장 마츠무라 데츠야 살인사건.
유력한 용의자 마츠무라 준이치로.
쇼와[昭和] 19년 12월 12일

헤드라인 기사였다. 해랑은 뒤통수를 얻어맞은 듯했다. 충격으로 헤드라인 아래 작은 글씨는 잘 읽지도 못했다. 헤드라인 아래 살인 용의자의 사진에 눈이 박혔기 때문이다. 짙은 속눈썹에 곧은 콧대, 날렵한 턱선, 강고한 고집이 깃들었지만 선이 부드러운 입술. 흑백사진이고 초점이 어지러운 듯 흐릿했다.

머리를 짧게 밀었지만, 분명했다. 이해랑 자기자신이었다. 큰 글씨 아래 작은 글씨의 기사는 더 충격적이었다.

천재 피아니스트 마츠무라 준이치로,
부친살해 혐의로 수배중.

'마츠무라 준이치로?'
해랑은 얼굴을 일그러뜨렸다.

'마츠무라 상!'
미군 헌병 둘이 나오코의 양 겨드랑이를 꽉 움켜쥐자 나오코는 입을 꼭 다문 채 속으로 외쳤다.

"마츠무라 준이치로?"
미 군정청 류형도는 몽타주 속의 사내를 보며 놀라 중얼거렸다.

'마츠무라 준이치로!'
대한예악원 국재명이 매질을 하며 절규하듯 속으로 외쳤다.

해랑은 돌 자갈이 범벅이 된 비탈길을 달렸다. 해랑이 달려온 돌길에 발자국처럼 핏물이 들어 있었다. 맨발바닥 아래 돌조각이 파고들었다. 해랑은 발바닥의 끔찍한 통증도 잊은 채 달렸다.
비탈길 옆 아래로 강이 보였다.

강은 넓고 들은 평화로웠다.

해랑은 자신이 달려가야 할 비탈길을 내려다보았다.

햇볕이 사정없이 내리쬐고 있었다.

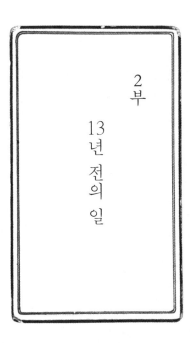

2부

13년 전의 일

13년 전,

열 살의 해랑

<ruby>昭<rt></rt>和<rt></rt></ruby> 쇼와 7년 서기 1932년

"반일단체인 ML당(黨) 조직원 김재학은 메이데이 시위행렬에 참가했다는 이유로 검거되어 혹독한 고문을 당했다."

———————

독립운동가 박진목의 증언

조선예악원, 여름 한낮,
이해랑

경성역은 붐볐다.

 플랫폼에서 계단을 오르는데도 많은 사람들 때문에 헉헉거리
며 올랐다. 많은 보따리 때문이기도 했다. 다른 사람들은 웬만한
짐도 빨간 모자를 쓰고 감청색 양복 입은 짐꾼에게 맡기는데 이
모는 보따리를 죄다 자신의 몸과 해랑의 몸에 주렁주렁 매달아
놓고 있었다. 표 받는 데를 지나 역전의 너른 마당까지 나오는 데
도 시간이 걸렸다. 역 앞으로 나오자 많은 사람들이 해랑의 눈앞
을 지나갔다.

 세일러복을 입은 여학생 둘이 지나가고 달구지를 끌고 짐꾼이
지나갔다. 인력거꾼들이 사람들을 태우기를 기다리고 있고 검은

양복에 흰 칼라를 내놓은 신사와 양산을 쓴 기모노 차림 여인이 지나가고 있었다. 기모노 여인은 뽀얗게 분을 바르고 빨갛게 입술을 칠하고 있다. 바지저고리와 짚신 차림의 농부도 있었다. 농부는 지게를 지고 어딘가로 급히 가고 있었다. 해랑은 얼이 빠져 눈을 휘둥거리며 두리번거렸다.

이모가 해랑의 머리를 쥐어박았다.

"정신 차리래이."

이모의 입에서 역한 냄새가 났다. 술 냄새 같기도 했다. 하지만 꼭 그것만은 아니다. 이모는 거무튀튀한 눈자위에 누렇게 뜬 얼굴을 하고 있다. 양장 치마가 허리에 끼는지 허리께를 비비 틀었다. 하얀 양장 블라우스에 보따리를 머리 위에 이고 있었다. 보따리를 보자 각설이떼처럼 너덜너덜하고 때 묻은 옷을 입은 지게꾼들이 이모와 해랑의 곁으로 우르르 몰려왔다. 서로 짐을 지겠다고 난리다. 물어보지도 않고 짐을 먼저 실으려는 사람도 있었다. 어디로 가느냐고 그들이 물었을 때 이모는 딱히 대답할 곳이 없었다. 실제로 그랬다. 이모는 전차를 탈 것이라고 호통을 치며 그들을 물리쳤다.

짐꾼들이 물러나자 이모가 주위를 둘러보며 자랑하듯 말했다.

"여기가 경성인기랏!"

이모가 입은 양장 블라우스와 양치마는 어머니의 것이었다. 어머니는 바느질 품삯으로 받은 치마 두 감으로 재봉틀을 돌렸다. 어머니의 양치마는 아무리 보아도 이모에게는 어울리지 않았다.

이모는 종로통까지 걸어야 한다고 했다. 큰 보따리에서 꺼낸

손수건으로 이마에 밴 땀을 훔쳤다. 전차 지나가는 큰 네거리를 지나자 종로통으로 가는 길이 시작되었다. 기독교 청년회관이라고 적힌 나무간판이 보였다.

해랑은 열 살이었다. 국어(일본어)를 읽고 쓸 줄 정도는 알았다. 어머니는 어릴 때 오르간만 가르쳐 주신 게 아니었다. 어머니는 오르간을 치며 해랑에게 책도 읽어주었다.

종로통은 큰 건물들투성이였다. 누런 군복을 입은 순사가 양쪽으로 서 있는 종로경찰서가 나타났다. 다음 명치정, 명동성당이라고 쓰인 건물이 나타났다. 혼마치를 지나고 경성우편국, 청국공사관, 조선 지축은행을 지났다.

다리가 아플 법도 했지만 아프지 않았다. 보는 모든 건물들이 신기했다. 눈이 파랗고 키가 크고 코끝이 뾰족한 양인들도 있었다. 크고 작은 찻집도 많았다. 야외 카페에서 커피를 마시는 사람도 있고 끽다점에서 담배를 피우는 사람도 보였다.

쾅, 누군가 해랑의 머리를 쳤다. 앞을 보니 굵고 큰 나무기둥이 서 있다. 이모가 해랑의 이마를 쿡 쥐어박았다.

"앞을 잘 보고 다니라고 안 카나. 전신주에 머리를 박고 그라노."

이번에 뭔가 멀리서 시끄러운 소리를 내며 달려왔다. 이모는 해랑의 손을 휙 낚아채며 뒤로 물러났다.

"전차에 치일 뻔한 기라."

이모가 말했다. 해랑은 그렇게 크고 빠른 동물을 처음 보았다. 검고 큰 짐승은 굉음을 내며 네거리를 관통하고 있었다. 기차의 한 토막보다도 짧고 파란 전차가 등에 뿔을 달고 한길 한가운데를 달렸다. 뿔과 공중에 걸린 줄 사이에 파란 불꽃이 튀었다. 불꽃을 보자 해랑은 와락 겁이 나고 신기했다.

해랑은 경성의 번잡하고 시끄러운 거리를 구경하느라 배고픈 것도 잊고 있었다. 이모는 치마를 들추고 속바지에 달린 진홍색 주머니를 보여주었다. 술이 많이 달린 비단 주머니에는 돈은 없었다. 주머니에 돈이 들어오기까지 해랑은 배고픈 것을 참아야 한다.

"우리집에서 배달하기에는 아직 어린데…."

콧잔등이 빨갛게 된 쌀집주인이 해랑을 빤히 내려다보았다.

"이 녀석, 이름은 뭐요?"

쌀집 주인이 해랑을 가리키며 물었다. 이모가 기다렸다는 듯 냉큼 대답했다.

"해랑, 이해랑이라 하지예."

해랑은 자신의 이름이 왜 이해랑이 되었는지 알 수가 없었다. 이모는 해랑을 내려다보며 눈을 한 번 끔뻑했다. 해랑은 그런 이모를 바라보다 쌀집 주인을 바라보았다. 해랑의 키는 덩치 큰 쌀집 주인의 허리춤에도 미치지 못했다. 해랑은 좀더 의젓해 보이려 허리를 꼿꼿하게 폈다. 눈을 반짝거리려 애를 쓰며 이모를 쥐고 있는 손에 더욱 힘을 주었다.

"야가 말이 없어서 그렇지 힘도 세고 일도 잘한다카이. 함 믿어보이소."

쌀집 주인은 큰 덩치에 어깨를 으쓱해 보이더니 고개를 갸우

뚱했다. 해랑을 다시금 내려다보았다.

"저기 저, 자전거도 잘 탈 줄 압니더. 그러이 야 몸값으로 오십 원만 주시면….'"

당당하던 태도는 어디가고 이모는 애걸하는 표정으로 변해 있었다. 이모는 해랑의 등을 툭하고 치며 앞으로 밀었다. 해랑은 키보다 훨씬 큰 자전거 쪽으로 걸어갔다. 해랑은 페달에 작은 발을 올리며 자전거 좌석에 앉으려 했다.

그때다. 쌀집 가게 안쪽에 있던 여자가 가게 앞으로 걸어 나왔다. 여자는 쌀집 주인의 부인처럼 보였다. 부인 역시 덩치가 컸다. 덩치는 컸지만 눈매만은 예리하고 매서워보였다. 부인은 흰수건을 머리에 쓰고 흰 중치마를 치마 위에 걸치고 있었다.

여자는 이미 해랑이네 쪽 행색을 처음부터 쭉 지켜본 듯했다. 쌀집 주인의 귀에 대고 이모를 곁눈질하며 뭐라고 뭐라고 말했다. 말을 듣고 있던 주인의 얼굴이 황급하게 놀라는 표정으로 변해갔다.

"무어?"

쌀집 주인은 숨긴 비밀을 알게 된 사람처럼 버럭 화를 냈다. 쩌렁쩌렁 고함을 질렀다.

"아편쟁이야. 아편쟁이! 아편쟁이는 썩 꺼져!"

쌀집 주인은 가게 옆에 세워둔 자전거 쪽으로 급하게 다가왔다. 해랑이 타려던 키 큰 자전거를 획 하고 낚아챘던 것이다. 손잡이를 잡고 있던 해랑의 작은 손을 움켜쥐었다.

"이것 보래. 이 녀석 손, 육손이구먼. 이런 병신새끼를 어느 가게서 쓴담. 썩 물러가버려! 손님들이 재수 없어 한다니까. 오늘 영 재수가 없을라고 하니까 별 병신새끼가 다 와가지고 슬라무네…."

덩치가 곰 같고 어깨선이 직선으로 곧은 사내는 해랑을 노려 보며 큰 소리를 질렀다. 붉은 콧잔등이 더욱 붉어졌다. 해랑은 얼굴이 화덕처럼 타올랐다.

해랑은 이모에게 쪼르르 달려갔다. 이모의 손을 꼭 잡았다. 이모의 얼굴도 해랑이만큼 붉어졌다. 푸르둥둥하게 부어오른 이모의 눈 밑이 더욱 어두워보였다. 이모는 퀭한 눈을 부라리며 날카롭게 쏘아붙였다.

"퉤, 잘 처먹고 잘 뒈져라. 내 참 더럽다카이."

이모는 가마니 포대 위에 쌓아놓은 쌀 위에 누런 침을 뱉었다. 쌀집주인의 얼굴이 일그러졌다. 사내는 이모의 멱살이라도 잡을 듯이 달려들었다. 이모가 잽싸게 도망치듯 해랑의 손을 잡고 빠른 걸음으로 달아나지 않았다면 어떤 꼴을 당할지 알 수가 없었다. 시장통에 노점상으로 있는 곡물상, 채소상, 잡화점 상인들이 모두 해랑과 이모를 쳐다보며 수군거렸다.

해랑은 잰걸음으로 걷다 뒤를 돌아봤다. 얼굴이 벌겋게 된 쌀집주인을 그 부인이 막아서고 있었다. 참으라는 시늉을 하고 있었다. 쌀집주인은 알아들을 수 없는 고함을 지르며 삿대질을 해대고 있었다.

해랑은 이모의 손을 더욱 꼭 잡았다. 이모가 해랑을 버리고 가기라도 하는 듯. 이모의 손에 끈적한 땀이 해랑의 손바닥으로 전해졌다. 해랑은 미끈거리는 손을 놓치지 않으려고 애를 썼다. 이모가 뛰다시피 달아났기 때문에 해랑은 더욱 힘껏 이모와 함께 달리기 시작했다. 해랑은 뛰면서 이모를 올려다보았다. 이모는 여전히 화를 참지 못하는 표정으로 눈꼬리를 치켜세우고 입을 실룩거리며 욕을 해대고 있었다.

대체 돈 한 푼 없이 경성이란 곳에서 어떻게 일자리를 구할 수 있는지. 일자리도 구하기 전에 굶어죽기 딱 맞을 것 같았다. 해랑은 어깨가 저절로 축 처지며 내려앉았다. 햇빛은 여전히 번쩍이며 하늘의 주인인 양 히죽거리고 있었다.

✽

처음 타보는 전차 안에는 사람들이 많다. 벌써 오후 해가 익어가고 있다. 해는 전차 안을 다 비추어주었다. 차창에 몸을 기대니 철로를 달리는 전차의 소리가 직접 귀에 울려 왔다. 선로의 이음새에서 나는 소리는 해랑에게 고향에서 멀어졌다는 불안과 적막감을 더욱 불러일으켰다.

이모는 입가에 침을 흘리고 잔다. 해랑은 자고 있는 이모 옆에서 하늘을 쳐다보고 있었다. 창틈으로 바람이 들어왔다. 바람은 끈적했다. 훅하게 습기가 끼쳤다. 이모는 의자 뒤로 고개를 젖힌 채 손으로 목을 벅벅 긁었다. 그러자 땟국물이 흘러내렸다.

'이모도 어머니처럼 여러 번 흔들어도 깨지 않는 잠에 빠지지는 않겠지…. 어머니는 어떻게 되었을까. 어머니의 목을 타고 붉은 피가 솟아났어…. 그리고 히로유키는 어떻게 되었을까. 불쌍한 형. 나는 그때 마당에서 무얼 하고 있었지? 아니 난 방안에 있

었지. 마당에서 시끄러운 고함소리가 났어. 그리고 비명소리도 났고. 문을 열었을 때….'

해랑은 질끈 두 눈을 감아버렸다. 햇빛이 너무 강했기 때문만은 아니었다. 해랑은 고개를 숙인 채 옛일들을 기억하려 애를 썼다. 그러나 옛일들은 분명한 듯하면서도 잘 떠오르지 않았다. 파편처럼 떠올랐다 사라졌다. 해랑은 다시 한 번 고개를 세게 흔들었다.

전차가 끼익 하고 모퉁이를 돌며 덜컹거린다. 이모 몸도 덜컹하고 전차와 함께 움직였다. 이모는 잠자면서도 보자기 꾸러미를 가슴께로 다시 한 번 끌어안았다.

해랑은 창밖을 살폈다. 황금연예관이라고 큰 입간판을 내건 건물이 보였다. 건물들 사이로 멀리 정원이 딸린 손탁호텔이 보였다. 전차가 속도를 낸다. 본정(本庭)이라고 쓰인 일식 요릿집이 나타났다.

해랑은 자신의 배를 쓱쓱 만져보았다. 해랑은 하루 종일 아무것도 먹지 않았다는 것을 떠올렸다. 어머니와 있을 때 조밥과 산나물과 국을 먹었다. 가끔 보리죽이나 보리밥을 먹기도 했었다. 청포묵 장수가 지나가면 해랑은 청포묵을 사달라고 어머니를 조르기도 했다. 쌀겨로 만든 전병의 고소한 맛도 떠올랐다. 겨에 쌀부스러기를 섞어 반죽해서 짚불에 구워 별로 맛은 없지만 지금은 그 냄새를 맡기만 해도 어머니가 떠올라 눈물이 날 것 같았다.

그 사이 잠깐씩 잠깐씩 해랑의 얼굴이 창문에 비쳤다. 허연 버짐이 핀 까까머리 소년이 어리둥절한 표정으로 이쪽을 보고 있었다. 해랑은 유리창에 비치는 자신의 모습을 보지 않으려 더욱 창가로 몸을 바짝 붙였다.

오후의 빛이 기울어가고 있다. 거리의 나무도 그림자가 길어지고 있다. 나무는 제 외로움만큼 그림자를 키워내고 있었다. 해랑은 그 그림자를 물끄러미 한참을 바라보았다. 어머니가, 보고 싶었다.

짙은 흑발의 단발머리 계집아이다. 계집아이는 해랑보다 키가 훨씬 커 보였다. 흰 무명저고리에 검정치마를 입고 있다. 전차가 꿍음을 내며 긴 나신을 구부리며 달렸다. 이모 앞에 손잡이를 잡고 서 있던 흑발의 계집아이는 이모 쪽으로 넘어졌다. 아이쿠, 계집아이는 짧게 소리를 쳤다. 침을 흘리며 자던 이모는 잠에서 깼다. 단잠을 빼앗겼는지 이모는 짧은 신경질을 냈다. 계집아이는 얼굴을 붉히며 미안한 듯 고개를 숙인다. 급하게 다음 정거장에서 내린다.

계집아이는 정거장을 내리기 전 해랑을 힐끗 쳐다보았다. 계집아이 얼굴에는 어떤 표정이란 것이 없었다. 어떤 표정도 읽을 수 없는 얼굴이었다. 해랑은 축 처진 닭처럼 생긴 봇짐을 안은 채 계집아이를 물끄러미 쳐다만 보고 있을 뿐이었다.

"아이고, 아이고 어쩌면 좋노. 그년이, 그년이 내 돈을 훔쳐갔다! 훔쳐갔어! 아이고, 내 오르간, 내 오르간~."

전차를 내리고 나서다. 이모는 눈이 벌겋게 되어 보따리를 풀어보더니 지갑이 없어졌다고 소리쳤다. 이모는 길바닥에 털썩 주저앉더니 고래고래 고함을 치며 울부짖기 시작했다. 흙바닥을 치며 양다리를 흔들어댔다. 이모가 입은 양치마가 흙바닥에 더럽게 구겨졌다. 이모는 전차를 타기 전에 분명 돈이 없어 먹을 것을 사줄 수 없다고 했었다. 해랑은 멀뚱거리는 눈으로 주저앉은 이모를 내려다보았다.

이모가 그렇게 통곡을 하는 것은 생전 처음 보는 일이다. 어머니가 돌아가신 날도 그렇지는 않았다. 그러고 보니 해랑은 어머니가 돌아가신 날이 기억났다. 옆집에 살던 이모는 해랑에게 당장 달려들었다. 해랑을 끌어안고 한참을 훌쩍였다. 며칠이 지나 마루에 있던 오르간이 없어진 것을 알게 되었다. 이모는 경성에 함께 올라가자고 했다. 경성에 올라가면 일자리를 구할 수 있다, 그럼 배가 고플 일은 없다는 것이다.

이모는 다시 통곡을 했다.

"어휴, 육실헐! 안 될 년은 어떻게 해도 안 된다카더니…. 에휴, 내 팔자야."

오르간은 어머니 것이었는데. 해랑은 울고 있는 이모 옆에서 생각했다.

어머니는 살아계실 때 한 번도 이모를 이모라 부르지 않았다. 어머니는 옆집 아주머니라고만 했다. 옆집 아주머니를 조심하라고만 해랑에게 말했다. 어머니가 돌아가시자마자 이모는 해랑에게 달려왔다.

"내가 니 이모라는 거 니 엄마가 말하지 않았나?"

해랑은 가만히 멀뚱거리며 옆집 아주머니를 쳐다보았다.

"자, 이, 모, 라고 불러봐라. 내가 니 이모다 아이가."

해랑은 이, 모, 라고 조그맣게 불러보았다. 이모는 더 큰 소리로 불러보라고 말했다. 해랑은 다시 이, 모, 라고 힘을 내 불러보았다.

이, 모, 라고 부를 때마다 배가 더 고파왔다. 소리 내 부르는 대신 해랑은 속으로 이, 모, 라고 불러보았다. 어머니를 부르고 싶을 때마다 속으로 이, 모, 라고 불렀다.

한옥기와들이 어우러져 있는 골목길이다.

해랑은 축 처진 봇짐을 메고 걸었다. 이모도 될 대로 되라는 식으로 털썩털썩 걸었다. 이모는 흐릿한 눈빛인데다 머리카락까지 헝클어져 있었다. 이모는 울부짖으며 제 머리를 쥐어뜯었던 것이다. 욕을 퍼부어대는 것도 지친 것 같았다.

돌담길을 돌아설 때였다. 악기소리가 들려왔다. 희미했지만 분명했다. 태어나서 생전 처음 들어보는 기묘한 울림. 소리는 해랑의 귓속으로 들어와 심장을 튕기는 듯했다. 순간 뱃속의 창자가 꿈틀거리며 출렁거렸다. 소리가 해랑을 빨아들이는 듯해 걸을 수가 없었다. 해랑은 정신이 혼미해지는 느낌을 받고 자기도 모르게 우뚝 서고 말았다.

"인석아, 이 소리 들리냐. 이 소리, 귓구멍이 뚫렸으면 이 소리가 들릴 기라. 내가 기생할 때 뜯던 가야금소리 아이가."

이모는 갑자기 생기가 돈 사람처럼 얼굴이 밝아졌다. 흐릿하던 눈을 반짝이기 시작했다.

가야금, 가야금, 언젠가 해랑 자신도 들어본 적이 있다. 어머니

와 시장에 갔을 때다. 장터에 가마니를 깔고 울긋불긋한 치마저
고리를 입은 여인네들이 가야금을 연주했다. 화려한 저고리를 입
은 여인들은 퇴기라고 했다.

이모는 소리가 나는 쪽으로 해랑의 손을 급하게 잡아끌었다.
돌을 군데군데 넣어 쌓아올린 낮은 흙담이 이어졌다. 돌담 끝에
큰 나무대문이 나타났다. 대문 옆에 세로로 뭐라 쓰여 있었다. 무
슨 글인지 읽을 수 없었다. 조선 글이었다. 이모도 글을 모르긴
마찬가지였다.

이모와 해랑은 열려 있는 문턱을 넘었다. 소리는 대문 안과 밖
을 넘나들며 함께 울렸다. 이모와 해랑은 넋을 잃은 듯 대문 안으
로 들어섰다. 마당이다. 들어서기 무섭게 가야금소리가 뚝하고
멈추었다. 그제야 정신을 차린 듯 해랑은 주위를 둘러보았다.

"누구시오? 무슨 일로….."

대청마루 위 선비차림의 사내였다. 흰 저고리차림에 긴 마고자
비슷한 푸른 조끼를 걸치고 있었다. 코와 턱에 짧은 수염이 나고
예리한 눈매를 가진 중키의 체형이었다.

사내가 서 있는 뒤쪽은 한옥 방들이었다. 방과 방 사이, 방과
대청 사이에 장지문을 들어올려 천장에 매달아놓고 있었다. 장지
문을 들어올린 방 때문에 한옥집은 마치 돛을 단 기선처럼 보였
다. 방과 방 사이에 샛장지는 열어둔 상태였다. 마당으로 통하는
출입문 쪽으로는 통유리로 된 미닫이문이 있고 바로 툇마루였
다. 화려하지 않지만 단아한 한옥집이었다.

칸칸마다 한복 저고리를 입은 어린 생도들이 제각기 악기를

들고 매만지고 있었다. 장구와 가야금, 아쟁, 북, 꽹과리, 징. 춤사
위를 추기 위해 추임새를 연습하는 여자 아이도 보였다.

마당에는 붉은 꽃의 줄장미와 노란 꽃을 피운 난초가 만발했
다. 작은 연못마냥 만든 못에는 작약과 물수선화가 떠 있었다.

"뉘시오…."

예리한 눈매를 가진 중키의 사내 뒤로 다른 사내가 나타났다.
신식으로 머리를 자르고 마고자 저고리를 입은 사내였다. 보기
에도 풍채가 좋아보였다. 이마가 넓고 콧망울이 두툼하고 진지한
무게를 가진 눈빛이었다. 풍채 좋은 사내가 마루로 나오자 예리
한 눈매의 사내와 머슴아비와 생도들이 모두 예를 갖추듯 허리
를 굽혔다. 머슴아비는 비를 들고 마당에 선 채였다.

"뉘시오. 무슨 일이기에…."

이모가 말했다.

"저, 여기, 이곳이 뭐하는 곳인지…."

마고자 차림의 사내는 '조선예악원'이라 말해주었다. 이모는
반가운 듯 말했다.

"아하, 조선정악을 가르쳐준다는 관청, 들어보았습니다. 그 대
단한 예인들을 키워낸다는…. 아이고 반가워라."

대청마루 위에 선 이는 자신을 이곳의 단장이라 소개했다. 재
차 무슨 일이냐고 물었다. 이모는 해랑의 귀에다 대고 말했다.
"내가 옛날에 있던 기생집에도 조선예악원 생도들이 가끔씩 와
서 가야금을 뜯었다 아이가." 이모는 반가움과 떨림을 잠시 접어

두고 머뭇거리듯 말했다.

"이곳에 일꾼이 필요하지 않습니꺼. 야 말인데요. 아주 일 잘하는디…."

단장은 마당에 서 있는 해랑을 내려다보았다. 그러자 예리한 눈매의 사내가 일꾼이 전혀 필요 없다고 말했다. 단장은 예리한 눈매를 부단장이라고 불렀다. 부단장은 퉁방울눈을 번들거리며 해랑을 노려보았다. 황소 같은 강인함과 매 같은 민첩함이 하나로 합쳐진 인상이었다. 해랑은 기계충 때문인지 이 때문인지 머리가 가려웠다. 가려웠지만 꾹 참고 단장을 쳐다보며 눈을 반짝였다. 해랑은 때 묻은 윗저고리의 옷매무새를 단정히 했다. 부단장은 해랑을 제대로 살피려 하지도 않았다.

"일꾼이 필요 없다니까요. 단장님!"

부단장이 단호하게 말했다. 그때였다.

"단장님, 저 실은…."

비를 들고 서 있던 머슴아비였다.

"실은 일할 애가 필요하긴 합니다요. 침모가 요즘 허리가 안 좋다고 해싸서…. 저 혼자서 생도들 빨래도 해야 하고 나무도 해 와야 혀니께…. 좀…."

머슴아비가 주섬주섬 말했다.

머슴아비의 말을 듣고 서 있던 이모가 희죽하고 웃었다.

"그럼 잘 되었다 아입니꺼. 이 아이, 얼마나 힘이 세고 부지런 한지 모릅니더. 백 원만 주시면…."

이모는 양 볼이 터질듯 웃음기를 흘렸다.

단장은 뭔가 생각하는 듯했다. 마루에서 마당 쪽으로 내려왔다. 악기를 매만지며 조율을 하던 생도들이 모두 마당 풍경이 궁금한지 마당 쪽을 보고들 있었다. 부단장도 섬돌에서 내려왔다. 해랑을 세워두고 여기저기 살피기 시작했다. 해랑의 양손을 잡았다. 그러더니 왼손을 잡아보고는 이맛살을 찌푸렸다.

"아니, 육손이 아닌가. 육손은 나쁜 운명을 타고 난다는데."

"아이고, 그렇구만요."

머슴아범이 화들짝 놀라며 해랑의 손을 바라보았다. 부단장은 잡고 있던 손을 획 하고 떨쳐버렸다. 다시금 이마에 금이 갈 정도로 이맛살을 찌푸렸다.

"나쁜 기운을 조선예악원에 들일 수는 없네. 아무리 손이 필요해도 말이지."

단장은 엄중한 목소리로 말했다. 해랑은 축 처진 닭처럼 고개를 숙였다. 등 뒤로 양손을 숨긴 채 양손을 꼭 움켜쥐었다. 그것이 조선 천지에 해랑이 유일하게 움켜쥘 세상인 양.

순간, 이모의 얼굴이 요귀처럼 변하는 듯했다. 눈꼬리가 올라가고 눈알이 붉게 변해갔다. 노기를 자신도 어쩌지 못해 온몸을 사시나무 떨듯 떨었다. 거친 날숨과 들숨으로 어깨가 오르락내리락 했다.

이모는 주위를 두리번거렸다. 부엌처럼 보이는 곳으로 냅다 뛰어갔다. 부엌에서 뛰어나왔을 때 이모의 손에는 시퍼런 부엌칼이 들려 있었다. 단장, 부단장은 물론이고 머슴아비, 침모, 생도들, 해랑도 경악하듯 놀라고 말았다.

순간이다. 아주 순간적으로 벌어진 일이었다.

마당에 피가 튀며 솟아올랐다. 피는 노란 난초와 보랏빛 물수선화에도 튀었다. 이모의 얼굴과 해랑의 얼굴에도 피가 튀었다. 피는 대청마루에도 흘렀다. 붉디붉은 피였다. 피비린내가 확 끼쳤다. 피는 해랑의 손가락에서 솟아나고 있었다.

이모는 해랑의 손목을 끌고 대청마루로 데리고 올라갔던 것이다. 마루에 손바닥을 대게 하곤 새끼손가락을 싹둑 자르고 말았던 것이다. 눈 깜짝할 사이의 일이다. 누구도 말릴 틈도 없었다.

해랑은 마루 위에 잘린 손가락을 바라보았다. 금속이 쓱 하고 지나간 자국은 아무 감각이 없었다. 해랑은 잘려진 손가락을 지켜보고만 있었다. 잘려진 손가락은 절지동물처럼 꿈틀대는 듯도 했다.

마당에 서 있던 부단장과 머슴아비, 생도청에 있던 생도들은 모두 소리를 질렀다. 어쩔 줄 모르는 듯 서 있었다. 단장도 당황하는 기색이 역력했다. 비명을 지르며 내달려온 이는 침모였다.

"에고, 웬일이오, 웬일. 이 어린 것, 손을 이렇게 만들어놓고."

침모는 자신의 중치마 자락을 쭉 찢었다. 해랑은 이미 무감각해진 손가락을 침모에게 맡겼다. 눈물 한 방울 흘리지 않았다. 부들부들 떨면서 고개를 외로 틀었다.

이마에 땀이 송글송글 맺히더니 쭉 흘렀다. 해랑은 마당 연못을 바라보았다. 붉은 줄장미가 예뻤다.

"자, 이제 육손이가 아니지예! 이제 병신 아니지예! 그러이 여기 일꾼으로 데리고 있어 주소!"

이모가 피가 뚝뚝 떨어지는 부엌칼을 든 손으로 씩씩거리며 코를 훔치며 말했다. 그 바람에 코밑에 피가 묻어났다. 해랑의 피였다.

그때다. 현관대문 쪽이다.

해랑은 보았다. 계집아이다. 계집아이는 입에 흰 찹쌀떡가루를 잔뜩 묻힌 채 입을 오물거리며 대문 안으로 들어서고 있었다. 계집아이의 얼굴에 심술궂은 즐거움이 가득 묻어있었다. 한 손에는 누런 떡 종이를 든 채였다.

계집아이는 경악을 한 듯 놀라는 표정을 지었다. 광경을 다 목격한 게 분명했다. 계집아이는 짧고 낮게 비명을 지르며 떡 종이를 떨어뜨렸다. 계집아이는 한 손으로 제 입을 틀어막더니 대문 뒤로 몸을 숨겼다.

그 아이였다. 전차에서 해랑이 본 흑단 머리를 한 계집아이. 빨간 입술에 피부가 하얗고 흑단 같은 검은 머릿결을 가진 계집아이.

은실이라고 했다.

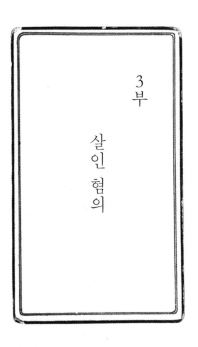

3부

살인 혐의

해방정국,
스물세 살의 해랑
서기 1945년 10월 초순

일정 때 일본으로 반출할 쌀, 식량수탈은
소출의 90%에 달했다. 해방이 되고 "쌀 아
니면 죽음을 달라"며 군중들이 데모를 하자
미 군정 민정장관은 "아니, 고깃집에 고기
가 그렇게 많이 걸려 있고, 길거리에는 사
과가 그렇게 많이 있는데, 왜 하필 없는 쌀
만 찾느냐?"고 말해서 웃음거리가 되었다.

———————————

문제안,
해방 당시 경성방송국 근무

명동 국밥집, 저녁 무렵,
류형도

수사과장은 저고리에서 뭔가를 꺼냈다. 담배였다.
"담배?"
과장이 류형도에게 권했다.
"아니, 전 괜찮습니다."
류형도가 대답했다. 류형도는 담배 대신 막걸리 한 잔을 들이켰다.
명동 국밥집은 사내들로 북적대며 시끄러웠다. 희뿌연 담배연기와 술기운이 그득했다. 천장이 낮고 전등 아래에는 온통 파리 똥이었다. 둥글게 말린 양은술상 모서리가 허옇게 닳아 있었다.
자리에 앉으려다 류형도는 이맛살을 찌푸린다. 과장의 포마드 기름 냄새가 술 냄새와 섞여 콧속을 파고들었다. 류형도는 역한 냄새를 참으며 등받이 없는 철제의자를 당겨 앉았다.

수사과장은 담배를 깊이 빨아들였다 내뱉는다. 연기가 눈에 들어갔는지 눈을 가늘게 뜬 채 비볐다. 허연 담뱃재가 날렸다. 과장은 검은 양복 깃 위로 빼놓은 흰 셔츠칼라를 손으로 툭툭 털었다.

"지금 경제사정이 말이 아니라는 게야. 씨발. 쌀값이 30배나 뛰었다잖아. 쪽발이새끼들이 총독부에서 내뺄 때 화폐를 무지 찍어냈다더군. 개자식들. 그러곤 그것을 값나가는 물품으로 바꾸었다는 거야."

"저도 얘기 들었습니다. 인천항, 부산항에서 귀향하는 일인들 몸 검사하는데 별별 게 다 나왔다 합디다. 미군들이 정한 규칙에는 보따리 하나에 천 원까지라잖습니까. 그런데 실제 몸 수색하는데 다이아나 금괴도 나왔다고 하더군요. 그렇게 걸린 자만도 150명이라 하니…."

"해방이 되자마자 총독부 재무국장 이마카라가 돈을 마구 찍어냈어. 조선경제를 완전히 망가뜨릴 작정인 게지. 미친 새끼들. 찍어낸 돈으로 금덩이들을 챙긴 게야. 지금 물가가 천정부지다. 노동자들 한 달 봉급으로도 한 달을 못 먹고 사는 판국이다."

"그러게 말입니다. 그나마 그렇게라도 살 수 있는 식량마저 부족해 시골에 직접 사러 간다고 합디다. 미군정은 거기에 대한 대책도 세우질 않고 있고."

류형도가 술 한잔을 들이켰다.

"나도 알고 있어. 우리가 아직도 쪽발이새끼들 밑구녕 닦고 있어야 하나? 시골에도 먹을 게 없어 서로를 잡아먹지 못해 야단이라잖아."

수사과장이 류형도를 쳐다보았다. 류형도는 허리를 꼿꼿이 세운 채 과장의 말을 듣고 있었다.

수사과장은 제풀에 화가 치밀어서 막걸리를 들이켜다 류형도에게 자, 자 하고 술을 권했다. 수사과장은 류형도의 긴장을 풀게 하려는 듯 갑자기 인상을 누그러뜨린 채 빙긋하고 미소를 지어 보였다.

"해방 전에 뭘 했나?"

류형도는 낯을 붉혔다.

"……."

"하하하…. 말하기 곤란하면 안 해도 돼. 모든 조선사람들이 해방을 바랐지. 하지만 해방이 정작 되리라고 생각한 사람은 별로 없었을 걸. 혁명을 꿈꾸면서도 혁명을 믿지 않는 것과 다를 바 없지. 해방이 정말 도적처럼 오고야 말았잖은가…. 흐흐."

"해방된 것이 뭐 잘못된 것처럼…."

류형도의 말을 끊고 수사과장이 말했다.

"아, 아 , 아니, 그런 뜻이 아니고…."

"……."

수사과장은 다시 한 번 눈을 가늘게 뜨고 비볐다.

"삶이란 읽어낼 수 없는 상형문자 같단 말야."

"무슨 얘깁니까?"

"바로 두 달 전만 하더라도 여기 국밥집에 앉아 있던 사람들 말야."

그리곤 수사과장은 주위를 둘러보았다. 수사과장은 입꼬리를 히죽거리며 올렸다.

"사람들이 왜욧?"

"그래 여기 이 사람들 말이야. 어쩔 수 없이 친구를 배반하고 밀고하고 변절하고…. 흐흐흐."

"징용으로 학병으로 끌려가기도 했죠. 그래서 어쩔 수 없이 고향을 등질 수밖에 없는 이들도 태반이었죠."

"흐흐, 그런가? 그렇지. 징용, 학병. 그마만큼 배신이나 밀고, 도망, 취조가 일상이기도 한 시절이었지. 아니면 고향을 버리고 만주나 내지로 살기 위해 떠나거나. 그럴 수밖에 없던 시절 아닌가. 배고파 죽을 수는 없으니까…."

"그래도 싸울 사람들은 싸웠습니닷!"

"아, 아, 물론. 그러나 인간에게 말이지 죽음보다 더 무서운 게 있다. 두려움이란 거지."

"……."

"그래. 두려움 때문이야. 두려움만큼 인간을 무력하게 하는 것도 없거든…. 끌려가면 죽고 남아 있어도 죽고. 죽음의 소용돌이가 시작되면 모든 것은 끝장이다. 엄청난 소용돌이는 모든 것을 빨아들이는 법이니까. 소용돌이에 빨려들지 않기 위해 발버둥 칠 뿐인 게지."

류형도는 다시 낯을 붉혔다. 류형도가 막걸리 한 사발을 들이켰다.

"그래서 어쨌단 겁니까!"

류형도는 약간 격앙된 목소리로 물었다.

"아아, 흥분할 건 없고…."

수사과장은 막걸리 한 잔을 쭉 들이키고 말을 이었다.

말을 이었다.

"인간은 말이지."

"……."

"인간은 말이지. 악하기 때문에 약한 것이 아니라…."

"……."

"약하기 때문에 악한 거야."

류형도는 순간 머릿속에 번개 같은 것이 지나가는 것을 느꼈다. 그는 얼굴을 붉히고 고개를 숙였다. 몸 안에 뜨거운 것이 솟아올랐다. 혈관을 태우고 심장을 태웠다. 머릿속이 뜨거워졌다. 류형도는 충혈된 눈알을 이리저리 굴리며 술잔을 내려다보았다.

지진이 난 것처럼 술상이 흔들렸다. 술상이 흔들리자 술잔에 담긴 술이 출렁였다. 술상이 흔들리고 술잔이 흔들리고 술집 전체가 흔들렸다. 류형도는 온몸을 떨었다. 출렁이는 술잔을 충혈된 눈으로 똑똑히 지켜보려 애를 썼다.

술잔이 붉게 물들고 있었다.

물이 채워진 시멘트 욕조가 보인다. 그 옆에는 크고 작은 집게와 지렛대, 사슬과 뾰족한 공구들이 보인다. 중앙에 큰 대(大)자 모양의 형틀과 등받이 없는 나무 의자가 있다. 녹슨 쇠와 피 냄새가 난다.

시멘트 욕조 물이 출렁인다. 하얗고 튀어나온 이마다. 파르스

름한 턱선을 가진 남자가 보인다. 발가벗은 그의 몸은 창백했다. 양손은 뒤로 묶은 채다. 발가벗은 남자의 뒷목을 잡은 아귀의 힘은 거셌다. 풀려날 수 없는 덫에 걸린 산짐승처럼 남자는 버둥댔다. 시멘트 욕조에 얼굴이 처박힌다. 숨이 멎을 것 같다. 물은 거대한 공포처럼 아귀의 입을 벌려 그를 흡입했다. 고통이 폐부의 깊숙한 곳까지 가닿았다. 고통은 남자의 온 신경을 날카롭게 긁어댔다.

몸 밖으로 오물이 흘러나온다. 그의 뒷목을 잡은 이가 비웃으며 욕지거리를 내뱉는다. 뒷목을 잡고 있던 아귀의 힘이 약해지는 듯하다. 류형도는 온 힘을 다해 물 밖으로 고개를 쳐들었다. 헉, 헉. 공기는 류형도의 폐 안의 꽈리 속으로 벌레처럼 파고들었다. 잘못 삼킨 공기처럼 류형도는 꽥꽥, 기침을 해댔다. 류형도는 생각했다.

인간은 어쩌면 이토록 천한 생리를 가졌는가.

오줌을 싸고 변을 보고 오물을 토하고 기침을 해대고. 류형도는 자신의 뒷목을 잡고 있는 남자의 얼굴을 보려 했다. 하지만 볼 수 없었다.

그의 눈은 검은 천으로 묶여 있었다.

그에게는 어느 밤보다도 더 캄캄한 밤이었다.

류형도는 쉴 사이 없이 메아리치는 과거의 어둠에서 벗어나려는 듯 애써 이성을 찾았다. 류형도가 말했다.

"저, 과장님, 조선예약원 단장 살인사건 말입니다."

갑자기 수사과장이 눈을 번뜩였다. 그는 손톱 끝으로 이를 쑤시던 동작을 대번에 그만두고 류형도를 바라보았다. 그 눈빛이 강렬해 류형도는 자기도 모르게 주춤했다.

"그래, 말해보게, 뭔가 알아냈나?"

먹잇감을 기다리는 짐승처럼 긴장을 최대한 감춘 듯한 목소리였다.

"몽타주를 보았는데…."

"그런데…."

"아무래도 제가 아는 사람 같다는 생각이 듭니다."

"그래? 그게 누군가?"

수사과장의 목소리는 낮지만 분명 추궁하는 목소리였다. 류형도는 자신이 탐문의 대상자가 된 듯해 잠시 당황했다. 류형도는 수사과장의 번뜩이는 눈길을 보며 말했다.

"마츠무라 준이치로를 아십니까? 제국 최고의 피아니스트."

"그자란 말인가? 근데, 그자는 죽지 않았는가?"

"저도 해방 전, 신문에서 보았던 기억이 납니다. 그의 양아버지를 죽이고 도망쳤고. 수배중에 헌병에게 사살되었다는…."

"그런데, 무슨 소릴 하는 건가? 죽은 자를 심문하겠다?"

"그것이 아니라…. 몽타주가 아무래도 마츠무라 준이치로라는 생각이…."

"말도 안 되는 소리는 그만두게! 그것보다 조선예악원 단장 주변과 목격자들 증언이나 다시 들어보는 게 순서 아닌가?"

"그야 그렇겠죠."

"빨리 잡아들여야 한다. 꼭 잡아야 해! 단장은 일정 때 총독부 감시대상자였다. 살인사건의 배후를 캐다보면 총독부의 비밀조직이나 친일 밀정까지도 색출할 수 있다!"

수사과장은 진지하고 굳은 표정이었다. 눈빛이 뭔가 강렬한 의지로 사로잡혀 있는 듯했다. 류형도는 잠시 혼란스러웠다. 미 군정청 특별수사과에서는 전범자들과 공산주의자들을 색출하는 것이 주 업무라 듣고 있던 터였다. 조선예악원 단장 살인사건은 미제사건이긴 하나 해방 전 일이다. 당장 경성 시내에만 해도 사태가 심각했다. 폭동과 시위가 끊이질 않았다. 남아있는 일인들을 끌어내 죽이고 재산을 빼앗았다.

그것은 아무 일도 아니었다. 보도연맹과 우익청년단 사이 충돌이 격렬했다. 총성과 칼부림이 난무했다. 시내 곳곳 담벽과 바닥에 핏물이 흥건했다. 충돌은 대낮에도 그치지 않았다. 공산주의자, 빨갱이, 좌익이 나라를 망치니까 이들을 싹쓸이해야 한다는 분위기였다. 우익청년단은 버젓이 "너 같은 거 하나 죽여 봐야 파리 하나 죽이는 것만도 못해. 그러니까 죽여도 된다"라는 식이었다. 북한의 김일성에게 농토를 뺏긴 지주의 아들들이었다.

지방에서는 농민들까지 폭동을 일으켰다. 농민들이 경찰서를 공격하자 폭동을 진압하려는 경찰의 보복이 뒤를 이었다. 부상자들이 수백 명에 이르렀다. 사망자 수는 알 수도 없었다. 이런 와중에 해방 전 살인사건을 재수사하라는 것은 뭔가 미심쩍은 점이 있다. 류형도는 단장 살인사건에 집요한 뜻을 보이는 과장의 눈빛이 해석되지 않았다.

하늘빛이 청명한 대구역,
이해랑

대구역은 노점상으로 번잡했다.

검정저고리와 치마를 입은 아낙들이 가득했다. 아낙들은 검정 보자기를 머리에 쓴 채로 솥단지를 내걸었다. 물을 끓여 가락국 수를 팔았다. 뜨거운 국수 국물을 솥단지에서 푸기 위해 아낙이 허리를 숙일 때마다 뒤에 업힌 애가 징징대며 울었다.

삶은 계란을 파는 이도 있었다. 제 몸보다 큰 군복을 어디선가 얻어 입은 엿장수는 목에 엿판을 걸고 돌아다녔다. 가위를 철컥 철컥거리며 흰 엿가루를 날렸다. 노점 상인들을 갈취하는 '양아 치'들도 한몫 보겠다는 듯 검은 국민복 모자를 쓴 채 돌아다녔다.

징용 갔던 사람들이 돌아오고 있었다.

기차는 신의주에서 혹은 평양에서 왔다. 매일 많은 사람들을 실어 날랐다. 팔로군처럼 누빈 옷을 입은 이들은 시베리아에서 왔다고 했다. 누런 황군의 군복을 그대로 입은 이들은 나가사키 에서 배를 타고 부산항에 내렸다고들 했다. 기차지붕 위에까지 인파들이 가득했다.

해랑은 중절모를 더 깊게 눌러 썼다. 조심스럽게 주위를 살폈 다. 코트 깃을 위로 세웠다.

은실의 집을 빠져나와 해랑은 대구역으로 향했던 것이다. 경성 에 올라갈 생각이다.

'대체, 나는 누굴까. 그리고 마츠무라 준이치로는 누굴까? 양

아버지를 죽인 살인자는 또 뭔가?'

자신의 정체를 찾는 일이 파멸을 향하는 일일지도 모른다, 해랑은 생각했다.

꼭 모든 것을 밝혀내는 것만이 진실이라 할 수는 없다. 때로 덮고 잊는 것이 삶의 진실일 수도 있다. 생은 여러 겹의 빛깔로 스스로를 에워싸고 있는 것이니. 굳이 그것들을 벗겨낸다고 해봤자 남는 것은 쓸쓸함뿐일 것이다. 사는 일이란 다 뒤죽박죽된 일들뿐이니까. 하지만 자신을 둘러싼 무수한 허위들에서만은 벗어나야겠다는 생각이 간절했다.

채찍 맞은 말이 길게 울었다. 역사 앞을 지나는 마부였다. 마부는 잔뜩 짐을 실은 채 말 구루마를 끌고 갔다.

나무판자로 만든 역사(驛舍) 구석이다. 젊은 여자가 검은 몸뻬를 내리고 오줌을 누고 있다. 옆에 꼽추인 사내가 오줌 누는 여자를 등진 채 가리고 서 있었다.

기차가 플랫폼으로 들어오려는지 종소리가 났다.

해랑은 고개를 들었다. 기차가 들어오는 쪽을 향해 고개를 돌렸다. 기차가 들어오는 철로 양옆에도 검정저고리를 입은 노점상들이 빼곡히 늘어서서 호객행위를 하고 있었다.

'경성으로 가야 해. 조선예악원과 일정 때 경무국장이란 자의 집을 찾아가면 뭔가….'

해랑은 이것이 자신에게 덫을 치는 일인지도 모른다고 생각했다. 그러나 설사 함정일지라도 피해갈 수 없다. 사실을 알지 못하고는 한 발짝도 세상을 향해 나갈 수 없다, 해랑은 그렇게 생각했다.

해랑은 다시 중절모를 눌러썼다. 기차가 막 들어서는 순간이었다. 누런 제복을 입은 철도공무원이 종을 흔들었다. 철로 앞에서 들어오는 기차를 향해 수신호를 보냈다.

해랑은 기차를 탈 요량으로 한 발 앞으로 내딛으려 했다. 순간 해랑은 재빨리 뒤로 물러났다. 급하게 벽 뒤쪽으로 몸을 숨겼다. 완장을 찬 청년들이다. 붉은 글씨가 쓰인 머리띠를 두른 채 몽둥이를 하나씩 들고 있었다. 눈을 부라리며 누군가를 찾고 있는 듯 두리번거렸다. 해랑은 고개를 반대방향으로 돌린 채 그들이 서 있는 반대방향으로 걸어 나갔다. 그때였다.

"저기다! 왜놈새끼! 잡아라!"

고함소리가 들렸다. 은실의 집에서 도망칠 때 해랑을 쫓던 청년들이다.

해랑은 가방을 든 채 달리기 시작했다. 나무판자로 지어진 역사(驛舍) 쪽이었다.

역사 쪽을 들어서자마자 해랑은 앞으로 고꾸라졌다.

누군가 발을 걸었기 때문이다. 쥐색저고리였다.

쥐색저고리 사내도 완장을 차고 있었다. 몽둥이를 해랑에게 내리쳤다. 해랑은 순간적으로 몽둥이를 피하며 다리로 몽둥이를 든 팔을 가격했다. 몽둥이가 바닥으로 굴렀다. 해랑은 쥐색저고리의 명치를 강하게 주먹으로 쳤다. 허리가 허공에 솟을 듯이 들리며 쓰러졌다.

이때 누군가 해랑의 등을 세게 밀쳤다. 해랑의 몸은 휘듯이 벽 돌담에 부딪혔다. 이번엔 흰 셔츠를 입은 청년이다. 해랑의 등이 부딪치고 뒤이어 반동으로 그의 머리가 벽에 부딪쳤다. 흰 셔츠를 입은 청년은 그때를 놓치지 않았다. 해랑의 턱을 갈기고 얼굴 전체를 가격했다. 해랑은 코뼈가 박살나는 듯한 충격을 느꼈다.

해랑은 허리를 숙인 채 흰셔츠 남자에게 달려들었다. 벽돌담에 처박듯 밀어붙였다. 흰 셔츠는 감당할 수 없는 거대한 완력에 벽 쪽으로 밀려갔다. 오른다리가 허공에 들렸다. 해랑은 흰 셔츠 남자의 옆구리를 가격하기 시작했다. 해랑은 다시 흰 셔츠 청년의 오른다리를 비틀어 청년을 바닥으로 쓰러뜨려버렸다.

완장을 찬 또 다른 무리가 몰려오는 게 보였다. 해랑은 입가를 훔쳤다. 붉은 피였다. 해랑은 도망치듯 달아났다. 군용천막을 짐칸에 두른 군용트럭이 출발하려는 듯 서서히 움직이고 있었다. 해랑은 재빨리 달려 짐칸으로 올라탔다. 트럭은 기다렸다는 듯이 속도를 내기 시작했다. 해랑을 태운 줄도 모르는 채 트럭은 앞으로 나갔다.

해랑은 헐떡거리는 숨을 들이 내쉬며 천막 사이로 밖을 보았다. 얼굴 위로 열기가 확확 올라왔다. 트럭이 속력을 내기 시작했다. 쫓아오는 무리들의 고함소리가 멀어지고 있었다. 헐떡이는 숨을 돌리며 이마에 땀을 닦았다.

아무도 따라오는 이가 없다는 것을 확인하자 해랑은 짐칸 쪽으로 눈을 돌렸다. 짐칸에는 나무상자들이 가득 실려 있었다. 상자들 틈 사이 비좁은 공간이 나타났다. 해랑은 몸을 움츠렸다. 트럭은 덜컹거리며 어딘가로 가고 있었다.

트럭 짐칸은 휘장으로 가려진 채 어둠을 지키고 있었다. 가쁜 숨이 잦아들었다. 해랑은 짐칸 안의 어둠 속을 바라보았다. 그러자 해랑은 자신이 점점 깊이를 알 수 없는 어두운 심연 속으로 들어가고 있다는 생각이 들었다. 그것은 더러운 기억일 수도 있다. 궤도를 벗어난 행성처럼 해랑은 갈 길이 없는 듯했다. 주파수를 잘못 맞춘 라디오처럼 생의 순간들이 잡음으로 지지직거렸다. 온통 낯설고 무섭다.

그러나 해랑은 그것이 더러운 기억일망정 그것을 찾아야겠다는 생각을 했다. 그 더럽고 뒤엉키고 몹쓸 것들이 모두 자기 자신이기 때문이었다.

해랑은 어둠 속에서 고양이처럼 몸을 웅크렸다.

동래경찰서 수사과 사무실,
나오코

나무책상을 사이에 두고 나오코 건너편에 조선인 통역관이 말했다.

"피해자가 의식을 회복했다고 하오. 다행히 중요 혈관을 피해갔다는군. 정말 큰일 날 뻔했소. 살인미수요. 하마터면 사람을 죽일 뻔했소."

통역관이 나오코를 바라보았다.

동래경찰서는 누런 군복차림의 미군들과 통역관들이 가득했다. 바지저고리를 입은 농사꾼들도 있었다. 그들은 의자에 앉아 눈을 번득이며 주위를 두리번거렸다. 자신에게 닥쳐올 알 수 없는 시간에 대한 두려움이 일고 있었다. 두려운 눈빛에는 어떤 오

122

기와 공포가 함께 뒤엉켜 있었다.

　나무의자는 둔탁하고 딱딱했다. 나오코는 헝클어져 내려온 머리를 그대로 둔 채 가만히 바닥을 내려다보고 있었다. 게다를 신은 흰 버선발에 진흙이 가득 묻어 있었다.

　그러나 나오코는 도도한 표정으로 담당수사관을 보며 말했다.

　"그 여자가 강제로 내 머리핀을 훔치려 했단 말이에요!"

　혼돈과 절규가 섞인 목소리였다.

　담담하지만 힘이 들어간 말투에 통역관은 약간 놀란 듯했다. 동그란 안경 너머 눈빛이 흔들렸다. 옆에 앉은 누런 군복의 미군과 작은 목소리로 뭔가 이야기를 주고받았다. 미군은 제비꽁지처럼 뾰족한 누런 모자 앞을 손으로 만지작거렸다. 그러더니 나오코와 통역관을 번갈아 보았다. 통역관이 미군과 다시 말을 주고받았다. 미군은 인상을 찡그리며 애매한 표정을 지었다. 나오코는 꼿꼿한 눈길로 수사관과 통역관이 말을 주고받는 것을 쳐다보고 있었다. 미군이 양손을 들어올리며 어깨를 으쓱해 보였다.

　그녀는 다시 서로 마주잡고 있는 양손에 힘을 주려 했다. 그러나 책상 아래 양손은 부들부들 떨고 있었다. 손은 봉황 깃털무늬 머리핀을 부여잡고 있다.

　나오코는 눈을 내리깔고 머리핀을 내려다보았다. 잔상이 어렸다. 잔상은 온갖 빛의 파장으로 변했다.

　핀을 꽂아주던 마츠무라 준이치로의 손길. 푸른 하오리 하카마 소매 끝으로 나온 길고 흰 손. 길고 흰 손은 나오코의 풍성한 머

릿결을 손빗이 되어 쓰다듬어 주었다. 나오코는 눈을 가만히 감고 따뜻한 손길을 즐기곤 했다. 손은 악기를 연주하듯 부드러웠다. 손길이 닿으면 나오코의 몸 속에 모든 음률이 다 쏟아져 나올 것 같았다. 따스해서 불길하고 기분 좋아 불안했던 손길. 손길은 나오코의 깊은 숨결에 와 닿았다. 그녀의 마지막 숨을 끊어 놓을 듯 감미로웠다.

그리고 마츠무라 데츠야 국장···. 짧은 턱수염에 음영이 짙게 깃든 눈빛···. 순간, 핏물이 가득한 욕조가 눈앞에 어른거렸다. 환각을 떨쳐내려는 듯 나오코는 고개를 세게 저었다.

'그래, 그때 사이렌 소리가 났던가. 신경질적으로 말이지.'

나오코는 이맛살을 찌푸렸다. 폭격 공습경보였다. 아, 그런데 아유미는 어디로 갔을까. 어여쁘고 귀여운 아이. 아유미···. 게다가 자주 벗겨져 작은 발에 게다를 다시 신겨주곤 했던 아이···. 그리고 폭격이 있었고 아유미는···.

나오코는 더 이상 기억을 하지 않으려 애썼다. 어떤 경우에는 '너무 많은 기억'이 문제였다. 솜털처럼 헤아릴 수 없는 과도한 기억이, 모래알처럼 뇌 속에서 서걱거렸다. 잠들지도 사라지지도 망각되지도 않은 채 기억은 푸릇푸릇한 질긴 생명체처럼 돋아났다.

통역관은 동그란 금속테 안경너머로 나오코를 보며 말했다.

"과도정부 시기고 비상시국이오. 당신은 일본인이니 빨리 일본으로 돌아가시오."

"······."

"조선을 빠져나갈 때까지는 조심해야 할 거요."

나오코는 의자에서 일어나려 했다.

통역관이 한참을 참았다는 듯 입을 뗐다. 나오코는 자신의 등 뒤에서 들려오는 소리를 들었다.

"나는 당신을 알아요."

"……."

"당신은 일정 때 최고의 피아니스트 구로가와 나오코!"

순간이다. 나오코의 상체가 한번 비틀거렸다.

누런 미군 군복을 입은 통역관이 나오코를 붙잡아주었다. 나오코는 몸을 틀었다. 통역관의 손길을 떼어냈다. 나오코는 정신을 차리려는 듯 관자놀이를 짚었다. 한 손으로 의자등받이를 짚었다. 문을 향해 나아가려 했다.

"그런데…."

통역관이 나오코를 향해 말을 이었다. 나오코는 뒤를 돌아보지 않고 앞을 바라보았다.

"당신은 일본인이 아니오? 어떻게 조선말을 그렇게 잘하지?"

나오코는 앞을 주시한 채 그대로 서 있다. 얼굴이 새하얗게 질 린 채 눈빛이 흔들렸다. 질긴 그물에 걸린 듯했다. 그녀는 한 걸 음도 떼지 못하고 앞을 주시한 채 가만히 있었다.

미 군정청 수사과,
류형도

수사과장이 책상에서 무언가를 불쑥 꺼냈다. 두툼한 노트였다.

"조선예악원 단장의 일지네. 살인사건 해결에 도움이 될 거야!"

수사과장은 음모라도 꾸미는 듯 씽긋 웃었다. 노트는 군청색 비닐덮개로 덧씌워져 있었다. 수사기록상에서도 없던 일지를 수사과장은 어떻게 손에 넣었지? 류형도는 다시금 의아스런 표정으로 과장을 바라보았다.

"단장의 주변인물을 살피다 보면 의외의 곳에서 단서를 발견할 수도 있지 않겠나?"

수사과장은 심드렁하게 귀지를 파며 말했다. 그리곤 한쪽 귀를 마저 후볐다. 따분한 듯한 표정이었지만 의뭉스러운 태도였다. 수사과장은 이미 문제의 답을 알고 있는 듯했다. 류형도는 문제를 풀어야 하는 학생처럼 일지를 내려다보았다. '의외의 곳에서?' 류형도는 속으로 중얼거려 보았다. 과장이 이미 손에 쥐고 있는 패를 류형도 자신만 모르고 있다는 생각도 들었다.

류형도는 천천히 일지를 넘기기 시작했다. 글씨는 깨알 같을 만큼 꼼꼼하고 성실하게 적혀 있었다. 일어와 조선어가 함께 섞여 있었다. 하루 일정에 대한 일지형식이었지만 총독부에서 들어오는 지원금과 지출내역도 함께 적혀 있었다. 회계장부의 기록을 보니 단장은 총독부 외에 알지 못하는 곳에 돈줄을 갖고 있었고 또한 돈세탁도 맡아 하고 있었다.

류형도는 일정 때 조선예인대회에 갔던 일이 떠올랐다. 류형도와 같은 서양화가 동기는 창경원에서 패널과 이젤을 놓고 그림 그릴 준비를 하고 있었다. 상투를 틀고 갓을 쓴 양반들이 지나가면서 낄낄대며 무슨 판대기를 올려놓고 뭘 하는 거냐고 놀려댔다. 류형도와 동기는 지나가는 양반들에 개의치 않고 스케치를 하고 있었다.

류형도의 동기는 좀 전 조선예인대회 기념식에서 축사를 한 조선예악원 단장에 대한 이야기를 늘어놓았다. 동기는 류형도의 옆구리를 쿡 찌르며 귓속말로 말했다, "그 양반, 보통이 아니라 하더군. 아주 속을 알 수 없는 양반이라잖아? 비밀조직의 우두머리라는 말도 있고 총독부 쪽에 줄을 대고 있다고도 하고…." 류형도는 "그래?" 하고 단에서 내려오는 단장을 살피고 있었다.

검은 구레나룻에 엄격한 눈매, 미간에 난 주름으로 보아 대단한 고집의 소유자 같았다. 짙은 눈썹에 눈빛이 깊고 전체적으로 잘생긴 얼굴이지만 눈빛에 뭔가 이글거리는 어둠을 가지고 있었다. 체구도 범상치 않아서 두루마기를 입었지만 장정 몇은 때려 눕힐 만큼 건장해 보였다.

류형도는 일지에 적힌 수입과 지출내역을 찾다 단장이 자주 가는 한 곳을 알게 되었다. 남촌에 있는 일본인 질옥(전당포)이었다. 류형도는 당장 노트를 호주머니에 쑤셔 넣고 남촌으로 향했다. 마침 비가 와 길은 온통 진흙수렁이었다. 속칭 '진고개'라는 말이 절로 나올 성싶었다. 류형도는 남촌으로 가는 길에 경성이 새삼 많이 변했다는 사실을 다시 한 번 실감했다. 고아한 기와지붕들이 하나씩 헐리고 2, 3층 혹은 4, 5층의 벽돌집이나 돌집이 들어서 있었다.

류형도는 우산을 받쳐 들고 구두에 묻은 진흙더미를 털어냈다. 현저동 돌사닥다리 산언덕이 눈에 들어왔다. 세 칸 혹은 네 칸짜리 구식집 수천 호가 지어져 있었다. 시골에서 사람들이 올라와 다닥다닥 집들을 짓기 시작했다는 말이 맞긴 맞는 말이군, 류형도는 빗물이 묻은 얼굴을 쓸어내렸다.

술집과 카페가 늘어선 좁은 골목 쪽 2층 벽돌 양옥이다. 진고개 바닥에 이런 건물이 있다는 것이 믿기지 않았다.

일본인 전당포는 조선인이 차지하고 있었다.

"잘 기억이 안 나….."

전당포 남자는 서른 안팎으로 보이고 호리호리한 체격에 예민해 보이는 눈빛을 가지고 있었다. 그는 말끝을 흐렸다. 이곳에서 일어나는 모든 일들에 함구해야 한다는 어떤 묵계가 있는 듯했다. 일정 때 부녀자들이 비녀 가락지를 잡히고 남편의 마작유흥을 도와주던 곳이다. 분수없는 젊은이들이 시계를 잡히고서 카페에 갈 자금을 융통하던 곳이기도 했다. 류형도는 나무판 위를 크게 치며 말했다.

"이것 보시오. 나, 미 군정청 사람이오! 제대로 말하시오!"

전당포 남자는 약간 당황하는 듯 눈빛이 흔들렸다. 전당포는 언제나 뒤가 구린 곳인지라 남자는 잠시 머뭇거렸다.

"아, 아, 이제 생각이 나긴 하는데….."

"그렇지. 그렇게 순순히 나오셔야지…. 그러니까 이날 단장이 이곳에 맡긴 것이 무엇이고 또 찾아간 자는 누구요?"

류형도는 노트에 적힌 날짜를 가리키며 물었다. 그 날짜에 단장은 유독 별표를 해두고 있었다. 예악원에 총독부 지원이 끊긴지 한참이 지난 날짜였다.

"무늬가 그려진 여인네들 핀이었소."

"핀?"

뭔가 큰 것을 기대하고 간 류형도의 얼굴에 실망하는 빛이 역력했다. 기껏 핀이라니.

"그렇소. 봉황무늬 핀이었는데. 한눈에 봐도 값나가 보이는 것이었소."

"그럼, 그 핀을 단장이 다시 찾아가긴 갔소?"

"그런데 찾아간 이는 단장이 아니었소."

"그럼, 누구?"

"자, 잠깐만 있어 보시오. 장부를 찾아봐야 하니…."

전당포 남자는 철 막대기로 막아놓은 방구석으로 들어갔다. 그는 먼지가 낀 노트를 한 권 들고 와 재빨리 넘기기 시작했다.

"아, 여기 있군. 이해랑, 그렇소, 이해랑이라고 서명이 되어 있는데."

"이해랑?"

류형도는 당장에 단장의 일지를 다시 펼쳐보았다. '이해랑'이름이 과연 있었다. 생도의 이름은 아니었다. 이해랑이 맡고 있던 악기명이 없었기 때문이다. 단장은 일지에서 '이해랑'이라는 이름만 몇 번씩 갈겨써두고 있었다. 그가 무얼 하는 자인지 대체 알 수가 없었다. 단장이 전당포에 맡긴 '핀'을 이해랑이란 자는 왜 찾아간 것일까. 단장과 이해랑은 어떤 관계였나? 그러다 류형도는 이해랑 옆에 조그맣게 쓰인 낯선 글씨를 발견했다. 일지 속에서 잘 못 보던 일본인 이름이었다. 류형도는 그 이름을 천천히 소리 내 읽어 보았다.

"구로가와 나오코?"

동래경찰서, 좁은 나무복도,
나오코

"구로가와 나오코 상, 일본으로 속히 돌아가는 게 좋겠소."

나오코는 동래경찰서 복도를 빠져나오며 통역관이 한 말을 떠올렸다. 그녀는 그제야 자신이 아무것도 가진 게 없다는 것을 알았다. 몇 가지 패물이 담겨 있던 행랑보따리도 보이지 않았다. 부산항 막사에서 끌려오면서 어딘가로 사라진 게 분명했다.

유키는 어떻게 되었을까? 나오코는 생각했다. 부산항 막사에 있을까?

부산항으로 되돌아갈 수 없다. 나오코는 생각했다. 수중에 가진 것도 없었지만 난동을 부렸던 터였다. 막사촌 사람들이 그녀를 가만둘 리도 없었다. 나오코는 자신에게 주어진 현실이 '두렵다'기보다 '지긋지긋했다.' 땟국물이 흐르는 얼굴로 초조하게 배를 기다리는 이들. 역한 오물냄새와 욕창 부위에 꼬물대던 구더기들. 역질이 도는지 가랑이에 똥물을 지린 자들이 허다했다.

나오코는 천천히 나무복도를 걸었다. 나오코는 누군가 자신을 계속 보고 있다는 생각을 했다. 완장을 찬 한 청년이다.

청년은 좀 전 조사과에서도 나오코를 계속 응시하고 있었다. 나오코는 걸음을 재촉했다. 기모노의 좁은 보폭 때문에 나오코는 종종걸음을 하듯 앞으로 나갔다.

"어, 이게 누군가. 아씨가 아닌가."

경찰서 복도를 지나 현관을 나서려는 때다. 뒤따르던 청년이었다. 말투에는 잔뜩 조롱이 묻어 있었다.

"그 유명한 마츠무라 경무국장 마나님, 나오코 아씨가 아닌가. 황국 최고의 피아니스트!"

나오코는 청년의 시선을 외면했다. 경찰서 현관문 고리를 잡았다. 순간 청년이 나오코의 손을 덮쳤다. 현관문 고리를 잡은 나오코의 손을 움켜쥐며 비틀었다. 나오코는 약한 비명을 질렀다. 나오코는 그제야 청년을 바라보았다. 처음 보는 얼굴이었다.

"당신이 음악회로 모금한 돈 액수가 대단했다지? 전쟁지원물자로 보냈다던."

"……."

"아, 아, 그렇지."

청년은 마치 잊었던 게 생각난다는 듯 자신의 옆머리 쪽을 가볍게 쳤다.

"그보다 학병 지원을 위한 대 호소문, 〈훌륭한 군인이 되자〉. 아~주 감동적이었지. 아주 좋았어!"

나오코는 얼굴을 일그러뜨리고 청년을 똑똑히 보았다.

"어딜 도망가려곳! 니년 때문에 전쟁터에 나가 죽은 조선청년들이 한둘인 줄 알앗? 생때같은 목숨들 침략 전쟁의 총알받이로 내몰고도 말이얏!"

청년은 머리에 완장을 두르고 있었다. 활활 타는 눈빛으로 나오코를 노려보며 고함을 질렀다. 나오코는 청년에게 잡힌 손목이 아파왔다.

곧이어 나오코의 뺨에 불이 나는 듯했다. 청년이 나오코의 뺨을 세게 갈겼기 때문이다. 다시 나오코의 뺨에 불이 나는 듯했다. 나오코가 청년을 향해 침을 뱉었기 때문이다. 다시 청년이 나오코의 뺨을 때리려 했다. 나오코는 청년을 뚫어질 듯 노려보았다. 나오코의 눈빛은 심장이 터질 듯한 분노로 타올랐다.

그때였다.

들어올린 청년의 팔을 누군가 거칠게 잡았다.

대한예악원,
국재명

예악원 집사는 재명에게 전갈을 해주었다.

미 군정청 수사과에서 사람이 나왔다는 전갈이었다. 재명은 책상 두 번째 서랍을 열어 살피던 중이었다. 재명은 급하게 서랍을 닫았다. 열쇠로 잠갔다. 재명은 침착해 보이려 애를 썼다. 책상 위에 흩어진 팸플릿을 정리했다.

류형도는 심약해 보이는 사내였다. 가느다란 얼굴선을 가지고 있었다. 하지만 눈빛은 상대의 속을 쏘아보는 듯 반짝였다.

류형도는 단장실로 들어서자마자 수사관다운 예리한 눈빛으로 주위를 살펴보았다. 살인현장이기도 했다. 이미 증거나 단서가 될 만한 것들은 사라지고 없을 게 뻔했다. 하지만 뭔가 남아 있을 것이라는 예감이 류형도의 마음을 붙잡고 있었다. 류형도는 그것을 찾으려 했다. 단장실 뒤쪽은 뒤란으로 통하는 작은 쪽문이 나 있고 그 옆에는 책장, 책장 옆에는 정원이 훤히 내려다보이는 유리 창문이다.

벽과 천장 사이에 예악원 역대 단장의 사진액자가 걸려 있었다. 나무선반 위에 꽃나무를 심은 작은 화분들이 푸른 입김을 뿜어냈다. 직각으로 굽은 나무선반 위에는 누런 필터지 악보들이 빽빽이 꽂혀 있고 축음기 옆에는 레코드판을 세워두고 있었다. 구하기 힘들 법한 구라파 연주단의 판들이었다.

대한예악원 단장은 대단한 재화를 가지고 있거나 정치계에 두루 인맥을 가진 자임에 틀림없어 보였다. 당장 전시였던 때를 상기해보면 그랬다. 물자와 먹을 것을 구하기 힘든 때였다. 단장실은 분에 넘치게 악기와 악보와 레코드판들을 많이 수집해 놓고 있었다. 그것이 조선예악원 과거 단장 덕인지 현 대한예악원 단장의 덕인지는 알 수가 없다.

류형도는 장식장 안으로 눈이 갔다. 말로만 듣던 사현금이 보였다. 사현금의 소리는 너무 기가 막혀 듣고 있으면 정신을 잃는다고 했다. 가야금소리와 비교가 안 된다고 했다. 사현금은 장식장에서 번쩍이는 빛을 내며 비스듬히 세워져 있다. 그것만으로 단장의 품위와 오만함이 느껴졌다.

재명은 류형도의 빈틈없는 눈길이 싫었다. 재명은 괜히 자신의 셔츠 양쪽으로 맨 멜빵끈을 앞으로 툭 당겨 보았다.

"이해랑이라고 들어보셨소?"

류형도는 셔츠의 윗단추를 풀고서 단도직입적으로 물었다. 이해랑이라는 이름을 듣자 재명은 잠시 놀란 듯했다. 재명의 눈썹이 꿈틀거렸다. 류형도는 그 표정을 놓치지 않았다.

"아, 물론, 알고 있소. 그런데 좀 전에 조선예악원 단장님의 살인사건 때문에 왔다고 하지 않았소?"

"물론, 그렇소…. 그럼, 국재명 단장은 그 단장이 살해되던 날 어디서 무엇을 하고 있었는가, 에서부터 다시 시작해야 하나?"

류형도는 자신도 모르게 들고 있던 펜을 탁, 하고 탁자 위에 놓았다. 약간의 짜증이 묻어나는 말투였다. 재명이 낯을 붉히며 노기를 표했다.

"그건, 이미 제가 다 진술한 것이라 기록에 나와 있을 텐데…."

"그러니까, 오늘 제가 듣고 싶은 것은…."

류형도는 자신이 단장의 일지를 보았다는 것을 숨기기로 마음먹었다.

"이해랑이 대체 누구요?"

류형도는 다시 물었다. 신문하는 듯 들릴지도 몰랐다. 류형도는 목소리를 최대한 부드럽게 하려 애썼다.

류형도는 단장의 일지 내용을 떠올렸다. 해방 전 몇 년 동안 단장의 일지에서 이해랑이란 이름이 자주 언급되었다. 그러다 갑자기 그 인물이 연기로 솟아버린 듯 일지에서 사라졌다. 알 수가 없었다. 그 이후 일지는 뭔가를 계속 감추려는 태가 역력했다. 단장은 스스로 무엇을 숨기려 했던 것일까. 류형도는 이 모든 사건의 출발이 이해랑이란 인물일 수도 있다는 생각이 들었다.

류형도는 총독부가 갖고 있었을 것으로 추정되는 조선인 명부를 찾아냈던 것이다. 전쟁이 급박하게 돌아가 총동원령이 떨어졌다. 패전의 기색이 역력했다. 총독부 관리들은 낌새를 알아채고 줄행랑을 칠 준비를 하고 있었다. 드디어 일본 패망소식이 전해졌을 때 일인들은 총독부, 치안부, 경시청, 보안과 등의 모든 서류를 불태웠다.

총독부 청소부였던 조선인 장만호란 자였다. 그자가 총독부 관리가 소각시키기 직전 문서 하나를 빼돌린 것이다. 공출과 징용을 위해 일인들이 만든 반도인 명부였다. 류형도는 산더미 같은 문서철을 몇 날 며칠 밤새워 뒤졌다. 그러나 그 문서에서도 이해랑이란 이름은 어디서도 찾을 수 없었다. 이해랑이 연기처럼 사라진 것이다.

국재명이 류형도에게 말했다.

"그는 조선예악원의 머슴아이였소. 피아노를 잘 치던 아이였지요."

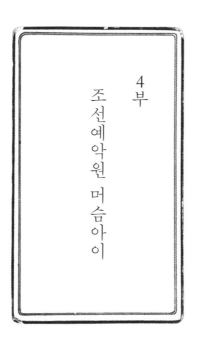

4부
조선예악원 머슴아이

8년 전,

열다섯 살의 해랑

쇼와 12년 서기 1937년

1937년 7월 7일 베이징[北京] 교외의 루거우차오[蘆溝橋]에서 일본군은 군사행동을 일으켰다. '루거우차오사건' 이후 일본은 베이징·톈진[天津]을 점령했다. 일본은 전화(戰火)를 상하이[上海]로 확대시켰다. 일본은 1937년 12월 국민정부의 수도 난징[南京]을 점령하여 시민 수십만을 살육하였다.

―――――――――――

1937년 중일전쟁 발발

조선예악원,
이해랑

조선예악원 생도들의 표정은 엄숙해 보였다. 엄숙하기도 하고 호기심으로 가득 차 보이기도 했다. 새 생도가 들어온 날이었다. 새 생도가 들어온 날에 단장은 예악원 전통에 대한 강론을 펼치곤 했다. 강론에 힘이 들어갈수록 생도들 사이에는 조선예악을 못 하게 될지도 모른다는 위기감이 감돌았다.

예악원 운영은 지원과 모금만으로 재정이 충분치 않다고 했다. 총동원운동으로 총독부 지원도 줄고 있었다. 밤사이에 도망치는 생도들도 있었다. 시내에 있는 장춘각이라는 기생집에서 가야금을 뜯고 소리를 하고 장구를 치면 많은 돈을 모을 수 있다는 소문이었다.

단장은 엄숙한 표정을 지어보였다. 구레나룻 수염을 손으로 한 번씩 쓸어내렸다.

"이곳은 전통적으로 조선정악을 연마하고 계승하는 곳이다. 조선예악원은 가요부 외에 조선악과가 있다…."

"어이! 저기. 함부로 악기 만지지 말게."

단장은 말을 하다 아쟁을 만지작거리는 생도에게 주의를 주었다.

"조선악과는 가곡, 거문고, 가얏고, 양금, 단소, 생황, 취악으로 나뉜다. 그러니 너희들은 조선의 예법과 정법을 언제나 마음에 새겨라. 예를 익히는 마음으로 악기를 다루어야 한다!"

"넷!"

생도들이 우렁차게 대답한다.

해랑은 생도들의 우렁찬 대답 소리를 들으며 연습실 옆 마루를 걸레질하고 있었다. 물통을 옆에 끼고 해랑은 걸레질하던 손을 멈추고 연습실 창문 쪽을 기웃거려 보았다. 머슴살이를 시작한 지도 꽤 몇 해가 지나갔다. 머슴살이를 하는 동안 해랑은 단 하루도 쉴 수 없었다. 해랑은 산에서 나무를 하고 땔감 장작을 패고 추운 겨울 개울에서 빨래를 하고 새벽까지 아궁이 불을 피우는 일을 도맡아야 했다. 소년이던 해랑의 근육은 점차 굵어지고 종아리에는 힘이 솟아나기 시작했다.

그러나 그중에서도 산에 송출하러 가는 일이 쉽지만은 않았다. 총독부에서 할당해 놓은 송출량을 맞추는 것도 해랑의 몫이었다. 송출하러 갈 때는 새끼줄로 지게 같은 멜빵을 만들고는 가마니때기를 그 위에 졌다. 산에는 관솔이 거의 사라져 버려 솔뿌리를 캐야 했다. 공출 때문이었다. 괭이로 뿌리 둘레를 파고 톱질이나 도끼질을 해 솔뿌리를 잘라냈다. 솔뿌리를 말려 송근유라는 기름을 만든다고들 했다.

"땔감을 모았으면 몸을 구부리고 재빨리 산에서 내려와야 헌다!"

머슴아비는 해랑에게 재차 당부하곤 했다.

"왜요?"

해랑이 퉁명스럽게 물으면 머슴아비는 한숨을 푹 쉬고 이렇게 말했다.

"다 그놈의 총독부 때문이잖여. 아 글쎄. 옛날에는 우리 산에 아무나 들어가 산나물이나 나무순, 도토리를 맘대로 긁어올 수 있었잖여. 그런디 조선총독부가 생긴 후 새 소유지를 신고하라고 허구, 산림센가 뭔가를 납부하라고 하는 기여…."

"조선인들이 산림세를 납부하지 않았군요…?"

"그런 법을 인정할 수나 있는 기여? 지들 맘대로 만들어놓은 법인디. 또 일본어로 된 신고서류는 당최 복잡해가지고서는 어떻게 작성하는지도 모를 판국이지…."

"그래서요?"

"그래서긴 뭐가 그래서? 산이란 산은 죄다 국가에 몰수당했지. 그러곤 일본놈들 지주 손에 그대로 떨어졌잖여…. 이제 산에 들어가려면 산림감시인에게 발각되지 않게 몰래 들어가야 헌다니께. 발각되면 땔감도 빼앗기고 면 지소에 잡혀가 벌금을 물어야 헌다."

해랑은 허리춤에 매달 바구니를 짜며 머슴아비의 말을 듣고 있었던 것이다. 해랑으로서는 늘상 자유롭게 다니던 산을 이제 못 올라간다는 것이 아무리 생각해도 이해할 수가 없었다. 하지만 감시의 눈을 피해 몰래 산에 들어가야 할 일은 자신의 몫이었다.

더욱이 산에서 내려올 때면 새끼줄이 어깨살을 파고들었다. 해 랑은 어깨가 배길 때마다 어깨를 들썩였다. 산을 뛰면서 내려오 라 치면 어깨살이 부어올라 들썩일 때마다 신음소리가 절로 나 왔다. 힘들 때는 노래를 불렀다. 소학교 다닐 때 배운 군가였다.

오월이면 하얀 감자꽃이 폈다. 시월이면 하얀 메밀꽃이 피어났 다. 감자꽃과 메밀꽃을 볼 때마다 배가 고팠다. 낮에는 밭일을 거 들고 밤늦게까지 멍석이나 새끼를 꼬았다. 부단장의 매질은 날마 다 더해졌다. 생도들의 짓궂은 장난도 심해졌다. 그만큼 해랑의 골격도 커지고 몸놀림도 날래졌다.

연습실에서 울려나는 악기들은 제각각 울림통에서 울음을 뽑 아냈다. 가야금과 거문고, 아쟁과 대금, 악기들은 소리를 전신으 로 진동시켰다. 소리는 허공중으로 빨려들어 갔다. 멀리 적막에 가닿으며 사라져가는 소리를 듣고 있으면 닿을 수 없는 아득한 나라에 가는 것 같았다.

단장이 교시를 멈추더니 다정한 목소리로 말했다.

"오늘 새로운 생도를 소개하겠다. 이름은 국재명. 서양악을 하 고 있는 생도다. 사현금을 켤 것이다."

단장은 한 소년에게 고갯짓을 했다. 소년은 하얀 셔츠에 나비 넥타이를 하고 있었다. 저고리를 입은 생도들이 놀란 듯 수군거 렸다.

"저 새끼, 뭐냐?"

"그러게⋯."

생도들의 조소 섞인 말들이 여기저기 터져 나왔다.

"국재명이라고 합니다."

소년은 자신을 소개했다. 그러더니 고개를 갸웃하게 해서 외로 틀었다. 사현금을 목에 걸듯 얹었다. 새로 보는 악기였다. 활을 움직여 울림통의 소리를 내는 다른 현악기와 같은 것이었다.

수군거리던 생도들이 조용해졌다. 고요한 가운데 공기의 결을 타고 현의 소리만이 번져갔다. 현은 떨며 제 몸을 울렸다. 나무통을 울리더니 소리는 사방으로 번져갔다. 생도들은 태어나서 처음 들어보는 소리였다. 그것은 말하자면, 어떤 반짝임, 매끄러움, 눈부심, 아련함, 쓸쓸함 같은, 설명할 수 없는 소리였다. 복도에서 걸레질을 하던 해랑도 온몸이 바싹 마르는 듯한 느낌을 받았다.

아름다움은 모든 것을 굴복시켰다.

"너희들에게 사현금 연주를 들려주고 싶었다."

단장은 흡족한 미소를 띠었다. 소년을 내려다보며 그의 어깨를 다독여주었다.

해랑은 온몸에 전율이 오는 것을 느꼈다. 해랑은 자기도 모르게 뺨에서 흐르는 눈물을 훔쳤다. 발꿈치를 들어올려 유리창 안을 다시 들여다보았다. 반듯한 어깨와 곧은 등, 나비 같은 손가락, 단아한 소년이었다. 얼굴에 알 수 없는 빛이 났다. 그 빛에 해랑의 얼굴이 베이는 것 같았다.

해랑은 눈을 감아보았다. 눈을 감고 지휘를 하듯 팔을 휘저어보았다. 사현금을 켜듯. 허공중에서 팔은 공기를 가르고 공기를 휘저었다. 음에 맞추어 몸과 팔이 저절로 움직였다. 음이 해랑의 몸에 스며드는 듯했다.

그때였다. 누군가 해랑의 뒷머리를 세게 쳤다. 부단장이었다.

"이해랑! 뭘 하는 게야!"

부단장이 해랑에게 호통을 쳤다.

"해랑이 이 새끼! 이 게을러터진 놈!"

부단장은 가지고 있던 몽둥이로 해랑을 후려갈겼다. 해랑은 팔로 머리를 감싸고 몸을 동그랗게 말았다. 머리와 등, 옆구리, 가리지 않고 몽둥이는 떨어졌다.

"이 새끼 정말 재수 없어! 눈빛이 기분 나빠!"

해랑은 비명도 지르지 않았다. 그것이 부단장을 더욱 화나게 했다. 매질은 더욱 거칠었다. 어둔 몸속에서 불이 번쩍번쩍 일었다. 부단장의 매질 정도는 아무것도 아니야. 해랑은 속으로 신랄하고 지저분한 욕을 퍼부었다. 부단장은 마치 해랑의 머릿속을 들여다보는 듯했다. 약이 오른 표정이다. 해랑은 어금니를 깨물며 낮게 신음소리만 냈다.

✼

빛이 창호지 문틈으로 새어 들어왔다. 생도의 생활관 처소에서 은실은 콧노래를 흥얼거리고 있었다. 은실은 핀을 왼쪽 머리에 꽂아 보았다. 거울 속에 은실은 자신의 모습을 빤히 바라보았다. 그러다 다시 마음에 안 드는지 핀을 뺐다. 은실은 가르마 옆 오른

쪽 머리에 핀을 꽂았다. 뾰로통한 표정을 지었다. 은실은 눈빛을 반짝이며 다시 왼쪽 머리에 핀을 꽂았다. 검고 윤기 나는 머리 위에 핀은 은실의 얼굴을 사치하고 우아하게 만들어주었다. 은실은 등을 곧게 펴고 도도한 미소를 지어보았다. 핀은 은실의 마음에 들었다. 옥이 둥근 테두리를 따라 박혀 있는 봉황무늬 핀이다.

은실이 핀을 하고 생도청에 나타나자 누군가 은실의 앞을 가로막았다. 오행석이었다. 그는 단소를 불다말고 은실에게 다가갔다. 오행석이라면 궁금한 것은 참지 못하며 없는 말도 만들어 궁금증을 해소하고 싶어 하는 녀석이었다. 그는 해랑이 배고프다고 했을 때 노랗게 곪은 달걀노른자를 해랑에게 강제로 먹이기도 한 자였다.

"어디서 난 거냐?"

은실은 빙긋 웃을 뿐이었다.

"어디서 난 거냐니까?"

오행석은 은실의 탐스러운 입술을 보며 재차 물었다. 은실은 머뭇거리다 나직이 말했다.

"해랑, 이해랑이 준 거다."

오행석은 입가를 실룩거리며 비틀었다.

"너네 연애질하는 거냐? 어떻게 그 거지새끼가…. 무슨 돈으로 이런 비싼 핀을 살 수 있냐?"

오행석은 씩씩거리며 해랑을 찾아왔다.

해랑은 머슴아비와 함께 쓰는 행랑방 책상에 앉아 있었다. 남폿불을 켜놓고 방에 앉아 있으면 어디선가 호적소리가 들려왔다. 곧이어 뉘 집에서 굿을 하는지 징소리가 요란하게 나기도 했다.

해랑은 앉은뱅이책상 위에 손가락을 올려놓고 있었다. 손가락으로 책상 위를 두드려 보았다. 어머니가 가르쳐주시던 곡이었다. 앉은뱅이책상 나무는 벙어리가 아니다. 나무도 철마다 바뀌는 물소리, 바람소리를 듣고 자란 놈이었다. 손가락으로 두드리니 소리가 났다.

해랑은 눈을 감았다. 손가락으로 건반을 짚으며 음을 연주했다. 나무책상 안에 숨겨진 음들을 다 끄집어낼 듯도 했다. 해랑은 다시 그 소리를 찾아내기 위해 마음을 모았다. 나무책상은 자신이 태어난 곳을 기억해내려 했다. 대나무숲, 갈대숲, 바람소리, 개울소리. 나무책상은 상처 입기 전 고향의 소리를 해랑에게 전해주었다. 마음속에 깊고 맑은 음이 피어났다.

해랑은 어머니의 얼굴을 떠올려보려 하였다. 얼굴이 떠오르지 않았다. 대신 은실이 떠올랐다. 예악원 생도에게 놀림을 당할 때마다 은실은 해랑을 감싸주었다. 산에 나무하러 갔을 때 은실과 함께 먹던 오디도 떠올랐다. 은실의 흰 저고리 위로 떨어져 번지던 붉은 오디자국. 은실의 입술 색과 다를 바 없이 고운 붉은 색이었다.

그때 방문이 벌컥 열렸다. 오행석이다. 눈이 작고 입술이 두툼한 녀석은 해랑을 방에서 마당으로 끌어냈다. 은실이 미심쩍은 눈빛으로 대청마루에 서 있었다. 오행석은 은실이 꽂고 있는 핀을 가리켰다.

"거지새끼, 이 핀 시장통에서 니가 훔친 거 맞지? 니깐 놈이 이런 비싼 핀을 어떻게 만져라도 볼 수 있겠냐?"

"……."

해랑은 입을 굳게 다물었다. 오물을 뒤집어쓴 듯 오행석을 노려보았다. 그러자 오행석은 눈을 부라리며 해랑을 발로 걷어차기 시작했다.

"빨리 이실직고해! 훔친 거 맞지?"

해랑은 더욱 완강하게 입을 다물었다. 고개만 도리질을 쳤다. 코에서 찝찔한 게 흘러 입으로 흘러들었다. 피였다. 코피가 터진 듯했다. 마루에 모여 있던 생도들이 마당으로 우르르 몰려 내려왔다. 마치 기다렸던 좋은 구경거리라도 만난 듯 얼굴이 활기로 가득 차 있었다. 언제나 분풀이거리를 찾는 녀석들이었다.

"거지새끼, 도둑놈의 새끼….'

입가가 터졌고 눈두덩이 부어올랐다. 터진 피가 누빈 옷으로 흘렀다. 해랑은 비린 피 냄새를 맡으며 고개를 들었다. 은실을 바라보았다. 은실은 대청마루에 서서 해랑을 내려다보고 있었다.

은실은 입술을 비죽거렸다. 그러더니 은실은 머리에 꽂혀 있던 핀을 빼더니 마당으로 거칠게 던져버렸다. 핀은 흙바닥에 내동댕이쳐졌다. 은실은 해랑을 노려보았다. 은실의 눈빛은 경멸로 가득 차 있었다. 그것은 단 한 번도 본 적이 없는 섬뜩한 눈빛이었다. 피부를 바늘로 찌르는 듯 매섭지만 어떤 감정도 녹아 있지 않는 듯한 무정한 눈빛. 해랑은 흙바닥에 떨어진 핀을 내려다보았다. 해랑은 얼굴을 일그러뜨렸다. 해랑은 눈이 타들어가는 것처럼 따가워졌다.

온몸이 부들거리며 떨려왔다. 오행석은 아무것도 아니었다. 열 명이 달려들어도 상대해줄 수 있다. 해랑은 생각했다. 그러나 은실의 눈빛은 해랑을 미치게 했다.

해랑은 자리에서 벌떡 일어났다. 주먹을 불끈 쥐고 달려들었다. 갑작스런 기세에 생도들은 뒤로 물러났다. 해랑은 오행석에게 달려들어 녀석을 때려눕힌 뒤 턱주가리를 갈겼다. 주먹이 날아들 때마다 오행석의 고개가 이쪽저쪽으로 처박혔다. 오행석은 신음소리 한번 제대로 못 내고 얻어맞고 있었다. 생도들이 해랑을 저지하려 달려들었다. 이번엔 생도들이 해랑을 넘어뜨리고 발길질을 해대기 시작했다. 해랑은 자신의 머리통을 감싼 채 온몸을 웅크렸다. 오행석이 바닥에 있다 언제 일어났는지 생도들과 같이 해랑을 발로 차기 시작했다. 해랑은 온몸을 감싸 안은 채 발길질 세례를 고스란히 받고만 있었다.

생도들의 발길질을 멈추게 한 것은 머슴아비였다. 해랑은 그제야 축 처진 몸을 일으켰다. 몸이 제대로 말을 듣지 않았다. 해랑은 간신히 대문 쪽으로 다리를 절며 걸었다. 은실의 눈빛이 무엇인지 헤아리려 했다. 그것은 천한 동정 같기도 하고 야유 섞인 환멸 같기도 했다.

밖은 어둠이 내리고 있었다. 담장과 나무 사이에 태연하게 달이 떠 있다. 달은 찌그러져 있었다. 나뭇가지에 찔린 채.

며칠 전 부단장의 심부름으로 종로 시장통에 나갔던 것이다. 악기장이에게서 오동나무로 만든 가야금을 받아오라는 심부름이었다. 해랑은 악기장이에게 날렵하게 만든 가야금을 건네받았다. 오동나무를 깎아 만든 가야금에서 지금 막 잘린 나무냄새가 진동했다. 장식품 조각은 대추나무와 향나무, 밑판은 밤나무, 울림통은 오동나무로 되어 있는 가야금이었다. 널판에서 나는 신선한 냄새를 킁킁거리며 가야금을 짊어졌다.

시장통을 지나고 있었다. 종로 시장통은 그날도 사람들로 붐볐다. 삿자리, 멍석, 짚신장수 노인이 탕건을 쓰고 재떨이에 담뱃재를 떨고 있고, 목에 번쩍번쩍하게 두른 덕석이 울긋불긋한 소도 눈을 껌벅이고 소장수 옆에 서 있었다. 상투를 튼 농부가 소달구지를 끌고 요령소리를 쩔렁쩔렁 내며 지나가자 기다렸다는 듯 화물차가 클랙슨을 울렸다. 파라솔을 쓰고 서양식 옷을 입은 단발 여성이 지나가고 그 옆에 도포자락에 상투를 쓴 양반들도 지나갔다.

신기한 풍경을 두리번거리며 걷고 있을 때였다. 어디선가 북소리가 났다. 유랑예인들이었다.

유랑예인들이 북을 치며 떠들썩하게 몰려오고 있었다. 화려한 10여 개의 기를 세우고 제 몸에 버금갈 만큼 큰 북을 쳐댔다. 삽시간에 시장통 사람들이 모여들었던 것이다. 맨 앞에는 익살스럽게 생긴 약장수가 큰 모형 병을 들고 행진했다. 모형 아지노모도 병이었다. 뒤에 송씨라는 변사 아저씨가 따라가며 외쳤다.

"신시대 조미료, 만능적 조미료, 문명적 조미료, 일명미불 전매 특허, 빌리는 데 편하고, 선물에는 안심, 주방의 필수품, 주방의 상담역."

코맹맹이 소리로 외치기 시작했다.

"경성 쓰지모토 상점과 부산 이츠마야 상점에서만 파는 아지노모도! 특별히 저렴하게 판매합니다요. 견본 병 2전, 사용 병 5전! 자, 오세욧! 오세욧!"

구경꾼들이 구름떼처럼 몰려들었다. 갓 쓰고 흰 두루마기 입은 사람, 노란 초립 쓰고 초록 두루마기 입은 사람, 머리 늘이고 분홍 두루마기 입은 총각, 무명옷 입은 아동들도 있었다. 그러나 선뜻 사는 사람은 드물었다. 사실 아지노모도를 뱀으로 만든다는 소문이 돌았기 때문이었다.

해랑은 가야금을 등에 진 채로 정신없이 북소리를 듣고 서 있었다. 푸른 옷을 입고 내리닫이 모자를 쓰고 머리가 발뒤꿈치까지 치렁치렁한 중국인도 약장수소리가 궁금한지 기웃거렸다. 이에 옻칠을 까맣게 한 늙은 일녀가 키득거리며 웃자 새까만 이가 징그럽게 보였다.

해랑은 사람들로 북적대는 시장통에서 고개를 돌리다 북 옆에 놓여 있던 아코디언을 보았다. 검고 흰 건반이 햇빛에 반짝이고 있었다. 해랑은 자기도 모르게 아코디언의 건반을 만지작거렸다. 그러자 콧기름이 번지르르한 약장수가 험악한 얼굴을 하고 다가왔다.

"이놈의 새끼가 어디다 더러운 손을 댄단가?"

눈을 부라리는 약장수의 서슬에 질려 해랑은 손을 등 뒤로 숨긴 채 물러나려 했다. 그때였다. 옆에 서 있던 송씨 아저씨가 해랑에게 다가왔던 것이다.

"한번 쳐보고 싶으냐?"

해랑은 고개를 끄덕였다. 해랑은 어깨에 지고 있던 가야금을 조심스럽게 내려놓았다. 유행가였다. 시장통 음반가게를 지날 때마다 듣던 유행가. 조선예악원에서 절대로 연주해서도 들어서도 안 되는 유행가였다.

김해송의 〈선술집 풍경〉이었다.

해랑은 신이 나서 몸을 흔들어댔다. 해랑이 치는 아코디언소리에 구경꾼들이 흥에 겨운지 어깨를 들썩였다. 구경꾼들이 몰려들기 시작했다. 쌀섬을 진 지게꾼이 무거운 발걸음을 멈춘 채 서 있고 흥미진진한 눈빛을 한 흰 수건을 두른 아낙도 있었다. 저작거리의 꼬마들과 도포자락에 양반갓을 쓴 상인도 아코디언소리에 멈춰서 있었다.

양반갓을 쓴 상인이 노래를 흥얼거리더니 여기, 나 한 병 주쇼, 하고 주문을 하기 시작한 것이다. 연이어 사람들이 달려들었다.

"아이고 그놈 한번 속시원하게 하네."

송씨 아저씨와 약장수 아저씨가 손님들에게 넙죽넙죽 절을 했다. 허리춤에 차고 있던 전대가 엽전으로 금세 불룩해졌다.

"아이고, 감사합니다요! 신시대의 필수품! 아이고, 감사합니다요!…."

시장통을 빠져나올 때 해랑의 손에 뭔가가 들려 있었다. 봉황무늬 핀이었다. 송씨가 해랑에게 값을 치러 준 셈이었다. 해랑은 돈을 받자마자 프랑스인이 하는 잡화상으로 달려갔다. 봉황깃털 문양에다 작은 옥구슬이 박힌 철핀.

'은실이에게 잘 어울리겠지?'

해랑은 핀이 마음에 들었다. 해랑은 자기도 모르게 기분 좋아 웃음이 났다. 핀을 바지 호주머니 속에 깊이 찔러 넣고 뛰기 시작했다. 등에 지고 있던 가야금도 덜컹거리며 해랑과 함께 뛰었다. 피가 뜨겁게 흥분되는 것이 느껴졌다. 흥분한 나머지 온몸이 후끈 달아올랐다. 해랑은 큰 소리로 노래 부르고 싶었다. 날아갈 듯한 기분 때문에 무슨 짓이든 할 것 같았다.

❋

해랑은 조금 전 자신을 도둑놈으로 몰아붙이던 오행석과 은실의 눈빛이 떠올랐다. 그렇다고 유행가를 연주하고 얻은 돈이라고 말할 수도 없었다. 예악원에서 유행가는 금지곡이었다. 더욱이 해랑은 예악원 생도도 아니었다.

늦가을 어둠은 서리처럼 내린다. 뼛속까지 시려왔다. 해랑은 다리를 절며 천천히 걸었다. 심장이 막막해져 왔다. 해랑은 자신이 어둠 속에 눈먼 짐승처럼 느껴졌다. 어디로 가야 할지 알 수가 없었다. 걷다보니 해랑이 늘 지나다니던 곳이다. 산에 나무땔감을 하러 다닐 때 지나다니는 골목이었다.

'와네스'(바니스)기름을 반들반들 먹인 호화로운 조선와가(朝鮮瓦家)가 줄지어 서 있고 빨간 벽돌집, 파란 시멘트집, 노란 석회집, 이층양관이 줄지어 서 있는 곳이었다. 산에서 내려올 때면 해랑은 이층양관(洋館)에 줄지어 서 있는 이 거리를 꼭 에둘러 지나오곤 했다. 이층양관 유리창 반쯤 열어둔 집에는 보랏빛 커튼이 드리워져 있다. 그곳에서 누군가 피아노 치는 소리가 났다.

누가 치는 피아노곡일까. 장터 음반가게 축음기에서 간혹 들리던 〈청춘소곡〉은 아니었다. 처음 들어보는 곡이었다. 피아노소리를 들으면 마음이 말할 수 없이 쓸쓸해졌다. 때로 감미로워지기도 했다. 그럴 때면 해랑은 지게를 진 채 부르던 군가를 딱 멈추었다. 골목길 끝에 해가 떨어지고 있고 붉은 노을이 담장 사이로 출혈처럼 번져갈 때 해랑은 피아노 선율에 전신을 맡긴 채 아득히 서 있곤 했다.

오늘밤에는 피아노소리가 들리지 않는다. 까짓것, 그런 것은 문제가 되지 않았다. 다만 오행석에게 맞은 윗입술이 욱신거렸다. 지독히 더웠다.

이층양관 이층 유리창이 보였다. 커튼 사이로 유리창은 호박빛으로 번지고 있다. 적막했다. 해랑은 이층 창문을 물끄러미 바라보았다. 더운 밤의 열기 속에서 팔뚝으로 덤벼드는 벌레들을 찰싹찰싹 때렸다. 왜인지 해랑은 검은 어둠 속에 계속 서 있었다. 피멍이 든 윗입술을 실룩이면서.

검은 먹지를 댄 것 같은 시간이 흘러갔다.

✳

쨍그랑!

그때다. 순간 고요를 깨는 비명처럼 유리창 깨지는 소리가 났다. 해랑이 바라보고 있던 이층 유리창이었다. 곧이어 비수 같은 목소리가 들렸다.

"다레다?"(누구냐?)

순간 등 뒤에서 누군가 후닥닥하며 달아나는 소리가 났다. 딸
그락거리는 게다소리였다. 이때 해랑 앞의 가옥 현관문이 철컥
하고 열렸다. 빗자루를 높이 치켜든 일본인 머슴이다. 진베이를
입고 머리에 흰 띠를 묶은 차림이었다.

"다레다? 토마레!"(웬 놈이냐? 게 섰거라!)

그는 짙고 굵은 눈썹을 위로 치켜뜨고 고함을 지르면서 달려
왔다. 해랑이 서 있는 골목 모퉁이 쪽이었다. 해랑은 놀라 눈을
둥그렇게 떴다. 등 뒤를 돌아보았다. 누군가 어둠 속에서 게다소
리를 요란하게 내며 도망치고 있었다. 앞을 보니 빗자루를 든 머
슴이 험상궂은 표정으로 달려오고 있었다. 코밑에 수북한 수염이
실룩거렸다.

'젠장, 뭐야.'

재수 없게 붙잡혔다가는 유리창 값을 물어낼 판이었다. 해랑은
얼떨결에 돌아서서 도망치기 시작했다. 앞을 보니 어둠 속이다.
하얀 비단 속옷차림 여자애였다. 흰 옷이 펄럭이고 한쪽으로 땋아
늘어뜨린 머리채가 흔들렸다. 흰 빛은 어둠 속을 달리고 있었다.

여자애가 순간 발을 절룩거리더니 넘어졌다. 달리던 해랑의 발
에 뭔가 채여 날아갔다. 게다였다. 해랑은 달려가 구석으로 튕겨
나간 게다 한 짝을 주웠다.

머슴의 고함소리가 다시 들려왔다. 해랑은 떨어진 게다를 주워
재빨리 품에 넣었다. 그러곤 넘어진 여자애의 손을 잡아 일으켰
다. 여자애와 달리기 시작했다. 뜨거운 공기 속에 등줄기 땀이 쭉

흘렀다.

막다른 골목 모퉁이 구석이다. 해랑은 모퉁이 수레를 세워둔 뒤쪽으로 뛰어가 몸을 움츠렸다. 여자애는 헉헉대는 숨을 제 손으로 틀어막았다.

비를 들고 뒤쫓아 오던 머슴이 다가오고 있었다. 해랑과 여자애가 몸을 숨긴 골목입구까지 온 듯했다. 그는 씩씩거리며 숨을 고르고 있었다. 번뜩이는 눈으로 주위를 두리번거리더니 짧게 침을 퉤, 하고 뱉었다. 해랑과 여자애는 더욱 숨을 죽였다. 머슴은 한참 어둠 속을 두리번거렸다.

잠시 시간이 흘러 고요가 찾아왔다. 머슴이 돌아간 듯했다.

해랑은 자신의 옆에 웅크리고 앉은 여자애를 찬찬히 돌아보았다. 빛에 반사된 흰 물결처럼 여자애의 작은 몸이 가늘게 떨리고 있었다. 어둠 속에 떨고 있는 위태로움 같았다. 그 위태로움이 여자애를 지켜줄 것도 같았다.

그때였다. 골목길 어디선가 소리가 들려왔다. 계집아이의 커다란 목소리였다.

"나오코 아씨, 어디 계세요? 나오코 아씨?"

해랑은 여자애를 바라보았다. 그 순간 여자애는 꼭 쥐고 있던 해랑의 손을 힘껏 뿌리치며 벌떡 일어섰다. 해랑을 차갑게 내려다보았다. 해랑은 머뭇거리며 시선을 떨구었다.

해랑은 자신이 입고 있는 옷이 보였다. 남은 헝겊으로 기운 자국들이 역력했다. 여자애는 거만한 눈빛으로 손을 내밀었다. 게다를 달라는 폼이었다. 주춤거리며 저고리에서 게다를 꺼냈다.

여자애는 기다렸다는 듯이 해랑의 손에서 게다를 낚아챘다. 해랑의 품에 있던 따뜻한 새 한 마리가 날아간 듯 손끝이 서늘해졌다.

"빠까야로!"

여자애는 경멸하듯 소리쳤다. 느닷없는 욕설에 해랑은 벌떡 일어났다. 남루한 몰골이지만 그런 말을 들을 이유는 없었다. 형편없이 못돼먹은 계집년이었다. 해랑은 입술을 달싹이며 뭔가 욕을 해줄 생각이었다. 그런데 그 순간 여자애는 뒤도 돌아보지 않고 돌아서 달아났다. 이층 적산가옥 쪽이었다. 여자애가 사라진 어둠 속을 해랑은 천천히 바라보았다. 소맷귀로 더운 바람이 불어왔다.

'참, 건방진 계집애다.'

해랑은 생각했다.

여자애의 목덜미에서 얼핏 본 붉은 손자국이 떠올랐다.

＊

"야, 얘기 들었어? 새 부단장이 들어온다는구먼. 군악대를 지휘했던 지휘관이었다는 소문이라야."

생도 녀석 중 가장 키가 작은 호동이었다. 녀석은 소리를 지르며 연습실로 뛰어들었다. 생도들이 수군대기 시작했다. 새 부단장이 부임한 것이다. 새 부단장은 군악대를 지휘했던 군관이었다. 군악대가 해산되자 클럽이나 카페를 전전하다 이곳으로 온 게 뻔했다.

그러나 새 부단장이 생도 연습실로 들어왔을 때 모두 아연실색을 했다. 그는 콧날이 뾰족하고 눈이 파란 양인이었다. 피부가 희어서 실핏줄이 살갗 위로 비쳤다. 에케르트라고 했다.

어느 사이에 장지문 틈새에서, 아쟁 대신 사현금이 울려나기 시작했다. 태평소 대신에 트럼펫이 울리기 시작했다.

서양악기들은 총독부의 지원을 받은 것이었다. 녹슬고 낡은 것들이었다. 내지의 제국 시향단에서 쓰던 것들을 물려받은 게 분명했다. 왜놈들이 제대로 된 것을 줄 리가 만무했다. 현은 늘어나고 금속은 간간이 녹이 슬어 있었다. 피아노 향판은 습기 때문에 조금씩 뒤틀어져 있었다. 에케르트는 생도들과 함께 너트를 조이고 금관악기의 녹을 닦아냈다.

총독부는 일본 기원의 해를 맞아 조선예악원에 조선정악 금지령을 내렸던 것이다. 총독부는 조선정악 대신에 일본 군가만 연주하라는 명을 내려놓고 있었다. 총독부는 칙령을 내려 조선예악원을 총독부 산하 기관으로 통합하면서 일본 군악과 서양악만을 연주하도록 하는 제령을 내려놓고 있었다. 단장과 부단장을 비롯하여 조선예악원의 분위기는 말이 아니었다. 조선예악원은 한일합방 이후 궁중에 있던 아악생들이 궁중에서 나와 세운 것이었다. 고종의 칙령이 있었고 조선의 혼을 유일하게 지키고자 하는 염으로만 지켜오던 곳이다. 부단장은 치욕으로 얼굴을 시뻘겋게 붉히며 주먹을 움켜쥐고 책상을 내리쳤다. 단장도 주먹을 쥔 채 부들거리고 있었다. 단장은 등을 보인 채 창 쪽만 바라보았다.

"한일합방 이후 궁중에 있던 아악생들이 궁중에서 나와 이곳 종로에 예악원을 세우게 된 게 아닙니까! 그런데 조선 정통의 정악을 이제 아예 없애버리겠다? 개수작하지 말라고 하쇼!"

부단장이 목에 핏대를 세웠다. 단장은 양미간을 찡그린 채 말이 없었다. 한참의 정적이 흘렀다. 그는 숨을 한번 몰아쉬듯 앞을 향해 숨을 뱉어냈다.

"치욕으로 살아남는 거, 명예롭게 잊혀지는 거, 이 중에서 자네는 어느 것을 선택하겠나?"

단장은 낮은 신음소리처럼 무겁게 말했다. 단장은 생각했다. 분노와 치욕도 힘은 힘이다. 치욕의 힘으로 살아내는 것도 방법은 방법일 터. 단장은 그렇게 생각하며 입을 굳게 다물고 말았던 것이다. 단장의 희끗한 수염이 분기로 떨리는 것을 보면서 부단장은 적에게 속수무책으로 당하는 절망감과 불운의 기운을 느끼고 있었다.

조선예악원에 있던 생도들의 숫자도 줄고 있었다. 궁중악사들의 자제들도 조선악을 버린 지 오래고 시중에는 대중가요가 축음기에서 매일 흘러나오는 판국이었다.

✻

"해랑이 이 녀석, 뭘 이렇게 꾸물대고 있는 게야! 재빨리 움직이지 않고. 꾸물대는 건 천지에 따라갈 자가 없어!"

해랑은 부단장의 잔소리에 엉덩이를 높이 치켜들었다. 마루에 엎드려 걸레질 하는 손을 부산히 움직였다. 길게 뻗은 나무마루였다. 닦으면 닦을수록 윤기가 났다. 마루를 닦고 있으면 마루는 명경처럼 해랑의 얼굴을 비춰주었다.

쭉 뻗은 콧날에 음울함을 가진 진지한 눈매. 해랑은 자신의 얼

160

굴이 낯설었다.

"제기랄!"

마음속에 알 수 없는 열망 같은 것이 솟아날 때마다 괜히 가슴
이 쓰라려 왔다. 해랑은 걸레를 벽에다 패대기쳤다. 서러움과 파
열음이 함께 솟구쳤다.

그때였다. 서양악 연주소리가 허공중에 번져왔다. 먹물이 한지
에 번지듯 사현금의 소리가 울렸다. 피아노소리가 뒤를 이었다.
악기들은 제 스스로 새롭게 밀려오는 시간에 부대끼며 소리를
내는 듯싶었다. 연주실 안은 더 이상 정악을 연주할 날이 없을 것
이라는 안타까움과 새로운 양악기에 대한 설렘이 쉴 새 없이 피
어올랐다. 연습실을 내려다보고 있던 해랑은 마룻바닥으로 천천
히 내려왔다. 해랑은 벽에 패대기쳐진 걸레를 다시 주워들었다.
걸레를 힘껏 움켜쥐고 힘주어 마루를 닦았다.

정원에는 작약이 두근거리며 피어나고 있었다.

✽

해랑은 발꿈치를 들어 유리창 안을 들여다본다.

복도와 연결된 연습실 창문이다. 생도들은 흰 셔츠와 검은 양
복바지를 입고 있다. 조선예악원이 마련한 음악회가 내일이었다.
중추원 의장, 고문, 대신, 총독부 경감과 관료들, 작위를 받은 남
작들이 초대되었다. 음악회는 서양악이 잘 전수되고 있는가를 살
피려는 총독부의 감시사항 중 하나였다. 그들은 가슴에 많은 훈
장을 달고 나타날 것이었다.

연습 마지막 날이다.

곱슬머리 에케르트가 긴 팔을 허공에서 휘저었다. 지휘봉은 깊숙이 허공을 가르며 음의 갈 길을 만들어내고 있었다. 바이올린, 피아노, 트럼펫, 첼로, 서양북 등을 차례로 살폈다. 신기한 악기와 새로운 음들. 해랑은 자신의 뇌수로 쏟아지는 음의 결들을 음미했다. 뇌수를 자극하고 가슴을 뛰게 하는 곡. 바흐의 쳄발로협주곡이었다.

그러나 연주는 한 소절도 다 끝나지 않은 채 멈췄다. 에케르트 부단장이 지휘하던 손을 멈췄다. 피아노를 치던 생도가 밖으로 줄행랑을 쳤기 때문이다.

에케르트가 인상을 쓰며 서툰 조선말로 물었다. 옆에 앉은 트럼펫이 뒷간에 간 것이라 말했다. 한참이 지났지만 피아노는 오지 않았다. 뒷간으로 찾으러 간 심벌즈도 오질 않았다. 피아노와 심벌즈 둘 다 국악사의 자제들이었다. 다른 생도가 그들을 찾으러 갔다.

"어제 종로 시장통에서 냉면을 먹고 탈이 났대요."

찾으러 갔던 생도가 돌아와 볼멘소리로 말했다. 해랑이 물동이를 옮길 때 걸핏하면 발을 걸던 녀석들이었다. 특히 피아노를 치는 녀석은 얼간이같이 생긴 얼굴로 심술궂어 빠진 것이 늦여름의 독 오른 모기 같은 놈이었다. 곡 해석도 연습도 제대로 못하면서 기교만 부리려 애를 썼다. 그들은 생도청 뒤뜰에서 몰래 담배까지 피워댔다.

잘난 새끼들. 꼴좋게 되었다. 해랑은 생각했다. 놈들은 서양악을 배우고 나서는 무슨 모던보이라도 된 것처럼 굴었다. 봄철이면 실크 보라 춘추복에 겨울이면 낙타털 외투나 스코치 외투를 걸치고 다녔다. 탱탱한 바지에 볼 좁은 구두를 신고 택시까지 타며 카페출입을 했다. 명동구락부에도 뛰어들어가 옥돌을 50개까지 치는 코즈모폴리턴 흉내를 내고 있었다.

단장은 생도들에게 중요한 연주회를 위해 시내외출을 금지시키고 있었던 터다. 그런데 종로 시장통에서 냉면이라니. 이번에 제대로 걸린 셈이다.

에케르트는 당황한 표정이 역력했다. 에케르트가 생활관을 찾아갔을 때 둘의 몸에는 붉은 반점이 몸 전체에 올라와 오뉴월의 개처럼 축 늘어져 있었다.

"식중독인 것 같은데, 그럼, 어떻게 합니까?"

에케르트가 낙담한 표정으로 연습실로 돌아왔다. 단장과 부단장이 굳은 표정으로 연습실에 이미 와 있었다.

"이 일을 어떻게 하면 좋겠소? 내일이 당장 연주회요."

단장이 화급한 얼굴로 말했다. 에케르트도 당황한 채 왔다갔다 헛걸음질을 했다. 에케르트는 들고 있던 지휘봉을 손바닥에 탁 탁, 때렸다.

부단장이 말했다.

"단장님, 내일 연주회를 못 열게 되면 우리 예악원은 후원금도 없이 문을 닫게 될지도….."

부단장이 말했다.

"쓸데없는 소리!"

단장이 냅다 소리를 질렀다. 부단장의 말을 단박에 잘랐다. 부단장의 말을 자르긴 했어도 단장도 어찌할 바를 모르긴 마찬가지였다. 붉게 상기된 뺨에 눈까지 충혈되어 있었다. 약한 한숨소리가 났고 다음은 정적이었다. 불협화음 같은 정적. 흥건한 식은땀이 흐르는 시간이었다.

그때다. 재명이 자리에서 벌떡 일어났다.

"방법이 있습니다. 단장님. 저기 저 녀석!"

재명이 일어나서 손가락으로 가리켰다. 놀랍게도 바로 유리창 쪽이다. 유리창 너머 연습실을 훔쳐보던 해랑이었다. 해랑은 깜짝 놀라 화급하게 몸을 숙이며 속으로 중얼거렸다.

'저 새끼 왜 저러지? 사람 잡을 일 있나.'

몰매를 맞을지도 몰랐다. 해랑은 몸을 돌려 복도 쪽으로 달아나기 시작했다. 복도는 지나치게 매끄럽게 잘 닦여 있었다. 해랑은 복도 위로 미끄러지면서 꽈당 하고 뒷머리를 찧었다. 버둥거리고 있을 때 누군가 자신의 뒷목덜미를 거칠게 잡아 끌어올렸다. 재수 없는 부단장이었다.

"난, 난, 아니란 말이오. 난, 난 할 수 없소!"

해랑의 목소리가 갈라지고 있었다. 그는 이맛살을 찌푸리며 어떤 식으로든 도망치고 싶었다. 아직까지 뭘 해보라는 주문도 하지 않았는데 벌써 기가 꺾이고 울적해지려 했다. 괜한 트집거리로 웃음거리가 될 수도 있었다.

부단장에게 잡혀 연습실로 들어갔을 때다. 생도들의 눈길이 모두 해랑에게 쏠려 있었다.

"무슨 말이냐?"

단장은 재명에게 뭔가 재차 묻고 있었다.

"해랑이에게 피아노를 치게 하라?"

단장은 어이없다는 듯 실소를 터뜨렸다. 예상했던 대로 여기저기 조소가 섞인 웃음소리가 터져 나왔다. 단장은 고개를 가볍게 저었다. 물론 해랑은 자신이 피아노를 치는 것을 보이고 싶지도 않았다. 화음과 박자를 겨우 맞추고 있는 생도 녀석들 앞에서는 더더욱 그러했다. 얼토당토않은 연주를 해대며 뻐기는 생도들의 거만함이 우스웠다.

재명이 말했다.

"그렇습니다. 이해랑이 밤늦은 시간, 연습실에서 피아노를 치는 것을 보았어요."

해랑은 깜짝 놀라 재명을 바라보았다. 재명이 흰 셔츠 깃을 으쓱해 보였다. 해랑에게 눈짓했다. 흰 셔츠가 불빛에 반짝하고 반사되었다. '저 새끼, 그냥 안 둘 거야.' 해랑은 입술을 실룩거리며 재명을 노려보았다.

"해랑이 녀석이 피아노는 무슨 피아노냐? 피아노가 뭔지 알기라도 한 녀석이냐?"

부단장이 해랑의 뒷목덜미를 들어올리자 해랑은 목 매달린 닭처럼 축 늘어졌다. 시선을 내리깔고 가만히 있었다.

"어, 이 녀석, 쏘아보며 대들던 그 번쩍거리는 눈은 어디가고 왜 이렇게 다소곳해진 게야?"

부단장이 해랑을 보고 비웃듯 해랑의 옆구리를 쿡 찔렀다. 해랑은 앞으로 꼬꾸라졌다. 단장이 말했다.

"이해랑, 네가 이번 연주회 피아노곡을 다 칠 수 있다고 재명이 말한다. 정말 칠 수 있느냐? 자, 어디 쳐 봐라!"

단장은 팔짱을 끼고 뒤로 물러났다. 단장 뒤에 과연 검은 물체가 번쩍거렸다. 피아노는 빛을 발하는 살아 있는 고래처럼 웅크리고 있었다. 내면이 소용돌이치며 혼란스럽다. 해랑은 주저앉은 채로 뒤로 더 물러났다. 부단장이 해랑의 뒷목덜미를 다시 끌어들어올렸다. 해랑이 말했다.

"난, 난 칠 수 없소!"

그러자 생도들의 와자지껄한 웃음이 터져 나왔다.

"그럼, 그렇지, 제깐 놈이 무슨, 이런 어려운 곡을?"

이번에 생도들이 재명을 쏘아보며 놀려댔다. 재명은 생도들의 눈빛을 의식도 않은 듯 해랑을 진지하게 내려다보고 있었다. 해랑은 다시 뒷걸음질을 쳤다.

단장이 해랑 앞으로 걸어왔다.

"한번 쳐 보거라!"

진지하고 따뜻한 목소리였다. 단장이 해랑에게 이렇게 따뜻하게 말한 적은 처음이었다. 해랑은 서서히 고개를 들어 단장을 쳐다보았다. 그의 눈빛엔 부드러운 기운이 흐르고 있었다. 해랑은 부단장, 에케르트, 생도들과 재명을 번갈아가며 바라보았다. 약간의 비웃음과 호기심과 진지함이 섞여 있는 눈빛들이다.

해랑은 천천히 일어났다. 해랑은 재명을 불타는 눈동자로 노려보았다. 해랑은 피아노 앞으로 걸어갔다. 천둥 번개가 치거나 비가 오는 밤이면 해랑은 연습실로 달려갔었다. 희고 검은 건반 위에 손가락을 얹고 있으면 말할 수 없는 기쁨이 넘쳐나곤 했다. 음들은 해랑의 몸 속에서 절박한 듯 일어났고 사라져갔다. 소리는 세상 너머 어딘가 비의의 세계를 향하는 듯했다. 해랑은 피아노 앞에서 자기 자신을 잃곤 했던 것이다.

❋

"그만, 거기까지."

단장은 놀란 듯 부단장을 돌아보았다. 부단장은 땀이 밴 듯 손을 비볐다. 부단장은 에케르트를 쳐다보았다. 에케르트는 어깨를 으쓱하며 양손을 들어올려 보였다. 어리벙벙해졌음에 틀림없다.

단장은 심호흡을 하며 부단장과 눈빛을 서로 주고받았다. 생도들도 서로를 돌아보았다. 해랑은 피아노를 치던 손을 가만히 아래로 내려놓았다.

단장은 단호하게 말한다.

"난 널 믿을 수 없다. 내일 정말 중요한 소임을 네가 잘 해낼 수 있을지."

단장의 말을 이어 부단장이 말했다.

"단장님, 이 녀석을 믿어서는 안 됩니다. 고집도 세고 속을 알 수 없는 녀석이라…. 다른 곡, 그렇지 다른 곡을 한번 쳐보게 하시지요."

단장은 끙, 신음소리를 냈다.

해랑은 마음의 호흡을 가다듬었다. 피아노를 치기 시작했다.

내면의 어두운 뿌리에 불꽃이 하얗게 튀어 올랐다. 경련을 일으키듯 해랑은 몸을 부르르 떨었다. 해랑의 영혼이 허공중으로 들고 날 것 같은 움직임. 어떤 두려움과 흔적도 넘어서는 전율이 왔다. 선율 속에 바람이 일고 파도가 굽이치다 낮게 깔리며 나뒹굴었다. 학이 슬프게 춤을 추듯 손가락은 검고 흰 건반 위에서 자유로웠다. 해랑은 피아노가 자신을 연주하도록 내버려 두었다.

연주가 끝나고 해랑은 피아노 건반에서 가만히 손을 내려놓았다. 해랑은 의자에 앉은 채 뒤를 돌아보았다. 연주가 끝났는데 좌중이 쥐죽은 듯 고요했다.

내면 깊숙한 곳에 알지 못할 파동에 빠진 듯한 얼굴들이다.

단장이 얼굴을 찡그리며 인상을 짓고 서 있고 에케르트는 입을 벌린 채 놀란 표정이다. 부단장도 생도들도 재명도 모두 조용하기만 했다. 터무니없는 연주를 해대며 조선 최고의 오케스트라인 양 뻐기던 생도 녀석들이 가소로웠지만 해랑은 꾹 참고 찬찬히 단장을 올려다보았다.

한참의 침묵이 끝나갈 무렵이었다.

부단장이 날카롭게 소리쳤다.

"그래, 생각났어. 생각났어. 이 곡은 진혼곡이야. 전쟁에서 죽은 일본군의 혼을 위로하는 진혼곡!"

부단장의 옆 이마에 핏줄이 툭툭 불거져 나와 있었다. 핏발이 선 눈빛은 격양되어 있었다. 그는 더욱 소리 높여 고함을 질러댔다.

"나쁜 새끼, 내 그럴 줄 알았어. 재수 없는 새끼. 일본 제국을 위한 매국적인 곡이나 연주하고. 폼 잡고 연주하는 척하더니 이제 봤더니….”

“뭐? 진혼곡이래? 전쟁의 혼령들을 위한 진혼곡.”

“뭐야? 저 새끼….”

생도들이 수군거리기 시작했다.

“……”

단장은 말없이 팔짱을 낀 채 한 손으로 턱을 쓰다듬고 있었다. 부단장이 흥분한 채 계속해서 소리쳤다.

“저 새끼는 처음부터 사상이 의심스러웠어. 조선과 민족에 대한 어떤 마음도 사상도 없는 게야!”

부단장은 해랑의 손목을 휙 낚아챘다. 해랑은 생도들 앞으로 질질 끌려갔다.

“이런 놈은 손모가지를 잘라 없애야 한다니까요. 조선예악원이 오늘날 왜 이렇게 됐는데….”

에케르트는 당황하는 눈빛이 역력했다. 단장은 무서울 정도로 굳은 표정으로 해랑을 내려다보았다. 눈빛이 활활 타오르는 것 같았다. 단순히 분노라고 하기엔 설명할 수 없는 흔들리는 눈빛이었다. 그의 손끝이 떨리고 있었다.

해랑은 영문을 모르는 얼굴로 단장과 부단장의 얼굴을 번갈아가며 보았다. 해랑은 떨리는 눈빛으로 바닥을 내려다보았다. 단지, 그랬다. 날마다 수도 없이 들어왔던 곡을, 날마다 해랑을 위로해주던 곡을, 해랑의 마음을 때리던 곡을 연주했을 뿐이다.

산에서 나무를 하고 내려왔을 때 적산가옥 이층집에서 들리던 곡, 가슴 밑바닥을 긁고 핥으며 애무하던 곡. 구슬프면서 정답고

쓸쓸하면서도 담담했던 곡, 그 곡이었다. 하얀 속옷 같은 비단옷을 입은 여자애가 떠올랐다. "더러운 센징!" 여자애가 해랑에게 말했다. 경멸로 가득찬 그 차가운 손길이 떠오른다.

'그 여자애는 진혼곡을 치고 있었던 거였어? 매일 밤? 대체 왜, 그렇게 슬픈 곡을 치고 있었던 거지?'

머리가 아파온다. 몸 속에 빽빽하게 핏줄이 요동치는 것 같다. 해랑은 길쭉한 자신의 손을 내려다보았다. 손가락은 창백하리만큼 희다.

단장은 골똘히 생각하는 표정을 짓더니 엄한 말투로 말했다.

"우선 이 녀석을 헛간에 가두게!"

부단장과 생도들이 해랑을 끌고 나갔다. 해랑은 헛간의 나무 썩어가는 냄새와 축축한 가마니가 떠올랐다. 며칠 째 굶어 정신이 흐릿하던 기억이 떠올랐다.

"싫소! 난 헛간에 가기 싫소!"

해랑이 소리쳤다. 어느새 생도들이 달려들어 해랑을 옭아맸다. 해랑은 온몸을 비틀며 발버둥을 쳤다. 양발을 바닥에 붙인 채 온몸으로 버텼다. 그러자 생도들은 해랑을 단숨에 끌어내 밖으로 나갔다. 바깥으로 끌려가며 해랑은 안간힘을 다해 뒤를 돌아보았다. 은실이었다. 은실이 해랑을 보고 있었다. 무심한 눈빛이다. 경멸도 안타까움도 아닌 눈빛, 어떤 감정의 요동도 없는 눈빛. 냉정할 만큼 표정이 없는 눈빛. 해랑은 고개를 다시 외로 틀었다. 은실의 그 눈빛이 두려웠다.

＊

헛간 윗벽 나무 틈새로 달빛이 흘러들어왔다.

노랗고 예쁜 달빛이다. 달빛이 해랑을 비추어주었다. 해랑의 그림자가 짚더미 위로 쓰러졌다. 그림자는 달빛 속에서 잔뜩 구겨져 있었다. 바닥은 구겨진 그림자를 가만히 안고 있었다.

처량한 생각이 들었다. 해랑은 무릎을 가슴께로 오므렸다. 앉은 짚더미에서 썩은 내가 올라오고 있었다. 헛간 문고리를 잡고 누군가 덜거덕거렸다.

"누, 누구요?"

해랑은 자기도 모르게 달빛이 비치는 문고리를 쳐다보았다.

문고리가 다시 딸그락거린다.

"누, 누구요?"

해랑은 재차 헛간 문을 바라보았다. 삐거덕, 문이 열렸다. 은실이다. 파리하고 창백하게 질린 표정이었다. 해랑은 놀란 눈으로 은실을 바라보았다.

은실은 생감자 두 알을 해랑에게 내밀었다. 생감자의 비릿한 냄새가 올라왔다. 해랑은 주춤했다. 그러자 은실이 해랑의 손에 쥐어준 감자를 다시 제 손으로 가져갔다. 생감자 껍질을 제 이로 깎아내며 벗기기 시작했다. 은실은 껍질을 벗긴 감자를 해랑의 입 속에 넣어주었다.

"어쩌려고 그런 곡을 연주한 거야?"

은실은 걱정스러운 표정으로 해랑에게 물었다. 해랑은 참을 수 없는 저항감을 느꼈다. 입 가득 문 감자를 겨우 삼켰다. 해랑이 말했다.

"우리 마음을 움직이고 영혼을 흔들어 놓으면 되는 거 아니야? 음악에 무슨 사상이 있고 체제가 있는 거야?"

"전쟁에서 죽은 일본 전사자들의 혼을 위로하는 곡이라잖아?"

"그래서? 그래서 어쨌다는 거야?"

"여기는 조선예악원이야. 이해랑."

"그게 무슨 상관이야? 그냥 함께 듣고 누리면 되는 거 아니야?"

"그냥 누릴 수 없는 세상에 살고 있잖아. 언제나 그렇잖아. 살아남는 것이 중요해."

"살아 있다는 것은 숨을 쉬는 것이야. 숨을 쉬는 것은 리듬이 있다는 것이고. 단지 내 몸 속의 숨을 끌어내고 싶을 뿐이야. 그냥 내가 좋아서 피아노를 치는 거라고. 거기에 무슨 의미와 사상을 찾아내려는 거야? 전쟁이니, 민족이니, 해방이니…. 그딴 거 허울 좋은 샌님들이나 하라고 해. 그건 음악에 덧씌워놓는 가짜들이야."

은실은 잔잔히 해랑의 눈을 빤히 쳐다보았다.

"이해랑, 난 그런 니 생각도 다 배부른 소리 같다. 배고프면 좋고 싫고가 어디 있니? 그냥 눈치껏 사는 거지. 우리 같은 사람은 비위맞추면서 밥 얻어먹고 살면 되는 거다."

"아니다. 난 그렇게 살 수 없다….."

잠시 희미한 침묵이 흘렀다. 잠시 뒤 은실이 입을 열었다.

"해랑, 이해랑."

은실은 해랑의 이름을 잔잔히 불러주었다.

"너는 그 고집이 문제다."

은실은 싱긋하고 짧게 웃었다. 은실의 눈은 화가 나 있고 입은 웃고 있었다. 해랑을 비난하려는 건지 칭찬하려는 건지 알 수 없었다. 은실이 아무렇지 않은 얼굴로 해랑을 뚫어지게 바라보고 있다. 그 시선에 해랑은 견딜 수 없는 이상한 욕망을 느꼈다. 정체를 알 수 없는 욕망이었다. 해랑은 와락 은실을 껴안았다. 은실은 놀란 듯했다. 해랑의 품에서 화르륵 새처럼 파닥거렸다. 부둥켜안고 있으니 몸이 뜨거워졌다.

생도 연습실에서 은실이 한번 해랑의 눈앞을 스쳐지나갈 때면 해랑은 이상한 마음에 휩쓸리곤 했다. 은실이 창을 부르며 몸을 움직일 때마다 부드럽게 땋아 늘어뜨린 머리채가 좌우로 흔들렸다. 그럴 때마다 해랑은 가슴이 뛰었다. 맞은편에서 은실이 가까이 오면 해랑은 걸음을 재촉해 그녀 옆을 지나쳤던 것이다. 은실의 모습은 해랑의 온몸의 어리석은 피를 모아들이는 소환장 같았다. 이것이 어떤 마음인지 해랑 자신조차도 알 수가 없었다.

달빛이 헛간 바닥에 울퉁불퉁하게 생긴 그림자를 만들어내고 있다. 두 개였던 그림자가 하나가 되자 굴곡이 나타났다.

그때였다. 갑작스럽게 헛간 문이 열렸다.

문 앞에는 단장과 부단장이 굳은 얼굴로 서 있었다. 헛간에 은실을 홀로 가둔 채 단장은 단장실로 해랑을 데리고 갔다. 부단장은 못마땅한 표정으로 입술을 말아 올리고 있었다. 단장은 무슨 결심에 찬 사람처럼 해랑에게 말했다. 치욕적인 연주를 한 해랑에게 살 수 있는 기회를 주겠다는 제안이었다.

"이것은 조선 해방을 위한 일이다. 조국을 위한 마음이 조금이라도 있다면….'

"젠장, 조선 해방이고 뭐고, 내가 알게 뭐요?"

해랑은 분기로 자리에서 일어나려 했다. 그럴 때마다 부단장이 해랑의 어깨를 잡고 세게 아래로 끌어내렸다.

"네놈이 무슨 얼어죽다 남은 양심이라도 있으면 재워주고 먹여준 은혠, 잊지 말아야 하는 게 아니냐?"

부단장은 해랑의 뒷머리를 때리며 말했다. 해랑이 고개를 돌려 부단장을 노려보자 부단장은 그 눈빛에 움찔했는지 해랑을 다시 때리려 했다. 단장이 손을 들어 부단장을 저지했다.

이해할 수 없는 불안한 풍경들이 해랑에게 몰려들었다. 자신의 조직에 첩자, 곧 밀정이 되어야 한다니. 이것은 강압 아닌 강압이었다. 연이어 단장은 조선예악원이 조선공산당 만주총국과 연결되어 있는 비밀행동결사대라는 말을 했다. 해랑은 자신의 귀를 의심했다.

공산주의 조직이 동경에도 만주에도 활동하고 있다는 정도는 해랑도 알고 있었다. 하지만 골수 공산주의 행동 점조직이 조선예악원과 연결되어 있다는 사실은 해랑에게도 충격이었다. 그 충격은 너무나 큰 것이어서 그 말을 들은 이상 해랑은 자신이 선택의 여지가 없다는 것을 알았다.

소문에 의하면 공산당 조직은 일본 내지에서도 동경 시내 곳곳의 원인불명의 화재와 관료, 은행원, 군수업체 간부 피습사건을

176

잇따라 일으키는 장본인들이다. 만주에서도 용정, 대련, 화련 쪽에서 폭동을 일으키고 방화와 철로 파괴행위를 주도하고 있었다.

일본군은 간도 임시토벌대, 혼성토벌대를 만들어 만주일대 토벌에 나섰다. 일군들은 용정에 있던 지하좌경조직의 본거지를 공격해 쑥대밭으로 만들었다. 마을에 있던 노인들과 부녀자들, 어린이들까지 모두 눈을 뽑고 혀를 뽑아 죽였다. 그러자 지하조직에서는 자신들의 조직 안에 일본군 프락치가 있을 것이라 생각하게 되었다. 즉, 일군 토벌대가 조선공산당 조직에 첩자를 심어두고 위장 잠입한 첩자들이 암약(暗躍)하며 첩보를 나르고 있다는 것이다.

해랑은 대체 이 모든 이야기를 왜 자신이 단장에게 들어야 하는지 알 수 없었다. 식민지 조선에 사는 이상 누군가를 속이고 죽이지 않고는 살 수 없다는 단장의 이야기는 결국 해랑이 밀정이 되어야 한다는 말을 에둘러서 한 말인가.

"제기랄, 내가 왜 그딴 일을 해야 하오?"

해랑은 미친 듯 분기에 차서 소리를 질러댔다.

단장은 그동안 해랑의 단단한 어깨와 완강한 자만심, 예측을 뒤엎는 행동과 재빠른 두뇌회전을 지켜보고 있었다. 부단장의 강한 반발이 있었지만 해랑의 질긴 고집도 잘만 다듬으면 오히려 조직활동에 도움이 될 요소였다. 과묵하고 진지한 태도도 나쁘지 않았다.

단장은 무엇보다 해랑이 어떤 혈연도 없는 혈혈단신이란 사실이 마음에 들었다. 있는 듯 없는 듯 밀정이란 연기처럼 이 세상에서 사라져도 뒤끝이 깨끗해야 했다.

　해랑을 밀정으로 쓰는 데 은실은 좋은 미끼였다. 해랑이 아무리 고집이 세도 은실을 예악원에서 쫓아내겠다고 단서를 단다면 해랑도 어쩔 수 없을 것이라 단장은 판단했다. 은실을 예악원에서 쫓아낸다면 은실이 어떻게 될지 뻔히 알 일이다. 노름과 술에 빠진 은실의 아비가 은실을 그냥 둘 리가 없다. 자신의 딸년을 기생집이나 만주로 팔 것이 뻔했다. 은실의 아비는 그런 궁리만 하고 있는 작자였다.

　그렇게 되면 은실은 기생집에서 몸을 팔거나 만주로 팔려가게 될 것이다. 만주로 팔려간 조선여자들에 대한 추악한 풍문은 넘쳐났다. 만주에서 비적이나 도적떼에게 넘겨지거나 관동군의 노비가 되거나 그것도 아니면 만주에서 도망쳐 국경을 넘다 압록강에서 일본군의 총에 맞아 죽는 일이 비일비재했다.

　"젠장, 조선 해방이고 뭐고…."

　해랑은 단장실 탁자를 꽝, 하고 내리쳤다. 탁자가 넘어지고 뒤집히자 단장이 얼굴을 붉혔다. 부단장이 해랑에게 달려들어 먹살을 부여잡고 기어이 주먹을 날렸다. 해랑이 부단장에서 맞아 부풀어 오른 입술을 매만지고 있는데 단장이 해랑에게 말했다.

　"마츠무라 준이치로, 이제, 이게 네 이름이다! 이해랑, 알겠나?"

5부

조선인 밀정

6년 후,

스물한 살의 해랑

쇼와 18년 서기 1943년 봄

"나는 지금에 와서 이런 신념을 가진다. 즉, 조선인은 전연 조선인인 것을 잊어야 한다고. 아주 피와 살과 뼈가 일본인이 되어버려야 한다고. 이 속에 진정으로 조선인의 영생의 길이 있다고…."

_____

1941년 2월 11일
'창씨개명령'이 선포되자 이광수는
그 다음날로 가야마 미쓰로〔香山光郎〕로
창씨개명을 한다.
이광수 기고 〈매일신보〉,
1940년 9월 4일자

경무국장의 집,
새 마님 나오코

말은 오줌이 맑고 똥이 다부졌다.

황토색 암말이다. 이빨은 가지런하고 입속은 얼룩이 없이 붉었다. 콧김에서 내뿜는 냄새는 진하고 누렸다. 단단한 배와 탄력 있는 뒷다리를 가진 말이었다. 발굽으로 땅을 박찰 때마다 몸은 대지와 함께 출렁였다. 말은 공기의 경계 사이를 미끈하게 통과하듯 달렸다.

경무국장이 고삐를 당겨 줄 때 말은 빛을 뿜어내듯 히힝 소리를 냈다. 천상 위로 솟아오르려는 듯 머리 쪽을 위로 쳐들었다. 말은 계속 달리고 싶어하는 듯했다.

"천황폐하께서 하사한 선물이다. 경무국장 각하께서 징용과 식량 공출에 탁월한 공을 세우셨다고. 그러니 이 말을 경무국장을 모시듯 돌보아야 한다. 알겠나? 센징!"

가토는 걸핏하면 해랑에게 센징, 센징, 했다.

"마츠무라, 이 센징새끼, 대답해?"

해랑은 마지못해 대답했다. 해랑의 강직한 턱선에 섬세한 근육이 움찔했다. 해랑은 속으로 언젠가 가토의 목을 자신의 손으로 딸 것이란 생각을 하고 있었다. 해랑은 마음속으로 주먹을 힘껏 쥐어보았다.

그는 이제 스물한 살의 청년이었다. 해랑은 항상 상대의 눈빛을 먼저 읽어내려 했고 자신을 숨기는 것도 익숙했다. 적절한 위선과 굴욕을 견딜 안간힘도 갖게 되었다. 그러나 그는 말을 아끼는 것으로 자신의 고집스러움을 대신했다. 그것은 자기를 지키는 최소한의 것이었다.

"예, 집사 나리."

해랑이 천천히 대답한다.

해랑은 열다섯 살도 안 되어 보이는 어떤 사내아이를 본 적이 있었다. 사내아이는 제 키만 한 장총을 메고 커다랗고 누런 군복을 입고 있었다. 기차역에서 군악대소리를 들으며 떠나가는 장면이었다. 라디오에서는 매일 승전보를 전해주었다. '랑군, 수라비야, 네덜란드령 동인도. 승리의 그날까지 원하는 것을 참자'라는 구호가 날마다 쏟아지고 있었다.

해랑이 경무국장의 말을 씻기고 먹이고 마구간을 청소하는 사이 3년의 세월이 흘렀다. 그동안 시끄러운 공습사이렌처럼 가토에게 매를 두들겨 맞았다. B29 삐라처럼 쏟아지는 거친 욕설을 듣곤 했다.

하긴 더 놀랄 만한 일도 있었다. 해랑이 처음 경무국장의 집에 들어왔을 때였다. 천장이 높은 이층 양옥을 보고 해랑은 입을 다물 수가 없었다. 안채 일층 거실에는 붉은 용무늬 커튼이 있었다. 커튼은 천장만큼의 높이로 전면에 걸쳐 걸려 있었다.

하루의 일과를 해랑의 싸대기를 갈기는 것으로 시작하는 가토 히로시의 말에 의하면 이랬다.

"최근 서양에서는 커튼이 벽면 한쪽을 다 덮은 채 바닥까지 내려오는 게 유행이다."

아무리 그래도 전시(戰時)였다. 물자가 부족한 터였다. 경성에 이런 커튼용 천이 들어온다는 것은 놀라운 일이었다. 벽면 한쪽을 모두 커튼으로 장식한다는 것도 대범한 일이었다.

가토는 경무국장의 위세를 뽐내고 있었다. 그는 깔끔한 집사답게 짙은 회색 양복을 입고 다녔다. 포마드 기름으로 머리를 넘기고 갈매기 모양으로 벗겨진 이마에 길게 늘어진 코를 가진 쥐를 닮은 사내였다. 해랑은 언젠가는 가토를 넘어뜨릴 생각으로 밤을 보내곤 했다.

가토는 기분이 좋을 때 해랑에게 "빠가야로 센징"이라고 불렀다. 기분이 나쁠 때는 아무 말도 안 하고 해랑을 두들겨 팼다. 두들겨 맞은 곳에 약초를 찧어 발라주는 이는 서산댁뿐이었다. 서산댁은 열두 살 된 딸 단이와 열일곱 살 된 아들 최칠구와 함께 문간방에서 지냈다. 경무국장집의 침모였다.

✻

덜컹거리는 인력거소리가 난다. 인력거는 보안상 철제 현관 앞에 멈추었다. 현관 앞에는 누런 군복을 입은 보초가 장총을 메고 서 있다.

인력거를 탄 사람은 현관에서부터 긴 정원을 걸어와야 할 것이었다. 국장의 집은 넓고 잘 정돈된 일본정원을 자랑거리로 삼고 있었다.

딸깍거리는 게다소리가 난다. 여러 개의 게다인지 시끄러웠다. 해랑과 몇몇 일꾼들이 거실에서 정원 쪽으로 뛰어갔다. 목탄 자동차같이 커다란 피아노가 보였다. 그 앞에 붉은 비단실로 목단을 수놓은 흰 비단 기모노를 입은 여인이 있었다. 그녀는 챙이 넓은 모자를 쓰고 있었다. 차일 가장자리를 장식한 작은 술들이 바람에 끊임없이 흔들렸다. 여인은 그녀의 몸종들과 함께 천천히 걸어 들어왔다.

여인이 걸어 들어오자 햇빛은 더욱 빛을 발했다. 햇빛은 그녀의 하얀 목덜미 곡선에 내리며 머리칼을 비추었다. 다시 기모노 소매 끝으로 나온 손을 비추었다. 하얀 손은 작은 부채를 들고 있었다. 부채를 쥐고 있는 손마디 끝은 섬세하고 가지런해 박꽃의 봉우리 같았다. 햇빛은 그녀가 발을 한 번씩 떼어놓을 때마다 보일까 말까 하는 속치마의 흰 단에 비치었다. 바닥까지 내려온 비단치마를 질질 끌면서 흰 버선발이 간간히 보였다. 게다를 신은 작은 발의 흰 버선 앞코가 돋보였다.

서산댁과 다른 여종들이 문간에 기대 수군거렸다.

"너무 어린 마님이 들어온 게 아닌감유? 우리 나리의 두 번째 부인이라지만서두."

"그렇구먼. 그치만, 참 곱긴 하우. 새 마님."

서산댁이 문간 뒤에서 흐흐 웃었다.

'쳇, 곱긴 뭐가 곱다는 거야? 왜년인 주제에.'

해랑은 속으로 빈정댔다. 그러면서 그는 얼굴에서 조심성을 잃지 않기 위해 긴장한 채 서 있었다.

"첫째 마님을 뵙지는 못했지만 각하께서 혼자되신 지 벌써 십 년쯤 되었지?"

"그렇지유. 아유미 아씨를 낳고 얼마 안 있다 돌아가셨으니께…."

"그렇게 정숙하고 우아한 분이셨담서?"

"으응…. 이번 마님은 어떤 분이실지…."

경무국장은 짙은 눈썹을 조금도 움직이지 않은 채 주택의 현관문 앞에서 신부를 기다리고 있었다. 무사예복 카미시모를 입은 채였다. 긴 사무라이 장도를 옆구리에 찬 모습은 근엄해 보였고 군인의 도와 권위가 넘쳤다. 경무국장은 첫 부인과 초야를 치르기 전 군도를 무릎 앞에 두었다고 한다. 제국의 군인으로서 천황의 충복으로서 언제든 죽음을 각오하고 있어야 한다고 일러두었다고 한다.

경무국장의 엄숙함과 마찬가지로 새하얀 예복을 차려입은 신부의 아름다움도 대단했다. 우아한 눈썹 아래 동그란 눈과 오똑한 콧날, 도톰한 입술에도 요염함과 고상함이 함께 어려 있었다.

신부는 걸음을 걷다 잠시 멈추었다. 눈이 부신 듯 해를 보며 인상을 찡그렸다. 세계가 넓어지고 모든 것이 그녀에게로 밀려드는 중심점이 된 듯했다. 그 찡그림이 어떤 마력처럼 뿌려져 해랑은 전신을 움직이지 못했다.

✻

밤이다. 달빛이 흐린 날이었다.

해랑은 별채 문간방 문을 살그머니 열었다. 밖으로 나와 주위를 살폈다. 사랑채 쪽을 보며 빠른 걸음으로 몸을 옮겼다. ㅁ자로 서양식과 동양식 기와가 어우러진 사랑채였다. 긴 유리창틀이 붙여진 문짝들 옆. 해랑은 재빨리 붉은 벽돌담에 몸을 붙였다. 달이 떠 있었지만 구름 속에 들어간 듯 어둑신했다. 어둑신한 어둠의 기운을 뚫고 해랑은 눈을 반짝였다.

달이 구름 속으로 숨어들었다. 미지근한 밤공기가 번지고 있다. 사랑채 쪽은 고요했다. 국장은 이 시각 때면 집사에게 내일 일정을 점검받곤 했다. 얼마 전 조직에서는 조선식산은행 지하창고를 털다 실패했다. 독립군 군자금을 대기 위한 큰 작전이었다. 식산은행에 금이 입고되는 날짜와 일정에 혼선이 있었다. 총독부에서 일부러 거짓정보를 퍼트렸을 가능성도 있다.

실제 경무국장의 방에서 엿들은 정보 중에 거짓도 있었다. 그것은 밀정을 의식한 거짓정보거나 경무국장 또한 모르게 진행된 사항일 수도 있었다. 사정은 긴박했고 어느 누구도 믿을 수 없었다. 배신자와 밀정들이 득실댔고 어느 쪽이 자신의 편인지도 몰랐다.

사랑채는 여전히 고요하다. 오늘밤에 비밀결사조직에 대한 대대적 소탕작전을 논의할 것이란 첩보였다. 그러나 댓돌에는 집사의 신발조차 없다. 경무국장의 게다와 군화 외에 조그만 또 다른 게다 하나가 놓여 있을 뿐이다. 처음 보는 조그만 게다였다. 사람의 온기가 있다 사라진 듯 게다에는 온기의 그림자가 어렸다. 누구일까.

해랑은 발소리를 죽이며 문설주 쪽으로 가 귀를 바짝 댔다. 조용히 있으려니 방안의 소리가 들리기 시작했다. 고요하게 움직이는 소리였다. 분명 옷감들이 서걱거리는 소리였다.

해랑은 몸을 움츠린 채 귀에 모든 신경을 모았다. 가슴이 쿵쾅대는 소리를 들키지 않기 위해 해랑은 숨을 죽였다. 치맛자락이 끌리는 소리에 해랑은 숨이 막혔다. 오비가 털썩하고 돗자리에 떨어지는 소리가 났다. 매듭이 툭하고 어둠 속으로 떨어지는 소리가 이어졌다. 살과 천이 미끄러지는 소리, 벗어낸 옷가지가 바닥에 닿는 소리. 매끄러운 비단 속곳이 하나씩 바닥에 닿는 소리였다. 뱀이 풀잎을 스치듯 흘러가는 소리처럼 온몸에 전율이 왔다.

문틈 사이로 방안을 엿보았다. 조그만 실내등을 켜놓은 방에 요가 단정히 깔려 있다. 어찌된 영문인지 경무국장의 뒷모습만이 보였다. 놀랍게도, 경무국장은 알몸이었다. 경무국장은 자신의 앞에 앉은 여인을 바라보고 있었다. 불빛 속에 여인의 얼굴이 드러났다. 창백한 듯 도도한 눈빛. 새 마님이었다. 경무국장이 자신이 기거하는 방에까지 여인을 불러들이는 일은 거의 없었다.

해랑은 황급하게 몸을 돌렸다. 거친 심호흡을 하며 가슴을 진

정시키려 했다.

다시 몸을 돌려 문틈을 살폈다. 호박빛 실내등 아래 요가 있었고 근육이 잘 붙은 알몸의 남자와 여인이 마주보고 앉아 있다. 흰 벨벳 같은 여인의 살갗이 보인다. 달빛이 여인의 흰 어깨에 내려앉았다. 달빛 속에 희미한 윤곽이 더 도드라졌다. 가는 허리로 이어지는 곡선이 빛과 어둠을 칼로 도려내듯 갈라냈다. 그 선명한 듯 흐릿한 빛과 어둠 속에서 여인의 윤곽은 아름다웠고 위험해 보였다. 서서히 야생마 같은 엉덩이와 허벅지가 드러났다. 허벅지 속은 그녀의 성기였다. 성기에는 아찔한 그림자의 베일이 가려져 있었다.

가슴이 쿵쾅거리기 시작한다. 얼굴에 확확 불이 난다. 해랑은 그런 감정이 갑작스럽고 버거웠다. 경무국장과 집사의 밀담을 엿들을 때도 이렇게 가슴이 요동치진 않았다.

그때였다.

누군가 해랑의 허벅지를 쳤다. 해랑은 하마터면 놀라 비명을 지를 뻔했다. 몸을 반대편으로 돌려 앞을 바라보았다. 앞쪽이 아니었다. 아래였다.

"여기서 뭐해?"

아유미였다. 말을 할 줄 모르는 아유미가 손짓과 눈짓으로 말했다. 아유미는 흰 잠옷차림으로 헝겊으로 만든 각시인형을 품에 안은 채 해랑을 올려다보았다. 해랑은 검지를 제 입술에 갖다 댔다. 다음에 아유미의 입술에다 댔다. 아무 말을 하지 말라는 표시로 고개를 흔들어보였다.

"숨바꼭질 놀이를 하고 있는 거랍니다. 아씨."

해랑은 입모양으로만 소리를 내는 듯 입술과 양손을 움직였다.
아유미는 졸린 눈빛으로 양팔을 천천히 폈다.

"나 졸려."

아유미는 졸린 눈을 손으로 비볐다.

"아씨, 그럼 방까지 데려다 드릴게요."

해랑은 손을 움직이며 말했다. 아유미가 고개를 끄덕였다. 고
개와 함께 윗머리를 묶은 리본이 함께 끄덕였다. 해랑은 아유미
아씨의 손을 잡고 돌계단을 조심스럽게 내려왔다.

어디선가 보았다.

새 마님의 얼굴을 어디선가 보았다는 생각이 해랑을 사로잡았
다. 머슴아비의 방에 돌아왔다. 머슴아비는 완전히 잠에 곯아떨
어져 있었다. 해랑은 방구석으로 처박힌 베개를 천천히 잡아끌며
바닥에 누웠다.

어디서 보았을까. 해랑은 몸을 세워 누우며 곰곰이 기억을 찾
아보려 애를 썼다. 심장이 여전히 쿵쾅거렸다. 바람소리가 세차
게 났다. 강이 낮게 흐르는 소리도 들리는 것 같다. 어디서 보았
을까. 해랑은 잠을 이루지 못했다.

종로 미스코시백화점 이층 갤러리,
나오코

뜻밖에도 미스코시백화점은 미심쩍은 외양을 하고 있다.

중국풍도 양풍도 왜풍도 아니었다. 백화점 안으로 들어가니 정교한 이오니아식 기둥 가운데 이층으로 오르는 계단이 보였다. 이층의 넓은 홀 창문 쪽에는 밝은 갈색 대리석 테라스가 있고 테라스 안쪽은 갤러리였다.

딸그락거리는 게다소리가 요란하다. 전시(戰時)에도 화가의 그림을 전시한다는 것은 흥미로운 일이다. 일본의 모던 화풍 화가의 그림이라 했다.

게다소리는 계단과 이층 홀 쪽에서 났다. 화려한 기모노 차림의 여인들도 있었지만 갖가지 모자를 쓴 양풍의 부인들도 많았다. 그 옆에는 가슴에 별모양의 훈장을 더 이상 달 곳이 없어 보이는 제복 차림의 군인들이 담배를 피우고 있었다. 그들이 경례를 받을 때마다 소매 끝 테두리 금색 선이 번쩍였다.

양복에 보타이를 한 대신들도 부인들과 팔짱을 끼고 나타났다. 부인들은 러시아풍 드레스에다 머리에는 챙 넓은 모자를 쓰고 한 손에 부채를 들고 다른 한 손에 작은 손가방을 쥐고 있다. 그들은 하나같이 우아한 태도였다. 그림 앞으로 갔다 뒤로 물러섰다 하며 그림에서 눈을 떼지 않았다. 가끔 손으로 입을 가리고 잔잔한 웃음을 웃기도 했다.

가토는 멀리 심부름을 갔다.

"마츠무라, 오늘은 네놈이 나를 수행해라!"

경무국장은 가토 대신 해랑에게 수행하게 했다.

새 마님 뒤에는 마님의 몸종 유키가 뒤를 따랐다. 마님 어깨 깃이 오늘따라 넓고 깊었다. 가슴선이 보일 듯 말 듯한 고혹적인 기

모노 차림이었다. 해랑은 자꾸만 그곳으로 가는 눈길을 막아서기 위해 온몸을 긴장해야만 했다.

홀 안에는 얼굴 전체를 가리는 클로시 모자, 앙증맞은 새부리 같은 작은 모자, 막 목욕을 마치고 두른 터반 같은 모자. 가지각색의 모자들이 제각각의 교양처럼 펼쳐져 있다. 모자의 시대였다. 모자로 자신을 드러내고 모자로 자신을 감추었다.

제각각의 모자들이 떠들기 시작했다. 어느 그림 앞인 듯했다. 모여든 모자들이 갑자기 요란한 소리를 내기 시작했다.

"어머, 이 그림 좀 봐! 호호호….”

"에고, 남사스럽기도 하지. 호호호….”

그림을 둘러싼 채 깔깔 웃다가 손뼉을 쳤다. 환호성을 지르다 제멋대로였다.

해랑은 소리 나는 쪽을 보았다. 무슨 그림인지 그림은 챙 넓은 모자들에 가려 보이지 않았다. 어떤 이들은 허리를 잡고 몸을 떨어가며 웃기도 했다. 부채를 쉴 새 없이 부치며 빨갛게 된 얼굴을 가리려 하기도 했다.

경무국장은 턱수염이 낫처럼 휘어진 헌병대장과 이야기를 나누고 있던 중이었다. 그는 이야기를 나누다 부인들이 깔깔대는 쪽을 힐긋 보았다. 마님이 다른 부인들과 함께 그림 앞에 서 있는 것이 보인다. 그녀는 인상을 찡그리고 있었다. 경무국장은 헌병대장에게 짧게 고개를 숙인 뒤 부인들이 서 있는 쪽을 향해 걸어갔다. 해랑도 뒤를 따랐다.

그림 쪽으로 향해 걸어가자 새 마님의 하얗게 드러난 등이 점점 눈 앞으로 다가왔다. 해랑은 고개를 돌렸다. 마님은 혼자였다. 깔깔 웃어대던 부인들이 그림에서 물러난 뒤였다. 마님은 그림 앞에 못 박힌 듯 서 있었다.

"이런 그림 따위에 정신을 팔다니!"

찬물을 끼얹는 듯한 말투. 새 마님의 등 뒤에서 경무국장이 말했다. 새 마님은 그제야 그림 앞에서 몸을 틀어 뒤를 돌아보았다. 경무국장이 미간을 찌푸리고 서 있었던 것이다. 검고 짙은 눈썹이 털짐승의 꼬리처럼 꿈틀거리고 있다. 새 마님은 부끄러움과 분한 마음과 실망으로 얼굴을 붉혔다.

해랑은 그제야 그림을 보았다. 그림은 기하학적인 선과 면이 가득해서 잘 알 수가 없었다. 무엇을 그리고 있는지도 보이지 않았다.

자세히 보니 아니었다. 음영 속에 속 그림이 서서히 보이기 시작했다. 남녀가 알몸으로 엉켜 있는 그림이다. 양다리와 양팔로 서로를 뿌리처럼 얽은 채 서로에게 얼굴을 파묻고 있었다.

새 마님은 경무국장의 말에 놀란 표정을 지으며 긴 속눈썹을 내리깐 채 서 있었다. 경무국장이 낮은 목소리로 호통을 쳤다.

"내지인과 반도인들이 힘을 합쳐 성전(聖戰)에 몸을 바치고 있소. 대동아(大東亞)의 천지로 미영(美英)을 격퇴해야 하는 시기! 총동원 시기! 그런데 이런 나약하고 퇴폐적인 그림이나 보고 있으니…. 제국의 부인으로서 법도를 지키도록!"

새 마님은 모멸감이 섞인 눈빛으로 몸을 떨었다. 그녀는 한 걸음 뒤로 물러서려다 비틀거렸다.

"아씨, 나오코 아씨!"

유키가 걱정스러운 듯 새 마님을 불렀다. 경무국장은 각양각색의 모자들을 헤치고 갤러리 밖을 향해 걸어 나갔다. 경무국장의 연미복 등쪽 긴 하단이 휙 하고 휘날리자 해랑도 국장의 뒤를 따랐다. 경무국장은 계단을 소리 내 내려가고 있었다. 요란한 구두소리가 천장을 울리며 솟아올랐다. 계단을 내려가다 말고 멈추어 선 경무국장은 보타이를 한 번 쓱, 비틀었다 제자리에 놓은 뒤 다시 계단을 내려갔다. 해랑도 어쩔 수 없이 멈추어 섰다가 황급하게 뒤를 따랐다.

계단 맨 아래칸 양옆에는 조화로 꽃장식이 꾸며져 있었다. 현관 앞에 경무국장을 기다리는 37년식 시보레 자동차가 서 있었다. 경무국장이 자동차 쪽을 향해 급하게 걸음을 옮겼다.

계단을 거의 다 내려왔을 때였다. 해랑은 갑작스럽게 걸음을 멈추었다. 해랑은 눈을 번쩍 뜬 채 내려온 계단 위쪽을 뒤돌아보았다.

해랑의 동공이 커지기 시작했다.

'나오코 아씨?'

해랑의 귀 속에 뭔가 소리가 들리기 시작했다. 그것은 갑자기 뛰기 시작하는 해랑의 심장소리인지 모른다. 심장이 불규칙적으로 뛰기 시작했다. 아니 그것은 오랫동안 마음속에서 잊고 있던 음이었다. 계단 위쪽을 다시 올려다보았다. 피아노소리였다. 해랑의 마음을 잎새처럼 떨게 하던 소리. 피아노소리가 해랑의 귓속에서 나기 시작했다. 소리는 점점 커져 미스코시백화점의 높은 천장에까지 가 닿는 것 같았다.

조선예악원, 으슥한 밤,
이해랑

조선예악원 담장을 넘을 때마다 해랑은 설레었다.

은실을 보게 될지도 몰랐다. 짙고 검은 머릿결에 첫눈 같은 피부, 총총하고 빛나는 눈빛과 은근한 말투. 그러나 은실은 뒷모습도 보이지 않았다. 은실의 향내도 목소리도 만질 수 없었다. 단장은 그녀가 잘 지내고 있다는 말만 전해주었다. 해랑이 단장실에 몰래 들어갔을 때였다. 단장은 해랑이 들어서자마자 대나무발을 내려 창을 막았다. 호롱불을 입으로 불어 불을 껐던 것이다. 오랫동안 조직의 정보망과 연락책을 담당해온 노련함이 묻어났다.

어둠 속에서 맞은편에 자리 잡은 단장은 해랑을 바라보았다. 그는 뭔가 두려움에 빠져 있는 눈빛이었다. 단장은 잠깐 짧게 끙, 하고 신음을 뱉어낸 후 낮은 목소리로 말했다.

"그런데, 말일세…. 조직에 쭉정이가 있는 것 같으이."

"무슨 말씀인지?"

"정보가 계속 새 나가."

"그럼, 저번 조선은행 습격사건에 실패하게 된 것도…."

"그런 것 같네. 조직이 아니면 조선예악원 내에 첩자가 있는지도 모르겠군."

"대체, 누구, 누구란 말입니까?"

"그래서 말인데…."

단장은 테이블 건너편에 앉은 해랑에게 가까이 오라고 했다. 단장이 내민 것은 밀서였다. 누런 편지는 밀봉되어 있었다. 밀서를 품안에 여민 채 해랑은 말없이 고개만 끄덕였다. 단장실 뒷문으로 빠져나왔을 때 뒷문은 어둡고 고요했다. 주위를 살피며 기와로 된 뒷담을 넘었던 것이다.

'자네 정체에 대해서 아는 이는 아무도 없네. 조직이나 예악원에서도. 나와 부단장 외에는. 그러니 안심하게.'

해랑은 단장이 한 말을 다시 한 번 되씹으며 담장 아래서 양복 깃을 탁탁 털었던 것이다.

❉

단장이 준 밀서는 암호문이었다. 숫자의 발음을 일본식 발음으로 바꾸고 문장 끝나는 음 순서에 맞게 변형하는 방식이다. 해랑은 밀서가 쓰인 누런 선화지를 접었다. 경무국장이 있는 집무실을 바라보았다.

밤늦도록 경무국장은 잠이 들지 못했다. 국장은 불을 켜놓은 채 무엇을 하고 있는 것일까. 방안의 불빛은 암흑 속 별처럼 어떤 고뇌를 간직한 듯했다. 국장은 해랑을 의심하면서도 그 의심을 못내 숨기고 있는지도 모른다. 해랑은 국장의 눈 깊숙한 곳에 감추어진 음모나 군인으로서의 신념 따위를 읽어내고 싶었다. 하지만 그것은 모호한 정념처럼 알 수가 없었다.

만약 해랑의 정체가 발각된다면 그는 곧바로 고등형사에게 잡혀갈 것이다. 그들은 해랑의 손톱과 발톱을 뽑을 것이다. 손가락을 자르고 눈알을 파낼 것이다. 혀를 뽑고 양다리를 자를 것이다. 해랑은 은실이 떠올랐다. 공포와 종잡을 수 없는 두려움이 밀려올 때마다 은실이 떠올랐다. 탐스러운 입술과 목소리. 생에 대한 두려움이 엄습할 때마다 이상한 정념이 동시적으로 해랑을 방문했다. 그랬다. 공포가 격해지고 생의 짐이 무거워질수록 그리움은 더 절실했다. 생은 가혹했다.

국장의 불빛은 새벽이 되어서야 꺼졌다.

해랑은 뒤뜰로 가 밀서를 태웠다. 밀서에는 해랑이 움직여야 할 날짜와 장소가 쓰여 있었다. 단성사 극장이다.

날짜가 되었을 때 날이 궂어 비가 오고 있었다. 해랑이 입장료 오 전을 내밀자 입장료를 받는 사내는 해랑을 아래위로 살폈다. 해랑은 국장이 단성사 전체에 사람을 깔아 놓았을지도 모른다는 염려에 중절모를 더 깊게 눌러썼다.

단성사 안은 습기로 가득 차 있었다. 실내커튼을 열어젖히자 어둑한 실내의 기운이 쏟아졌다. 해랑은 관객석 뒷자리를 잡고 천천히 자리에 앉았다. 스크린에 사무라이가 칼을 휘두르고 있다. 영화는 쇼군시절의 활극 흑백영화였다. 해랑은 관객석 앞자리를 천천히 살피기 시작했다. 어둠 속에서 열 칸 정도 앞에 한 사내가 앉아 있는 것이 보였다. 경무국장이다. 양복을 입은 모습은 낯설었지만 분명 국장이다.

눈앞의 영화는 절정을 향해 가고 있다. 사무라이는 자신의 명

예를 지키기 위해 할복을 준비하고 있었다. 번쩍이는 장도를 무릎 앞에 가로로 뉘였다. 꿇어앉은 채 상의를 벗기 시작했다.

영화는 좀 있으면 십분 휴식을 하며 변사가 나와 재담을 늘어놓을 차례였다. 십분 휴식을 하며 변사가 나올 때 국장은 틈을 타 사라질지도 모른다. 해랑은 경무국장을 놓칠세라 그의 뒷머리를 뚫어지게 쳐다보고 있었다.

그때다. 어디선가 검은 그림자가 나타났다.

챙이 넓은 중절모를 쓰고 양복을 입은 사내다. 사내는 경무국장 뒷자리에 앉았다. 스크린에서 사무라이가 자신의 매끈한 배를 어루만지는 것이 보인다. 이제 곧 할복이다. 스크린은 핏물로 가득할 것이다. 해랑은 경무국장과 뒷좌석에 앉은 사내에게서 눈을 떼지 않았다.

그들은 정면을 응시하고만 있었다. 화면이 붉어진다. 경무국장이 고개를 옆으로 돌려 사내에게 뭔가를 건네주었다. 사내는 건네받은 것을 자신의 상의 속주머니에 찔러 넣었다. 사내가 일어난다. 화면이 금세 어두워진다. 아주 잽싼 놈이다. 사내는 어둠속을 헤치고 극장 밖으로 나간다. 단장이 말한 '유령'이 분명하다. 일경(日警)의 밀정이었고 '유령'은 그의 별명이었다.

해랑은 곧바로 일어나 그를 뒤쫓았다.

단성사 입구 앞은 시내였다. 이미 어둠이 내리고 있고 비도 그치지 않고 내리고 있다.

놈은 날렵한 걸음걸이였다. 전차 정거장을 지나 번쩍이는 광고판을 지났다. 네거리 전찻길을 피해 가판대 옆을 통과한다. 상가

차양 아래를 유유히 지난다. 놈은 종로 네거리의 카페들을 지나치고 있었다. 무교정, 다옥정, 명치정, 황금정, 영락정. 줄지어 선 카페를 하나하나 지나칠 때마다 놈의 옆얼굴이 나타났다 사라졌다 했다.

웨이트리스가 스물하나나 된다는 카페 '목단' 앞에 서서 주위를 두리번거렸다. 놈이 고개를 들자 얼굴이 얼핏 보이는 듯도 했다. 하지만 마침 빵 하는 경적소리가 울리며 검정 지프가 지나가는 바람에 놈은 다시 시야에서 사라졌다.

놈의 얼굴을 보기 위해 전찻길의 건너편 쪽으로 몸을 옮긴다. 그러나 놈의 얼굴은 모자에 가려 보이지 않는다. 어떤 놈인지 얼굴을 확인해야 한다. 조선예악원에 숨어든 첩자인지 비밀조직에 기어든 스파이인지 알아내야 한다. 해랑은 조급한 마음에 더욱 잰걸음으로 뒤를 쫓았다. 신사 양복에 중절모 차림에 중키에 벌어진 어깨. 적당한 체격이 해랑 자신의 체격과 닮아 있는 뒷모습이었다. 하지만 몸놀림이 워낙 빠른 자였다. 놈은 주위를 의식하는지 두리번거리더니 중절모를 더 깊이 눌러 썼다.

시장통에 저고리를 입은 사람들이 마지막 떨이를 하기 위해 북적댄다. 놈은 사람들을 헤치고 잰걸음으로 걸었다. 그러다 휙 뒤를 돌아본다. 해랑은 재빨리 전신주에 몸을 숨겼다. 다시 몸을 빼 놈을 찾았다. 놈이 주위를 긴장한 빛으로 다시 두리번거리더니 재빨리 뛰어 전차에 올라탄다.

해랑은 잠시 당황했다. 해랑은 전차 쪽으로 달리기 시작했다. 전차는 출발을 알리며 종을 울려댔고 해랑은 있는 힘을 다해 전차를 뒤쫓았다. 전차의 끄트머리까지 왔지만 차에 올라탈 수가 없었다. 놈이 전차 뒤칸 유리창에서 전차선을 따라오는 해랑을 내려다보는 듯했다. 해랑 또한 자신의 얼굴을 드러낼 수 없었다. 자신의 얼굴이 노출되는 순간 놈을 잡아내기 전에 자신이 먼저 당할 것이다. 해랑은 중절모의 양끝을 잡고 푹 눌렀다.

숨이 턱에 찼다. 전차는 더욱 속도를 내며 달렸다. 해랑은 더욱 힘을 내 전차를 쫓았다. 전차와 해랑과의 거리가 점점 멀어지고 있다. 해랑은 숨이 턱까지 차올랐다. 해랑은 달리던 걸음을 천천히 멈추고 등을 오르락내리락하며 거친 숨을 몰아쉬었다. 해랑은 빗물에 완전히 젖어 있었다.

점점 전차가 멀어져 간다. 전차는 멀리 어둠을 헤치고 철로를 따라 어딘가로 사라져 가고 있었다. 가쁜 숨을 진정시키기 위해 하늘을 보았다. 으스름한 하늘에 밤새 몇 마리가 날아갔다. 파장을 한 장사치들이 해랑을 밀쳐내며 지나갔다. 해랑은 다시 정면을 바라보았다. 놈을 태운 전차는 완전히 모습을 감춘 뒤였다.

6부

추악한 사건

해방정국,
스물세 살의 해랑
1945년 10월 중순

"내가 지금 올라오다가 누군지는 모르지만 여기서 끌려 나간 사람이 겁탈당하는 장면을, 눈으로 보지는 못했지만 들었다. 내일 아침에 소련군 주둔군 사령관을 만나야겠다. 만나서 이 사항을 내가 그대로 이야기하고 소련 군대는 이래도 되는 거냐고 담판을 짓겠다."

———————

손진, 해방정국,
철원에서 치안대 조직, 서북청년회 활동

어둑신한 트럭 뒤칸,
이해랑

'내가 정말 일본제국주의자라도 된다는 건가 뭔가? 왜 저자들이 미친 듯이 날 쫓는 거지?'

해랑은 대구역에서 자신을 쫓던 청년들을 떠올렸다. 바지저고리를 입은 자도 있고 셔츠에 검은 바지차림의 청년도 있었다. 그들은 분명 해랑이 누구인지를 아는 자들이었고 해랑에 대한 느낌은 절대 우호적이지 않았다. 청년들 손에 잡히면 해랑은 어떤 일을 당할지도 모를 일이다. 그들은 아무렇지 않게 해랑을 해치우고 남을 인사들처럼 보였다.

해랑은 일정 당시 자신이 무슨 큰일을 저지른 게 분명하다는 생각에 마음이 말할 수 없이 무거워졌다.

하지만 한편 해랑은 쥐색 저고리의 사내와 몸싸움을 하면서 어떻게 자신이 그렇게 날렵하게 그를 해치울 수 있었는지 스스로 의아했다.

'대체 난 일정 때 무얼 하는 사람이었을까?'

해랑은 막막한 마음에 웅크린 채 고개를 숙여 발을 내려다 보았다. 신사용 구두는 트럭 안 어둠에 묻힌 채 보이지 않았다. 자신이 걸어 왔던 길들을 다 기억하고 있을 구두였다.

해랑은 과거 기억을 떠올려보려 애를 썼다. 하지만 허사였다. 머리만 아파올 뿐이었다. 대구역에서 청년들에게 쫓기듯 탄 트럭은 해랑을 싣고 어딘가로 끝없이 달려갔다.

해랑은 트럭이 어디로 가는지 알 수가 없었다. 트럭 안 어둠 속을 보고 있다가 해랑은 잔뜩 흥분하여 자신을 쫓던 청년들을 다시금 떠올리며 어쩌면 자신이 일본 제국주의자 '마츠무라 준이치로'일지도 모른다는 생각에 몸을 떨었다.

'양아버지를 죽이고 도망친 천재 피아니스트? 그럴 리가 없어! 내가 어떻게 피아노를 칠 수라도 있단 말인가?'

해랑은 믿을 수가 없어 자신의 손을 내려다보았다. 길쭉한 손가락은 하얗게 창백해져 있었다.

어둠이 내리는 시골 흙길이다. 트럭이 크게 한번 덜컹거렸다. 고치 속 애벌레처럼 해랑은 딱딱한 꿈에 눌린 듯 놀란 눈을 떴다. 잠깐 잠에 빠졌던 모양이다. 한기가 기다렸다는 듯이 온몸으로 파고든다. 해랑은 소름이 돋았다. 후두두 떨며 몸을 움츠린다. 천막 틈을 열어 밖을 내다본다. 이미 어스름이 끼고 있었다. 영원히 새벽이 오지 않을 것 같다는 생각도 들었다. 희부연 어스름 속에서 이정표가 보였다.

[철원]

해랑은 일어로 된 이정표를 소리 내 읽어보았다. 철원이 조선 땅의 어디쯤인지 짐작이 가지 않았다.

나무궤짝이 다시 덜컹, 소리를 내며 한번 위로 솟았다 내려앉았다. 해랑은 짐 트럭이 거의 목적지에 다 왔다는 느낌을 받았다. 해랑은 천막틈새를 열어 다시 주변을 살폈다.

기차 안,
나오코

같은 시각 허름한 기차간에서 나오코는 눈을 떴다.

기차는 계속해서 덜컹거리고 있었다. 어스름이 끼는 오후다.

기차는 산의 허리를 넘고 있는 중이었다. 어둠이 깔리고 있다. 차창 너머 산은 희미한 산안개를 허리에 두르고 있었다. 조금씩 안개가 걷히자 산은 붉은 몸을 드러냈다. 붉은 산은 온통 벌거벗은 채였다.

나오코는 들창문을 조금 들어올렸다. 차창으로 바람이 새어들었다. 바람은 몸속으로 불어 들어왔다. 바람은 나오코의 몸을 휘감고 다시 돌아서 들녘으로 퍼져갔다. 나오코는 경미한 현기증이 일었다. 열차가 조금씩 흔들렸다. 그러자 마음도 조금씩 흔들렸다. 삶도 세상도 언제나 흔들리기만 했다.

기차는 철원에 곧 닿을 것이다.

동래경찰서에서 나왔을 때였다. 나오코는 어디로 가야 할까 한참 망설였다. 나오코의 뺨을 때리기 위해 완장찬 청년이 팔을 들어올렸을 때였다. 뒤따라 나온 통역관이 청년의 팔을 막아선 채 말했다.

"빨리, 일본으로 돌아가시오."

청년에게 뺨을 세차게 얻어맞은 나오코는 부끄러움과 모멸감으로 온몸을 떨고 있었다. 파랗게 질린 표정으로 나오코는 도망치듯 경찰서를 빠져나왔던 것이다.

통역관이 말했다.

"부산항으로 가서 나가사키로 가는 배를 타시오."

그러나 나오코는 부산항으로 돌아갈 수 없었다.

'부산항 막사에 있는 그 여자가 나를 그냥 두기나 할까.'

나오코는 자신이 철핀으로 찌른 자주색 기모노 입은 여자가 떠올랐다. 그 주변에 서 있던 이들도 떠올랐다. 굴욕감이 몸 속 내부에서부터 솟아올랐다.

나오코는 인상을 찡그렸다.

나오코는 철원에 살고 있는 사촌언니를 생각해냈다. 어릴 적 사촌언니는 경성 나오코가 살던 집에 가끔 방문했다. 그녀를 귀여워해주곤 했다. 언젠가 그들은 가족들과 다함께 내금강을 구경한 적이 있었다. 경성에서 토요일 저녁 9시에 기차를 타고 밤 12시쯤 철원에 도착하면 철원에서 이모와 이모부와 사촌언니가 기차에 함께 올랐다.

철원에서 객차를 전기기관차로 연결한 뒤 기차는 동쪽으로 달렸다. 침대칸에서 어린 나오코와 사촌언니는 자지도 않고 어두운 밤 유리창을 보며 이야기를 주고받았다. 새벽녘 얼핏 잠이 들었다 눈을 뜨면 새벽빛이 눈을 찔렀다. 기차유리창 너머 희부윰하게 날이 밝아오고 있었다. 나오코와 사촌언니는 신이 나 창문가로 달려들었다. 여명 속에 새하얀 눈이 푸른빛을 쏟아내고 있었다. 눈에 싸인 금강산은 백색의 영혼 같았다. 웅장하고 고요했다. 나오코와 사촌언니는 장엄한 광경을 보며 소리도 지르지 못했다. 놀란 눈을 풍경에서 떼지도 못한 채 바라만 보곤 했던 것이다.

'그렇지만 언니네가 일본으로 가버렸을지도 모르잖아.'

나오코는 갑자기 가슴이 먹먹해왔다. 부산항에서 이미 나가사키나 하카다행 배를 탔을지도 모를 일이었다. 나오코의 눈빛이 흔들렸다. 나오코는 자신이 메고 있던 배낭을 앞가슴께로 가져왔다. 가만히 끌어안았다.

"왜년이 아직도 조선 땅에 있는 기여?"

조선말이었다. 나오코 옆에 앉은 이는 갓난아이를 안은 노파였다. 구릿빛으로 그을린 데다 온통 주름살이 얼굴을 잡아먹고 있었다. 눈 코 입 구별이 되지 않을 정도였다. 입을 움직일 때마다 얼굴 주름이 실룩거렸다.

나오코는 노파의 갑작스런 물음에 놀란 표정을 지었다. 나오코는 노파의 반대편으로 몸을 피하듯 움츠렸다. 나오코는 비로소 자신의 행색을 살폈다. 나오코는 자신이 기모노를 입고 있다는 것을 깨달았다. 손으로 빗어 위로 틀어 올린 머리는 빗질이 되지

않아 울퉁불퉁한 채였다. 나오코는 갈아입을 옷을 구해야겠다는
생각 속에 노파를 바라보았다.

그러자 노파는 주름이 가득 덮인 눈을 번뜩였다. 번뜩이며 나
오코를 노려보았다.

대한예악원,
류형도

같은 시각 류형도는 대한예악원의 뒤란을 서성이며 행랑채 뒷담
기와를 살피는 중이었다.

기와담은 남자의 중키보다 조금 높은 편이었다. 하지만 담을
따라 시선을 옮기다 이상한 점을 발견했다. 담이 끝나는 지점에
서 담이 현저히 낮아져 있었다. 지대가 갑자기 가라앉아서인지
원래부터 지대가 낮은 탓이었는지 알 수는 없었다. 이 정도는 얼
마든지 손쉽게 담을 넘을 만한 정도였다. 뒷담장을 넘어 도망쳤
다면 이 자리일 게 분명했다. 그렇다면 조선예악원의 건축구조와
동선에 대해서 이미 잘 알고 있는 자임에 틀림없었다.

머슴아비가 바지저고리에 묻은 흙먼지를 털며 다가왔다. 단장
이 죽던 날 밤, 용의자를 보았다는 목격자였다. 그는 류형도에게
다가오는 것이 꺼려지는 듯 주춤거리고 있었다. 일정 때 순사에
대한 두려움이 작용한 탓이었다. 이 뒷마당에서도 항아리 독 안
에 숨어있던 생도들이 잡혀가는 꼴을 몇 번이나 보았던 것이다.

"영감님, 떨 것 없소이다."

"이미, 이미. 다 진술했잖우."

"그렇소. 다만 이것, 좀 봐주시오."

류형도는 머슴아비가 목격한 용의자 몽타주를 들이밀었다. 어두운 밤이었다. 머슴아비가 본 것은 용의자의 옆얼굴이었다. 그는 자신이 목격한 몽타주의 얼굴마저 처음 본 것처럼 낯설어 했다.

"워낙, 어둡기도 했구유."

머슴아비의 말대로라면 용의자는 키가 적당히 크다는 것, 중절모를 쓰고 있다는 것. 몸이 날렵해보였다는 것. 양복을 입고 있었고 가볍게 담장을 넘었다는 것, 그 정도였다. 그러나 그런 류의 공통점은 일정 말기 종로 네거리에서 흔히 볼 수 있는 모던 보이의 차림새였다. 류형도는 맥이 풀렸다.

류형도는 머슴아범을 설득했다. 류형도는 품에서 종이와 연필을 커냈다. 그는 목탄화를 그리던 방식으로 연필을 잡았다. 머슴아비의 구술대로 다시 몽타주를 그려나가기 시작했다. 턱선과 입매와 눈매를 그려나갔다. 다시 광대뼈와 양미간의 거리를 재듯 그렸다. 어린 생도가 보았다던 몽타주를 꺼내 견주어보았다. 스케치는 다시 지우고 다시 그려졌다. 측면을 향하던 남자의 얼굴이 서서히 정면을 향하고 있었다.

정면을 향한 남자의 얼굴이 완성되어가고 있었다. 갸름한 턱선이 나타나고 굳게 다문 입술이 완성되었다. 잘 뻗은 콧날이 나타나고 입가에는 단아함과 고집이 드러났다. 눈을 완성할 차례였다. 눈이 크진 않지만 눈 길이가 길어 준수한 매력을 풍기는 얼굴이었다. 굵은 눈썹과 날렵한 눈매의 마지막 선을 그려 넣고 있었다. 머슴아비의 눈이 점점 커졌다.

"근데, 이 얼굴, 나도 어디선가 많이 본 듯하우."

류형도는 다급하게 말했다.

"어디서요? 혹 아는 사람이오?"

"그렇구만요. 비스무레하게 닮은 애가 있긴 한데…."

"애? 애라니요? 누구요? 그 닮았다는 애가?"

"해랑이라고, 옛적에 우리 악원에 저와 함께 있던 머슴아이 였지요."

류형도는 눈썹을 찡그렸다. 해랑, 이해랑. 국재명에게서 이미 들은 이야기를 생각하며 류형도는 입술을 꼭 다물어 보았다. 그렇다면 왜 자신은 마츠무라 준이치로로 생각하였던 것일까. 그림 속의 사내가 류형도를 쳐다보고 있었다. 류형도는 다시 그림을 내려다보았다. 그림 속의 사내와 눈이 마주쳤다. 사내의 눈빛엔 이상한 기운이 흐르는 듯했다. 그 기묘한 기운을 해석해낼 때 자 신에게 떨어진 이 수수께끼도 풀게 될 것이다.

철원 저녁 무렵,
이해랑

트럭은 철원에서 멈추었다.

고요한 저녁이다. 풀숲에서 뱀들이 교미하는 소리가 들리는 듯 했다. 트럭이 읍내 주재소 앞에 섰을 때 어둠이 내리고 있었다.

해랑은 재빠르게 트럭 짐칸에서 내려섰다. 주재소는 비어 있었다.

212

'해방이 되어 군수나 경찰서장, 은행지점장, 일본인 순사들이 모두 도망쳤다더니. 말이 맞긴 맞았군.'

해랑은 생각했다.

숲길로 이어진 풀밭 길로 들어섰다. 질경이, 패랭이, 코스모스까지 다 지고 잡풀들이 무성했다. 걸을 때마다 이슬이 정강이를 적셨다. 해랑은 몸을 감쌌다. 한기가 몸 속으로 스며 해랑은 발길을 재촉했다. 빈 오두막이라도 발견하면 몸을 녹일 생각이었다. 해랑은 아침에 경성 가는 기차를 탈 작정이었다.

풀밭 길을 지나니 메밀밭이 나타났다. 달이 구름에 가려 어둑신했다. 어둠 속에서도 흰 꽃들이 의안처럼 번쩍였다.

풀밭길이 끝나고 다시 숲으로 들어설 때 멀리서 희미하게 불빛이 보였다. 해랑은 반가운 듯 눈을 크게 떴다.

절간이었다. 기와 아래 창호지 문살 사이로 불빛이 환하게 새어나왔다.

법당 아래 돌계단 옆에 청년 둘이 보초인 듯 서 있는 것이 보였다. 해랑은 자기도 모르게 몸을 풀숲에 숨겼다. 청년 둘은 빵모자 비슷한 모자를 쓰고 있다. 팔뚝에 붉은 완장을 차고 담배 한 대를 나눠서 피우며 이야기를 주고받았다.

형세로 봐서 법당 안에 누군가 있는 것 같았다. 법당 안에 누군가를 가두고 지키고 있는 게 분명했다.

해랑은 숲길을 돌았다. 돌아 법당 뒷문 쪽으로 들어갔다. 법당 뒤 커다란 나무기둥에 몸을 붙였다. 법당 쪽으로 눈길을 돌렸다. 법당 안 촛불 속에서 그림자들이 넘실거렸다.

해랑은 깜짝 놀라 눈을 커다랗게 떴다. 일본말이다. 은실과 헤어지고 나서 처음 들어보는 일본말이었다.

해랑은 반가움에 법당 쪽으로 몸을 붙였다. 문틈을 엿보았다. 기모노를 입은 일본인들이 법당에 모여 있는데 남녀 합쳐 백여 명 가까이 되어보였다. 누런 부처상을 모신 붉은 벽 정면 아래 돗자리 양옆으로 남자와 여자가 서로 나누어 앉아 있었다.

늙고 젊은 남자들은 머리에 흰 수건을 동여매고 있다. 기모노를 입은 여인네들은 무릎을 꿇은 채 어린아이를 안고 있다. 아이를 앉은 여자 하나가 반대편 벽에 모여 있는 남자쪽을 향해 냅다 소리를 질렀다.

"야마토다마시! 야마토다마시!"

분노와 울분이 섞여 있는 목소리였다. 그러자 옆에 있던 여인네들이 덩달아 소리를 쳐댔다.

'야마토다마시, 저 말은 일본 혼이라는 말인데?'

해랑은 생각했다.

여인네들의 고함소리에 놀란 모양이다. 안고 있던 어린애들이 칭얼거렸다. 아낙들이 돌아앉아 허연 젖을 드러내 칭얼대는 아이의 입에 물렸다. 그러나 젖꼭지는 우는 아이의 입을 막지 못했다. 아이들이 곳곳에서 울음을 터뜨렸다. 한 아이가 울자 덩달아 다른 아이가 울었다. 일본 여인네들은 아이들 울음에 아랑곳하지 않고 다시 고함을 쳐댔다. 고함소리는 허공으로 날카롭게 솟아올랐다. 그 여인네들 무리 중에 짙은 쥐색 기모노를 입은 여자였다.

"일본 혼이 뭐냐! 일본 혼을 그렇게 주장하던 당신네들이 지금 뭘 하고 있는 거냐! 지금 소련군이 당신 딸, 당신 여편네 끌고 나가지 않느냐. 왜 가만히 있느냐 말이다. 총은 없지만 칼이라도 가지고 가서 딸과 여편네를 죽여야 할 게 아니냐! 칼이 없으면 죽창이라도 들고 나가란 말이다!"

주변에 있는 아낙들도 흥분한 채 비명을 지르듯 소리쳤다. 피를 토하듯 내장이 뽑혀지는 듯했다.

해랑은 법당 쪽을 향해 있던 몸을 숲 쪽으로 획 돌렸다. 심장이 쿵쾅거렸다. 해랑은 떨리는 몸을 잠시 기둥에 기대어 세웠다. 신사(神社)를 일본인 수용소로 삼아 마을의 일본인들을 가둬 놓은 게 분명했다. 보초를 선 청년들은 조선인처럼 보였다. 치안대 청년들이었다.

그렇다면 소련군은 어디에 있지?

해랑은 생각했다. 해랑은 몸을 돌려 다시 숲길로 몸을 던졌다. 숲길을 달리자 이슬에 발목이 차가워졌다. 해랑은 주위를 살폈다. 전나무와 소나무 숲길이었다. 나무들은 빽빽하게 시야를 가렸다. 솔향이 밤안개와 함께 짙게 깔렸다.

숲 속에서 뭔가 소리가 났다. 해랑은 순간 재빨리 허리를 숙였다.

철원, 신사,
나오코

나오코는 허리를 숙였다. 그녀는 두려웠다.

자신이 입은 옷가지마저 공포가 될 수 있다는 것을 느꼈다. 기모노 목깃이 빳빳하게 자신의 목을 죄어왔다. 공포가 목을 죄는 듯했다. 실제적이고 살아 있는 공포였다. 울컥 생리혈이 쏟아지는 듯도 했다. 아랫도리가 묵직해졌다.

산 중턱의 수용소에서 깜깜한 길을 끌려 내려왔던 것이다.

나오코는 기억을 더듬어 사촌언니 집을 찾아갔었다. 언니의 가족들은 철원 이층집에 남아 있었다. 해방 전 큰 과수원을 하고 시내에서 큰 음식점을 했다. 하루아침에 모든 것을 버리고 갈 수 없었다. 사촌 가족들은 우물쭈물하다 소련군이 들어오니까 발이 묶여버렸던 것이다.

나오코가 사촌언니 집에 당도했을 때였다. 도착하자마자 기다렸다는 듯 나무대문을 거칠게 두드리는 소리가 났다. 치안대 청년들이 들이닥쳤던 것이다. 그중에 보안대장으로 보이는 남자가 말했다.

"이집 일본인들은 모두 산 중턱 신사로 이동한다! 빨리!"

신사에는 이미 일인들이 모여 있었다. 법당 가장자리로 모여 앉은 이들의 얼굴에는 불안과 체념이 뒤섞여 있었다. 알 수 없는 앞날에 대한 공포나 절망 따위가 분간할 수 없이 엉켜있었다.

나오코와 한 중년의 아낙과 그 딸을 신사에서 끌어낸 것은 소련군이었다. 그들은 허리춤에 찬 권총을 꺼내 그들에게 겨누었다.

저녁 무렵이었다.

미 군정청,
류형도

미 군정청 수사과 류형도는 의아스러웠다.

예악원 단장 국재명과 머슴아비의 말대로라면 그랬다. 이해랑은 수 년 전 예악원에서 쫓겨난 셈이었다. 헛간에 갇히고 그 이후 행적에 대해서는 묘연했다. 단장은 그런데 왜 그렇게 일지에서 이해랑에 대한 집요한 관심을 보이다 갑작스럽게 그에 대한 기록을 전혀 남기지 않은 것일까. 마치 세상에 없는 사람인 양.

류형도는 다시 단장 살해사건의 서류철을 넘기다 탁, 하고 서류철을 닫았다. 류형도는 수사과장의 책상 쪽으로 걸어갔다. 과장의 머리는 여전히 포마드기름으로 번쩍였다.

"과장님, 당시 시신을 검안했던 검시 담당의를 만나야겠습니다. 사망정황이나 경위를 더 알아보아야 할 것…."

거기까지 말했을 때 과장은 반가운 듯 소리쳤다.

"좋은 생각이네!"

과장이 아무래도 지나치게 뭔가를 기대하고 있다는 생각이 류형도의 머릿속을 스쳤다. 그 의뭉스런 태도도 어쩌면 이 사건의 해결지점에서 밝혀낼 수도 있다는 생각을 했다. 류형도는 흰 셔츠자락을 매만지며 다시 말했다.

"그런데 과장님, 좀 전 수사 2과에 남로당 끄나풀이 잡혀 들어왔습니다. 보도연맹의 박헌영의 지시를 받는 자라는데…."

"그런데?"

"그런데 그가 조선 최고의 전기기술자랍니다. 전향하지 않으면 죽일 수밖에 없겠지만 지금 시국이 해방 시국이지 않습니까. 물자와 기술자와 인력이 태반으로 부족합니다. 놈을 회유해서 우리 편으로 만들어야 하지 않을까 하는데, 그런데….”

"그런데 또 뭔가?"

"그런데 놈이 말을 듣지 않습니다."

"음, 지랄 같은 빨갱이 새끼들….”

과장은 서류다발을 팽개치며 소리쳤다.

"…….”

류형도는 얼마 전 이은 검찰총장을 만난 일이 떠올랐다.

"감옥에 들어가면 사회주의자든 민족주의자든 서로 다리를 껴안고 잔다고 몽양 선생이 말하지 않았습니까. 민족을 사랑하는 게 첫째이고 나중에 사회주의자로, 민족주의자로 나뉜다는 거지요. 그런데 해방이 되고 서로 원수지간이 되어버렸습니다. 우리는 모두 같은 밥 먹고 같은 된장찌개 먹는 사람이지 않습니까. 그런데 신탁 반탁 이야기만 나오면 서로 눈을 붉히고 대들고….”

류형도가 격앙된 목소리로 소리쳤을 때 이은은 아무 말이 없었던 것이다.

류형도가 이은과 만났을 때 일을 생각하던 차에 수사과장이 류형도에게 소리쳤다.

"종로 네거리에 눈에 핏발 선 공산주의자들 천지야! 빨갱이새끼들. 싹쓸이해야 하는데…. 어쨌든 위에서는 빨갱이들을 색출하라고 난리야!"

"놈이 협조만 하면 남로당 공산당 내부인사들을 다 색출해낼 수 있는데 말입니다. 얼마 전에 서북청년단과 보도연맹 쪽과 총격사건 있지 않았습니까. 종로 네거리에서 그것도 대낮에…. 열두 명이나 죽었습니다."

"그러니까 요점만 말해! 놈을 회유해야 한다는 거 아냐?"

"네, 그렇긴 합니다만. 그게 쉬운 일이 아니라서…."

수사과장은 류형도를 보았다. 한쪽 입꼬리를 올리며 말했다.

"그런 건 내게 맡겨. 자네는 조선예악원 단장 시신을 검안했던 검시 담당의나 속히 만나! 빨리 움직여!"

류형도는 검시 담당의의 사인이 적힌 의견서를 품에 넣었다. 수사과 사무실 문 쪽으로 나가던 류형도가 갑자기 생각이라도 난 듯 돌아섰다. 류형도가 과장을 보며 소리쳤다.

"그런데 과장님, 마츠무라 준이치로가 죽은 것은 맞습니까?"

철원 외곽 숲,
이해랑

해랑은 팔로 날벌레를 휙휙 쓸어낸다. 그의 손끝에 밤안개의 축축한 기운이 함께 묻어났다. 비로소 자신이 아직까지 죽지 않고 살아 있다는 사실이 실감이 났다. 철원 뒷산 산 중턱에 저녁이 끝나가고 있었다.

눈앞에 다시 날벌레들이 윙윙거렸다. 가을 하루살이들이다. 해랑은 팔로 다시 날벌레들을 날려버렸다. 해랑은 몸을 숙인 채 앞을 바라보았다. 눈앞의 어둠이 더욱 또렷하게 보였다.

깜깜한 숲속너머 풀밭 쪽이다. 여자들의 비명소리가 들려왔다. 여러 명이 지르는 소리 같기도 하고 한 명이 동시적으로 뿜어내는 비명 같기도 했다.

"소노코와 와타쿠시노 코도모데스!"(내 자식이다!)

중년의 아낙처럼 보였다. 아낙은 같은 말을 되풀이해 소리쳤다.

"와타쿠시노 코도모데스!"(내 자식이다!)

아낙은 풀밭에 무릎을 꿇고 앉아 있었다. 소련군 하나가 권총 손잡이로 아낙의 머리를 툭툭 쳤다. 아낙의 관자놀이에서 피가 뚝뚝 흘렀다. 소련군이 권총을 들어올릴 때마다 오른 손목에 찬 시계가 달빛에 반짝였다. 손목에 시계는 세 개나 되었다.

해랑은 아낙이 바라보는 눈길을 따라가 보았다. 풀밭 쪽이다. 풀밭에 등을 보인 채 엉거주춤 엎드린 소련군 두 명이 보였다. 그들은 각각 여인들을 제 몸 아래 눕혀놓고 있었다. 바닥에 누운 여자들이 몸부림을 치며 소리를 쳐댔다. 때문에 여자들의 벗겨진 허연 다리가 달빛 속에 드러났다. 다리를 버둥댈 때마다 군인들은 따귀를 계속해서 쳐댔다. 여자들은 숨을 헐떡거리며 다시 비명을 질렀다. 한 소련군이 여자의 입에 흰 헝겊을 채워 넣었다. 비명소리는 껵껵거리며 대기를 팽팽하게 잡아당겼다. 곧 자진할 듯 밤공기가 부풀어 오르고 있었다. 비명은 제 풀에 지쳐 지르다 잠잠해졌다.

해랑은 허리를 숙인 채 무르팍에 닿아 있던 풀 더미를 손아귀로 잡아 뜯었다. 모멸과 분노가 몸 전체로 퍼져갔다. 해랑은 눈이 따가울 정도로 뜨거워졌다. 온몸이 뜨거워지고 있다는 느낌이 들었다. 손목 힘줄이 툭툭 불거졌다. 쥐고 있던 주먹이 덜덜 떨고 있었다. 무력감과 동시에 그 이상의 괴로움이 해랑을 짓눌렀다.

두 여자가 겁탈되는 장면을 옆에 무릎을 꿇고 지켜보던 아낙이 다시 울부짖었다. 소련군이 울고 있는 여자의 머리를 다시 권총머리로 툭툭 때렸다. 알아들을 수 없는 말을 해대며 킬킬거렸다. 경박하고 비속한 웃음이었다.

해랑은 주위를 둘러보았다. 주위에는 아무도 없었다. 다시 정면을 응시했다. 모두 세 명이다. 권총케이스를 차고 있는 놈은 한 놈이었다. 두 명은 권총케이스가 달린 허리띠를 푼 상태였다. 바지춤을 내린 채 엎드려 몸을 휘젓고 있었다.

해랑은 단단해 보이는 돌멩이를 집어 들었다. 해랑은 권총을 들고 있는 소련군을 향해 돌멩이를 던졌다. 돌멩이는 허공을 날아 정확하게 머리를 맞혔다. 놈이 윽, 하는 소리를 지르며 손으로 머리를 감쌌다. 몸을 비틀었다.

양손으로 머리를 감싸며 소리를 지르는 순간이다. 해랑이 전속력으로 돌진하며 몸을 날렸다. 해랑은 여자들을 덮치느라 풀밭에 풀어놓은 소련군들 총 두 자루를 발로 차서 숲속으로 날려버렸다. 그리고선 재빨리 돌멩이를 맞은 채 비틀거리는 소련군에게 덤벼들었다. 해랑이 놈을 넘어뜨리며 함께 쓰러지자 그들은 한 덩이가 되어 엉킨 채 언덕 아래로 굴러 떨어지기 시작했다.

엎드려 있던 소련군이 황급하게 일어난 것은 그때였다. 그들은 풀숲 어둠 속에서 뛰어든 난데없는 놈이 자신의 동료와 뒹굴며 언덕 아래로 굴러 떨어지는 것을 보고 놀란 채 바지춤을 추슬렀다. 그들은 흙바닥에 풀어두었던 총이 사라진 걸 확인하자 더욱 황망해졌다. 그들은 언덕 아래쪽과 위쪽을 번갈아 보다 소련군 막사 쪽으로 달아나기 시작했다.

언덕으로 구르던 물체는 흙길에 이르러 멈추었다. 해랑이 재빨리 일어났다. 해랑이 빨랐다. 해랑의 주먹이 놈의 턱과 갈비뼈에 꽂혔다. 놈은 윽, 윽 소리를 내며 비틀거렸다. 해랑의 주먹이 날아들 때마다 허리를 꺾으며 고꾸라졌다. 놈도 지지 않고 해랑보다 한 뼘이나 큰 체구를 흔들며 몇 번 주먹을 날렸다. 해랑은 놈의 주먹을 가볍게 피했다. 해랑이 놈의 옆구리와 명치끝을 가격한 뒤 놓치지 않고 놈의 다리를 넘어뜨렸다. 그리곤 놈의 몸 위로 올라탔다. 해랑의 주먹이 놈의 얼굴을 가격하기 시작했다.

그때였다. 벌겋게 찢어진 눈가를 한 채 놈이 권총으로 해랑의 가슴팍을 겨누었다.

해랑이 주먹질을 멈추고 뒤로 물러나는 듯했다. 놈은 비열한 웃음을 띤 채 해랑에게 총부리를 겨눈 채 방아쇠를 당기려 했다.

그때였다. 짧은 여자의 비명이 들리고 놈이 눈길을 돌리는 틈이었다. 해랑은 권총을 쥔 놈의 손목을 양손으로 움켜잡고 팔을 돌며 비틀었다. 놈이 다시 짧은 비명을 지르며 권총을 땅바닥에 떨어뜨렸다. 해랑이 재빨리 총을 잡기 위해 몸을 숙였다. 그러자 놈도 함께 바닥으로 몸을 날렸다.

땅, 하고 어둠 속에서 총소리가 났다.

철원 외곽 어두운 숲,
나오코

나오코는 총소리가 난 쪽을 바라보았다.

나오코는 경악하듯 몸을 앞으로 숙였다 폈다. 어두운 아래 숲길로부터 화약냄새가 희미하게 번져왔다. 어두운 아래 숲길이다.

그제야 나오코는 자신의 몸에 무슨 일이 일어난 것인가를 살폈다. 기모노는 벗겨지고 하신이 드러나 있다. 자신의 몸을 거칠게 누르던 소련군이 재빨리 도망친 후였다. 드러난 어깨와 팔에 소름이 돋았다. 나오코는 벗겨진 기모노로 자신의 몸을 감싸 안은 채 몸을 떨었다.

나오코는 자기도 모르게 풀밭에서 일어나려 했다. 그러나 악, 하는 신음과 함께 주저앉고 말았다. 가랑이 사이가 쓰라렸다. 따갑게 부어오른 듯 통증이 심해졌다. 나오코는 벌레처럼 더욱 몸을 움츠렸다. 뜨거운 액체가 가랑이 사이에서 흘러내리는 듯도 했다. 달빛 속에서 그것은 핏물인지 배설물인지 어떤 것인지 알 수가 없었다.

"사다코!"

권총으로 정수리를 얻어맞던 아낙이 달려들었다. 나오코 옆에 누워있던 여자아이에게였다. 아낙이 울부짖으며 다시 딸 이름을 불렀다. 여자아이는 누운 채 축 늘어져 있었다. 아낙이 딸아이를 일으켜 세우려 했다. 그러나 여자아이는 늘어진 그림자처럼 힘없이 바닥으로 쓰러졌다.

아낙이 비명을 지르는 듯 절망에 몸을 비틀었다. 아낙은 늘어진 그림자를 다시 추슬러 안아 올리며 울부짖었다.

나오코의 귀에는 그 소리가 채 들리지 않았다. 주파수가 전혀 잡히지 않는 소리인 듯했다. 나오코는 멍한 표정으로 자리에서 일어났다. 자기를 둘러싼 공기가 윙, 하는 정적에 휩싸인 듯했다.

나오코는 기모노에 천천히 검은 오비를 채웠다. 풀섶에 뒹굴고 있을 게다를 찾기 위해 두리번거리기 시작했다. 어둠 속에서 벗겨진 게다는 잘 보이질 않았다. 멍한 듯 앞을 응시하던 그녀의 얼굴이 천천히 일그러졌다. 뺨에 뜨거운 것이 흘렀다. 그녀는 서서히 자신의 양팔로 몸을 물어뜯긴 짐승처럼 몸을 감쌌다. 굴욕감에 오열을 하듯 몸을 떨기 시작했다.

나오코는 다음 순간 뺨의 물기를 닦아냈다.

나오코는 눈빛을 반짝이며 예의 도도한 입술을 꼭 다물었다. 나오코는 버선발에 찾아낸 게다를 신기 시작했다. 있는 힘을 다해 정면을 노려보았다. 자리에서 일어났다.

나오코는 수용소 쪽을 쳐다보았다. 수용소 쪽 숲길은 어둠에 여전히 감싸여 있었다. 숲길은 고요했다. 사다코를 업은 제 어미가 잔울음소리를 내며 숲길로 사라지고 있었다.

총소리에 놀라 소련군이 다시 무장한 채 이쪽으로 올 게 뻔했다.

사촌언니 가족이 있는 신사로 다시 돌아갈 수는 없었다. 그녀는 힘주어 눈꺼풀을 깜박였다. 어둠을 응시하다 옷매무새를 단정히 했다.

생각이라도 난 듯 나오코는 풀숲 바닥을 손바닥으로 훑기 시작했다. 풀숲으로 끌려왔을 때 자기가 빼들었던 짧은 날의 칼이었다. 소련군은 나오코의 손에서 칼을 재빨리 빼앗아 풀숲으로 던져 버렸던 것이다.

'어딘가에 떨어져 있을 거야.'

나오코는 풀숲을 정신없이 손으로 휘저어보았다. 짧은 칼은 쉽게 손끝에 잡히지 않았다. 보이지도 않았다. 나오코는 눈이 확확거리며 타오르는 것 같았다. 손끝도 타오르는 것 같았다.

순간 나오코는 자기도 모르게 자리에 털썩 주저앉았다.

검은 그림자 하나가 갑작스럽게 앞을 가로막아선 것이다.

나오코는 두려움에 싸인 채 검은 그림자를 올려다보았다.

대한예악원,
국재명

재명은 '대한예악원 단장 국재명'이라고 쓰인 명패를 내려다보았다. 단장실은 고요했다. 재명은 이 고요가 마음에 들었다. 재명은 명패를 다시 손으로 쓰다듬었다.

"음악이야말로 가장 과학적이지. 규칙적인 절제가 얼마나 아름다운가를 우리에게 가르치지 않나."

죽은 단장은 재명에게 말하곤 했었다.

규칙과 박자. 인간을 가장 도취시키는 것이라, 재명은 생각했다.

지독한 신열의 시기를 지나온 것이었다. 시간은 그들에게 오욕을 참고 견디는 법을 가르쳤다. 굴욕을 견디는 것이 마지막까지 자신을 지키는 길이라는 것도 알고 있었다.

재명은 탁자 위에 놓인 메트로놈의 추를 건드렸다. 메트로놈은 시계추처럼 좌우로 왔다 갔다 했다. 정확한 박자만큼 아름다운 것은 없지, 재명은 생각했다. 모든 것들이 정확하고 일정한 세계가 좋았다. 그에게 그것은 바로 '음악'이었다. 세상의 모든 질서가 완벽해지는 시간. 리듬과 박자의 시간이었다.

부악장들이 재명의 단장실로 들어왔다. 해방기념 음악회를 위한 회의시간이었다. 탁자 위에 놓인 물컵의 물이 호롱 불빛에 반사되어 눈을 찔렀다. 재명은 탁자 위에 놓인 컵을 손아귀로 감쌌다.

하관이 아래로 날렵하게 빠진 사현명이었다. 그는 흥분한 목소리로 입을 뗐다.

"단장님, 아직도 경성방송국에 일본 아나운서들이 남아 있답니다. 일본말과 조선말을 섞어가며 방송을 한대요. 건물입구에 일본 군인이 아직 보초를 서고 있다는데. 대체, 이게 말이 되는 겁니까."

"말도 안 되는 소리!"

부악장들이 하나처럼 혀를 찼다.

"총 끝에 칼을 꽂고 한국 아나운서들이 지나갈 때마다 노려본답니다. 아니, 막말로 일본인들 집에 쳐들어가서 보는 앞에서 단도로 목을 따고 비단이나 설탕을 훔쳐오는 세상 아닙니까. 이런 마당에 일본인이 버젓이 방송이라뇨?"

부악장 왕현이 통탄스럽다는 표정으로 말했다.

사현명이 말을 이었다.

"아직까지 총칼을 찬 일본사람들의 지시를 받아야 한다니 말도 안 됩니다! 방송에서 애국가도 제대로 나오지 않는단 말이오!"

탁자 주변에 모여 있던 부악장들의 얼굴들이 굳어졌다.

노경태는 흥분한 채 말을 이었다.

"아직까지도 나가야 보도부장의 지시를 받고 있다고 해요. 이래서야 조선사람을 위한 방송이 될 수가 있겠느냐 말입니다. 조선의 음악은 언제 방송에 나가느냐 말이오!"

노경태가 소리를 질렀다. 주위에 있던 하얀 칼라의 부악장들이 들썩거리며 웅성거렸다. 며칠 전 기뻐하던 흥분이 분개로 바뀌어 있었다.

재명이 진지한 어투로 말했다.

"일본놈들 다 죽여라,고 방송하면 자기네들 치안유지상 위험해질까 두려울 게요. 해서 군사력으로 방송국을 점령하고 있는 것이오."

재명이 말을 끝내자 단장실에 모인 이들은 수긍하겠다는 듯 고개를 끄덕였다.

잠시 뒤 왕현은 생각이라도 난 듯 말했다.

"이제 해방이 되었으니 억울하게 돌아가신 단장님의 살인범을 찾아내야 합니다. 일정 때야 어쩔 수 없었지만."

왕현의 말에는 어떤 결의가 섞여 있었다. 사현명은 기다렸다는 듯 왕현을 거들었다.

"당연히 단장님 살인사건을 재수사해야죠!"

부악장들은 한목소리로 흥분해 있었다. 굳은 결의에 찬 표정이다.

재명은 빙긋 웃어보였다.

"그렇잖아도 미 군정청 특별범죄수사과에서 수사관이 다녀갔소. 조만간 어떤 소식이 오겠지요."

재명은 안심하라는 듯 주위를 둘러보며 약한 미소를 띠었다. 그러나 탁자 아래로 내려온 재명의 손은 단단하게 주먹을 쥐고 있었다. 어떤 각오 같기도 했고 분노 같기도 했다.

단장이 죽던 날 밤비가 내렸다. 단장실로 들어갔을 때 단장은 이미 죽어 있었다. 인기척이 있어 급하게 문을 열었을 때였다. 중절모를 쓴 사내가 황급하게 뒷담을 넘고 있었다. 사내는 잘 훈련된 낭인 같았다. 얼굴을 가린 채 가옥의 골목 쪽으로 사라졌다. 재명은 사내를 뒤쫓다 놓쳐버린 것이다.

철원 어두운 숲,
나오코

나오코는 자신의 앞을 가로막아선 그림자에 놀라 자기도 모르게 자리에 털썩 주저앉았다. 나오코는 두려워 검은 그림자를 올려다 볼 용기도 생기지 않았다. 그림자는 등으로 달빛을 가로막고 서 있어 나오코로서는 그의 얼굴도 제대로 보이지 않았다. 나오코는 숲속으로 도망쳐야 하나 하는 생각에 어두운 숲길 쪽으로 시선을 돌렸다. 그러다 마음을 접었다. 이미 도망치기에 그림자는 너무나 가까이 있었다.

나오코는 늘 위험이 그녀자신을 조롱할 때에도 끝까지 정신을 차리던 기억을 떠올렸다. 그녀는 흙바닥을 짚고 있던 자신의 손끝에 힘을 주었다. 재빨리 손을 더듬으며 풀섶을 헤쳤다. 드디어 그녀가 원하던 뭔가가 손가락 끝에 잡히는 듯했다. 뾰족하고 차가운 금속성이 손톱 끝에 닿았다. 그녀는 그것이 그녀가 품고 있던 은장도라는 것을 알았다. 나오코는 은장도를 오른손으로 단단하게 감아쥐었다.

사다코의 어미와 사다코는 숲길로 이미 사라지고 없었다. 그녀는 은장도를 감아쥔 손에 전신의 힘을 모았다. 나오코는 침착해지기 위해 심호흡을 한 뒤 눈에 힘을 주었다. 적막한 숲길에 닥쳐올 적에 대한 두려움과 적요가 함께 감돌았다. 나오코는 군화무늬로 어지러운 흙바닥을 응시하고 있었다.

그녀는 은장도를 손에 감아쥔 채 등을 보이고 뒤로 돌아서 있었다. 검은 그림자가 나오코에게 빠른 걸음으로 다가왔다.

"여기, 있으면….'

그 말과 동시에 나오코는 재빨리 몸을 돌렸다. 나오코는 검은 그림자의 몸 깊숙이 은장도를 찔렀다. 칼은 고기의 어느 부위에 들어가듯 푹, 하고 쉽게 들어갔다. 날이 짧은 칼이었다.

나오코는 스스로 꽂은 칼에 놀라 찔렀던 칼을 재빨리 빼고 말았다.

피가 묻은 은장도를 든 채 나오코는 뒤로 물러났다. 그림자는 신음소리를 내며 뒤로 한 걸음 비틀거리며 물러났다. 그림자의 팔뚝 쪽이었다. 그림자는 찔린 팔뚝을 다른 한 손으로 부축한 채 신음소리를 계속했다.

"여기, 여기, 있으면 위험하오. 빨리 도망, 도망치시오!"

나오코는 그제야 검은 그림자가 자신의 모국어를 쓰고 있다는 것을 알았다. 일본어였다.

그녀는 놀라며 앞으로 다가갔다. 상대는 흰 셔츠 깃을 올린 채 낡은 코트를 입고 있었다. 어둠 속에 묻힌 남자는 제 팔뚝을 지혈하듯 움켜쥐고 있었다. 인상을 찌푸린 채였다. 좀 전 보초를 서던 소련군에게 덤벼든 이임에 틀림없다.

달이 구름 사이로 드러났다. 달은 천천히 산 중턱 풀숲을 비춰 주었다. 어디선가 귀뚜라미소리가 들리더니 멈췄다. 피 냄새를 맡고 밤 날벌레들이 몰려들 게 뻔했다.

주위가 잠시 환해지자 나오코는 상대의 얼굴을 볼 수 있었다. 그녀는 경악한 듯 자기도 모르게 자리에 털썩 주저앉았다. 얼어붙은 듯 얼굴이 새하얗게 변했다.

남자는 털썩 자리에 주저앉은 여자의 손에 뭔가 흰 것이 쥐어져 있는 것을 보았다. 소련군이 덤벼들 때 여자의 입 속에 틀어넣었던 흰 손수건이었다. 남자는 여자의 손에서 손수건을 빼앗듯 잡아 쥐었다. 손수건 한쪽 끝을 입으로 물고 한쪽 끝을 오른손으로 잡아 피가 흐르는 팔뚝을 묶었다. 핏물은 금세 흰 손수건을 붉게 물들였다.

나오코는 커다랗게 놀란 눈으로 팔뚝을 묶는 남자를 지켜보았다. 자기도 모르게 소리쳤다.

"당신은, 당신은….."

이번에 남자가 놀란 눈으로 여자를 쳐다보았다.

남자는 손수건으로 팔뚝을 묶던 손길을 멈추었다.

"울음은 입을 틀어막아도 새어나오고, 사랑은 자물쇠로 채워
놓아도 담을 넘는 법이지."

일 년 전 나오코가 남자의 따귀를 때렸을 때 남자는 그렇게 말
했었다.

남자가 급작스럽게 여자의 입술에 키스를 했던 것이다. 남자는
나오코의 마음에서 새어나오는 것이 무엇인지를 알아 버린 듯했
다. 나오코는 입술을 뺏긴 것에 대한 모욕과 부끄러움 때문에 남
자의 뺨을 때렸지만 비로소 모든 것이 확연해졌다는 것을 알았
다. 그것은 자신의 마음이었다.

나오코는 그와의 옛일이 떠오르자 온몸이 미친 듯 떨려오기
시작했다. 나오코는 마음을 진정시키며 앞으로 다가갔다. 달이
구름 속으로 사라졌다. 귀뚜라미의 울음소리가 잦아들었다. 나오
코는 버선을 신은 발을 앞으로 내밀었다. 나오코의 발목 위로 이
슬이 차갑게 와 닿았다. 자신의 앞에 있는 남자의 얼굴을 더 찬찬
히 보려 고개를 들었다.

여자가 다가오자 해랑은 뒤로 물러났다. 여자는 얼룩이 잔뜩
묻은 기모노 차림에다 올림머리가 헝클어진 채 아래로 쏟아져
있었다. 흘러내린 머리숱이 얼굴 전체를 뒤덮고 있었다. 머리숱
사이로 새어나온 여자의 눈빛이 반짝이며 새어나왔다. 그 눈빛은
해랑을 알고 있는 듯했다.

해랑은 누군가 자신을 알아본다는 것이 반가웠다. 한편으로 두

렵기도 했다.

해랑은 어쩌면 자신이 꿈꾼 적도 없는 끔찍한 과거와 만나게 될지도 모른다고 생각했다. 그것은 감당할 수 없는 재난일지도 몰랐다. 해랑은 궤도를 벗어난 행성처럼 비틀거렸다. 해랑은 짐짓 몸을 세웠다. 들고 있던 중절모를 깊게 눌러 썼다.

"그럼, 나는 이만⋯."

해랑은 짧게 목례를 하고 재빨리 뒤로 돌아섰다. 나오코는 자신의 목구멍으로 뜨겁고 건조한 숨이 몰아쳐오는 것을 알았다. 오랫동안 자신의 내부에 웅크리고 있던 어둠 같은 거였다. 격정과 분노와 순정이 뒤섞여 있는 어둠.

'마츠무라? 마츠무라 준이치로?'

나오코는 자기도 모르게 신음하듯 중얼거렸다.

나오코의 입에서 다음 말이 새어나오기도 전에 해랑은 뒤로 돌아서서 어둠 속으로 쏜살같이 뛰어 내려갔다. 나오코는 막힌 숨을 풀어놓듯 소리를 쳤다. 팔을 뻗어 상대를 찾으려 했다.

"마츠무라! 마츠무라 준이치로!"

숲길은 어느새 고요하게 인기척을 삼켜버렸다. 순식간이었다. 나오코는 더듬거리며 비틀거리듯 공기를 헤치며 나갔다. 이미 사라진 듯했다. 모든 것이.

나오코는 그제야 자신의 다리 사이에 뜨거운 액체가 흘러내리는 것을 알았다. 나오코는 아래를 내려다보았다. 허연 다리 사이는 핏물로 홍건했다.

세브란스 자혜의료원,
류형도

검시 담당의였던 이는 미 군정청 소속 자혜의료원에 있었다. 전시도 아니었지만 응급환자들이 속출했다. 어수선한 시기였다. 검시관이었다는 의사는 급하게 들어가 보아야 한다며 금테안경을 치켜 올렸다. 들어올린 검시관의 흰 가운 소매 끝에 핏물이 얼룩덜룩했다.

폭동사태 속에 환자들이 몰려들고 있는 탓이었다. 지방에서까지 환자들이 실려 올라오고 있었다. 쌀 폭동으로 먹을 것도 없었고, 의료약품은 더더욱 부족했다. 의사에게서 피비린내와 소독약 냄새가 함께 풍겼다. 류형도는 약간의 메스꺼움을 느꼈다. 의사는 약간 항의하듯 말했다.

"조선예악원 노 단장 사체 말입니까? 그건 이미 검시의견서를 제출하지 않았습니까?"

"오래된 일이라 기억나지 않겠지만 그래도….'

류형도의 말에 검시 담당의는 다시 금테안경을 눈 쪽으로 치켜 올렸다. 그는 이마의 땀을 훔쳤다. 류형도는 자신이 들고 간 기록을 담당의의 눈 가까이 가져다 댔다. 의사는 그제야 마스크로 가린 얼굴에서 마스크를 벗었다. 삼십대 중반쯤으로 보였다. 가운 아래 흰 셔츠에도 핏물이 튀어올라 있었다. 그는 머뭇거리더니 기록을 보며 말했다.

"사망에 이른 1차적 원인은 후두부 가격으로 인한 두개골 파열입니다. 실신한 상태에서 후두부를 가격한 것 같았소."

"아니 의견서에서는 시신에 어떤 외부 흔적도 없다고 하지 않았소?"

"아, 그건···. 당시 고등형사가 최대한 빨리 사건을 마무리하고 싶다고 하면서···."

"그래서, 가짜의견서였단 말입니까?"

잠시 침묵이 지났다. 검시관은 목소리를 낮게 떨어뜨린 후 힘없이 말했다.

"어쩔 수가 없었소."

"······?"

"실제 자살로 처리하라는 외압이 있었던 건 사실이오. 그래서 타살인지 자살인지 두루뭉술하게 의견서를 썼던 거요. 사후 경직 12시간에 시반이 가장 강하게 출현하는데···. 시반의 상태로 봐서 사망시간은 자정을 막 넘긴 시간 정도로 추정돼요. 아, 아, 이제 기억이 나는데···.

"말해보시오."

"시반이 종아리와 허벅지 뒤쪽에 두드러지게 많이 남은 걸로 봐서 사후에 오랫동안 앉은 자세로 있었다고 추정할 수 있소. 시반으로 봐서 시체를 옮긴 것 같지 않았소. 그러니까 앉은 채로 죽였다는 이야기지."

"앉은 채로? 어떻게 앉은 사람을 가격할 수 있지?"

"내 생각에는 음독이 일차 사인이었을 것 같았소. 입술이나 콧구멍으로 포말이나 혈성액이 흘러나와 있었으니까. 폐부종을 일으킨 것이요. 시신을 해부해보고 약물반응을 살펴야 독극물이 정확하게 무엇인지 알 수가 있겠지만….”

“음….”

“그러고 나서 후두부 가격에 의한 두개골 파열이 일어난 것이오. 두피가 찢어져 있고 피도 아주 많이 흘린 상태였으니까.”

“아주 잔인한 놈이군. 음독에다 후두부 가격까지. 완벽하게 제거하려 한 거군.”

“그렇소. 외상이 사망의 원인이면 시반이 약하게 나타나는데, 이 경우는 시반이 분명하고 또 외상까지 있으니….”

“그렇다면 단장은 분명히 타살된 거군요.”

“그렇소. 아주 잔인한 방법이지요.”

“그렇다면, 수사기록에 남아 있는 시신의 사진은 뭐요? 아주 깨끗하던데?”

“시신을 깨끗하게 처리한 후 찍은 사진이겠죠.”

류형도는 이맛살을 찌푸렸다. 그는 눈을 번뜩이며 검시관에게 다시 물었다.

“그럼, 왜 수사를 하지 않았소?”

“고등계 형사가 제게 압박을 해왔소. 제겐… 연로한 부모님이 계시오.”

“그래서?”

담당의는 난처해하며 말을 더듬거렸다.

“형사들이 그 사건을 서둘러 덮으려는 심산 같았소. 그래서 채 부검이 마무리되기도 전에….”

"마무리되기도 전에 시신을 봉해버렸다? 그렇다면 그 독의 종류도 알 수 없다?"

"뭐, 그런 셈입니다.…"

담당의는 다시 동그란 안경을 눈에 맞게 치켜 올리며 눈을 내리깔았다. 그는 주춤거리며 말을 아꼈다. 분명한 물증은 없는 꼴이었다. 류형도는 한 손으로 턱을 잡았다. 뭔가 골똘하게 생각에 잠기는 듯하다 고개를 다시 들었다.

검시 담당의는 기다렸다는 듯 급히 말했다.

"저, 저는 바빠서 이만…, 환자들이 많아서…."

"잠깐만, 잠깐만, 말이오…. 혹 나오코란 이름 들어본 적 있소?"

담당의는 눈을 동그랗게 떴다.

류형도는 단장의 일지 중 한 문장이 떠올랐던 것이다.

[나오코는 위험한 여자다.]

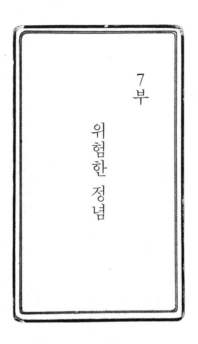

7부

위험한 정념

2년 전,

스물한 살의 해랑

<ruby>昭<rt></rt></ruby> <ruby>和<rt></rt></ruby>
쇼와 18년 서기 1943년 가을

"조선학도들에게도 내지동포들과 어깨를
겨루어 싸움터로 나설 수 있는 영광스런 길
이 열렸다."

———————

징병제에 이어 학병동원을 독려하는 신문기고.
윤치호 〈매일신보〉, 쇼와 18년 11월 8일

경무국장집 헛간,
나오코

말은 뭔가 불편해했다. 밤이 되어 마구간에 갔을 때다. 말은 발로 흙바닥을 차며 힝힝거렸다. 다부지고 믿음을 주는 말이었다.

'마츠무라, 내일 출타할 것이다. 말을 준비시켜라.'

경무국장은 해랑에게 말했던 것이다.

해랑은 말을 천천히 쓰다듬었다. 말의 오줌과 똥을 치웠다. 재갈, 등자, 말방울, 말 얼굴 가리개, 말 가슴가리개를 챙겨 횃대 위에 올려두었다. 뒷다리와 배와 갈기를 물로 씻겨냈다. 물을 먹이고 콩을 섞은 곡물가루를 먹였다. 그제야 말은 히힝 소리를 내며 콧김을 내뿜었다.

안장을 허리에 올려놓으려던 참이다.

피아노소리가 들려 왔던 것이다.

해랑은 꼼짝하지 않은 채 고요히 서 있었다. 어디인지 알 수가 없었다. 소리 나는 쪽을 더듬어보았다. 마구간 옆 곡식을 채워 두는 헛간 쪽이다. 발소리를 죽이며 헛간 쪽을 향했다. 헛간은 나무 판대기를 겹쳐서 엮어놓은 곳이다.

피아노소리는 헛간 안에서 울려 퍼졌다. 새 마님의 피아노가 있는 곳이었다.

경무국장은 피아노를 집안에 들여놓지 못하게 했다. 새 마님이 처음 집에 들어오던 날이었다.

"집안의 장식은 이 정도면 되었지. 피아노까지 놓을 자리는 없소."

경무국장은 새 마님에게 집안에 벽장식으로 있는 장도(長刀)들을 보여주었다. 장도들은 힘 있게 뻗은 채찍처럼 장식대 위로 놓여 있었다. 장도뿐만 아니었다. 거실 방안은 단도와 일장기와 청나라에서 건너온 자개병풍이 가구 대신 벽을 차지하고 있었던 것이다.

피아노소리가 이어지고 있다.

해랑은 피아노소리를 향해 걸어갔다. 조심스럽게 헛간 문을 열었다.

날렵하게 곡선으로 뻗은 여인의 등이 보였다. 여인은 등이 패인 기모노를 입은 채였다. 머리를 한쪽으로 길게 땋아 어깨 한쪽에 내리고 있다. 몸의 긴장을 완전히 이완한 듯한 모습이었고 입고 있는 흰 비단 기모노는 속옷인 듯 잠옷인 듯 순결해 보였다. 그 순결이 쾌락적으로 느껴졌다. 피아노를 치는 상체가 파도처럼 출렁였다.

새 마님이었다.

어떻게 부리는 아이도 없이 혼자 나와 있단 말인가.

저녁 무렵이면 푸른 장옷을 입은 아이에게 초롱을 들리고 마당으로 나와 여학교를 다닌다는 숙수 찬모의 딸아이에게 "엣둘 엣둘" 팔을 놀리며 신식 체조를 배우던 새 마님이었다. 국장은 새 마님이 밤에 나가는 어떤 출입도 제한했다. 하지만 신식 체조를 배우는 일만은 허락하고 있었다. 체조할 때마다 치렁치렁한 머리를 흔들어 대서 초롱을 든 아이가 킥킥대곤 했다.

오늘밤에 새 마님은 혼자다. 치렁치렁한 머리도 한쪽으로 땋아 타래머리를 하고 있다. 해랑은 가슴 한켠이 놀란 듯 풀썩거렸다. 해랑은 가슴을 진정시키려 애를 썼다.

인기척을 느낀 탓인지 새 마님도 피아노 치기를 황급하게 멈추었다. 새 마님은 신경질적으로 뒤를 돌아보았다. 해랑과 눈이 마주치자 자리에서 인형처럼 벌떡 일어났다. 허리를 꼿꼿하게 펴고선 그 예의 도도한 눈빛으로 소리쳤다.

"더러운 센징!"

빈정거림이 담긴 말투. 길고 가는 목울대가 가늘게 떨리는 모습, 불빛이 어렴풋하게 오만한 목덜미의 곡선을 비춰주었다. '흥, 여전하군.' 해랑은 속으로 빈정거렸다. 희미한 불빛 속에서 마님은 허리를 도도하게 세운 채 좁은 보폭으로 빠르게 걸어 나갔다.

헛간 문 쪽이었다.

그러다 마님은 뒤를 획 돌아보았다. 그녀는 놀란 눈을 어찌할 바 몰라 동그랗게 뜨고 있었다. 소리가 났기 때문이었다. 소리, 피아노 치는 소리였다.

그녀는 스스로가 자신이 관리하는 표정 이외의 표정을 지어서는 안 된다고 주문 걸어온 사람처럼 다시 평소의 표정으로 돌아왔다. 놀란 눈빛을 가리려 그녀는 도도하게 눈을 내리깔았다. 피아노 의자에 앉은 해랑을 옆으로 확 밀쳐버린 것이다. 놀라운 힘이었다. 해랑은 꽈당, 하고 짚이 깔린 바닥으로 나가 떨어졌다.

"어디 함부로 더러운 손을 피아노 위에 올려놓는 게냐?"

경멸 가득한 눈빛이었다. 마님의 목소리는 다시 떨리고 있었다. 마님이 소리쳤다.

"그리고 이 곡을 어떻게 알고 있는 거지? 니까짓 게!"

그 곡은 해랑이 늘 듣던 곡이었다. 귀에 익고 가슴에 녹아 새겨지고 박혀버린 곡. 호박빛이 무르익는 이층 적산 가옥에서 흘러나오던 곡. 애잔하면서 몽환적이고 쓸쓸하면서 담담한 곡. 전쟁에 나가 죽은 군인을 위로한다는 곡. 군인의 혼을 위무하는 곡. 제국전쟁을 찬양했다는 이유로 조선예악원에서 해랑을 쫓겨나게 한 곡. 일본인 경무국장의 집에서 머슴으로 살며 비밀조직의 밀정으로 살게 한 곡이었다.

새 마님은 혼란스런 표정을 지었다. 얼굴이 서서히 일그러지기 시작했다.

새 마님은 해랑을 뚫어지게 쳐다보았다. 몸속에서 이상한 두려움이 흘러나왔는지 도도한 낯빛이 순식간에 흐려졌다. 마님은 다시 경건하게 정신을 모으려는 듯했다. 앞 옷깃을 여미며 피아노 의자에 앉았다. 손가락을 가득 피아노 건반 위에 올려놓았다. 날렵하게 손가락을 움직이며 피아노곡 한 소절을 쳤다.

"차이코프스키다! 똑같이 쳐 보거라!"

해랑은 되새김질을 하듯 똑같이 피아노곡을 쳤다. 한 소절이 끝났다. 해랑은 새 마님을 올려다보았다. 그녀는 놀라는 기색이다. 그녀가 다시 피아노를 쳤다.

"라흐마니노프다! 쳐 보거라!"

그녀는 일그러진 표정으로 해랑을 노려보았다. 해랑이 능숙하게 라흐마니노프 한 소절을 마쳤기 때문이었다. 새 마님은 곧 울어버릴 듯한 표정이었다. 그녀는 해랑을 뚫어지게 내려다보았다. 그러더니 주먹을 움켜쥐고는 헛간을 왔다 갔다 하기 시작했다.

그때였다.

어디선가 여자아이의 비명소리가 들렸다. 고요한 허공을 뚫으며 갈랐다. 마님과 해랑은 놀란 표정으로 마주보다 동시에 소리 나는 쪽을 바라보았다. 헛간 밖이었다. 새 마님과 해랑은 함께 뛰쳐나갔다. 정원과 마당을 가로질렀다. 부엌 옆 광 쪽이다.

광의 나무문 앞에서 새 마님은 잠시 망설였다. 마님의 눈빛이 흔들리는 듯했다. 광에서 누군가와 마주친다면 밤사이에 돌아다녀서는 안 된다는 묵계를 어긴 셈이 되고, 그것이 발각되는 것은 그녀가 원하는 바가 아니었다.

해랑이 새 마님에게 눈짓을 했다. 그녀는 정원 쪽 벚나무 뒤로 몸을 숨겼다. 해랑은 주위를 둘러본 뒤 조심스럽게 광문을 열었다.

단이였다. 그리고 가토였다.

가토는 한 손으로 단이의 입을 틀어막았다. 한 손으로 단이의 양팔목을 단이의 머리 위로 올려 움켜쥐고 있었다. 단이의 낡은 치마는 벗겨져 있었다. 속곳치마가 위로 올라간 채였다. 가토는 단이의 아랫도리를 벗겨 몸을 낚아채고 있었다. 단이의 붉게 물 든 눈은 눈물을 흘리며 소리도 지르지 못한 채 공포에 질려 있었 다. 공포에 질린 단이의 눈과 해랑의 눈이 마주쳤다. 가토는 눈치 도 못 챈 듯 단이의 몸 위를 덮치고 있었다.

해랑은 이글거리는 눈빛으로 미친 듯이 광 안을 둘러보았다. 눈이 타들어가는 것 같고 온몸에 진땀이 흘렀다. 주먹을 움켜쥐 고 눈을 두리번거렸다. 짚더미를 쌓아놓은 것이 있고 그 위에 흙 먼지가 묻은 쇠갈퀴가 눈에 들어왔다. 해랑은 쇠갈퀴를 높이 쳐 들고 가토에게 달려들었다.

"야아!"

해랑은 고함을 지르며 가토의 벗겨진 엉덩이에 쇠갈퀴를 힘껏 내리찍었다. 비명소리가 터져 나왔다. 쇠갈퀴는 제대로 박힌 듯 했다. 손 끝에 뭔가 박힌 느낌이 느껴졌던 것이다.

그러나 가토가 빨랐다. 가토가 뒤를 돌아보았고 재빨리 피했던 것이다. 갈퀴는 단이의 허벅지에 찍혀 있었다.

해랑은 악, 비명을 질렀다. 단이는 고통스러운 듯 낮은 신음소 리를 냈다.

핏물이 난폭하게 솟아올랐다. 온 얼굴에 진땀이 비 오듯 흘렀다. 해랑은 고함을 지르며 단이를 들어올렸다. 해랑의 흰 저고리 위로 핏물이 흥건하게 묻어났다. 놀라 단이를 내려다보았다. 단이의 가느다란 다리 사이에 핏물이 흐르고 있었다. 해랑은 어찌할 바를 몰라 허우적거리고 있었다. 단이는 몸을 웅크린 채 해랑에게 매달렸다. 짚바닥에 붉은 피가 뚝뚝, 떨어지고 있다.

가토는 능글거리는 표정으로 흐트러진 옷을 여몄다. 이죽거리듯 침을 뱉듯 말을 내뱉었다.

"빠가야로 센징! 반도 계집종 하나 갖고 논 거 가지고 나리께 나불댈 생각은 진즉에 말어! 너 같은 센징 정도는 쥐도 새도 모르게 죽일 수도 있으니까!"

가토는 머리까지 단정하게 뒤로 넘긴 채 흐흐거렸다. 그리고 곧장 광을 나가버렸다.

"야아악~"

해랑은 덫에 걸린 짐승처럼 고함을 질렀다. 무릎을 꿇고 앉은 채 단이를 안고만 있었다. 이글거리는 눈에서 뜨거운 눈물도 증발되어 버린 듯했다. 고통스러워 눈물조차 나오질 않았다.

"오라버니…."

"단아, 이제 괜찮다, 괜찮다."

해랑은 단이를 안았다. 단이의 허벅지에서 피가 다시 솟았다. 해랑은 단이의 치맛단을 쭉 찢어 단이의 허벅지를 묶어주었다. 솟구치던 피가 멎는 듯도 했다. 가느다란 허벅지가 핏기도 없이 허옇게 변해가고 있었다. 해랑은 몸 안에 뜨거운 무언가가 삐걱거리며 솟구치려 했다. 피에 절여지고 눈물에 새겨진 시간들이

솟구쳐 올랐다. 해랑은 지금까지 한 번도 질러보지 못한 비명을
질렀다.

"아아악~"

흡사 야수와 같은 울음소리였다. 해랑조차 낯선 자기 자신이
자기 안에 있다는 생각에 해랑은 더욱 절규하듯 울부짖었다.

'네놈이 숨이 막혀 살려달라고 할 때가 곧 올 게야! 그때까지
절대로 죽지마라, 가토 히로시!'

해랑은 눈을 번뜩이며 가토가 나간 문 쪽을 날카롭게 바라보았다.

지척지척 빗소리가 났다. 올빼미가 목쉰 소리로 울었다. 울음
소리가 빗소리와 함께 섞이고 있었다. 해랑의 손은 이미 벌겋게
피로 물들어 있었다.

"이제 괜찮다. 이제 괜찮다."

단이가 벌겋게 된 눈으로 해랑을 올려다보았다. 해랑은 같은
말만 되풀이하고 있었다. 그때였다.

누군가 등 뒤에서 해랑을 불렀다.

"마츠무라."

해랑은 눈물이 맺힌 눈으로 천천히 뒤를 돌아보았다. 새 마님
이었다.

❋

"최칠구, 그 쥐새끼 같은 놈은 잡았나?"

경무국장이 경무과장에게 거칠게 물었다. 호흡을 정돈하지 않
은 듯 분기로 가득 찬 목소리였다. 경무과장이 집으로 방문했을

때 경무국장은 그의 인사를 받자마자 최칠구의 체포소식부터 다그치며 물었던 것이다.

경무국장이 다시 말했다.

"그래, 최칠구 말이닷!"

"아직, 각하…. 죄송합니다!"

경무과장은 각반을 찬 다리를 소리 나게 붙이며 정 자세를 취했다. 경무국장은 이맛살을 찌푸리며 주먹으로 탁자 위를 꽝, 하고 쳤다.

해랑은 최칠구의 짙은 미간 주름이 떠올랐다. 앳된 나이인데도 주름이 깊었다. 얼굴 아래는 턱선 칼자국이 선명한 사내였다. 단이가 겁탈당한 사건을 알게 되었을 때 최칠구의 눈은 뒤집혀 버렸다. 최칠구는 단이의 오빠였다. 미친 황소처럼 가토에게 덤벼들었던 것이다.

으슥한 밤이었고 가토를 뒤뜰로 불러냈다. 짧은 칼을 소맷자락에 숨겨 가토의 배를 찌르려는 순간이었다. 낌새를 알아차린 가토가 미리 매복시킨 순사가 최칠구에게 도리어 달려든 것이다. 최칠구는 형무소에 갔고 출옥 후에도 화려하고 거친 증오의 삶을 살아갔다.

만주에서 마적떼와 함께 있었다는 소문도 있었고 항일 유격대에서 훈련을 받았다는 소문도 있었다. 공산주의 교육을 받고 동경으로 잠입해 군 지휘관과 장성, 군수업체 간부들을 암살했다든가, 경찰서를 방화했다든가 하는 소문도 떠돌았다. 소문은 화려하고 무성했다.

경무과장이 다음 말을 이었다.

"그런데 각하. 전쟁이 긴박하게 돌아갑니다. 물자확보가 급박합니다. 반지, 가마솥, 비녀 따위를 수거하는 것도 한계란 말입죠. 조선실업구락부에서 국방비행기 헌납회를 만든답니다. 국방헌금을 모금할 요량입니다만. 그러나 반도인들은 도덕적 품성이 애당초 없는 자들이라 충성도도 의심스럽고."

"그래서 어떻게 하면 좋겠나? 전선이 다급해지고 있다는 보고는 받았네만."

"하이! 좋은 방법이 있습니다!"

경무과장은 거실 소파에 앉은 채 경무국장을 향해 허리를 꼿꼿하게 폈다. 그는 중대한 이야기라도 꺼낼 요량인 듯했다. 헛기침을 한 뒤 해랑을 한번 돌아보았다. 해랑은 거실 문 앞을 지키며 서 있었다. 해랑은 미동도 하지 않은 채 정면을 응시했다.

"그쪽은 신경 쓸 거 없다. 저놈은 믿을 만한 놈이다."

그제야 그는 해랑이 별로 거슬리지 않다고 생각했는지 다시 국장에게로 고개를 돌렸다.

경무과장은 눈빛을 번득이며 국장에게 말을 이었다.

"전쟁물자 헌납을 위한 자선음악회를 열어야 합니다."

"음악회?"

"하이! 음악회 말입니다."

"헌납을 위한 자선음악회라? 그렇다면 누가 연주할 것인가?"

경무과장은 득의만만한 미소를 띠며 말했다.

"나오코 마님이 계시지 않습니까. 나오코 여사가 제국 최고의 피아니스트라는 것은 반도에까지 알려져 있습니다."

경무국장은 생각에 잠기는 듯했다.

"흠, 흠…."

그는 짙은 쥐색 하카마의 옷깃을 만지작거렸다.

그때였다. 가토가 거실로 들어섰다.

가토는 들어서다 말고 거실 문 앞을 지키던 해랑을 쳐다보았다. 해랑은 가토의 눈빛에 아랑곳하지 않고 부동자세로 거실 문 앞에 선 채 앞을 주시했다.

경무국장은 자신의 경호를 해랑에게 맡겼던 것이다. 해랑이 검도대회에서 우승한 것이 이유라면 이유였다.

검도대회에 나가게 된 것은 뜻하지 않던 우연한 일이었다. 일본은 반도 검도대회를 전국적 차원에서 개최했다. 기량 좋은 검도인들을 키워낸다는 것이 대회의 명분이었다. 대회에서 우승할 때 상금이 소 한 마리였다. 송구껍질에 콩깻묵을 먹고 있던 반도인들에게 눈이 번쩍 떠지는 엄청난 것이었다. 수많은 검사(劍士)들이 구름떼처럼 몰려들었다.

하지만 그것은 일인들의 위장전술에 불과했다. 용케도 근로보국대에 노무자로 끌려가지 않았거나 징병으로 끌려가지 않은 자들을 색출하기 위한 전략이었다. 특수병 훈련소에서 훈련을 마치게 한 후 특수병으로 적의 본거지에 잠입시킬 요량이었던 셈이다. 목적은 밀정이거나 요인암살을 위한 것이었다.

해랑은 경무국장의 집으로 오기 전 이미 만주에서 얼마간 군사훈련을 받은 적이 있었다. 해랑이 밀정의 임무를 감당하기 위

해 비밀결사조직이 훈련시킨 몇 가지 기술이었다.

그렇다고 검도대회에 나갈 생각은 처음부터 없었다. 해랑의 모든 행동은 감시되고 있을 터였다. 정체가 탄로 날 수도 있다. 해랑에게 검도를 부추기고 대회에 나가게 한 것은 가토였다. 소 한 마리면 단이 식구와 침모, 조선인 하인들이 배불리 먹고도 남는 어마어마한 상금이었다. 가토는 해랑에게 이 대회를 나가게 하여 해랑을 징집병으로 전선에 쫓아 보낼 계획이었다.

결승에 오르기까지 해랑은 쉽지 않은 승부를 펼쳤다. 하지만 해랑이 결승에 올랐을 때 갑자기 상대 선수가 복통이 일어났다. 당황한 것은 해랑이었다. 어쩌면 이 또한 가토의 계략 속에 일어난 일인지 몰랐다.

표창이 있었고 우승의 기쁨이 있었다. 그러나 그것도 잠시, 영광스러운 징용대상자가 되었다는 심사위원의 발표가 이어졌다. 우승자들에게 기다렸다는 듯이 '武運長久'라고 쓴 센닌바리(출정 군인의 무운을 빌기 위해, 천 명의 여자가 한 장의 천에 붉은 실로 한 땀씩 매듭을 뜬 것)와 '현역병 증서'가 전달되었다. 징병된 우승자들은 다음날 신사참배 후 훈련소로 향할 것이다. 훈련소에서 짧은 훈련을 마친 후 바로 작전에 투입될 예정이었다. 대회장에는 찬물을 끼얹은 듯 정적이 흘렀다.

해랑은 그제야 함정에 빠졌음을 알아챘다. 그는 이글거리는 눈빛으로 가토를 노려보고 있었다.

그때다. 좌중에서 누군가 벌떡 일어났다. 자리에서 벌떡 일어난 것은 경무국장이었다.

그는 해랑을 자신의 사람으로 쓰겠다는 공언을 했다. 자신의 경호용 무사라는 명분이었다. 자기 집 머슴이니 자기마음대로 쓰겠다고 하니 누구도 반박하지 못했다. 칼로 도려내는 듯한 엄격한 국장의 말투에 좌중이 고요해졌던 것이다.

해랑은 경무국장의 속셈을 알 수 없었다. 국장의 경호를 맡는다면 경무국의 정보를 캐내거나 국장의 동선을 파악하기에 더없이 잘된 기회였다. 하지만 그만큼 자신의 행동이 노출되는 위험을 동시에 감수해야 할 일이었다. 그러나 일상의 반을 뺨따귀를 맞고 반은 맞은 곳이 낫기를 기다릴 바에 잘된 일이기도 했던 것이다.

거실로 들어선 가토의 갈퀴눈이 악의로 번득인다. 해랑은 가토의 눈빛을 놓치지 않고 그를 노려보았다. 그는 뭔가 꿍꿍이속이 있는 듯 곧장 경무국장에게 다가갔다. 무슨 일을 꾸미고 있는 것이 분명해 보였다. 가토는 고개를 숙이는가 하더니 의자에 앉아 있는 경무국장의 귀에 귓속말을 전했다. 해랑은 진땀이 나려는 것을 겨우 진정시키며 경무국장의 눈빛을 살폈다. 그의 눈빛이 차츰 변해갔다. 가토는 귓속말을 하며 한 번씩 해랑을 힐끔거렸다. 그럴 때마다 경무국장의 눈은 더 험악해져가고 있었다.

해랑이 쥐고 있던 주먹에 송글송글 땀이 맺혔다. 허벅지에 좀 더 힘을 주었다. 해랑은 고개를 들어 정면을 응시하려 애를 썼다.

경무국장이 고개를 천천히 돌려 해랑 쪽을 바라보았다. 그의 진지한 얼굴에 눈꼬리가 올라가 있었다. 입가는 들썩거리는 노기를 무사답게 애써 진정시키려 했다.

순간, 두려움이 찬물처럼 해랑에게 쏟아졌다. 엄청난 양의 두려움이 해일처럼 덮쳐왔다.

해랑은 진땀이 흐르는 것을 손으로 닦아 냈다.

어쩌면, 정체가 발각되었는지 모른다. 정체가 탄로 난다면 어떻게 될 것인가. 밀고자든 변절자든 밀정이든 마지막은 끝장나는 일밖에 없었다. 조직 우두머리 이름을 댈 때까지 그들은 해랑을 악랄하게 고문할 것이다. 전기고문이든 물고문이든. 고문 끝에 입 밖으로 한마디만 하면 수많은 동지들을 팔아치울 수도 있다.

해랑은 이를 벅벅 갈고 싶어졌다. 진즉에 가토 새끼를 없앴어야 한다는 생각에 진땀이 났다. 냉정을 차리려 해랑은 다시금 눈을 부릅떴다.

경무과장이 차고 있는 장도를 재빨리 뽑아야 할까. 셋을 자신이 다 상대할 수 있을까. 해랑은 장도로 상대를 찌를 수 있는 거리를 눈으로 가늠해보았다. 가토는 손쉽게 해치울 수 있을 듯했다. 하지만 경무과장이나 경무국장의 칼솜씨는 바람을 가르는 번개와 같다. 두 사람을 동시에 상대하기에 국장의 칼 솜씨는 제국 최고라는 소리를 듣던 바였다. 젊었을 때 국장은 만주 관동사령부에 있었다. 총을 든 군인보다 더 빠르게 적들을 도륙했다. 역시 무리라고 해랑은 생각했다. 온몸에서 땀이 다시 나기 시작했다.

경무국장이 눈짓을 하자 경무과장이 자리에서 일어났다. 각진 군인 모자를 옆구리에 끼고 절도 있게 허리를 굽혀 인사를 했다. 경무과장이 거실을 빠져나갔다.

"마츠무라, 이쪽으로!"

경무국장이 해랑을 불렀다. 불안이 끈끈한 거미줄처럼 죄어와 목을 졸랐다. 해랑은 애써 당당하려 했다.

"예, 각하!"

해랑은 고개를 숙인 채 그대로 있었다.

"마츠무라, 요즘 꽤 좋아 보인다. 집안 허드렛일을 하다 내 시중을 들게 되니 기분이 좋아진 건가?"

경무국장은 부드럽게 말했다. 해랑은 긴장으로 온몸이 경직되어 있었다.

"모두가 경무국장의 은헵….."

순간 뺨에 불이 일었다. 해랑은 뺨따귀로 돌아간 얼굴을 다시 정면으로 급하게 돌렸다. 허리를 꼿꼿하게 세우고 양 무릎을 소리 나게 붙였다. 똑바로 서려 애를 썼다. 이번에 경무국장이 자리에서 일어났다. 다시 한 번 뺨에 불이 났다. 경무국장은 쉴 새도 없이 해랑의 뺨을 갈겼다. 해랑은 나뒹굴듯 자리에 푹 쓰러졌다. 경무국장은 배, 등, 허리 할 것 없이 발로 걷어차기 시작했다. 검정 국민복 칼라가 찢겨졌다. 코피가 나고 입가가 욱신거렸다.

구석으로 나뒹군 채 위를 쳐다보았다. 가토가 경무국장 옆에서 잔인한 웃음을 흘리고 있었다.

"니까짓 센징들 거둬줘 봤자 소용없다는 거 진즉에 알고 있었다! 아무리 그렇다하더라도 그래도 은혜를 배신으로 갚는 건가?"

경무국장은 낮고 위엄 있는 목소리였다. 그 낮은 톤의 목소리가 더 두려운 무게로 해랑의 몸을 죄어왔다. 그는 넘어진 해랑에

게 손을 내밀었다. 일어나라는 표시였다. 영문을 모른 채 일어나
려 하자 이번에는 무릎을 세게 걸어 차였다. 무릎이 꺾였다. 다시
발길질이 이어졌다. 벽에 세워둔 자개병풍에 머리를 부딪쳤다.
해랑은 머리를 감싸 쥐고 고꾸라졌다.

"너는 우리 가문 대대로 내려오는 보검을 훔쳤다."

해랑은 무릎을 꿇은 채 고개를 조아리며 단호하게 말했다.

"각하, 저는, 저는 절대로 훔치지 않았습니다! 제가 만약 훔쳤
다면 할복하겠습니다!"

해랑은 눈을 이글거리며 국장의 발아래를 보았다.

"오호, 할복이라, 좋다."

경무국장은 해랑 앞에 단검 하나를 쑥 내밀었다. 손잡이 부분
이 금과 은으로 된 용 문양이 새겨져 있다. 칼날이 예리하고 날카
로웠다. 마츠무라 집안 대대로 내려오는 보검, 메이지 시대부터
내려오던 보검이었다. 경무국장의 침소 옆 나무장식대 위에, 장
검과 함께 놓여 있던 그 보검이 눈앞에 있었다.

"이게 뭔지 알겠지!"

해랑은 눈을 온전히 뜨려고 애를 썼다. 눈가가 쓰라렸다. 찢어
진 게 분명했다. 가까스로 눈을 뜨자 눈앞에 단검이 번쩍이고 있
었다. 할복하라는 건가.

"왜, 이게 네 방에 있는가? 마츠무라, 말해라!"

해랑은 눈을 둥그렇게 뜨고 가토를 쳐다보았다. 가토의 족제비
같은 눈이 날카롭게 빛났다. 번쩍이는 병풍 앞에 가토가 입가를
올리며 비정한 미소를 띠고 있었다.

"각하, 이 더러운 센징새끼는 손목을 잘라야 합니다. 다시는 남의 물건을 훔치지 못하게! 아니 할복한다고 했으니 할복도 과히 나쁘진 않죠…."

가토는 한쪽 입꼬리를 올리며 비웃듯 말했다. 해랑은 온몸이 떨리는 것을 가까스로 참으려 했다. 머릿속으로 무거운 바윗돌이 떨어지는 느낌이 들었다.

경무국장은 해랑을 보며 노기를 간신히 누른 채로 말했다.

"네 녀석이 처음 우리 집에 들어올 때 마츠무라라는 성을 가져 왠지 친근했다. 나와 같은 성이라 같은 일본인 같다는 생각이 들었다. 그런데 센징은 센징이군! 반도인들은 애당초 도덕적 품성이란 찾아볼래야 찾아볼 수가 없는 놈들이지! 더러운 돼지새끼 같은 요보!"

해랑은 떨구었던 고개를 들어 가토를 노려보았다. 가토는 흠칫 놀라는 표정을 지었다. 가토는 잠시 뒤 비열한 웃음을 되찾았다.

그때였다.

날카롭고 자지러질 듯한 웃음소리가 들렸다. 터져 나오는 웃음을 참지 못하겠다는 듯 배를 움켜쥐고 웃는 웃음 같았다.

경무국장과 가토가 뒤를 돌아보았다. 새 마님이다. 마님은 거실 가운데로 걸어 나오더니 다시 미친 듯이 깔깔거렸다. 경무국장과 가토가 어리둥절한 표정으로 새 마님을 바라보았다. 새 마님은 그들을 돌아보며 터질 듯한 웃음을 순식간에 싹 거두었다.

마님이 말했다. 믿기지 않을 정도의 차가운 목소리였다.

"각하! 지금 뭘 하시는 겜니까! 기껏 놀이 한 번 한 걸 가지고.

깨끗하고 품위 있는 다다미 위에 더러운 센징의 피를 묻히려 하십니까!"

새 마님 옆에 아유미가 함께 서 있었다.

"우린 다함께 보물찾기 놀이를 하던 중이었단 말입니다. 이렇게 숨겨둔 보물을 꺼내오면 어쩌란 말입니까? 우리의 놀이를 방해할 참이십니까?"

나오코는 아유미의 손을 꼭 붙잡고 노기 어린 목소리로 말했다. 아유미는 자다 깬 듯 졸린 눈빛이었다. 아직 졸린지 손등으로 눈을 비볐다. 짧게 자른 앞머리가 손등을 따라 움직였다. 한손에는 헝겊인형을 안고 한손으로 새 마님의 손을 다시 꼭 그러쥐었다. 아유미는 약간은 졸리고 약간은 겁에 질려 있는 표정이었다.

"정말, 정말 보물찾기 놀이를 한 것이냐?"

경무국장이 아유미에게 물었다. 아유미는 손을 허공중에 움직였다.

"아버지, 왜 센징을 때리는 거예요? 센징은 아무 짓도 하지 않았어요."

아유미는 손을 허공중에 움직였다.

놀란 것은 가토였다. 새 마님은 섬뜩한 눈으로 가토를 쳐다보았다.

"마님, 마님께서 나설….."

그때였다. 가토가 말을 다 잇기도 전에 철썩 하고 가토의 뺨에 불이 일었다. 새 마님이었다.

"그런 눈빛으로 날 쳐다보지 말라고 했지! 날 모독하는 거냐?"

갑작스런 뺨따귀에 가토는 놀란 듯 시선을 떨어뜨렸다. 국민복 옷깃을 여미며 뒤로 물러났다. 이마에 진득한 땀이 맺혔다. 가토는 이글거리는 눈동자를 이리저리 굴리며 치욕감으로 부들거렸다. 그는 고개를 돌려 해랑을 노려보았다. 눈동자까지 벌겋게 달아올라 있었다.

해랑의 터진 입가로 피가 흘렀다. 해랑이 몸을 일으키려 하자 뒤늦게 고통이 찾아왔다. 해랑은 끙 소리를 내며 주저앉았다. 온몸이 욱신거렸다. 눈을 들어보니 나오코는 어느새 경무국장에게 다가가 있었다. 그녀는 단호한 표정으로 경무국장을 쳐다보고 있었다. 어떤 굽힘도 주저함도 없는 표정이다. 경무국장의 얼굴이 도리어 긴장한 채 굳어 있었다.

나오코가 말했다.

"각하, 경무과장의 말을 듣게 되었습니다. 만약 자선음악회를 열어야 한다면, 저 센징과 같이 협연하겠어요. 그렇지 않는다면 저는 건반 위에 손도 안 올려놓을 겁니다!"

나오코는 주저앉은 해랑을 가리켰다. 국장은 입가를 일그러뜨린 채 딱딱한 표정으로 나오코를 쳐다보았다.

경무국장 별채,
나오코

"아무리 그래도. 센징과 피아노 연습을 한다는 건가? 이번 음악회가 어떤 음악흰데?"

더럽고 야만적인 축생과 다를 바 없는 반도인이었다. 쓴 것을 삼키기라도 한 듯 국장은 이맛살을 찌푸렸다. 그는 자신의 서재로 돌아와 손끝으로 책상을 톡톡 치고 있었다. 서재 가운데 의자에 앉은 나오코가 말했다.

"각하께서 성전(聖戰)을 위해 내지인이든 반도인이든 힘을 합쳐야 한다고 하지 않았습니까. 반도인들도 10만 원이나 하는 비행기와 동광(銅鑛)을 몇 개씩 기부하고 있습니다. 최근에는 헌함(獻艦)운동까지 제창하고 솔선한다고 해요. 이런 시국에 우리 일본인이 솔선해야 합니다. 반도인과 함께 연주회를 열어야 한다고 생각해요."

"해서 저 야비한 센징과 피아노 협연을 하겠다?"

"협연하면 반도인들의 협력을 더 적극적으로 얻어낼 수 있어요. 반도인을 일본인으로 개조해야 한다고 하지 않았나요? 마츠무라는 반도인에서 개조된 일본인이 되는 것이죠."

"아무리 그래도…."

"음악은 악기에서만 흘러나오는 게 아니어요. 악기는 연주하는 이와 연주를 듣는 이를 연결시켜주는 것일 뿐이지요. 그 연결이 이루어질 때 연주는 완성되는 것이고."

"무슨 말인가?"

"마츠무라의 연주가 반도인들의 마음을 움직일 수도 있다는 것이어요. 식량 공출, 노무자 징용, 학병 지원, 징병제, 반도인들에게도 천황의 명령 이전에 감정적 동기부여가 필요하다는 말씀이에요."

실제 물자조달이 턱 없이 부족했다. 전선의 상황도 심상치 않왔다. 도쿄에서만도 이유 없는 방화와 폭력사건이 일어났다. 단순히 우연이 아니었다. 사상분자들, 불온분자들이 곳곳에서 교란을 일으키고 있었다. 전쟁물자 지원을 위한 연주회야말로 가장 적합한 문화적 수단이 될 법했다. 경무국장은 잠시 생각에 잠겼다. 그가 말했다.

"좋소. 그러나 협연을 위한 리허설을 별채에서 많은 사람들 앞에서 해본 이후에 결정을 내리겠소."

경무국장의 결정은 해랑이 얼마나 형편없는 놈인가를 공개적으로 조롱하려는 의도도 숨겨져 있었다. 총독부 관리와 군 장교들을 모아 반도인을 광대삼아 놀아보자는 심산이기도 했다. 그렇게 되면 나오코도 물러설 수밖에 없을 것이다.

해랑이 무술깨나 해서 경호무사로 부리고는 있지만 놈을 박수갈채를 받는 예술가로까지 만들 수 없다. 놈도 조선인이다. 국장은 의미 있는 미소를 지어보았다.

＊

홀에는 이미 두 대의 피아노가 놓여 있었다.

협연이라니. 해랑은 받아들일 수 없는 표정을 지었다.

방음을 위해 두껍고 긴 커튼이 천장부터 바닥까지 쳐져 있었다. 붉은 벨벳 커튼이다. 그중 열어젖힌 커튼 사이로 햇빛이 쏟아지고 있었다. 오전의 싱싱한 빛이다. 신생한 듯한 빛이 창 너머에 넘실거리며 새 마님의 등 뒤로도 쏟아졌다. 흰 상의 실루엣을 따라 빛이 찬란하게 분사되고 있었다. 어깨는 윤곽선에서 풀어져서 허공 속으로 녹아든 듯했다. 빛 때문에 새 마님의 얼굴이 잘 보이지 않았다.

해랑은 부신 빛 속에서 눈을 가늘게 뜨고 말했다.

"저는, 저는 피아노를 칠 자신이 없습니다. 더욱이 전쟁 찬양을 위해서는 더더욱!"

"흥, 너는 이 연주회가 뭐라고 생각하니?"

"……."

"전쟁물자 모금을 위한 것이라고 생각하니?"

"아니면…."

"그건 핑계에 불과해. 세상은 대개 핑계로 이루어져 있어. 그 핑계가 거대한 목표처럼 치장되곤 하지. 그래서 핑계라는 것은 명목적으로 중요한 거야. 그런 핑계가 아니라면 헛간에 버려졌던 피아노가 어떻게 여기 놓일 수 있겠니?"

"그렇다면…."

"그래, 이제야 피아노가 제 집을 찾게 된 셈이지. 피아노를 칠 수 있다는 것, 그것만큼 세상에 중요한 것은 없지. 나에게 중요한 것은 무엇을 위한 피아노 연주회인가가 아니야. 피아노를 치는 순간, 그 순간이 가장 중요한 것일 뿐이야."

"그러면 마님께서는 왜 저를?"

"너는 꽃이 왜 피어난다고 생각하니? 벌과 나비를 끌어들이고 꽃씨를 날리기 위해서? 생식 보존을 위해서? 아니야. 쾌락, 그냥 쾌락 때문에 피어나는 거야. 쾌락 때문에 향을 풍기고 꽃잎을 하나씩 몸 벌리는 거지. 너에게 순수한 쾌락의 기운이 느껴져. 그것을 끄집어내 주고 싶었을 뿐이다."

나오코가 화사하게 웃으며 해랑에게 말했다.

"흥, 얼토당토않습니다! 절대로, 절대로 난!"

해랑은 소리를 질렀다. 해랑은 고집스럽게 입술을 다물었다.

최소한 그것은 조직, 아니 은실을 위해서도 그렇게 할 수는 없는 일이었다. 해랑은 은실을 지켜내기 위해서라도 단장과의 거래에 충실해야 했다. 비밀조직의 밀정이 되는 조건으로 은실을 예악원에서 내쫓지 않겠다는 약속이었다. 해랑은 다시금 그 일을 떠올리며 입술을 깨물었다. 대동아전쟁 물자 모금을 위한 자선음악회라니, 단장이 되려 해랑을 죽이러 암살자를 보낼지도 모를 일이었다. 해랑은 단장이 한 말이 떠올랐다.

"이해랑, 우리가 사는 세상에서 어떤 자유를 기대할 수 있나. 모든 예술가는 시대라는 노예선을 타고 있어. 노예선의 비린내가 코를 찌르고 있지. 간수는 너무 많고. 더구나 그 방향이 잘못 잡혀 있단 말이네. 하지만 예술가도 다른 사람과 마찬가지로 노를 저어야 하네. 이 세상의 더러움과 함께 세상을 살아야 한다는 거지. 예술가도 시대의 증인이 되어야 해. 민족과 혁명을 위해 싸워야 한다는 것이지."

해랑은 단장이 한 말을 떠올리며 생각에 잠겼다. 그는 이마를 짚고 양미간을 찌푸렸다. 전쟁 전사자들의 진혼곡을 쳤다는 이유로 예악원에서 쫓겨나던 일이 떠올랐다. 더 없이 순수한 연주에서도 비열한 동기를 찾아내는 그런 류의 음악은 진저리가 쳐졌다. 해랑은 자신이 피아노에서 멀어지게 된 일들이 번개처럼 스쳐 지나갔다. 옛일이 떠오르자 해랑은 더욱 침통해져 있었다. 뭔가 혼란스러웠다. 설명되지 않은 미로에 빠진 느낌이었다.

나오코는 해랑의 손목을 잡아끌었다. 나오코는 해랑의 흔들리는 눈빛을 잠잠히 바라보았다. 나오코는 어쩌면 이자를 어느 사내보다 사랑하게 될지도 모르고, 어느 벗보다 가깝게 사귈지도 모른다는 생각을 했다. 어느 적보다 격렬하게 싸우게 될지 모르며 그와 가깝다는 이유로 어떤 나락으로 자신이 떨어지게 될지도 모른다는 생각을 했다.

하지만 나오코는 그것을 피하고 싶지 않았다.

나오코는 해랑을 피아노 의자에 앉혔다. 어떤 막을 수 없는 힘이 해랑을 이끌었다. 잡힌 손목에 핏줄이 터질 듯한 긴장을 느꼈다.

"마츠무라, 진정한 연주를 만들기 위해서는 자신을 짓이겨야 해! 서로 맞부딪치는 관점을 버려야 해! 즉, 자기 자신에서 빠져나와야 하지. 음들이 자기의 몸을 통해 자유롭게 흘러나오도록 내버려두어야 한다는 거야."

나오코는 해랑의 두 손을 잡았다. 해랑은 부끄러워 손을 뺐다. 얼굴을 붉혔다. 길고 가느다란 손이지만 왼손 끝부분이 뭉뚝해져 있는 손가락이었다. 나오코는 다시 해랑의 두 손을 움켜쥐었다. 건반 위에 손가락을 올려놓았다. 건반을 누르지도 건반 위에서 손을 떼지도 못한 채 해랑의 손은 건반과 허공중에 뜬 채 떨고 있었다. 온몸의 감각이 긴장한 채 떨려왔다.

"우선, 건반들을 눈길로 한없이 어루만져 보는 거야."

해랑은 건반들을 내려다보았다.

"그 다음 마음속에 담겨 있는 모든 음들을 끄집어내는 거지. 이렇게."

나오코는 자신의 피아노 앞으로 가서 피아노를 치기 시작했다. 모든 알 수 없는 음계를 다 들이마시고 뱉어내는 듯한 화음이었다.

해랑은 천천히 피아노 건반을 짚었다. 튕기듯 건반이 내려갔다 솟아올랐다. 다시 건반을 짚고 떼었다. 이번에 양손을 다 올려 놓고 건반을 두드리기 시작했다. 음은 천천히 자신의 몸을 풀어냈다. 어느 순간 해랑의 몸도 뜨거워지고 있었다. 몸속에 불타는 칼이 있는 듯했다. 핏줄이 밖으로 솟아날 것 같았다. 빽빽이 꽂혀 있는 몸속의 핏줄을 다 꺼내 보여주듯 해랑은 온통 뜨거워져 피아노를 쳤다.

"슈베르트, 헨델, 베토벤, 모차르트 다 좋지."

"……."

"하지만 이걸 들어봐. 바흐의 프렐류드 10번이야."

바흐의 프렐류드는 해랑도 아는 곡이었다. 해랑은 눈을 감고 음들을 음미했다.

선율이 몸을 찌르지 않고 먼 곳을 돌아서 다가왔다. 유역이 넓어서 깊고, 깊어서 감미로웠다. 소리는 들뜨지 않은 채 내면으로 파고들었다. 선율이 몸속에서 크게 굽이치고 낮게 저음으로 깔렸다. 저음의 흐름과 무게가 좋았다.

해랑은 그녀의 피아노곡을 따라 치기 시작했다. 이마에 땀이 맺히기 시작했다. 손가락이 저 혼자 움직였다. 잔잔하고 애잔하지만 따뜻한 곡이다. 두렵고 기뻤다. 왜 두렵고 왜 기쁜지는 해랑은 알 수가 없었다. 몸에서 실을 뽑아내는 누에처럼 해랑의 몸속에서 뭔가 흘러나왔던 것이다.

해가 지고 있다. 노을이 창가로 새어 들어왔다. 어느새 새벽이었다. 이른 새벽 여명의 역광 속에서 마님의 여린 실루엣이 나타났다. 하지만 마님의 목소리는 돌멩이보다 강하게 날아들고 있었다.

"틀렸어! 니 연주에는 니가 없고 바흐만 있을 뿐이야! 대체 뭘 위해 피아노를 치는 거냐?"

"악상, 템포, 음정 맞추는 것은 누구나 다 하는 거야. 사람들에게 네가 뭘 전달하려고 하는가가 중요한 거지."

"기교로 가득 차 있군. 대체 무엇을 숨기려고 이렇게 기교로 너를 가리는 거지?"

몇 날 낮과 몇 날 밤이 흘러갔는지 알 수가 없다. 해랑의 흰 셔츠는 땀으로 젖었고 얼굴은 파리해졌다. 어느새 자란 머리카락은 손질되지 않은 채 흐트러져 있었다. 몸은 지쳐갔지만 눈빛은 날이 갈수록 맑고 정신은 고요해지는 듯했다. 피아노 선율에 달빛이 새어들고 햇빛이 넘나들었다. 아침 정원에 새들이 날아들 듯 피아노의 울음은 공기와 포개지며 파문처럼 번져갔다.

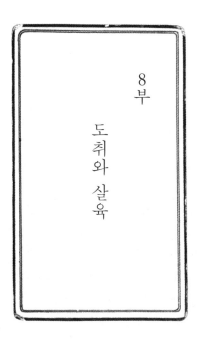

8부

도취와 살육

1년 후,

스물두 살의 해랑

쇼와 [昭和] 19년 서기 1944년 여름

본인의 '친일'은 구체적으로 어떤 내용을 말합니까?

"식량 공출이나 노무자 징용, 학병 권유, 징병제 독려 등에 대한 방침이 도군수회의에서 결정되면 군수는 다시 면장회의를 소집하여 그 내용을 하달, 독려했습니다. 결국 일제의 앞잡이 노릇을 한 셈이지요."

그 같은 일은 당시 군수의 기본적인 직무가 아닙니까?

"그야 물론이지요. 그러나 그 같은 직무를 수행하는 군수 자리를 직업으로 택했다는 자체가 '친일'입니다."

———————

전 홍익대 총장 이항녕, 〈나를 손가락질해다오〉

경무국장 별채,
이해랑

연주회 날이다.

 해랑은 몸에 끼는 흰 셔츠가 영 개운치 않았다.

 거울 앞에는 해랑이 서 있다. 거울 속의 자신은 포마드 기름을
바른 머리를 양옆으로 기름지게 빗겨 넘긴 모습이다. 깃이 올라
온 칼라에 유니폼 같은 나비넥타이를 하고 있다. 연미복 스타일
의 검은 양복상의는 새꼬리처럼 엉덩이 아래까지 내려와 있다.

 해랑은 거울 속의 남자가 영 어색했다. 양쪽 어깨 쪽으로 고개
를 돌렸다. 양쪽 어깨 깃을 내려다보았다. 탁탁 어깨 깃을 털어보
았다. 처음 입어보는 양복이었다. 편치 않다.

 청동빛 철제 테두리를 두른 거울 앞에서 해랑은 자신을 낯설

어하고 있었다.

"이제 곧 연주회가 시작된답니다. 홀에 총독부 관료들이 다 모였어요."

대기실 문을 열고 유키가 고개를 내밀었다. 해랑은 유키에게 알았다는 듯 눈짓을 보냈다. 팔목에 찬 시계를 보았다. 처음 가져보는 시계였다.

며칠 전 일이었다. 나오코는 해랑을 경성역 뒷골목 서축당으로 데리고 갔었다. 서축당은 네거리 코너에 있었다. 서축당에는 매주마다 새로 시계와 보석이 들어오고 있었다. 그래서인지 가게 안은 밖의 어수선한 여관과 식당에 비해 깨끗하고 쾌적했다.

뿌연 쇼윈도 너머로 제각각 다른 시간대를 가리키는 시계들이 보였다. 시계들은 요란하게 소리를 내며 제 갈 길을 가고 있었다. 벽시계, 탁상시계, 손목시계, 회중시계.

번쩍이는 유리 진열장 안에는 눈알이 없는 안경테들이 누워 있었다. 가게 정중앙에는 조선남자가 양인남자와 함께 다정하게 웃으며 광혜원 앞에서 찍은 기념사진이 걸려 있다. 사진 속 조선남자는 가게의 주인인 듯했다. 그러는 사이에도 벽시계는 지구의 자전을 알리려는 듯 쉴 새 없이 추를 흔들어댔다.

물자가 부족한 전쟁터 후방일수록 밀수가 성행했다. 시계, 양약, 향수, 스타킹 등을 홍콩에서 가져와 팔았다. 가게는 조선인 가게답게 외제가 많았다. 시계는 모두 미제나 독일제였다.

"관중들 앞에 서는 첫날이잖아? 마츠무라."

나오코는 은장식이 달린 손목시계를 가리키며 종업원 아이를 보며 눈짓을 했다. 그리곤 해랑을 올려다보았던 것이다.

해랑은 은장식 테두리를 한 미제시계를 어루만져보았다. 거울에 비친 사내의 모습을 바라보았다. 여전히 낯설다. 해랑은 어색하게 머리를 다시 한 번 쓸어보았다. 과연 연주회를 성공적으로할 수 있을까. 마주 잡은 양손에서 끈적한 땀이 흘렀다. 피아니스트에게 땀은 최고의 적이었다. 해랑은 흰 손수건에 땀을 연신 닦아냈다. 성전(聖戰)을 위한 자선음악회였다.

시계를 본다. 시간이 다가오고 있다. 심호흡을 해본다.

"마츠무라 상. 나오코 아씨의 연주가 끝났어요. 마츠무라 상 연주할 순서예요."

대기실 문이 살짝 열리더니 유키가 얼굴의 반 정도만 내민 채말했다. 연주자 대기실이었다. 대기실은 별채 2층 손님방을 이용하고 있었다. 유키는 통통한 체격이라 둔해 보이지만 눈치가 빠르고 몸도 재빨랐다. 유키가 문을 닫고 나갔다.

해랑은 다시 시계를 본다.

단장이 해랑에게 일러준 거사날이었다.

조선예악원 단장은 총독부가 관동군사령부에 전달하려는 금괴상자에 대한 이야기를 해주었던 것이다.

"금괴가 총독부 청사 지하창고 화강석 아래 숨겨져 있다는 정보일세. 웅장하고 참 안전한 장소지? 금괴를 숨기기 위해 경성부남부출장소에 있는 창신방 낙산채석장에서 화강석을 캐내어왔다는군. 골조 공사를 담당했던 이로부터 들은 정보일세."

단장은 흥분해 있었다. 총독부는 거대한 금괴를 감싸고 있는 금고인 셈이었다. 단장은 조직에서 총독부 관리, 장교들이 경무국장의 별채에 모이는 날을 거사일로 잡았다는 말을 전해주었다. 해랑의 연주가 훌륭하게 성공한다면 그날의 거사도 멋지게 성공할 것이라는 말도 전해주었다.

생각에 잠겨 있던 해랑을 일깨운 것은 다시 유키였다.

"마츠무라 상, 뭐 하세요? 곧 시작이에요."

유키가 대기실 문 앞에서 재촉했다.

해랑은 어색한 웃음을 지어보았다. 긴장을 풀기 위해 양손을 깍지 낀 채 우두둑 소리를 내보았다. 손가락을 끼고 손바닥을 문질렀다. 다시 손바닥이 땀으로 젖어들고 있었다. 건반에서 손이 미끄러질 수도 있다. 해랑은 손바닥을 손수건에 닦기 시작했다.

피아노는 홀 중앙에 서 있다. 조명을 받고 검은 고양이처럼 웅크린 채다. 검은 피아노는 열 수 없는 비밀처럼, 관능적이고 우아했다.

홀 무대 위 샹들리에 불빛이 눈부시다. 높은 천장에 수십 개의 보석 같은 빛이 반짝인다. 홀 전체는 드레스를 입은 귀부인과 대신과 군인들로 가득하다. 부인들은 장미와 털이 달린 모자를 쓰고 버슬 스타일의 드레스를 입고 있다. 샹들리에 불빛이 사파이어 귀걸이를 빛나게 했다. 군인들은 가슴에 훈장을 번쩍이며 앉아 있다.

초만원이었다. 이틀에 한 번꼴로 공습이었다. 전쟁 중이라는 게 믿기지 않았다.

현관 입구 쪽에는 가토가 서 있었다. 그는 팔짱을 낀 채 무대 쪽을 보고 서 있었다. 옆에는 특고 출신 경관과 총검으로 무장한 열 명쯤의 순사들이 실내에 배치되어 있었다.

좌중이 해랑의 얼굴을 바라보고 있다.

피아노 의자에 앉자 손이 다시 미끈거렸다. 왼손 마지막 새끼 손가락이 바르르 떨려왔다. 해랑은 양손을 잡고 비볐다. 희고 검은 건반은 두근거리는 심장처럼 해랑을 올려다보고 있었다.

심호흡을 했다. 해랑은 양손을 들어올렸다 내렸다.

그러나 손은 건반과 닿을 듯 말 듯한 허공의 간극 위에서 멈추었다. 갑자기 침묵이 흘렀다. 그 사이에 미세한 바람과 긴장과 초조가 흘렀다. 희미한 조명 속에 부인들의 얼굴은 약간의 권태와 빈정거림이 섞여 있었다. 침묵이 진흙처럼 무겁게 번지고 있었다.

그러자 더 이상 침묵을 참을 수 없을 듯 짜증 섞인 얼굴들을 했다. 관객들은 누군가의 뺨이라도 때리고 싶어하는 얼굴들이었다.

그때였다.

"꽝!"해랑의 열 손가락이 건반 아래로 내려갔다.

바흐의 곡 〈푸가G단조〉였다.

피아노는 제 스스로 울려 해랑을 달래려 했다. 악기는 자신을 연주하고 싶은 듯했다. 숲에서 들었던 바람소리, 개울소리, 햇살의 발걸음소리. 나무는 베어지고 널빤지가 되고 두들겨 맞으며 송판이 되고 목관(木棺)이 된다. 악기는 과거의 기억을 쏟아내려는 듯 헐떡였다. 음의 광기에 휩싸인 듯 해랑은 선율 위에 스스로

굴복했다. 해랑은 온몸을 휘저으며 연주에 미쳐갔다.

이마에 작은 땀방울이 맺히기 시작했다.

❉

그 시각, 관악산 기슭 조직의 은신처에서 변사 송씨는 입이 마르는 듯하다.

시간이 다가오고 있었다. 그는 손목시계를 다시 들여다보았다. 차가 올 시간이다.

경성에서 말죽거리로 내려오는 산기슭 쪽이다. 참나무들이 빽빽하게 들어찬 야산 옆이다. 야산 옆은 숲이었고 참나무숲으로 들어가는 입구 쪽에 판자로 만든 임시가옥이 있었다.

임시가옥은 그들의 은신처였다.

은신처답게 여름이면 나무들이 울창했다. 울창한 나뭇가지들이 가옥을 숨겨주었다. 하지만 이제는 이도 저도 힘들게 되었다. 산 아래 마을 사람들이 산 중턱 숲 가까이까지 올라와 솔뿌리를 채취해 갔다. 산은 발가벗겨지고 있었다. 임시가옥이 발견되면 마을사람들도, 조직도 서로 적이 되고 말 것이다.

비밀단체조직 동지들은 엽총과 목총을 마른 걸레로 닦고 있었다. 탄환을 아껴야 해서 실제 사격연습은 할 수 없었다. 조직원 중에 병기창에서 일했던 전력이 있는 자가 있었다. 그는 풀무, 망치, 집게, 정 따위의 도구로 비수나 날창을 만들었다. 38식 보총 탄알을 사용할 수 있는 권총을 만들어냈다. 임업장이나 탄광에서 빼돌린 폭약과 목탄 가루를 넣은 뒤, 그 주위에 가마나 보습을 잘

게 쪼갠 조각을 넣어서 작탄을 만들었다.

무장투쟁에서 총이 귀했다. 맨몸으로 지주를 습격해 총을 빼앗아 오기도 했다. 총 하나가 생기면 사격솜씨가 가장 좋은 조직원에게 총을 맡겨 근거지를 방어하게 했다. 나머지는 날창을 들고 총을 쏘는 순사들과 대적하곤 했다.

한 시간 뒤라고 했다. 조선예악원 단장에게 받은 정보였다.

조직은 총독부 청사를 습격하기로 되어 있다. 성전을 위한 음악회가 열리는 시간이었다. 경무국장 별채에서 열리는 음악회에 관리들과 순사들이 대부분 참석할 예정이라 했다. 관리들을 경호하기 위해 총독부 헌병들과 순사들이 음악회로 집결해 있을 것이다. 총독부는 몇몇 보초들만 있을 게 뻔했다. 금괴는 지하창고에 숨겨져 있다는 첩보였다. 조선의 탄광에서 채취한 금괴를 관동군사령부에게 뺏길 수는 절대로 없는 일이었다.

조직원들은 만일을 위해 임시가옥 한가운데 비밀토굴을 파놓았다. 거실 가운데 탁자 아래였다. 지하 토굴은 산길과 어긋나는 방향으로 뚫어져 있었다. 며칠 정도 견딜 수 있는 식수도 마련해놓은 상태였다.

거사가 끝나면 임시가옥도 없어질 것이다. 거사가 끝날 때마다 거처를 옮기는 것은 불문율이었다. 조금 있으면 이 임시가옥도 불태워진다. 조직원은 밀사를 포함하여 모두 아홉 명이었다. 본부에서 밀서를 건네받은 변사 송씨가 서두르라고 말했다. 송씨는 남사당패를 하다 나와서 약장수나 아지노모도를 팔던 이였다.

사슴가죽으로 외투를 해 입은 사내가 불만이 가득 찬 목소리로 말했다.

"차는 언제 오기로 한 거요? 벌써 몇 시간째 이렇게 죽치고 있으면 돼?"

송씨가 말했다.

"지령대로 움직이라고 했지? 이제 곧 올 테니 준비나 단단히 하고 있어!"

다들 상기된 표정들이었다. 칼라가 목울대까지 올라오는 검은 국민복을 입은 사내들이 서로 결의에 찬 눈길을 주고받았다. 아니나 다를까 멀리서 차 소리가 났다. 이제 곧 출발이다. 그들은 함께 주먹 쥔 손들을 움켜잡았다.

"조선독립 만…."

낮지만 힘이 들어간 구호를 외쳤다. 외치려 했다.

그때였다. 구호가 채 끝나기도 전이다.

엄지손가락을 들어올리며 희죽하게 웃던 동지였다. 총알이 그의 입속으로 날아 들어갔다.

"악!"

난데없는 갑작스런 일이었다. 어디선가 총알이 날아들었던 것이다. 순식간에 얼굴이 피투성이로 변했다. 터진 입가로 붉은 물과 피가 분수처럼 솟더니 곧바로 바닥으로 쓰러졌다. 화약냄새가 피비린내와 섞이며 퍼졌다. 너무 순식간의 일이라 비명을 지를 틈도 없었다. 다들 경악한 표정으로 상체를 숙였다.

"모두, 흩어져!"

놀란 행동대장 송씨가 소리쳤다. 그러나 이미 때가 늦었다. 첫 총성을 시발점으로 총알이 빗발치듯 나무 문틈 사이로 쏟아졌다.

새파랗게 질린 조직원들은 긴장한 채 바닥에 재빨리 엎드렸다. 유리창이 총알세례 속에 요란하게 깨졌다. 유리파편이 튀어 송씨의 뺨을 스쳐지나갔다. 송씨는 손등으로 뺨을 훑었다. 핏물이 주룩, 하고 뺨을 타고 흘렀다. 송씨와 사슴가죽 외투가 재빨리 몸을 날려 창문 틈을 살폈다. 누런 군복의 군인들과 순사와 형사들이 보였다. 쓰러진 굵은 나무기둥에 몸을 숨긴 채 총을 겨누고 있었다.

창문틀에 바짝 몸을 붙인 조직원이 잽싸게 밖을 향해 총을 겨누었다. 총을 쏘는 동시에 조직원이 총에 맞았다. 목덜미와 어깨 쪽이었다. '헉-' 하고 허리가 꺾이고 무릎을 꿇었다. 잇몸 가득 핏물이 쏟아지며 쓰러졌다. 쓰러진 동지에게 놀란 동지 몇이 창틀 위로 고개를 내밀어 총 사격을 시도했다. 송씨가, "안 돼!"라고 소리쳤으나 늦었다. 동지들 몇몇의 상체가 뒤로 꺾였다. 총소리와 함께 가운데 있던 탁자가 쓰러졌다. 약도와 접선책이 남긴 메모도 흩어졌다. 의자들이 부서지며 탁자와 함께 깔렸다.

비명소리와 화약 타는 냄새, 아우성이 총성과 함께 빗발쳤다. 송씨는 나무벽에 몸을 붙인 채 총을 쏘았다. 다시 몸을 휙 틀어 나무 벽면에 등을 기댔다.

발아래 미끈한 느낌이 들었다. 바닥을 내려다보니 검은 피였다. 머리통이 반이나 날아가 버린 몸뚱아리였다. 송씨는 얼굴을 일그러뜨렸다. 땀인지 눈물인지 튄 핏물인지 모를 액체가 두 눈 속으로 들어갔다. 눈이 쓰라렸다.

사슴가죽 외투가 뒷문 쪽 창문을 살폈다. 순사들이 누런 군복에 단도가 꽂힌 장총을 겨눈 채 조심스럽게 접근하는 것이 보였다. 그가 다급한 목소리로 외쳤다.

"에잇! 육실헐. 이미 포위당한 것 같소!"

"어떻게 된 거라예! 대체!"

조직원 중 가장 어린 을수가 물었다. 그는 열다섯이었다. 시장통에서 순사가 자신의 아비와 어미를 진압봉으로 때려죽이는 것을 본 후 미쳐 광분해 있었다. 그 아이를 사슴가죽 외투 사내가 데려온 것이었다. 그는 콧등에 튄 핏물을 소매 끝으로 문질렀다. 핏물은 을수의 흰 저고리에도 온통 튀어 올라 있었다. 송씨는 붉게 상기된 채 다급한 목소리로 말했다.

"정보가 샌 거야? 뭐야?"

"개새끼들, 우리가 움직이기도 전에 먼저 움직였어! 정보가 샌 거요! 이러다 다 개죽음 당할 게 뻔하겠어! 개새끼들!"

사슴가죽 외투가 쥐고 있던 권총 손잡이를 벽에다 탁, 하고 치며 고통스럽게 외쳤다. 송씨가 일그러진 표정으로 뇌까렸다.

"나도 어찌된 영문인지 모르겠소. 뭔가 잘못됐어, 뭔가!"

바닥에 쓰러진 동지 한 명이 나무 바닥에 절룩거리며 엎드렸다. 엎드린 채 총알이 관통한 오른쪽 다리를 들어올리며 비명을 질러대고 있었다. 비명을 지르는 사이에 그의 심장에 총알이 박혀들었다. 상체가 위로 한번 들썩 하더니 그는 이내 잠잠해졌다.

송씨와 사슴가죽 외투, 을수의 얼굴이 절망적으로 비틀어졌다.

"젠장! 쥐새끼 같은 놈들!"

사슴가죽이 창틈을 노려보며 외쳤다. 이제 남은 건 세 명인 듯했다. 그들은 긴장된 눈빛을 서로 주고받았다. 행동대장인 송씨와 사슴가죽 외투와 을수는 입술을 깨물었다. 결정의 순간이 온 듯했다. 두려움과 어떤 결의가 그들의 머리 위를 고요히 지나갔다.

✳

그 시각, 별채 연주홀에서 해랑의 피아노 연주는 절정을 향해 가고 있다. 선율은 소낙비처럼 장엄했다. 종달새처럼 경쾌했다. 해랑은 힘을 넣을 때와 힘을 뺄 때를 아는 무사처럼 건반 위에서 혼이 되어 움직였다. 음은 긴장과 이완, 빠름과 느낌을 왔다 갔다 했다. 피아노는 격렬한 욕망을 포효하다 다시 그를 다스리는 절제를 향해 나갔다. 샹들리에 조각이 희미하게 흔들린다. 공기에 파문이 번져간다. 모든 것을 파멸시켜도 좋을 만큼의 쾌락이 해랑의 가슴에 요동친다. 선율과 함께 해랑은 폭발해 버리는 듯했다.

✳

같은 시각, 관악산 기슭 조직의 은신처에서는 폭탄이 터지는 굉음이 들려왔다. 백열등이 깜박였다. 낮은 천장에서 흙더미가 떨어졌다. 화약냄새와 함께 비린내가 다시 일순간 번졌다. 수류탄을 던졌으니 곧 있으면 일본 군인들이 들이닥칠 게 뻔했다. 사슴 외투가 송씨와 눈빛을 주고받았다. 둘은 눈빛으로 약속이라도 한 듯 고개를 함께 끄덕였다. 송씨가 을수에게 말했다.

"넌 끝까지 살아남아 본부에 세포들 소식을 전해야 한다! 알겠나!”

을수는 항거하듯 말했다.

“무슨 말인교? 나 혼자만 도망가란 말이라예!”

“주둥이 닥치고 시키면 시키는 대로 해! 한 명이라도 살아! 살아남아 소식을 전해야 해! 그것이 중요해! 그것이 역사가 되고 진실이 되는 거야!”

사슴가죽이 침을 튀기며 핏발선 눈으로 고함을 질렀다.

“나는 그딴 역사니, 진실이니, 하는 거 관심 없심다! 와 나 혼자만….”

그때였다. 사슴가죽이 소년의 뒷목을 쳤다. 을수는 곧 힘없이 쓰러졌다. 사내가 한가운데 있는 거적을 걷고 나무판자를 들어올렸다. 소년을 지하 토굴로 끌어내린 후 나무판자로 덮어버렸다. 판자를 닫는 순간 동시에 요란한 총소리가 났고 폭탄음이 울렸다.

✱

같은 시각, 별채 음악홀은 갑작스런 고요에 휩싸였다. 좌중이 숨을 고르듯 고요했다.

해랑은 서서히 손가락을 건반 위에서 떼어냈다. 관객석에는 잠시 고요가 일었다. 관객들은 아직 연주의 잔상에서 벗어나지 못한 듯했다. 음의 잔상을 느끼려는 듯 커다랗게 뜬 눈을 껌벅거리지도 않은 채 무대 위를 주시했다. 잠시 뒤 어디선가 박수갈채가 터져 나왔다. 박수소리는 점점 더 커지며 우레처럼 변해갔다.

거사는 어떻게 되었을까.

해랑은 연미복 양복 깃을 정리하고 여몄다. 심호흡을 하며 여전히 풀리지 않는 긴장을 다스리려 했다. 해랑은 오른손을 쿵쾅거리는 심장에 대고 좌중을 향해 인사했다.

　허리를 들어올리다 무대 아래 경무국장과 눈이 마주쳤다. 그의 눈빛은 뭔지 모를 이상한 기운으로 가득 차 있었다. 의아스러움과 놀라움이 온통 뒤섞인 표정이었다. 국장은 해랑을 바라보며 천천히 그리고 강하게 박수를 치고 있었다. 해랑은 아직 채 빠져나오지 않은 음의 황홀을 느끼며 한편으로 조직에 대하여 생각했다.

　거사는 성공했을까.

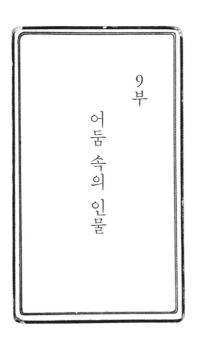

9부

어둠 속의 인물

해방정국,

스물세 살의 해랑

서기 1945년 10월 10일

해방 당시 종로경찰서에서는 군정재판을 할 수가 있었는데 통역관들이 돈을 받고 거짓 통역을 해서 무고한 사람을 죄인이 되게 만들어버렸어요. 그래서 내가 이런 얘기를 했어요.

"이 자식아, 우리가 일본놈한테 억눌려 산 것만 해도 분한데, 상전이 바뀌었다고 해서 이제 미국놈한테 붙어서 한국사람을 괴롭히냐?"

———————

선우종원,
미군정 시대 검사로 활동

대한예악원,
이해랑

철원에서 출발한 기차는 경성을 향해 가고 있었다.

경성역이 가까워오자 기차는 금속음 소리를 내며 서서히 멈추려 했다. 곧이어 역무원이 흔드는 종소리가 쨍그랑거렸다. 철원에서 꼬박 하루가 걸렸다. 해랑이 졸린 눈을 비비려하자 팔뚝이 욱신거려 자기도 모르게 신음소리를 냈다. 해랑은 전날 밤 철원 숲에서 만났던 여인에 대한 생각을 해냈다. 소련군에게 험한 꼴을 당한 여인은 자신에게 단도를 휘둘렀다. 여자는 파랗게 질려 있었고 벼랑 끝에 서 있는 듯 위태로워 보였다. 일본 여자는 자신을 소련군으로 잘못 알고 칼을 휘둘렀던 모양이었다.

해랑은 왼쪽 팔뚝을 내려다보았다. 흰 손수건으로 묶은 팔뚝은 이미 지혈이 되어 피딱지가 생겨 있었다. 해랑은 욱신거리는 팔뚝을 한 손으로 감아쥐었다.

참, 이상한 여자다. 일본인 여자는 붉은 목단이 수놓인 기모노 차림이었다. 얼룩이 져 있었지만 귀부인들이 입는 옷차림이었다. 일본인 여자는 어둠 속에서도 도톰한 이마와 입술 윤곽이 분명해 보였다. 그 반짝이는 눈빛은 분명 자신을 알아보는 것 같았다.

해랑은 다시 심정이 답답해 왔다. 그 여자를 붙잡고 자신이 누구인가를 되묻고 싶었다. 하지만 해랑은 자신 스스로가 자신을 알아내기 전까지 입을 다물고 있으리라 생각했다. 마츠무라 데츠야 경무국장의 살인사건에 대하여 자신이 전모를 밝혀내기 전에 어느 누구도 믿을 수 없었다.

기억을 잃은 자 앞에서 기억을 가진 자들은 이미 승자였다. 얼마든지 기억을 조작해낼 수 있다. 해랑은 그것이 두려웠다. 현실은 자기 스스로 움켜쥐었을 때만 비로소 현실인 것이다.

해랑은 팔뚝에 묶인 손수건을 풀고 핏물이 짙게 밴 손수건을 천천히 펼쳐보았다. 흰 무명 손수건이었지만 자세히 보니 고급스러워 보였다. 테두리에 솜씨 있게 수가 놓여 있었다.

그러다 해랑은 움직이던 손을 멈칫 했다. 해랑은 충격을 받은 듯 인상을 찡그렸다. 손수건 한쪽 모서리에 낯익은 일본어가 수놓아져 있었다.

'마츠무라 준이치로'

해랑은 자신도 모르게 손수건을 자신의 눈 가까이로 가져가 보았다. 분명했다. 피얼룩이 묻어 있었지만 분명했다. 은실의 방에서 본 신문지에 쓰여 있던 이름. 자신의 얼굴사진 아래 쓰여 있던 이름. 마츠무라 준이치로. 그것이었다.

해랑은 잠시 손을 떨었다. 대체 그 일본인 여자는 누구란 말인가. 내 이름이 적힌 손수건을 왜 가지고 있는 것일까.

기차가 멈췄다. 경성 역사(驛舍) 밖은 온통 잿빛이다. 해랑은 눈을 가늘게 떴다. 가늘게 뜬 채 주위를 살폈다. 살피다 해랑은 다시 멈칫했다. 언젠가 와본 듯한 환각 때문이었다. 기억은 분명하기도 하고 희미하기도 했다. 동시에 기억은 전혀 알 수 없이 모호했고 막막했다.

역사 주변은 붐볐다.

곧이어 보석을 받아놓은 듯 반짝이는 시계탑이 보였다. 해랑은 잰걸음으로 걷기 시작했다. 종로 네거리까지 오자 이상한 기시감이 들었다. 그는 주변을 두리번거렸다. 어떤 알 수 없는 과거의 내음이 전신으로 감겨들었다. 해랑은 그 은밀하고 모호한 것에 감싸여 다시금 주변을 살펴보았다.

전차소리가 나서 몸을 급하게 피했다. 자신의 손을 내려다보았다. 이 모든 풍경들이 어젯밤 꾼 꿈처럼 만져질 듯했다. 동시에 꿈의 잔해처럼 사라지는 연기 같기도 했다. 기억이 떠오르지 않아 해랑은 입술을 깨물었다.

서서히 다시 고개를 들었다. 결심이라도 한 듯 곧바로 종로 네거리에서 조선통신사 쪽으로 걸어 나아갔다. 통신사 옆은 동아일보사였다. 동아일보사 건물 앞에 신문 파는 소년아이가 관을 쓰고 졸고 있었다. 뺨에 누렇게 버짐이 핀 사내아이는 까까머리에

관을 눌러쓰고 검정색 아래 윗옷을 입고 있었다.

해랑은 배달부가 안고 있는 신문 겉면에 절로 눈이 갔다. 기사는 일어와 조선어가 섞여 있었다.

〈조선예악원, 대한예악원으로 다시 태어나다〉

'조선예악원' 해랑은 이맛살을 좁히며 기사를 꼼꼼히 살폈다.

'대한예악원 국재명 단장의 지휘 하에 해방기념 음악회를 열 예정'

해랑은 국재명이란 이름에서 '재명'(在明)에 눈길을 멈추었다. 은실의 방에서 보았던 글귀가 떠올랐다. 누런 편지봉투에 쓰여 있던 문구.

'조선예악원에서 국재명'

해랑의 짙고 검은 눈썹이 꿈틀했다.

잡화상에서 지도책을 샀다. 지도는 경성의 내부 길을 노파의 주름처럼 그려놓고 있었다. 해랑은 주름선을 따라 손가락을 짚어갔다. 종로 네거리와 명동거리, 광화문통 네거리, 그리고 덕수궁 쪽으로, 그리고 다시 성북동 길.

잰걸음으로 걸음을 옮기다 현기증을 느꼈다. 비틀거리다 간신히 중심을 잡으며 잠깐 감았던 눈을 떴다. 뱀의 꼬리처럼 길게 뻗은 골목길이었다. 돌담과 흙담으로 한옥 기와 가옥들이 나란히 이어지고 있고 담 벽가에 패랭이가 노랗게 피어 있다.

골목길은 해랑에게 꽤 익숙한 느낌을 주었다. 골목길 가에 질경이와 민들레가 핀 물웅덩이가 보였다. 물웅덩이 위로 햇빛이 잔잔하게 녹아들고 있었다. 지나간 일들이 그림자처럼 어른거리는 듯도 했다. 해랑은 관자놀이를 눌러보았지만 기억이 떠오르지 않았다. 인화되는 듯하다 삭제되어 버린 게 분명했다.

돌담벽을 끼고 돌다가 해랑은 모퉁이 쪽 담벽에 황급하게 몸을 숨겼다. 대한예악원이라는 입간판이 보였다. 예악원 정문 쪽이 분명했다. 정문에 누군가가 나타났다.

'은실?'

해랑은 자기도 모르게 속으로 외쳤다. 과연 은실이었다. 해랑은 재빨리 반대편 모퉁이 벽으로 몸을 돌려 숨겼다.

은실이 예악원 안에서 정문 쪽으로 나오고 있었다. 은실은 흰 블라우스에 셔링이 잡힌 붉은 양치마를 입고 있다. 무릎을 가릴까 말까 한 짤막한 시체(時體)치마에다 하얀 양말 아래 검은 뾰족구두를 신고 요염한 화장을 하고 있었다. 머리는 쪽을 풀고 서양식으로 비틀어 놓았다. 소토마키, 머리끝이 밖으로 삐쳐 나오게 말아 올린 채였다.

기다랗게 허리에 늘어진 저고리에 검은 고무신을 신고 있던 경북 하양에서의 은실과는 완전히 다른 모습이다. 은실은 딴 사람처럼 보였다.

해랑은 놀란 가슴을 진정시킨 채 생각했다.

'그래, 사실이 무엇인지 확인도 안 해보았잖아….'

해랑은 모퉁이에서 걸어 나와 골목길로 나섰다. 해랑은 주먹을 힘껏 쥐었다. 현실과 대면하지 않는다면 그것은 영원히 자신에게 현실이 아닐 것이다. 해랑은 천천히 골목입구로 발을 내딛었다. 은실에게 모든 것을 물어볼 생각이었다.

해랑 자신이 일본인이라면 은실이 정성으로 자신을 간호할 리가 없을 것이다. 조선인이라면 조선말을 잘 못할 이유가 없을 것이다. 해랑은 품속에 손을 집어넣었다. 은실의 책장에서 가지고 나온 편지와 오려둔 신문조각이었다. 해랑은 신문에서 본 자신의 사진을 떠올렸다.

해랑은 조선예악원 정문 쪽을 다시 노려보았다.

구십 도로 꺾어진 골목 쪽으로 발을 내디디려는 순간이었다. 그러다 해랑은 자기도 모르게 다시 모퉁이 담벽으로 몸을 날렸다. 황급하게 몸을 숨겼다. 몸을 벽 쪽으로 급하게 붙이다 칼에 찔렸던 팔뚝이 욱신거렸다. 해랑은 양미간을 찡그렸다. 해랑은 조선예악원 정문 쪽을 다시 힐끔거렸다.

은실 뒤로 누군가 따라 나오고 있었던 것이다.

종로경찰서,
나오코

소련군에게 험한 일을 당하고 철원역으로 가 기차를 탄 것은 나오코 자신이 생각해도 불가사의한 일이었다.

나오코는 걸을 수도 없을 만큼 아래가 쓰라렸다. 온몸에 기운이 다 빠져나간 듯했다. 그럼에도 그녀는 어둠 속에서 얼핏 보았던 그 그림자가 마츠무라 준이치로일지도 모른다고 생각했다.

그녀는 경성행 기차를 타기 위해 손에 끼고 있던 반지를 팔았다. 철원역 역무원에게였다. 역무원은 기모노를 입은 그녀를 아래위로 훑어보며 차표를 천천히 건네주었다. 반지는 마츠무라 데츠야 국장이 결혼의 증표로 준 것이었다. 반지는 그녀에게 남은 데츠야 국장의 마지막 흔적이었다.

나오코는 기차를 기다리며 반지가 빠져나간 손을 내려다보았다. 그때 역무원의 종소리가 나고 기적소리를 내며 기차가 플랫폼으로 들어오고 있었다. 그녀는 반지에 대한 것은 잊기라도 하려는 듯 입술을 깨물었다. 경성행 기차에 다급하게 올라탔던 것이다.

경성역에 내렸을 때 게다를 신은 나오코의 버선발은 흙으로 뒤덮여 있었다. 그녀는 소련군에게 당했던 기억을 떨쳐버리려는 듯 손바닥으로 얼굴을 감쌌다. 기억은 그녀의 머리채를 잡고 흔들며 그녀를 놓아주지 않았다. 나오코의 뺨에 짧게 눈물 한 줄이 흘렀다. 그럴수록 그녀는 마츠무라 준이치로를 떠올리려 애를 썼다. 그 검은 그림자 사내가 마츠무라라는 것을 확인하지 않고는 그녀는 다른 곳으로 한 발도 내디딜 수 없었다.

경성역 역사를 통과해 광장으로 나올 때였다. 나오코는 그녀를 향해 다가오는 무리를 발견했다. 완장을 찬 청년무리였다. 청년들은 일정 때 나오코의 정체를 알아챈 듯해 보였다. 그들은 다짜고짜 나오코의 양팔을 움켜쥐고는 어딘가로 끌고 갔다. 나오코는 발버둥을 쳤다. 그녀가 정신을 차렸을 때 그곳이 종로경찰서라는 것을 알게 되었다.

나오코는 왜 그들이 자신을 종로경찰서로 데리고 왔는지 알 수가 없었다.

나오코는 발아래를 내려다보았다. 버선은 검은 얼룩으로 가득했다. 나오코는 눈에 힘을 주며 입술을 깨물었다. 종로경찰서에 미군정하 군정재판소가 있다는 말은 듣고 있었다. 통역관이 배치되어 있어 군정재판이 아주 엄격하고 신속하게 이루어진다는 말도 듣던 터였다. 아무래도 완장을 찬 청년들은 나오코가 엄격한 군정재판에 빨리 회부되길 원했던 것 같았다.

경찰서 수사과 안은 사람들로 북적대고 있었다. 흰 바지저고리를 입은 농부, 검정 양복을 입은 신사들도 보였다. 나무책상에는 통역관과 미군이 함께 앉아 심문할 사람들을 하나씩 불러내고 있었다. 심문을 기다리는 사람들은 벽에 붙은 긴 나무의자에 긴장한 채 앉아 있었다. 일정 때처럼 취조가 끔찍할 게 뻔하다는 생각에 양미간을 잔뜩 찡그리고 있다. 앞날에 대한 진득한 두려움과 막막한 공포가 사무실에 맴돌았다.

나오코도 사람들 틈에 끼어 나무의자에 앉아 있었다. 그녀는 스스로의 오만에게 다짐하듯 허리를 꼿꼿하게 세웠다. 기모노의 앞섶과 오비 띠 매무새를 단단하게 여미고 정수리로 틀어 올린 머리를 매만지고 있었다.

건너편 나무책상에 함께 앉은 미군 중위와 통역관이 농부 차림을 한 남자를 심문하는 것이 보였다. 농부 다음에 나오코 차례였다. 나오코는 농부로 보이는 남자를 지켜보았다. 얼굴은 젊어 보였으나 이마에 주름골이 깊었다. 흰 저고리에 바둑판무늬 자주색 조끼를 입은 선량한 인상이었다. 긴장한 탓인지 눈에 핏발이 서 있었고 당황하는 빛이 역력했다.

미군이 심문을 시작했다. 나란히 앉은 통역관이 조선어로 통역을 했다.

"Is that true you put the gun in your factory manager' office?"

(당신 공장관리인 방에 권총을 둔 게 사실이오?)

주름골 깊은 남자는 눈알을 이리저리 굴리고 있다 화들짝 놀란 표정을 지었다. 그는 억울하다는 듯 얼굴을 일그러뜨리며 소리쳤다.

"아, 아닙니다! 절대로 아닙니다! 처음 보는 권총이었습니다! 권총이 왜 저희 공장관리인 방에 있는지 모르겠습니다! 억울합니다. 선상님!"

그러자 통역관이 미군중위에게 영어로 대신 말해주었다.

"That' true. I'e deprived it from US army."

(사실이랍니다. 미군에게 빼앗은 총이랍니다.)

미군 중위의 눈빛이 날카롭게 빛났다. 중위가 큰 소리로 바지저고리를 입은 남자를 야단쳤다. 주름 골이 패인 남자는 미군의 표정을 보고 더욱 억울해했다. 그는 양손을 모으고 사정하듯 몇 번씩 허리를 구부렸다.

"절대로 제가 갖다놓은 총이 아닙니다. 저도 영문을 모르겠습니다! 억울합니다! 통역관님 잘 말씀해주세요!"

통역관이 미군에게 영어로 말했다.

"He told. I never knew that I would be arrested for carrying an illegal weapon."

(불법무기 소지로 구속되는 줄 모르고 빼앗았답니다. 용서해달라고 하네요.)

미군 중위는 한심하다는 듯 남자를 노려보았다. 눈짓으로 헌병을 불렀다. 헌병은 사무실 현관 쪽에 장총을 메고 서 있다 걸어왔다. 중위가 손짓을 하자 헌병은 남자의 겨드랑이에 손을 넣고 남자를 일으켜 세웠다. 남자의 손에 수갑을 채웠다.

남자는 자신의 손에 수갑이 채워지자 더욱 큰 소리로 발을 구르며 소리쳤다. 그는 헌병의 저지에도 불구하고 통역관과 미군 중위 앞으로 달려갔다. 같은 말을 다시 하고 다시 했다. 그는 점점 절망적인 표정으로 변해갔다. 침이 마른 개처럼 점점 헐떡거렸다. 그의 목소리는 시끄러운 수사과 옆 테이블의 소리와 섞여 소음의 소용돌이를 만들어내고 있었다. 미군 중위는 따분하다는 표정을 지었다. 헌병이 그에게로 달려와 남자를 끌자 남자는 끌려가지 않으려는 늙은 소처럼 버티며 소리쳤다.

수사과 사무실은 땀내와 이국민의 살 냄새와 답답한 열기로 숨이 막힐 지경이었다. 미군은 흰 저고리 사내가 소리를 칠 때마다 코를 손가락으로 쥐고 인상을 찌푸리며 고개를 돌렸다. 미군 중위는 불쾌한 표정을 애써 감추려했다. 중위는 냉정한 표정으로 다음 서류철을 넘겼다. 나오코 차례였다.

나오코가 자리에서 벌떡 일어났다. 헌병이 끌고 가는 흰 저고리 사내에게 다가갔다. 사내는 눈이 휘둥그레해져서 자신을 막아서는 일본 여인을 보았다. 먼지와 얼룩이 범벅이 된 옷차림새였다. 흙먼지와 얼룩이 묻어 있지만 비단실로 화려하게 수를 놓은 기모노였다. 자태로 보아 귀한 집 마님의 옷차림새가 분명했다. 사내는 어리둥절한 표정으로 나오코를 바라보았다.

수갑 찬 사내에게 나오코가 뭐라고 하자 사내는 금방이라도 울 듯한 표정으로 바뀌었다. 사내는 나오코에게 눈물을 글썽이고 침을 튀기며 말을 늘어놓기 시작했다. 미군 중위와 통역관이 그 풍경을 보고 있었다. 나오코는 통역관 앞으로 다시 돌아왔다.

"He interpreter told a lie. He wanted to make him being arrested."

(통역관이 거짓말을 했어요. 저 남자를 유죄로 만들려고.)

나오코는 분명한 말투로 미군 중위에게 말했다. 통역관의 얼굴이 수탉 벼슬처럼 붉어졌다. 통역관은 안경을 코끝에서 위로 치켜 올리며 나오코에게 고함을 질렀다. 나오코는 통역관을 아랑곳하지 않고 미군에서 계속해서 이야기했다.

"통역관이 매수된 게 분명하대요. 자신의 공장을 탐내는 사람이 공장을 빼앗으려고 꾸민 짓이래요. 석면을 만드는 생산공장이랍니다. 수도청의 경찰과 형사를 매수해 관리실에 권총을 갖다놓았다고. 그런 다음 형사를 보내 불법무기 소지혐의로 구속시켰다고 해요. '군정포고령 33호'에 '미군 물자를 가지고 있는 사람은 군정재판을 받아야 된다'라는 조항을 알고는 이렇게 했다고 해요. 공장에 대한 권리를 포기하겠다는 각서까지 받아냈대요. 그러고도 통역관까지 매수해서 자기를 감옥에 보내려 한다고…."

나오코는 눈도 깜박이지 않은 채 도도하고 엄격해 보였다. 나오코의 말을 진지하게 듣던 미군 중위의 얼굴 표정이 점점 변해갔다. 눈이 크게 열리고 얼굴이 굳어졌다.

그는 옆에 앉은 통역관을 노려보았다. 얼굴이 시뻘겋게 된 통역관이 벌떡 일어나더니 나오코의 멱살을 움켜쥐었다. 나오코를 거칠게 바닥으로 넘어뜨렸다. 나오코가 비명을 지르며 바닥에 처박혔다. 나오코는 자신의 머리가 벽모서리에 세게 부딪치는 느낌을 받으며 정신을 잃었다.

누런 군복을 입은 미군 헌병들이 황급하게 달려왔던 것이다.

나오코는 눈을 떴다.

연한 소독내가 나고 있었다. 흰 벽이었고 흰 시트였다. 각이 진흰 캡을 쓴 간호사가 그녀를 보고 빙긋 웃었다. 나오코는 흰 빛들이 반사되는 공기 속에 약간의 현기증을 느꼈다. 머리가 묵직하다는 느낌을 받았다. 그녀는 자신의 머리를 만져보았다. 자신의 머리가 흰 붕대로 감겨있다는 것을 알게 되었다. 철제침대 모서리를 짚고 일어나려 하다 그녀는 약한 비명을 질렀다. 그러다 다시 자신의 머리에 손이 올라갔다.

"제가, 제가 하고 있던 핀은?"

미군 대위 윌슨이 병실로 들어왔을 때 나오코가 물었다. 윌슨이 대답했다.

"영어를 잘하더군요."

윌슨은 나오코에게 핀을 건네주며 말했다.

"우리 미 군정청에 통역관이 되어 보는 게 어떻겠습니까?"

윌슨 대위가 침대 위에 누운 나오코에게 말했다.

나오코는 과거일이 다시 떠오른 듯 붕대를 한 자신의 머리를 만져보았다. 통증이 다시 머리를 관통하듯 스쳤다. 나오코는 한 손으로 머리를 잡고 아픔을 참으려 입술을 깨물었다. 나오코의 침대 앞에 서 있던 윌슨이 나오코를 바라보며 다시 말했다.

"미 군정청 통역사로 일해주시오."

나오코는 철재로 된 침대 모서리를 가만히 쥔 채 생각에 잠겼다.

대한예악원,
이해랑

은실 뒤에 따라 나오는 이는 젊은 남자였다.

해랑은 담벼락에 몸을 바짝 붙였다. 정문 쪽으로 나오는 두 남녀를 주시했다. 한눈에 봐도 값나가 보이는 짙은 회색 신사복을 입은 남자였다. 남자는 잘 생긴 시원시원한 눈매에 부드럽게 잘 뻗은 콧대를 지니고 있다. 귀티가 나는 얼굴이었다.

은실은 오랫동안 알아왔던 사이인 것처럼 낮은 목소리로 남자와 말을 주고받았다.

그 모습을 보던 해랑의 얼굴은 금방 어두워졌다. 은실에게 자초지종을 물으려던 편지봉투를 다시 품속에 찔러 넣었다.

은실은 가볍게 상대에게 목례를 하고 있었다. 은실은 발목까지 올라온 흰 목양말에 하이힐을 또각거리며 반대편 골목 쪽으로 사라졌다.

해랑은 은실이 사라진 골목길을 바라보았다. 해랑은 잠시 망설이다 결심이라도 한 듯 예악원 쪽으로 걸어갔다.

해랑은 정문 나무기둥에 몸을 숨긴 채 안쪽을 기웃거렸다.

머슴아비는 정원을 비질하다 해랑을 보자 천천히 비를 들고 다가왔다. 듬성듬성한 머리숱에 흰 머리카락이 얼굴을 덮고 있는 머슴아범은 고개를 갸웃하며 해랑을 살피고 있었다. 입을 먼저 뗀 쪽은 머슴아범이었다.

"저, 혹시….."

머슴아범의 말이 채 끝나기도 전이다. 해랑은 생각나지 않는 조선말 때문에 미간을 찡그렸다.

"저 이 가 누 구 요?"

머슴아범이 그제야 해랑이 가리키는 손가락 끝을 바라보았다.

"아, 저분요. 조선예악원, 아니 대한예악원의 단장님이시오. 국재명 단장님이오만."

해랑은 더듬거리는 조선어로 혼잣말인 듯 중얼거렸다.

"국 재 명 단 장?"

해랑은 순간 인상을 찡그렸다.

은실에게 온 편지 발신인 이름이었다.

미 군정청 지하 심문실,
류형도

류형도는 심문실 문을 열었다.

문을 열자마자 비릿한 피냄새와 썩은 오물냄새가 진동을 했다. 류형도는 자기도 모르게 고개를 돌리며 코를 막았다. 나무책상 위에 수사과장은 양다리를 올린 채 다리를 까닥거리고 있었다. 류형도가 들어서자 그는 물고 있던 담배를 다시 길게 빨았다. 흰 연기가 솟아올랐다.

커다랗고 작은 집게와 지렛대. 뾰족한 공구들이 모여 있었다. 전기 볼트를 조절하는 금속계기판과 의자가 있고 욕조 아래는 발가벗겨진 한 남자가 있었다. 남자는 짓이겨진 몰골로 뒤로 양손이 묶인 채 주저앉아 있다.

"아니, 여기 이런 곳이 있는 줄은⋯."

류형도는 놀란 듯 말을 맺지 못했다. 수사과장은 능글맞은 웃음을 지으며 말했다.

"몰랐나? 총독부 건물 지하 비밀방이네."

수사과장은 길게 담배를 빨아서 탁, 하고 연기를 뱉어냈다.

"우아하고 근엄한 총독부에 이런 재밌는 곳이 있는 줄 몰랐지?"

수사과장은 흐흐 웃음을 흘리고 있었다. 류형도는 그제야 짓이겨진 남자 쪽으로 눈을 돌렸다. 눈두덩은 찢어져 퉁퉁 부어 있었고 온몸에 멍자국과 핏자국이 선명했다. 턱뼈가 주저앉은 것인지 채 다물지 못한 입가로 핏물과 침이 흘렀다.

"저자는 대체 누굽니까?"

류형도가 물었다. 수사과장이 대답 대신 담뱃재를 재떨이에 털었다. 책상 위에는 팔뚝까지 오는 물 묻은 고무장갑이 알전구에 번득이고 있었다.

그때 심문실 문이 갑작스럽게 열렸다. 흰 셔츠에 뾰족한 베레모를 쓴 청년이었다. 수사과장은 손끝에 묻은 재를 획 입김으로 불고는 희죽이며 말했다.

"어이, 서로 인사하지, 이쪽은 특별범죄수사과 류형도. 음, 그리고⋯."

청년은 모자를 벗어 류형도에게 허리를 굽혔다.

"이쪽은 애국청년단 감찰부장, 문상도."

류형도도 짧게 목례를 한 뒤 고개를 들었다. 류형도는 감찰부장 문상도를 어디선가 본 듯한 느낌을 받았다.

"멸공대를 조직해서 경성에 빨갱이들을 모두 색출하고 있지. 꽤 과격하긴 하지만 빨갱이 토벌에 도움을 주고 있다네."

수사과장은 다시 담배를 길게 빨았다. 한숨을 뱉어내고는 말을 이었다.

"아, 저번에 자네가 말한 전기기술자를 좀, 손을 보다 보니까…."

류형도는 손을 본다는 것이 무엇인지 알 것 같아 인상을 찡그린 채 수사과장을 쳐다보았다.

"여기, 이 대단한 거물을 하나 낚게 되었단 말이지…. 최칠구라고. 이자를 심문하면 단장 살인사건 실마리가 풀릴지도 몰라…. 흐흐흐."

수사과장은 눈짓으로 욕조 아래 처박혀 있는 고깃덩어리 같은 남자를 가리켰다. 최칠구란 자는 키가 보통사람보다 한 뼘은 클 정도의 거구였다. 최칠구는 발가벗겨진 채로 온몸에 퍼런 멍이 들어 있었다.

"이 문상도 감찰부장이 청년단을 이끌고 접선장소에 매복해 있다 도망가던 놈을 귀신같이 잡아 왔지 않았나. 흐흐, 이제 경찰 다 되었다니까."

류형도는 문상도를 쳐다보았다. 류형도는 어디선가 본 듯한 느낌에 고개를 숙였다 다시 쳐다보았다. 그제야 그 앳된 청년이 기억났다.

해방 직후 처음 전차를 탔을 때였다. 종로 네거리를 지날 때 류형도가 창밖으로 본 그 살인장면이 떠올랐다. 문상도는 종로 한복판에서 공산주의자들을 모아놓고 칼로 찔러 죽이던 서북청년단의 그 청년이었다. 앳된 얼굴을 한 청년이 함부로 몽둥이질을 하고 사람을 칼로 찔러죽이고 하는 것이 믿을 수 없었다. 류형도가 문상도를 노려보자 문상도는 자신의 얼굴에서 웃음을 싹 거둬냈다. 딱딱한 얼굴로 류형도를 쳐다보았다.

"대체, 자네들 뒤를 누가 봐주고 있는 거지?"

류형도가 문상도에게 따지듯 물었다.

"뒤라니요?"

"뒤를 비호하지 않고서야 통행금지가 된 야밤에 어떻게 함부로 몰려다닐 수가 있는 거지? 몰려다니기만 하는 건가? 몽둥이를 들고 친일의 잔당들, 공산주의 빨갱이들 가족들에게 몽둥이찜질을 하고 있지 않은가 말이야? 뒤를 봐주고 있는 쪽이 경찰서장인가? 아니면 여기 미 군정청 수사과 과장인가?"

류형도는 차갑게 말하며 눈길을 수사과장에게로 돌렸다.

"이 새끼가? 지금 어디서 막말이야?"

수사과장이 벌떡 일어나 고함을 질렀다. 거칠게 류형도의 멱살을 움켜잡았다.

"넌, 내가 시키는 일만 하면 돼! 조선예악원 단장, 살인사건! 빨갱이 새끼들은 내가 다 싹쓸이 할 테니까 말이야!"

"왜 그래야 합니까? 제가?"

류형도가 소리쳤다.

"지식분자들은 이게 문제야! 동경 유학생이라더니. 역시 합당한 논리만 찾고 있군. 제대로 문제해결도 못하는 주제에. 그러면서 세상을 뒤집을 수 있다고 대단하게 허세나 부리지…. 왜 그래야 하냐고? 그래 말해주지!"

"……."

"단장 살인사건을 총독부가 재빨리 봉합하고 유야무야한 데는 분명 이유가 있어! 그리고 그 이유를 알아내야 하는 것은 바로 자네 몫이지 않나?"

류형도는 당황한 빛으로 수사과장을 쳐다보았다.

수사과장이 말을 이었다.

"노영훈을 기억하고 있겠지? 자네의 가장 친한 벗. 단장이 바로 노영훈의 아비이기 때문이다. 알겠나?"

순간 류형도의 온몸이 활활 불타는 것 같이 이글거렸다. 수사과장이 어떻게 노영훈을 안단 말인가. 류형도의 눈빛이 복잡하게 흔들렸다. 노영훈은 수사과장의 말대로 유학생 동기 중 가장 친한 벗이었다. 그들은 함께 이젤을 들고 그림을 그리러 다녔고 마르크스 책을 몰래 읽었으며 혁명에 대한 막연하고 지적인 사념들을 서로 떠들곤 했다.

그렇지만 류형도는 그 캄캄한 밤의 기억이 떠오르자 고개를 떨굴 수밖에 없었다. 검은 천으로 눈을 가렸던 밤, 비린내와 녹슨 쇳내가 올라오던 그 시멘트 바닥에서 류형도는 어떤 말을 토설했던가. 류형도는 그 고통이 다시금 자신의 온몸으로 죄어오는

듯한 느낌에 사시나무 떨듯 몸을 떨기 시작했다.

경무국장 집,
이해랑

해랑은 조심스럽게 걸음을 옮겨 낯선 이층 양식 저택에 당도했다.
　해랑의 발에 뭔가 밟혔다. 흠칫 뒤로 물러났다. 어둡고 커다란
거실이다.
　해랑이 발을 내딛자 유리알 부서지는 소리가 났다. 해랑은 발
아래를 내려다보았다. 깨진 샹들리에 조각이었다. 부서진 유리조
각이 모래알처럼 반짝이고 벌거숭이 아이들이 그려진 도자기 화
병은 반으로 깨져 있었다. 양식을 알 수 없는 기우뚱한 소형 원탁
테이블은 다리가 모조리 부러져 있고 꽃을 그린 수채화 액자도
깨져 있었다. 자주색 커튼은 찢어진 치맛자락처럼 펄럭였다. 정
원으로 통하는 유리창이 모조리 깨졌기 때문이었다.
　별안간 해랑의 눈앞에 화려하고 세련된 거실 풍경이 순간적으
로 나타났다 사라졌다. 해랑은 약한 현기증을 느꼈다. 화려하고
갖가지 색을 뿜어내던 거실풍경이 환영처럼 떠올랐다.
　널따란 거실에 독수리 머리 모양의 장식이 들어간 삼발이 원탁,
스핑크스 모양의 까치발을 받쳐놓은 선반, 유럽에서 수입한 듯한
17세기풍 장롱, 가죽으로 장정된 백여 권의 책들을 꽂아 놓은 마
호가니책장, 투박한 선반에 올려놓은 상해풍 도자기들과 아랍식
의 커다란 술잔, 술잔 옆 바닥 모서리에 세워진 커다란 크리스털

단지, 벽마다 걸려 있는 일본 모던화가들의 커다란 유화들….

해랑은 눈을 감았다 떴다.

눈을 다시 떴을 때 거실 홀은 휑하기만 했다. 모든 것이 깨지고 찢어 발겨진 채였다. 해랑은 발을 내딛는다. 먼지가 살아 있는 듯 풀썩인다.

해랑은 심호흡을 했다.

해랑이 스스로를 안정시키며 조심스럽게 말했다. 서툰 조선말이었다.

"누 구 계 십 니 까?"

아무 소리도 대답도 없었다. 해랑은 다시 발을 옮겼다. 도륙당한 궁터처럼 문갑이 있었을 법한 자리에 각이 진 자리가 패어 있었다. 소파가 있었을 법한 자리는 기억의 자국만 남겨져 있었다. 희끄무레한 먼지가 구석으로 뭉쳐져 있다.

해랑은 이번에는 조심스럽게 입을 뗐다.

"다레모 이나인데스카?"(누구 안 계십니까?)

해랑의 목소리는 휑한 대기 중에 녹지 않고 떠 있다 조용히 가라앉았다. 해랑은 거실 홀을 지났다. 접견실로 보이는 넓은 방으로 들어갔다. 사람의 기척은 없었다. 벽에 일장기 액자가 깨져 있다. 일장기 옆에 큰 사진액자가 걸려 있었다.

어깨에 금색 수술이 달린 무관 군복을 입은 군인이다. 검은색 군복은 금색으로 칼라와 소매 끝에 테두리가 둘러져 있다. 금실 테두리가 엄숙함을 더했다. 모자에는 새 깃털 같은 털이 비죽이 솟아 있고 기품이 넘쳐보였다. 군인의 사진도 갈기갈기 찢겨 있긴 마찬가지였다. 찢긴 사이로 중년 남자의 눈빛은 조용하고 위태롭게 빛나고 있었다.

텅 비어 있는 서재. 해랑의 발걸음 소리만이 조심스럽게 울렸다.

"다레모 이나인다나."(아무도 없군.)

해랑은 혼잣말처럼 중얼거렸다. 몸을 돌려 방을 빠져나오려 할 때다. 어디선가 조그마한 소리가 들렸다. 벽 너머 어디서 들려오는 소리처럼 멀지만 가깝게 느껴졌다. 소리는 방에 갇혀있는 듯 둔탁하게 느껴졌다. 사람의 목소리였다.

"오이 소코니 이루 히토 모시 니혼진데스카?"(여보시오. 거기 있는 사람 혹시 일본인이오?)

해랑은 순간적으로 뒤를 돌아보았다. 다시 좀 전의 그 목소리가 들려왔다.

"모시 니혼진데스카?"(혹시 일본인이오?)

순간 곤혹스런 혼란이 엄습했다. 이 질문은 언제나 해랑을 혼란스럽게 했다. 일본인? 나는 일본인일까? 해랑은 혼란스러운 질문 앞에 멈칫했다. 해랑은 흔들리는 눈빛으로 소리가 나는 곳을 찾기 시작했다. 해랑이 낮은 목소리로 물었다.

"도코데스카?"(어디시오?)

"아, 시타니 이마스."(아, 아래요.)

해랑은 소리가 나는 쪽을 더듬거렸다. 소파가 놓였을 법한 가운데 자리쯤이다. 해랑은 멈췄다.

접견실의 한가운데는 두꺼운 카펫이 깔려 있다. 해랑은 카펫을 들어올리려 했다. 카펫은 무거웠다. 조선인들이 저택의 모든 것을 훔쳐갔지만 카펫은 훔쳐가지 않을 법했다. 해랑은 무겁고 힘겨운 시간을 들추어내듯 카펫 한쪽 끝을 힘을 다해 들어올렸다.

카펫 한쪽을 둘둘 말기 시작했다. 카펫을 반 정도 말아갈 때다. 한가운데 네모난 널빤지 뚜껑이 나타났다.

해랑은 한 발로 나무뚜껑을 쾅쾅, 밟아보았다. 속이 텅 빈 소리가 울려났다. 해랑은 재빨리 널빤지 뚜껑을 열었다.

훅, 하고 악취가 풍겼다. 갑작스런 악취에 해랑은 자기도 모르게 손등으로 코를 가렸다. 시신이 썩는 냄새 같기도 하고 고기가 타는 냄새 같기도 했다. 해랑은 뒤로 물러났다 손등으로 코를 가린 채 다시 구멍으로 다가갔다.

어둠이었다. 완벽한 어둠. 질기고 알 수 없는 미지의 시간들이 웅크린 듯했다.

딸각, 하고 불이 켜졌다. 널빤지 속 지하의 어둠 속에서 누군가 불을 켰다. 사닥다리 계단이 있고 그 아래 누군가 보였다. 아래에 있는 이가 성냥불을 든 채 위를 올려다보고 있었다.

"어, 거기."

해랑이 말하려 하는 순간 다시 지하가 깜깜해졌다. 지하에 있던 사내가 들고 있던 성냥이 꺼져버린 듯했다. 사내는 다시 지익직, 성냥을 켰다. 불빛의 동그란 둥지가 만들어졌다. 지하에 있던 사내의 모습이 빛 속에 드러났다. 진베이 차림의 사내였다. 사내가 위를 올려다보며 말했다.

"다리를 다쳤소!"

사내는 신음에 가까운 목소리였다.

"뼈가 부러진 것 같은데…. 날 좀 꺼내주시오!"

사내는 있는 힘을 다해 말을 이었다. 해랑은 아래를 살피며 말했다.

"아래로 내려갈 테니 조금만 기다리시오."

해랑은 사닥다리를 밟고 한발 한발 지하로 내려갔다.

해랑은 어둠 속을 살피기 위해 힘주어 눈을 떴다.

세브란스 병실,
나오코

"좀 생각해 보았소? 미 군정청 통역사로 일해주시오."

윌슨이 잠시 뒤 병실로 다시 돌아왔다. 나오코에게 같은 말을
하고 있었다.

나오코는 대답 대신 핀을 바라보았다. 봉황무늬 핀이 나오코
의 손바닥 위에 여전히 놓여 있다. 나오코는 핀을 꼭 쥐었다. 핀
의 뾰족한 끝이 그녀의 손바닥 안으로 파고들었다. 나오코는 몸
이 오그라드는 것 같았다.

마츠무라는 무릎을 꿇은 채 자신의 벗은 다리를 들어올려 경
배하듯 그녀의 배 위로 쓰러지곤 했다. 첫 입맞춤이 있었을 때 나
오코는 그의 뺨을 갈겼다.

"센징이, 감히, 나를…."

나오코가 다시 그의 뺨을 때리기 위해 손을 들었을 때였다. 그
는 나오코의 손을 잡고 손등에 입을 맞추었다. 어깨에 턱에 입술
에 입을 맞추었다. 길고 긴 입맞춤이었다. 혀는 뱀처럼 그녀의 목

구멍과 창자로까지 내려가는 듯했다. 이를 핥더니 잇몸을 그리고 천천히 열린 입속을 누비며 입천장과 목구멍 깊숙이까지 파고들었다. 나오코는 행복이 가까이 다가오는 것에 대한 즐거운 공포심으로 전율을 느꼈다.

나오코는 그의 허리를 가늘고 긴 다리로 감은 채 정원의 분수 소리를 들었다. 뺨이 달아오르고 온몸 곳곳이 야생적인 욕망에 떨렸다. 몸의 감각은 나오코의 통제를 벗어난 듯 소리치고 넘쳐났다. 눈물이 고이더니 양 귀쪽으로 주르르 흘러내렸다. 나오코의 몸은 그의 애무로 따뜻하고 그녀의 몸은 그의 무게로 녹초가되었다.

그 다음날까지 나오코는 자기 몸의 여운에서 헤어나질 못했다. 다음날 대낮 유키가 갑작스럽게 방으로 들어와 경성제대 근처에서 학생들과 일본군인들 사이에 끔찍한 유혈사태가 있었다는 것을 전해줄 때도 나오코는 마츠무라와의 격렬했던 전율을 생각하며 온몸이 뜨거워졌던 것이다.

핀은 그가 나오코에게 선물한 것이었다.

"잘 생각해보시오. 통역관 일을 도와주면 군사재판에 넘기지 않겠소!"

나오코는 윌슨 대위를 가만히 올려다보고만 있었다. 나오코는 입술을 꼭 다문 채 흰 침대시트를 한 손으로 움켜쥐었다.

미 군정청 지하 심문실,
최칠구

류형도는 그 어두웠던 밤을 잊을 수 없었다.

뺨을 갈기고 발가벗은 몸에 차가운 물을 끼얹던 목소리. 그는 고함을 지르며 욕조 속으로 자신의 머리를 처박아 넣었다.

잴 수 없는 산더미 같은 공포다. 공포가 류형도의 가슴으로 몰려들었다. 공포는 과거와 똑같은 방식으로 류형도를 방문했다. 혼이 빠져나가는 듯 온몸에 힘이 사라졌다.

류형도는 등판으로 식은땀을 흘렸다.

류형도는 눈을 감았다. 눈동자 속으로 어둠이 펼쳐졌다. 어둠 속에서 소리가 들리기 시작했다. 그는 소리가 나는 쪽으로 귀를 기울였다. 소리는 몸속으로 흘러들었다. 류형도는 뼈마디가 마주칠 정도의 전율을 느꼈다.

슈베르트였다. 열여섯 개의 뼈를 부수고 셀 수 없는 모세혈관을 터지게 했으며 열 개의 손톱과 열 개의 발톱을 뽑아 놓은 음악이었다.

류형도는 창자가 내부에서 욱신거리는 것을 느꼈다.

"슈베르트야말로 귀신이지. 우리를 가장 편안하게 인도해주거든. 어둠 속에서 빛나는 먼 별빛처럼 말이야. 아늑하면서 편안하지."

놈은 자신의 알몸을 구리줄로 챙챙 동여매며 말했다. 놈은 류형도의 명치와 갈비뼈 사이를 꼼꼼히 손가락으로 짚어보았다. 의원처럼 섬세한 손놀림이었다. 류형도는 검은 띠로 눈을 가린 채

어둠을 노려보고 있었다. 음악소리가 방 안 가득했지만 묵은 피비린내가 바닥에서부터 올라왔다.

류형도는 안정을 찾으려 애를 썼다. 애를 쓰면 쓸수록 손끝과 발끝이 덜덜 떨려왔다. 슈베르트 음악이 아닌 소리 외의 소리를 들으려 류형도는 갖은 애를 썼다. 놈이 어떻게 하려고 하는지 그는 최소한 알고 싶었다.

그러나 기껏 소리란 음악소리 사이사이에 들려오는 비명소리였는데 그것은 나무판으로 막아놓은 옆방에서 들려오는 소리였다. 채찍소리와 비명과 신음과 욕설이었다. 그 소리들은 슈베르트와 함께 섞였다. 섞이며 공기 중에 불협화음을 만들어내고 있었다.

어떤 때는 어린아이 울음소리도 들렸다. 아이의 울음소리는 단 한순간에 뚝 멈추었는데 대체 어떻게 그 울음소리를 멈췄는지는 알 수가 없었다.

"이 길고 가느다란 바늘을 니 몸 깊숙이 찔러 넣을 거야. 고통을 극대화하되 절대로 죽지 않게 하는 게 요령이지. 그게 고문기술자의 능력인 게야."

놈은 그렇게 말하고 조금 전에 짚어두었던 류형도의 가슴과 복부를 더듬었던 것이다. 류형도는 자기도 모르게 이를 덜덜 떨었다.

"슈베르트, 멋지지 않나? 슈베르트는 몸을 완전히 이완시켜. 긴장으로 몸이 경직되면 바늘이 잘 들어가지 않거든. 슈베르트를 들으면 몸이 이완되어 바늘이 잘 들어간단 말이야. 신경과 모세혈관과 내장을 잘 터지게 도와주지. 이빨과 팔목을 분질러놓을 때도 좋지. 뼈를 부러뜨릴 때도 좋아. 몸이 굳으면 뼈가 잘못 부러져 피똥만 싸는 병신이 되거나 숨을 끊고 죽어버리게 되는 거지. 이제 곧 네가 피를 게워내며 제발 죽여달라고 애걸하게 될 걸. 너는 오래 사는 것이 얼마나 지긋지긋한 고통인지 맛보게 될 거야."

류형도는 고함을 질렀다. 비명과 절규가 솟아났다. 자신의 살 타는 냄새가 역하게 흘러나왔다. 바닥에서 올라오는 피비린내와 싸한 쇠 냄새, 살점이 타는 냄새가 섞이고 있었다. 육신은 잔인할 만큼 솔직했다. 그 솔직한 고통이 류형도는 싫었다. 그는 어금니를 깨물며 신음소리를 흘렸던 것이다.

그러나 그는 그 육신의 정직한 공포에 지고 마는 듯했다. 그는 실신에 가까운 상태에서 노영훈이란 이름을 흘리고 말았다. 류형도는 다만 자신의 벗이 말할 수 없이 보고 싶었던 것뿐이었다. 승진에 몸달아 있던 조선인 고등계 형사는 발 빠르게 움직여 노영훈을 체포한 것이다. 노영훈과 류형도는 지식인답게 마르크스의 〈공산당 선언〉을 읽은 적이 있었다. 하지만 둘 다 공산주의 점조직에 들어가 본 적도 교육을 받은 적도 행동을 한 적 없는 순진한 유학생 청년이었다. 그들은 그야말로 문약한 지식인이었다.

류형도가 치료실에서 눈을 떴을 때 알았다. 노영훈이 고문을 견디지 못해 스스로 동맥을 물어뜯어 죽어버렸다는 사실을.

류형도는 얼굴을 일그러뜨린 채 가까스로 정신을 차리려 애썼다. 심호흡을 한 뒤 수사과장에게 물었다.

"그런데, 그런데, 대체, 단장 살인사건과 저자와는 무슨 상관이 있다는 겁니까?"

류형도는 떨리는 목소리를 진정시키려 애썼다.

"저자는 최칠구란 자네. 남로당 행동대원으로 점조직의 대장 격인 새끼지. 저자를 손보고 있는데 이상한 말을 하더군. 저번에 자네가 말하던 마츠무라 준이치로 말이야. 그자에 대해서 뭔가 아는 눈치란 말이야. 같은 집에서 살았던 모양이야. 흐흐…. 한번 심문해 보게. 내가 이미 충분히 손을 봐 주었으니 불어낼 거야."

수사과장은 탁자를 몽둥이로 탁, 소리 나게 치고는 철커덩 문을 열고 문상도와 함께 사라졌다. 철 계단을 올라가는 구두소리가 굉음처럼 울려 퍼졌다.

류형도는 그 소리가 사라질 때쯤 조서철을 펼쳤다. 최칠구는 양쪽 눈두덩이 부어 제대로 눈을 뜨지 못했다.

"마츠무라 준이치로와 같이 살았다는 게 사실이오?"

그의 눈빛은 어떤 대답도 뱉지 못할 듯 힘이 없어 보였다. 몽둥이질을 온몸으로 받아냈으니 알 만했다. 그는 키가 보통 사람보다 머리 하나가 더 크고 우람한 체구였다. 아래턱 쪽에 길게 칼자국이 나 있었다.

"이름 최칠구…. 나이 열아홉 살. 이천 출생."

류형도는 서류철에 나와 있는 그의 기록을 소리 내 읽어나가기 시작했다. 수차례의 폭동 주도, 암살 기도, 방화 사건이 삶의 이력처럼 즐비했다.

최칠구, 아비는 청량리역에서 인력거꾼을 했다. 체력과 뚝심이 좋아 날아다니듯 해 벌이도 좋았다. 친일파 중추원 대신을 모신 것이 화근이었다. 자갈길을 지나다 인력거가 뒤집혔다. 비탈길이고 내리막길이었다. 누군가 나사를 풀어놓은 게 분명했고 대신을 노린 원한이었다. 그러나 대신의 다리가 부러졌고 그는 분풀이라도 해야 했다. 최칠구의 집에 순사들이 들이닥쳤다. 장독이 다 깨지고 문짝이 날아갔다. 최칠구와 동생 단이가 정신을 차려 보았을 때 이미 아비는 머리가 깨지고 장이 찢어져 쓰러져 있었다.

아비가 죽고 나서 집안은 나날이 쇠락해갔다. 최칠구가 주워다가 파는 양철쓰레기통으로 실낱같은 목숨을 겨우 이어가고 있던 차였다. 그의 어미를 찾아온 친척이 토굴같이 컴컴한 방에 들어가 보니 집안 세간이라고는 귀 떨어진 냄비 하나에 깨진 항아리 한 개, 쭈그러진 양철대야 한 개. 석유상자 하나가 다였다. 전 재산을 다 팔아도 오 전도 못될 듯해 보였다.

그 친척은 아는 사람을 통해 최칠구의 식구들이 머슴살이를 하도록 도와주었다. 일정 때 경무국장의 집 별채 머슴살이였다. 그때 최칠구의 나이 열다섯이었다. 최칠구의 우람한 체격이 일을 부리기에 좋을 것이라 생각했다.

"마츠무라 준이치로를 어떻게 아는가를 묻고 있소."

류형도는 진지하게 최칠구의 눈빛을 읽어내려 애를 썼다.

"급할 거 있소?"

그는 짓이겨진 입술의 핏자국을 천천히 훔쳐냈다. 그는 뭔가를 잔인하게 씹어 넘기듯 말했다.

"가토 새끼 때문이었소. 모든 게."

최칠구는 음울한 짐승처럼 얼굴을 일그러뜨렸다.

류형도는 고개를 갸웃했다. 가토, 처음 들어보는 이름이었다.

경무국장 집,
가토 히로시

해랑이 진베이를 입은 사내를 쳐다보았다.

사내는 지하굴에서 나오자마자 켜놓은 전등불빛에 인상을 찌푸렸다. 손바닥으로 두 눈을 가린 채 신음을 뱉어냈다. 그는 걸을 때마다 또 다른 신음소리를 뱉어내며 다리를 고정시킨 채 한쪽 벽에 몸을 기댔다.

사내는 끙, 하고 깊은 신음소리를 뱉어내고 창백한 채 땀을 흘리고 있었다. 몹시 지쳐 보였다. 몇 날 며칠을 지하에 있었는지 알 수 없어 보였다. 해랑은 사내를 다시금 살펴보았다. 갈매기 모양의 머리를 하고 코는 매부리코 모양이었다.

갈매기머리를 한 사내가 정신을 간신히 수습한 듯했다. 고개를 연신 숙이며 해랑에게 인사를 했다.

그러나 사내가 해랑을 쳐다보고는 고개를 연신 숙이던 동작을 대번에 멈췄다. 그는 얼어붙은 표정으로 말했다.

"당신은, 당신은?"

놀란 것은 해랑이었다. 해랑은 갈매기머리 사내의 놀란 표정을 보고는 벽에 기대고 앉은 그의 양쪽 어깨를 움켜쥐었다.

"그렇게 쥐면 아프단 말이오."

사내가 말했다.

해랑은 격한 목소리로 물었다.

"혹시 나를, 나를 아시오? 내가 누구인지?"

갈매기머리 사내는 휘둥그레한 눈으로 해랑을 바라보았다. 해랑은 재차 물었다.

"나는 내가 누구인지 알아야겠소. 난 누구요?"

그것은 존재증명을 위한 절박한 알리바이 같았다. 해랑의 목소리는 급박하고 짧고 강렬해 보였다.

갈매기머리 사내는 뭔가 생각에 빠진 듯해 보였다. 잠시 뒤 그의 흐릿하던 눈빛이 반짝 빛이 났다. 사내는 등을 곧추세웠다.

"정말 당신이 누구인지, 모른단, 말이오?"

사내는 천천히 해랑의 표정을 살피며 말했다. 그리고는 정확한 발음으로 해랑의 이름을 말해주었다.

"마츠무라, 그렇소, 마츠무라 준이치로. 그것이 당신의 이름이오."

"마츠무라 준이치로?"

해랑은 은실의 방에서 본 신문기사가 떠올랐다. 해랑은 곧이어 머릿속으로 쏟아지는 질문들을 해결해야만 했다. 머릿속이 복잡했다. 회로의 끝은 보이지 않았다.

"그럼, 그렇다면, 나는 조선인이오? 일본인이오?"

갈매기머리 사내의 입가에 희미한 미소가 머물렀다. 그는 눈빛을 굴리며 조금도 망설임이 없이 말했다.

"당연히 일본인이오! 이렇게 일본 발음을 정확하게 구사하는 조선인은 없으니까!"

갈매기머리 사내는 비열하게 미소를 띤 채 말했다.

사내와 이야기를 나누며 해랑은 평온한 고향에 돌아온 기분이 들었다. 일본어는 편하고 친숙했다. 해랑은 긴 잠에서 깨어난 듯했다. 비로소.

　사내는 해랑의 코트자락을 잡은 채 몸을 일으키려 했다. 해랑
은 사내의 겨드랑이에 손을 집어넣었다. 벽에서 미끄러지는 사내
의 등을 다시 세워주었다. 사내가 다시, 끙, 하고 신음을 뱉었다.
사내의 이마에 송글송글 땀이 맺혔다.

　해랑은 중절모를 벗었다. 해랑의 얼굴이 환해졌다.

　"그럼, 지금까지 당신의 이야기는 이렇군요. 이곳이 마츠무라
데츠야 경무국장의 집이라는 거. 그리고 나는 경무국장의 총애를
받았던 피아니스트이자 양아들, 마츠무라 준이치로. 당신은 이집
의 집사 가토 히로시…."

　해랑의 목소리는 가늘게 떨리고 있었다. 갈매기머리 사내가 고
개를 끄덕였다.

　해랑은 마음속으로 마츠무라 준이치로를 반복해서 불러보았다.
'마츠무라 준이치로.' '마츠무라 준이치로.'

　이름을 중얼거릴 때마다 잘못 흡입한 공기처럼 몇 번씩 기침
이 나려 했다. 해랑은 이름과 자신을 일치시키려 애를 썼다. 해랑
은 이름을 반복했다. 이름을 반복해 중얼거리면서 묘한 안도감이
찾아왔다. 동시에 설명할 수 없는 공포가 몰려왔다.

　'그렇다면 난 정말 그 신문기사대로 살인범이란 말인가. 경무
국장을 죽이고 도망간 그의 아들?'

　해랑은 얼굴을 일그러뜨린 채 뒤로 한 발 물러섰다.

　가토가 해랑의 표정을 살피고 있었다. 해랑의 얼굴 위로 폭포

같이 절망이 떨어지고 있었다. 해랑은 짧은 순간, 과거로 달려들고 싶었다. 이집에서 뭔가, 무슨 일이 일어난 것인가를 찾아야 한다는 생각에 사로잡혔다.

해랑은 중절모를 다시 눌러쓰고는 고개를 들어보았다.

해랑은 접견실 옆에 붙은 방으로 천천히 걸어 들어갔다. 방은 서재였을 듯해 보였다. 사각의 모서리 자국을 남긴 책상 자리, 바닥을 신경질적으로 긁었을 법한 의자의 자국들이 바닥에 선명했다. 벽장에 짜놓은 책장만 제외하고 방은 텅텅 비어 있었다.

창틀 벽 구석 쪽이다. 뭔가 구두 아래 밟히는 느낌이 들었다. 해랑은 아래를 내려다보았다. 부서진 유리사진액자틀은 그림엽서 크기 정도였다. 유리는 한쪽으로 금이 가 있었지만 사진은 선명했다. 해랑은 떨리고 흔들리는 마음으로 액자를 내려다보았다.

연미복을 입은 남자와 군인 제복을 입은 중년남자가 나란히 찍은 사진이었다. 제복을 입은 중년남자는 홀에 걸려 있던 사진 속 남자였다. 둘은 피아노를 배경으로 엄숙한 포즈를 취하고 있었다.

가토의 말대로 사진 속의 남자는 마츠무라 준이치로였다. 그것은 이해랑이었다. 해랑은 사진 속의 남자를 쳐다보았다. 사진 속에서 마츠무라는 콩쿠르대회에서 상이라도 받은 양 트로피와 꽃다발을 안고 서 있었다. 검은 연미복 하얀 셔츠에 보타이를 하고 포마드기름으로 머리를 뒤로 잘 빗어 넘긴 채였다.

"양아버지와 양아들이라고 하지만 둘이 너무 닮지 않았소?"

접견실 벽에 가토가 등을 기댄 채 앉아 서재 쪽 해랑에게 말했다. 가토는 그렇게 말하고 입가를 끌어올려 흐흐하고 웃었다.

해랑은 사진 속 마츠무라를 다시금 뚫어지게 쳐다보았다. 해랑의 눈빛과 어깨가 흔들렸다. 사진 속 남자의 눈빛에 왠지 깊고 어두운 시간이 담겨져 있는 듯했기 때문이다. 그 어둠이 자신의 몸속으로 흘러드는 듯해 해랑은 사진을 내려놓고 말았다.

"그러고 있을 때가 아니오!"

가토는 바닥에 있던 막대기를 지팡이 삼아 일어서려 했다. 일어서려다 쓰러지고 일어서려다 쓰러지고 했다. 막대기는 몇 번 휘청거렸다. 그럴 때마다 그는 인상을 쓰며 신음을 뱉어냈다. 이번에 가토가 악을 쓰듯 소리를 질렀다.

"조선이 해방되었소! 또 그 쥐새끼 같은 조센징들이 이집으로 쳐들어왔다간 우리 둘 다 맞아 죽을 게 뻔하오. 마츠무라 상, 우리 일본인들은 어쨌든 내지로 돌아가야 한단 말이오. 부산항에 내지로 가는 배가 온다고 하던데."

"그럼, 어떻게 해야 하오?"

해랑이 걱정스런 목소리로 가토에게 말했다. 가토가 해랑에게 매달리듯 말했다.

"저쪽 벽에 붙은 사진액자 쪽으로 가 보시오."

가토의 시선이 서재 방 한쪽을 가리켰다. 해랑은 가토의 시선을 따라 자신의 시선을 옮겨 보았다. 가토의 시선이 멈춘 곳은 커다란 사진 액자였다. 제복을 입은 중년 남자의 사진이었다. 접견실 벽 사진과 똑같은 남자, 마츠무라 데츠야였다.

"액자를 들어내 보면 금고가 있소. 그 금고를 열어보면…. 지폐가 있을 거요. 지금 조선은행 발행권은 쓸 수가 없다고 하오. 일본은행 지폐만 쓸 수 있다고 합디다. 금고에 10엔짜리 지폐 묶음이 있을 거요."

가토의 말에 따라 해랑은 사진액자가 있는 쪽으로 갔다. 커다란 사진액자를 들어내라고 카토는 계속 손짓을 했다. 해랑은 가토가 시키는 대로 양팔을 크게 벌렸다. 해랑이 액자를 들어내자 벽을 뚫어 만든 금고가 나타났다. 금고는 테두리가 금색으로 줄쳐져 있었고 가운데는 은빛으로 빛나고 있었다.

금고의 다이얼을 보는 순간 해랑의 안색이 달라졌다.

"금고번호를 모르오."

가토가 입꼬리를 올리며 웃었다.

"아니, 마츠무라 상, 당신은 번호를 알고 있소."

해랑은 난감했다. 기억을 잃어버리기 전이면 모른다. 그 전의 자기가 아니었다. 해랑은 분명 마츠무라였지만 마츠무라가 아니기도 했다. 자기 안에 또 다른 자기가 두렵고 낯설었다. 단 한 번도 자기라고 생각지 않은 것들이 자기임을 주장하며 달려들었다.

그는 격앙된 목소리로 말했다.

"기억을 잃어버렸다고 했잖소!"

해랑은 절망적으로 말하며 가토를 노려보았다.

미 군정청 지하 심문실,
류형도

류형도는 최칠구를 바라보았다.

324

나무책상을 사이에 두고 마주 앉은 최칠구의 눈빛은 야생으로 번뜩였다. 알전구 속에서 눈빛은 살기까지 드러내는 듯했다. 이런 자들은 그 누구도 굴복시킬 만한 인물이었다. 류형도는 자신의 상의를 벗어 최칠구의 상체에 걸쳐주었다. 류형도는 그의 눈빛을 피해 서류철을 넘겼다.

서류에는 최칠구가 어떤 자인가 다 드러내 보여주고 있었다. 공산주의 교육을 받고 군수업체 간부를 암살하고 관공서 습격, 방화 등 경력은 화려했다. 몇 번의 체포와 탈출이 있었다. 얻어맞는 것에 이골이 난 데다 어떤 구차한 삶이라도 질기게 살아남는 법을 익힌 자였다. 마르크스나 레닌을 탐독하진 않았지만 친일지주와 일인에 대한 증오가 그를 완강하고 뛰어난 야생짐승으로 만들어주었다. 그는 민첩한 행동파이자 뛰어난 전략가였다. 이미 남로당 당원으로서 군당의 지령을 받고 교란작전을 펼치는 데 공을 세우고 있었던 것이다.

"해방이 되었소. 이제 민족을 위해 일해야 하지 않겠소?"

류형도는 최칠구를 보며 말했다. 최칠구가 상체를 바로 세우려는 듯 의자에 몸을 기댔다. 덕분에 아래턱이 덜컥하며 움직였다. 으깨져 핏물이 든 입술을 비틀며 말했다.

"민족? 그딴 것보다 더 중요한 게 있지. 더 중요한 게 뭔지 아나? 계급이지. 착취계급에서 피착취계급을 해방시키는 것이야. 그리고 나서 민족이 있는 거지. 민족 운운하는 것은 회색분자들의 감상에 불과한 거야!"

"계급과 착취가 없는 위대한 인민의 나라? 그게 가능할 것 같소? 정치가들의 또 다른 망상일 수도 있소.”

“흥, 기회주의자! 너 같은 새끼를 기회주의자라고 하지! 누렇게 부황으로 굶어 죽어가는 아새끼들 본 적이 있나?”

“대체, 원하는 게 뭐요?”

“어차피, 빨갱이로 잡혀 왔으니 여기서 죽겠지. 그러나 난 쉽게 죽지는 않아…. 호호호.”

최칠구는 부어오른 눈을 최대한 치켜뜨기 시작했다. 그는 류형도의 눈을 노려보며 말했다.

“그런데 샌님, 당신이 내게 원하는 게 있는 것 같은데? 호흐.”

최칠구는 짓이겨진 눈두덩을 껌벅거리며 류형도를 바라보았다. 류형도는 흠칫 내심을 들킨 듯해 몸을 움츠렸다. 류형도가 입을 다물었다. 최칠구가 터진 입술 사이로 바스락거리며 말했다.

“그래, 마츠무라 준이치로? 그가 궁금하다고 했지. 말했잖아. 그는 변절자요, 일본인으로 개조된 반도인이라고!”

류형도가 진지한 눈빛으로 물었다.

“그는 지금 어디에 있소?”

“그는 이미 죽었소. 알 만한 사람은 다 알 텐데….”

최칠구는 심드렁하게 말했다.

“아니, 살아 있는지도 모르지.”

류형도의 말에 최칠구가 눈을 번득였다. 류형도가 말을 이었다.

“그를 대구역 근처에서 보았다는 제보가 있었소. 철원 근처에서 보았다는 제보도 있고. 청년단이 보내온 제보였소. 경성 종로에서 보았다는 이도 있고.”

"그럴 리가…. 일정 때 헌병들의 총에 맞은 뒤 시신이 사라졌단 말은 들었지만…. 만약 살아 있다면 그쪽 샌님은 절대로 손대지 마쇼. 내가 껍질을 벗겨 갈아 마실 테니!"

최칠구는 이글거리는 눈빛으로 말했다. 포승줄로 묶인 채로 온몸을 떨었다.

완력이 산짐승 같고 지략이 뛰어난 자라 해도 그는 이미 포승줄에 묶인 짐승에 불과했다. 마츠무라 준이치로는 최칠구에게 쉽게 잡힐 만큼 만만한 자가 아니었다.

류형도는 마츠무라가 검도 도복을 입고 호구를 쓴 채 검도를 하는 모습을 신문에서 본 적이 있다. 번쩍거리는 장검을 들고 질풍처럼 상대에게 달려들어 상대의 약점을 찾아내 상대를 쓰러뜨린다고 했다. 그는 검도대회에서도 우승한 유단자였다. 피아니스트에다 검도의 유단자라.

일정 때 마츠무라는 〈매일신보〉 인터뷰에서 말했다.

"검이 내는 소리와 건반이 내는 소리가 다르지 않다. 건반이 마음을 깨끗하게 하듯 검이 세상을 깨끗하게 한다."

류형도는 이런 기사와 사진을 본 적도 있었다.

〈피아니스트 자선음악회를 열다〉

총 10만 원이 모금되었다는 기사였다. 애국기 헌납회를 마련하고 육군과 해군에 각각 2만 원, 4만 원을 헌납했다는 기사도 본 적이 있었다. 마츠무라의 연주회는 가는 곳곳마다 성황을 이루었다.

류형도는 핏속에 생생한 분노가 튀어올랐다.

류형도는 친구가 보낸 편지가 떠올랐다. 그는 어릴 때부터 함께 보성고를 다닌 동지였다. 그는 강제로 모집된 의남(義男) 단원으로 북지의 전쟁터로 끌려갔다.

"학살과 암매장과 떼죽음의 시대일 뿐이네. 세상이 미쳤어. 형도! 나도 점점 미쳐가는 것 같네."

친구의 마지막 편지였다.

무엇보다 마츠무라 준이치로는 조선예악원 단장의 살인용의자였다. 살인사건이 있던 날 그는 분명 현장에 있었다. 류형도는 주먹을 굳게 쥐어보았다.

류형도가 최칠구에게 담배 한 개비를 내밀었다.

"그런데 조선예악원 이해랑이란 이름은 들어본 적이 있소?"

"아니. 들어본 적 없는데…. 심문 끝났으면 날 좀, 내버려두시지. 샌님!"

최칠구가 이죽거리며 말했다. 류형도는 턱선을 매만지며 연필로 탁탁, 서류철을 쳤다. 류형도는 단장의 일지 속에 적힌 글자들을 생각하고 있었다. 짧고 간단한 메모와 사람의 이름이 분명하게 명시된 것도 있었다. 어떤 것은 알 수 없는 숫자로 표시된 것도 있었다.

"혹은 236이란 숫자가 뭘 의미하는지 알겠소?"

류형도는 단장의 일지에 계속해서 나오는 숫자 236이 무엇을 의미하는지 해석할 수가 없었다.

"내가 그딴 숫자를 어떻게 알겠수? 그런 건 머릿속에 나약한 논리만 가득 찬 샌님들이 풀어야 될 수수께끼가 아닌가?"

어리석은 질문이었다. 류형도는 자신이 한 질문을 곧바로 후회했다. 황야에서 야생처럼 살아온 최칠구였다. 그런 암호문 따위를 알 리가 없다. 류형도는 책상 위에 서류철을 탁, 하고 내려놓고는 의자에서 일어났다.

"이제, 그럼⋯."

류형도가 문을 열고 나가려는 순간이었다. 최칠구였다.

"잠깐!"

류형도가 뒤를 돌아보았다. 최칠구가 흐흐 웃으며 부풀어 오른 눈두덩을 쓸며 말했다.

"좀 전에 236이라 했지? 그리고 또 나한테 이해랑이란 이름을 들어본 적 있냐고 했지?"

류형도는 눈을 반짝이며 재빨리 의자로 돌아왔다. 냉큼 최칠구에게 얼굴을 들이밀었다. 최칠구가 버석거리는 목소리로 말했다.

"이해랑이란 이름에서 이는 일본어 숫자 2인 이(に)를 가리키지 않소? 그리고 해는 바다를 의미하는 우미(うみ)인데 여기서 미가 세 번째를 뜻하는 미츠와 음이 같으니까, 즉 3이 될 수 있고. 또 랑은 숫자 6을 의미하는 로쿠를 발음상 닮아 있지. 그렇다면 236은 이해랑이란 자를 가리키는 것 같은데?"

최칠구는 연상을 하는 눈빛으로 눈동자를 굴렸다. 류형도는 심장이 뛰어 손끝이 떨려왔다. 류형도는 눈빛을 반짝이며 들고 있던 단장의 일지를 재빨리 넘겼다. 정확했다. 이해랑이 조선예악원에서 사라진 이후에 계속해서 나오고 있는 숫자 236은 이해랑을 가리키고 있었다.

순간 류형도는 번개처럼 기억이 스쳐지나갔다. 목격자였던 생도를 만났을 때였다.

"이상한 일입니다. 마츠무라 준이치로 같기도 한데…. 그런데 어디선가 많이 본 얼굴이에요. 전에 이곳에 머슴아이로 살았던 이해랑을 닮았어요. 일정 때 음악회 포스터에 났던 마츠무라의 사진을 보면서는 단 한 번도 생각해 본 적이 없었는데…. 몽타주를 보니까 이상하게 닮았다는 생각이 들어요."

예악원 생도는 류형도가 완성한 몽타주를 보며 그렇게 말했다.

류형도는 재빨리 자신의 노트를 펼쳤다. 일정 때 마츠무라의 행적을 써두었던 기록 쪽이었다. 단장의 일지와 대조를 하기 시작했다.

일치했다.

마츠무라 준이치로의 행적과 236의 행적이 날짜와 장소가 똑같았다. 마츠무라가 대대적으로 순회공연을 했던 연주회 날짜에 어김없이 236이란 숫자 등장했다. 그날 연주한 곡, 장소, 관객 동원수, 기록도 상세했다.

하지만 조선예악원 단장은 왜 그의 행적을 계속해서 추적하고 있었던 것일까. 이해랑은 어떻게 마츠무라 준이치로가 되었을까. 그리고 경무국장의 양아들인 된 후 이해랑은 왜 단장을 죽인 것일까.

류형도는 다음의 수수께끼를 풀어야 할 몫이 자신에게 있다는 생각을 했다.

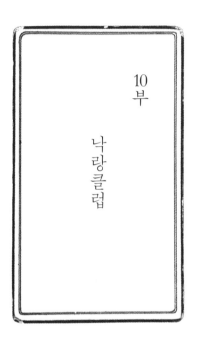

10부

낙랑클럽

이틀 뒤
서기 1945년 10월 16일

지금 미도파 자리 있죠? 미도파 5층인가 6층이 그때 '시베리안 클럽'이 있었어요. 고위 장교들이 드나드는 클럽이었는데, 우리는 거기서 주로 연주했어요. 그런데 막상 우리가 악단이라고 나오기는 했지만, 미국인들이 좋아하는 노래를 제대로 아는 게 있어야지. 그래서 처음 구해본 게 바로 〈유아 마이 선샤인〉이에요. 미국을 통했는지 어떤 경로로 구했는지 잘 기억나지 않지만, 그 악보를 전부 베껴서 연주했어요.

———————

문대환,
경성방송국 악단으로 근무

명동 낙랑클럽,
이해랑

아치형 네온사인이 번쩍이고 있다. 청, 황, 록 등 색색등(燈)이 가히 근대의 색이라 할 만했다. 네온사인은 도시의 맑고 차가운 기운을 뿜어내고 있었다. 네온사인 옆에 〈낙랑클럽〉이란 간판이 번쩍인다.

네온사인을 통과하니 유리천장에 알전구들이 빼곡히 박혀 있다. 황금빛 알전구가 벌레처럼 꿈틀거렸다. 해랑은 가토를 부축한 채 알전구로 이어진 복도 안으로 걸어 들어갔다.

클럽 입구였다. 방음처리를 위해 가죽을 덧씌운 두꺼운 문을 열자 해랑은 갑자기 눈앞이 깜깜해져 눈을 감았다 떴다. 어둠이 눈에 익지 않아서였다. 벽등이 어렴풋이 실내를 비춰주고 있었다. 해랑은 앉을 곳을 찾으며 두리번거렸다.

흰 셔츠를 입은 보이가 다가왔다. 그가 포마드로 바른 머리를 숙이자 기름냄새가 코끝으로 확 올라왔다.

홀 안은 담배연기와 독한 위스키 향이 섞여 있었다. 벽마다 붉은색 주름진 갓을 씌운 벽등(壁燈)이 켜져 있다. 넓은 홀에는 둥그런 테이블들이 놓여 있고 테이블마다 흰 바탕에 꽃무늬가 희미하게 그려진 테이블보가 덮여 있었다. 어둠 속 테이블은 고치처럼 작은 등을 켜놓았다.

어둑한 실내가 천천히 눈에 익어 가자 어둠 속이 보이기 시작했다. 무대 위에서 바이올린, 트럼펫 연주자들이 보였다. 피아노에 맞춰 연주하고 있는 곡은 〈유아 마이 선샤인〉이었다. 앙증맞은 검은 보타이를 한 보이가 해랑과 가토에게 다가왔다. 테이블에 앉자 해랑은 주위를 두리번거렸다.

대부분 미군 장교들이었다. 그들은 앞이 뾰족하게 튀어나온 장교 모자를 쓰고 제복차림이었다. 사이사이에 다양한 차림의 여자들이 보였다.

치마저고리를 입고 품위 있게 앉아 있는 부인, 담배를 뻑뻑 피워대고 있는 양장을 한 신여성, 진한 화장을 하고 머리에 우치마키를 넣은 기생처럼 보이는 여성도 있었다. 프랑스인 같은 양인도 푸른 눈을 반짝이고 있었다.

몽환적이고 이국적인 풍경이었다. 그야말로, 경성스타일이었다.

중국인처럼 보이는 사장이 보이에게 눈짓을 했다.

보이는 비어 두 병을 테이블 위로 내려놓으며 말했다.

334

"해방 전에는 일본 군장교들이 출입하던 곳이었지요. 해방 후에는 미군장교들이 들락거리고 있습죠. 미군들 연회(宴會)를 하는 부민관이 있지만 미군들은 이곳을 더 좋아한답니다. 미군들이 좋아하는 노래를 제대로 들을 수 있는 곳이니까요."

보이는 해랑과 가토의 눈치를 휙 살폈다. 잠시 뜸을 들인 뒤 낮고 은밀한 목소리로 말했다.

"아가씨를 불러드릴까요?"

가토가 귀찮다는 듯이 보이를 쳐다봤다. 가토가 해랑에게 눈짓을 했다. 해랑은 그 눈짓을 알아들었다. 해랑은 잠시 머뭇거리며 생각을 더듬었다. 보이를 보며 천천히 또박또박 조선말로 말했다.

"아 니 오. 우 리 는 됐 소."

해랑은 자신이 한 조선말이 맞는 말인지 궁금했다. 더 말을 하고 싶었지만 가만있는 게 좋겠다는 생각이 들었다. 보이가 비어를 가져다주고 갔다. 보이가 해랑의 귀에 가까이 와 뭔가 속삭였다.

가토는 눈 근육을 실룩거리며 말했다.

"행낭을 내게 주시오."

해랑은 주춤거렸다. 가토의 갈매기머리 아래 넓은 이마가 빛났다. 빛나는 이마는 불빛에 반사되어 해랑의 눈을 찔렀다.

"왜? 나를 못 믿는 거요? 나를? 그리고 좀 전에 보이가 당신에게 뭐라 말한 거지?"

"아니오. 아무것도…."

"내가 이 다리를 하고 어떻게 도망이라도 칠 것 같소? 같은 일본인끼리 이런 판국에? 클럽 지배인을 찾아 빨리 도민증을 사와야 하지 않겠냔 말이야."

해랑은 미덥잖은 표정을 지었다. 가토가 재촉하듯 말했다.

"우리 시간이 없소!"

미 군정청 수사과,
류형도

류형도가 수사과 사무실 문을 열 때였다.

사무실 전체에 음악소리가 들려오고 있었다. 누군가 축음기를 틀어 둔 게 분명했다. 그 축음기 소리가 더 크고 분명하게 들려왔다. 류형도의 인상이 점점 종잇장처럼 새하얗게 변했다. 그러더니 얼굴이 서서히 무너지듯 일그러지기 시작했다. 류형도는 얼굴이 진흙처럼 흘러내리는 듯 괴로운 표정을 지으며 고개를 돌렸다.

류형도는 등판으로 식은땀을 흘렸다.

슈베르트였다.

수사과장이 틀어놓은 축음기에서였다. 수사과장 배덕술은 큰 나무책상 위로 구둣발을 올려놓고 의자에 기댄 채로 있었다. 팔짱을 낀 채 눈을 감고 있었다. 자고 있는지 음악을 감상하고 있는지 알 수가 없었다.

슈베르트는 수사과 사무실을 휘돌아 류형도 몸속으로 퍼져나갔다.

순간 수사과장 배덕술이 눈을 번쩍 떴다. 자고 있었던 것인지 사색에 잠겨 있었던 것인지 알 수 없는 눈빛이었다.

류형도는 자기도 모르게 뒤로 흠칫 물러났다. 류형도는 그제야 수사과장의 목소리가 떠올랐다. 자신이 죽어도 결코 잊을 수 없는 목소리였다. 부드러운 듯 절도 있는 말투와 톤.

몽둥이로 때리고 차가운 물을 끼얹은 후 조용히 내뱉던 목소리. 정중하면서 겸손한 듯한 어조, 류형도는 그 말투에 소름끼치는 듯한 전율을 느꼈다.

류형도는 '특별검찰부 검찰관'이란 명패를 노려보았다.

명패 뒤에 수사과장이 고개를 숙이고 열심히 뭔가를 보고 있다. 검고 딱딱한 종이덮개의 서류철이었다. 서류철 표지에는 〈反民者目錄〉(반민자목록)이라 쓰여 있다. 서류철은 책상 위에 높이 쌓여 있었다. 수사과장의 잘 빗어 넘긴 머리와 흰 셔츠 칼라가 전등빛에 반짝였다.

그때다.

또르르, 또르르, 어디선가 소리가 났다. 수사과장은 왼손에 유리구슬 몇 개를 손에 잡고 서로 맞부딪치고 있었다.

저 소리? 류형도의 얼굴이 부서졌다.

유리구슬은 호두알처럼 서로 맞부딪쳤다. 금속의 날카로운 소리를 냈다. 그 소리는 류형도의 신경 밑바닥을 긁어댔다. 피 냄새가 진동을 하던 시멘트 바닥에서 가끔씩 듣던 소리였다. 처음에는 쇳소리라 생각했다.

'아니다. 어쩌면 저 유리구슬 굴리던 소리였는지도 모른다.'

류형도는 오금이 저려왔다.

고문기술자는 그 구슬을 콧구멍에 목구멍에 혹은 항문에 하나씩 집어넣었다. 고문은 다양한 취향으로 전개되었다. 콧구멍에 구슬이 거의 채워지면 그 다음은 입속이었다. 숨이 막혀 숨을 쉴 수가 없었다. 퀙퀙거리며 내장이라도 게워내듯 몸을 뒤틀었다. 기술자는 고문을 악의적으로 즐겼다.

배덕술은 류형도의 시선을 의식한 채 고개를 들었다.

류형도는 배덕술을 노려보고 있었다.

류형도는 천천히 심호흡을 하며 고개를 세게 흔들었다. 그래도 신경이 곤두섰다. 이제부터 자신이 목숨을 걸고 살얼음판을 건너가야 할지도 모른다는 생각이 들었다.

놈은 띠로 자신의 눈을 가렸다. 꼬챙이로 자신의 온몸을 쑤셔대던 놈이다. 류형도는 그에 관한 모든 것을 기억해내려 안간힘을 썼다. 놈의 냄새와 입김과 발걸음과 목소리. 류형도의 주먹이 부들부들 떨렸다. 잊고자 하는 것은 잊어지지 않았다. 기억해야 할 것들은 떠오르지 않았다.

"무슨 일인가?"

수사과장 배덕술은 그렇게 말하고 축음기를 껐다.

"자네, 며칠째 잠도 못 잔 얼굴이군. 꼴사납군….”

수사과장 배덕술의 말이 끝나기도 전이다. 류형도는 얼굴을 일그러뜨린 채 거친 걸음으로 문 쪽을 향했다. 문을 꽝, 하고 세게 닫고 방을 나가 버렸다.

류형도가 찾아간 곳은 검찰총장실이었다. 이은은 놀란 표정으로 류형도를 맞았다. 이은은 심각한 표정으로 말했었다.

"아니, 그럴 리가 없네."

이은은 이맛살을 찌푸렸다. 류형도를 바라보았다.

"자네답지 않은 이 무슨 무례인가."

이은은 노기마저 띤 채 류형도를 꾸짖으려 했다.

류형도는 맞서서 소리쳤다.

"맞습니다. 그놈이 맞아요! 선생님, 왜 제 말을 못 믿으시는 겁니까?"

외숙이지만 어릴 때부터 근대 문물에 대해 류형도를 가르치던 이은이었다. 유학을 보내준 이도 이은이었다. 이은은 미 군정청 검찰총장실에 미군 장교와 통역관과 이야기 중이었다. 그때 류형도가 검찰총장실 방문을 벌컥 열었고 류형도가 나타나자 통역관은 자리를 피해주었던 것이다.

"저와 같은 방에 있는 저 새끼…."

"무슨 말…."

이은은 류형도의 말을 자르듯 말했다.

"상해 임정 군무부 차장 조영한 장군이 추천한 사람일세. 함부로 말하지 말게!"

"조영한 장군은 돌아가셨다고 들었는데요."

류형도도 지지 않고 말했다. 이마에서 땀이 비 오듯 흘러내렸다. 눈앞이 흐릿해지려 했다. 아찔해지는 순간에도 그는 스스로를 달래야 했다.

'흥분하지 말아야 해. 냉정하게.'

류형도는 다짐을 하듯 주먹을 쥐며 힘을 모았다. 현실은 언제나 엄중했다. 치밀하고 빈틈을 보여주지 않았다. 임정, 조영한 장군이 추천한 인물이라?

"암살당하셨지, 상해서. 그런데 조영한 장군이 암살당하기 전에 이 사람을 천거한다고 내게 전화를 걸어왔네. 임정에서 많은 공을 세운 사람이라더군."

"무슨 공을 세웠단 말입니까?"

"만주에서 있었던 일본군 군수품 수송 화물차 습격사건, 한성은행 습격사건, 관동군사령부 스파이사건도 모두 그 사람 작품이라더군. 행정요원이면서도 전략가야. 조국이 해방되었으니 그런 인물이 우리에겐 꼭 필요한 게 아닌가."

"저 새끼는, 저 새끼는, 일정 때 그 유명한 아쿠마, 그러니까 악마라는 별명으로 통하는 고문형사가 분명합니다!"

류형도는 흥분해서 관자놀이 쪽이 불끈불끈 솟는 것 같았다. 류형도는 침을 튀기며 소리쳤다.

"그놈은 마쓰우라 히로가 분명해요. 마쓰우라는 그의 성이죠. 악질적인 조선인 형사, 하지만 그의 얼굴을 보았다는 사람이 아무도 없습니다. 마쓰우라가 그의 본명인지 아닌지도 알 수가 없어요. 하지만 분명합니다. 그 목소리, 그 억양, 그 태도…."

류형도는 눈이 충혈 된 채 손을 덜덜 떨면서 말했다. 이은은 진지하게 류형도의 눈빛을 바라보았다. 류형도는 거칠게 숨을 쉬며 소리를 질렀다.

"경남 경찰부 보안과 고등형사, 승진 후 수도청 수사과장, 그에 대해서 알려진 이력은 그 정도밖에 없죠. 하지만 이것만은 알 수 있죠. 독립운동을 하다 걸리거나 사상범으로 걸려들면 그에 대한 모든 것을 알게 된다는 걸. 온몸의 피를 뽑고 뼈를 으스러뜨리고 온몸의 살갗을 깡그리 벗기는 악마라는 것을."

"……."

"그놈은 절대로 사람을 죽이지 않아욧. 철저하게 고통만 주죠. 고통을 주는 법을 귀신처럼 알고 있는 자니까. 그러니까, 기술자, 기술자란 말입니다. 고문기술자!"

류형도는 절규하듯 말했다. 말하면서도 제 말에 스스로 통증을 느꼈다.

가죽조끼 고문이 생각났다. 가죽조끼를 물에 불려 늘린 뒤에 입히고 나서 불을 쪼이게 하는 고문, 나중에 오그려 붙어 가슴이 답답해 터져버릴 것 같은 고통을 주는 고문이었다. 류형도는 통증을 느낀 듯 고통스럽게 가슴을 양팔로 감쌌다.

이은은 류형도를 찬찬히 눈으로 살폈다. 이은은 류형도를 달래는 듯했다.

잠시 침묵을 지킨 후 이은은 입가에 약한 미소를 머금고 부드러운 목소리로 어루만지듯 말했다.

"자네가 일정 때 당한 상처는 충분히 이해하이. 허지만 그렇다고 목소리나 느낌만으로 사람을 판단할 수는 없지 않은가. 조 장군께서 직접 천거한 사람이네. 그렇다면 믿을 만하지 않겠는가…."

"아닙니다. 조 장군님이 그자를 천거했을 리가 없어요! 뭔가 잘못된 거라구요! 분명 뭔가 잘못된 거라구요!"

류형도는 미친 듯이 같은 말을 되풀이하며 소리 질렀다.

"아니, 자네, 좀 과하구만. 아무리 고문후유증이 심하다 하더라도 생사람을 잡고 해서는 안 되지 않는가."

이은은 이번에는 엄중하게 꾸짖듯 류형도에게 말했다. 류형도는 절망에 찬 눈빛으로 이은을 바라보았다. 눈빛이 붉게 물들고 입가는 일그러질 대로 일그러져 있었다. 눈가에 물이 고이더니 천천히 아래로 흘렀다. 주먹을 쥔 양손이 부들부들 떨며 경련이 일었다. 고통이 순수하게 류형도를 지배했다.

류형도는 고통에게 진 듯이 보였다.

낙랑클럽, 이해랑

해랑은 가토를 오랫동안 쳐다보았다. 이자를 믿지 못한다 하더라도 자신이 앞으로 어떻게 해야 할지 딱히 떠오르지 않았다.

해랑은 천천히 불룩한 행낭주머니를 가토에게 건넸다. 가토는 행낭을 휙 낚아챘다. 가토는 되려 해랑을 책망하는 눈빛을 한 채 행낭을 어깨에 메고 어두운 실내 속으로 절뚝거리며 사라져갔다. 해랑은 그가 사라지는 어두운 출구 쪽을 끝없이 바라보고 있었다.

그때였다. 〈대니 보이〉가 흘러나왔다.

무대 쪽이었다. 해랑이 고개를 돌렸다. 검은 피아노와 커다란 은색 마이크가 보였다. 하얀 조명이 무대 한가운데를 분가루처럼 뽀얗게 비추었다. 희디흰 분을 바르고 빨갛게 입술을 칠한 여자였다. 여자는 몸에 딱 붙는 치파오 스타일의 드레스를 입고 있고

노래를 부르고 있었다. 성량이 풍부한 목소리였다. 노래는 부드럽고 간절했다.

희부연 담배연기가 피어올랐다. 연기는 대기 속을 흘러가다 불빛 아래서 퍼덕거리고 있었다. 해랑의 눈이 점점 커지기 시작했다. 무대 앞쪽 의자에 앉아 있던 미군들이 무대 아래 쪽으로 달려가 쭈그려 앉아 넋이 나간 듯 무대 위 여가수를 바라보고 있다.

그때였다.

"거기 뭐요? 어, 어."

사람들이 일제히 무대를 향하는 통로 쪽을 쳐다보며 소리쳤다. 해랑이었다. 해랑이 흥분한 상태로 무대 앞으로 걸어가 무대 위를 기어오르고 있었다.

무대 위에서 노래를 부르는 이는 은실이었다.

✳

같은 시각 미 군정청 수사과에서 류형도는 얼굴을 일그러뜨리고 서 있었다. 그는 허리춤에 찬 권총에 손을 대보았다. 차가운 금속의 뜨거운 화기가 손바닥에 와 닿았다. 그놈을 자신의 손으로 죽일 수도 있다. 배덕술의 목에 총을 들이대고 자백을 받아낼 수도 있을 것이다. 적어도 류형도는 그놈의 더러운 입에서 잘못했다는 처절한 사죄라도 받아야 한다.

과거의 기억은 류형도의 뼛속까지 영혼까지 썩게 했던 환부의 근거였다. 육체의 기억은 자신의 그림자라고 믿기 어려울 만큼 격렬한 체험이었다. 그는 절망했고 참담했다. 그러나 그는 다시 절망과 싸워나가려 했다. 절망에 대해 투쟁해 나가는 것이 생일지도 몰랐다. 류형도는 그렇게 생각했다.

그리고 그는 다시 자기 생의 가장 근원적인 환부와 마주치게 된 것이다. 수사과장 배덕술이었다. 환부를 정면으로 맞닥뜨리지 않는다면 절망도 진정한 절망일 수가 없다. 절망에 대한 투쟁도 진정할 수가 없는 것이다.

류형도는 이글거리는 눈빛으로 사무실 문을 벌컥 열었다.

수사과 사무실은 뜻밖에 북적이고 있었다.

푸른 경찰복을 입은 경찰들이 수사과 사무실에 모여 있다. 그들은 M1 소총을 철커덕거리며 무장을 하고 있다. 권총에 총알을 점검하고 멜빵과 연결된 허리띠에 권총을 채우고 있었다.

이 경찰대는 언젠가도 본 적이 있다. 덕수궁 앞에서, 미 군정청의 해산과 대한 자주정부 수립을 주장하는 시위가 열렸었다. 그 앞에서 시위를 벌이는 군중들을 해산시키던 기마경찰대 사람들이었다. 사무실이 온통 어수선하고 서두르는 기색들이다.

수사과장 배덕술이 경찰대 사람을 불러 모은 모양이었다. 류형도는 사무실 광경에 뜻밖의 표정을 지으며 놀란 채 수사과장을 쳐다보았다. 배덕술은 붉게 상기된 표정으로 류형도를 보며 소리쳤다.

"자네 어딜 갔다 이제 오는 건가?"

"무슨, 일이십니까?"

"마츠무라가 나타났다는 정보네!"

"네? 어딥니까?"

류형도가 흥분한 채 물었다.

"이렇게 우리 가까이에 있는 줄 몰랐다니. 낙랑클럽이야. 빨리 출동해! 출동해서 잡아들여! 알고 있지? 그는 조심해야 할 자야!"

류형도는 입술을 깨물었다. 그는 자신의 허리에 찬 총을 확인했다. 그는 얼굴을 일그러뜨린 채 경찰대 사람들과 함께 사무실 문을 박차고 나갔다.

✽

해랑은 무대 위의 은실을 바라보았다.

은실은 분가루 같은 조명을 받고 환한 무대 위에 서 있었다. 해랑은 다시 한 번 자신의 눈을 의심했다. 해랑은 눈을 크게 떠 노래하는 가수를 바라보았다. 분명했다. 은실은 몸에 딱 붙는 반짝이 검은 드레스를 입고 노래를 부르고 있었다.

은실은 어두운 홀 실내에서 누군가 자신을 향해 걸어오는 것을 보았다. 그 누군가가 흰 조명 앞으로 모습을 드러내자 얼굴이 나타났다. 은실은 놀란 입을 다물지 못했다. 마이크를 쥐고 꼼짝 하지도 못한 채 해랑을 바라보았다. 연주가 멈춰졌다. 은실이 노래를 멈추었기 때문이다. 해랑은 은실의 팔목을 거칠게 잡았다.

"대체, 당신, 왜 여기서 노래 부르고 있는 거지?"

은실이 창백해진 얼굴로 낮게 속삭이듯 말했다.

"또 일본말, 내가 일본말 쓰지 말라고 했죠? 위험하다고."

"내가 묻는 말에 대답이나 햇!"

"당신이야말로 나를 버리고 혼자 도망이라도 친 건가요?"

은실은 도도하고 빈정거리는 말투였다. 원망과 단호함이 묻어났다. 은실은 해랑을 흘겨보고 있었다.

해랑은 가슴 한가운데 쿵, 하고 가슴뼈가 내려앉는 듯한 압박감을 느꼈다. 그것은 쓸쓸함이라는 느낌이었다. 은실은 늘 따뜻한 목소리로 말하던 여자였다. 아내였다고 말했고 해랑을 감싸주던 여인이었다. 이번에 해랑이 뒤로 한 발 물러났다.

무대 앞에서 미군들이 알아들을 수 없는 말로 비난을 퍼붓고 있었다. 무대 옆에 서 있던 검은 양복의 남자가 험악한 표정을 지으며 해랑에게 다가오고 있었다.

해랑은 은실에게 낮은 어조로 말했다.

"당신은 내가 조선인이고 문인이라고 말했소."

"그랬죠."

"그런데 난 피아니스트였더군, 그것도 일본인 피아니스트."

은실은 놀랐는지 커다란 눈으로 해랑을 쳐다보았다. 그녀는 허벅지에 붙은 치맛자락을 손으로 움켜쥐었다. 치맛자락에 그려진 작은 방울꽃이 치맛자락과 함께 구겨졌다. 뒤로 한 발짝 물러나자 도톰한 귓불에 달린 수정 귀걸이가 찰랑하고 흔들렸다.

"좋아. 그럼 내가 피아니스트였다는 걸 보여주지!"

해랑은 무대 한가운데로 걸어갔다. 피아노는 검게 빛나는 고양이처럼 웅크리고 있었다.

해랑을 저지하려던 검은 양복이 걸음을 멈추었다.

피아노의 선율이 흘러나왔기 때문이었다. 바흐였다.

시끄럽고 요란하던 클럽 안이 갑자기 고요해졌다. 종알대던 신여성들도, 알아들을 수 없는 소리를 지르던 미군들도 입을 다물었다. 벽등의 불빛 아래 그들의 표정은 멈춰버린 풍경 같았다.

선율은 담배연기로 자욱하고 어둑신한 클럽 내부를 휘돌았다. 선율은 클럽의 유쾌한 쾌락과 향수와 낭만을 덮어버렸다. 연주는 경쾌하면서 슬펐다. 달콤하면서도 우아했다. 불꽃처럼 너울거리며 사람들의 마음을 핥고 있었다.

좌중이 고요했을 때다. 무대아래 맨 끝 테이블 쪽이다. 누군가 어둠 속에서 일어나 무대 앞쪽으로 걸어 나오고 있었다. 미군 대위 윌슨과 함께 클럽에 온 여인이었다. 나오코였다. 그녀는 놀란 눈을 둥그렇게 뜨고 쓰러질 듯 천천히 앞으로 걸어 나왔다. 유령처럼 눈 속이 텅 비어 있었다.

"마츠무라 준이치로? 정말, 살아 있었나요?"

나오코는 낮게 신음하듯 중얼거렸다. 믿기지 않는 듯 그녀의 눈빛이 흔들렸다. 자신이 보고 있는 것이 실제인지 아닌지 혼란스러웠다. 그 혼란스러움에 스스로 홀린 듯 나오코는 휘청거리는 걸음걸이였다.

그때였다. 낙랑클럽 실내로 통하는 출입문을 열고 누군가 들어서고 있었다. 류형도였다. 그는 두터운 커튼을 젖히고 클럽의 어둑한 실내로 들어서고 있었다.

보통 때와 달랐다. 재즈나 미군들을 위한 영어노래가 들려야 했다. 피아노 연주곡이었다. 그는 고개를 돌려 무대 위를 바라보았다. 무대 위에 하얀 조명이 눈송이처럼 쏟아지고 있다. 코트를 입은 한 남자였다. 류형도는 피아노를 치고 있는 그 남자의 옆얼굴을 보았다. 혼이 나간 듯 선율에 제 스스로 빨려들 듯 제 몸과 영혼을 맡기고 있는 남자.

류형도는 순간 얼굴이 경악스러움으로 일그러졌다. 그는 잽싸게 허리춤에 있는 권총을 꺼냈다. 그는 두 손으로 권총을 잡았다. 한 손으로 방아쇠 쪽을 한 손으로 권총의 손잡이를 지지한 채 소리쳤다.

"마츠무라 준이치로!"

류형도는 자신이 쥐고 있는 권총이 떨리고 있다는 것을 알았다. 그는 손에 힘을 모았다. 손목에 핏줄이 팽창되어 터질 것 같다. 그는 정확하게 남자를 향해 조준하고 있었다.

클럽 실내를 지배하던 담배연기와 장엄함이 단번에 갈라져버렸다. 부인들이 소리를 지르며 테이블 아래로 몸을 숨겼다. 미군들이 양옆으로 순식간에 몸을 피했다. 그들은 허리에 찬 총을 뽑아야 할지를 고민하는 듯했다. 총집에 손을 올려놓은 채 류형도와 무대를 번갈아보며 긴장을 감추지 못했다.

순간 나오코는 발을 헛디딘 듯 비틀거렸다. 비틀거리며 그녀도 비명을 질렀다. 비명소리는 부인들의 비명과 함께 허공을 갈랐다. 나오코는 비끗한 발아래를 보다 다시 정면을 바라보았다.

무대 한가운데다. 없다. 무대 위에 피아노를 치던 남자와 여가수. 둘 다 무대에서 사라져 보이지 않았다.

류형도는 무대로 뛰어올라갔다. 나오코는 미친 듯이 주위를 살폈다. 류형도는 무대 뒤 두꺼운 자주색 비로드 커튼 속으로 사라졌다.

어두운 휘장 속으로 모두가 사라지자 무대 위는 하얀 조명만 눈가루처럼 쏟아지고 있었다.

나오코의 머릿속이 엉망인 듯 뒤섞였다. 눈앞이 흐려지며 바닥이 보이지 않았다. 나오코는 구겨진 종이처럼 비틀거리며 바닥에 주저앉았다.

세상의 모든 소리들이 잠적한 듯 나오코의 머릿속이 멍해졌다.

낙랑클럽 밀실,
은실

그 시각 낙랑클럽 홀 무대 뒤쪽 밀실로 은실과 해랑이 급하게 찾아들었다. 시끄럽던 클럽과 달리 밀실 안은 갑작스런 고요가 함께했다. 문을 닫자 세상의 모든 소리들이 고요해졌다.

"이쪽은 안전해요. 아무도 모르는 밀실이죠."

은실이 이끈 방은 사방이 막혀 있었다. 복도 끝에 있는 마지막 방이었다. 방 안쪽 검은 휘장을 젖히자 조그만 밀실 문이 나타났다. 밀실로 들어오자 은실은 밖으로 통하는 천장 가까이 붙은 창문에 구슬주렴을 내렸다. 짝, 소리를 내며 발이 내려오자 밀실은 요새처럼 아늑해졌다.

무대에 나갈 때 준비하는 소품과 의상을 모아둔 방이었다. 내려진 주렴 사이에 달빛이 조금씩 새어들었다. 주렴 사이로 끼어든 달빛 때문에 빛과 어둠이 그물처럼 얽혀 은실의 얼굴은 낯설어 보였다.

"이쪽으로 와요. 해랑 씨."

"나를 해랑이라고 부르지 마! 대체 내 이름이 정말 뭐지?"

해랑은 은실의 손에서 손을 빼면서 말했다.

"이해랑이라고 했잖아욧!"

"그런데 내가 조선인이라는데 왜 이렇게 일본말을 잘하지?"

"그건 당신도 알 걸요. 일정 말 때 조선인 모두 일본어를 학교에서 집에서 쓰게 했기 때문….”

"그런 말은 듣기도 싫어! 그렇다고 모든 조선인들이 일어를 모국어처럼 쓸 수는 없지 않소?"

"일어를 모국어처럼 익힌 조선인도 있는 법이니까….”

"그래, 그렇다고 쳐! 그런데 난 글쟁이가 아니었어. 피아니스트였어!"

"그래요. 그건…. 맞아요! 당신을 보호하고 싶었어! 당신은 일정 때 유명한 피아니스트였으니까. 사람들이 그것을 알게 된다면 당신은 온전치 못해요. 살아남을 수 없다구요.”

"그럼 내가 친일파, 아니, 아니 사람들이 말하는 민족반역자라도 된다는 거야 뭐야? 대체 난 조선인이야 일본인이야?"

남자가 거칠게 은실을 밀어붙이듯 물었다.

✻

그러는 사이 류형도는 무대 뒤로 난 복도 쪽으로 뛰어들고 있었다. 국민복을 입은 남자 서넛이 류형도를 제지했다. 류형도가 그들을 총으로 겨누며 밀어붙였다. 그들이 뒤로 물러났다.

복도는 좁고 어둠침침했다.

벽등에서 자둣빛 불빛이 쏟아지고 있었다. 낙랑클럽의 명성답게 무대 뒤 좁은 복도는 길고 화려했다. 복도 옆은 밀실 같은 방들이었다. 일정 때 무대 뒤 방들은 고위관료들이 밀회를 즐기는 곳이기도 했다. 연주가 끝난 뒤 가수나 연주자들이 그들을 접대했다. 해방이 되고서는 미군들과 밀회를 즐기는 밀실이 되었다는 소문이었다.

류형도는 복도와 연결된 방문을 하나씩 열어젖혔다. 방문은 각각 쾌락의 풍경처럼 하나씩 열렸다. 첫 번째 방은 공연을 준비하는 여가수들이 화장하고 옷을 갈아입고 있었다. 그 다음 방은 잠겨 있었다. 류형도는 다음 방을 벌컥 열었다. 방에는 미군복을 입은 장교와 어깨에 문신을 한 동양인 여자가 있었다. 남방에서 온 여자였다. 까무잡잡해 보이는 여자는 상의를 다 벗은 채였다. 커다란 젖은 축 처져 있고 눈은 크고 입술은 두툼했다. 그녀는 류형도를 보고 놀라듯 소리를 지르며 가슴을 가렸다.

"갓댐!"

노란 군복의 미군이 욕을 퍼붓자 류형도는 급하게 문을 닫았다. 류형도는 복도에 연결된 다음 방문을 재빨리 열었다.

✻

그 시각, 낙랑클럽 무대 위로 누군가 올라왔다. 그는 공연의 사회자처럼 보였다. 포마드로 머리를 잘 말아 넘기고 제복스타일의 양복을 입고 있었다.

남자는 은색 마이크로 다가가 무대 아래를 내려다보았다. 호롱불 덮개처럼 생긴 등이 바닥에 뒹굴고 테이블 위에 덧씌운 흰 무명천이 반쯤 흘러내려가 있었다. 나비문양 조각을 가진 의자는 넘어지던 충격으로 모서리가 부서져 있었다. 보이들이 돌아다니며 넘어진 나무 테이블과 의자들을 세웠다.

보이들은 아무렇지 않다는 듯 움직였다. 이런 일들은 일정 때도 해방 후에도 똑같이 일어났고 계속되었다는 듯. 민첩하고 재빨랐다.

융단바닥에 엎드려 있던 양장의 부인들과 미군들은 천천히 옷을 털며 일어났다.

"자, 자, 여러분, 즐거우셨나요?

사회자는 이마에 짧은 땀을 흘렸다. 굳어버린 표정으로 입꼬리를 올리려 했다. 얼굴은 어색하게 일그러지며 웃고 있었다. 사회자는 허겁지겁 축음기가 있는 쪽으로 갔다. 레코드판을 부침개 뒤집듯 뒤집더니 판에 레코드 바늘을 올려놓았다.

"이 모두가 우리 클럽이 마련한 연극입니다. 자, 자, 오늘의 공연은 계속됩니다. 자, 자 이제부터 댄스파티입니다. 여러분!"

흥겨운 댄스곡이 발작하듯 흘러나왔다. 무대 아래는 어색한 긴장과 흥분이 함께 뒤엉키고 있었다. 긴장이 가라앉자 좌석에 앉아 있던 군인들이 일어났다. 옆에 앉아있던 양장한 여인들의 손을 잡아 함께 무대 쪽으로 걸어 나갔다. 그들은 붉은 조명 속에서 리듬에 맞춰 춤을 추기 시작했다.

누군가 붉은 융단바닥에 주저앉은 나오코를 뒤에서 부축해주었다. 미군 대위 월슨이었다. 나오코는 영혼이라도 빠져나간 듯 눈동자가 텅 비어 있었다. 월슨은 나오코를 일으켜 그녀의 구두를 찾아주었다.

'마츠무라 준이치로? 살아 있었던 거야?'

나오코는 머리를 감싸 쥐었다. 나오코의 얼굴에 설명할 수 없는 절망과 희망과 외로움이 동시에 엉겼다. 나오코는 한 손으로 의자를 붙잡고 한 손은 윌슨의 손을 잡은 채 서서히 일어났다.

✻

클럽 무대 뒤 밀실에서는 은실이 거칠게 해랑을 밀어붙이고 있었다.

"내가, 조선인이라고 했잖아욧! 왜 내 말을 못 믿는 거지? 일정 때 자신을 지키며 살 수 있는 길은 자신을 속이는 길밖에 없었어. 많은 조선인들이 자신을 속여 밀정이 되고 변절자가 되고 첩자가 되었어. 일본 순사에게 아부하고 학교에서 일본어를 배우고 일본인 교사에게 순종하면서."

"자신을 지키기 위해 친일파나 민족의 반역자가 될 수밖에 없었다는 거얏?"

"그런 뜻이 아니에요. 살아남는 것이 중요한 것이니까. 자신의 신분이 일본인이냐 조선인이냐 하는 거. 해랑 씨가 조선말은 못 쓰고 일본말만 쓰고 있는 거. 그런 것은 중요한 게 아니에요. 몸속에 조선인의 피가 흐르느냐 일본인의 피가 흐르느냐 이런 게 뭐가 중요하담? 더 중요한 것은 치욕과 모멸을 견디는 것이지. 이를 악물고 견뎌야 할 것을 견디는 거. 이 세상에 목숨을 걸고 살아남는 것보다 더 중요한 건 없어욧!"

"천해. 당신은 천해!"

해랑은 비아냥거리면서 은실을 흘겨봤다. 은실은 입꼬리를 올리고 웃으며 말했다.

"살아간다는 것은 다 천한 일투성이예요. 천해지지 않고 어떻게 철이 든다는 거죠? 당신은 그렇게 고고한가?"

은실은 비아냥거리고 있었다. 해랑은 까닭모를 억울함이 마음속으로 몰려들었다. 억울함이 슬픔인지 절망인지 그리움인지 알 수는 없었다. 해랑은 자신이 누구인가를 알려고 하면 할수록 그 정체란 게 아무 의미도 없을 뿐이라는 이상한 공허감이 몰려들었다. 해랑을 둘러싸고 있는 세상은 모두가 애매하고 모호했다. 질문은 같았지만 대답은 달랐다. 세상은 처음부터 대답을 갖고 있지 않은지도 몰랐다.

이해랑, 마츠무라 준이치로.

아니다. 어쩌면, 하고 해랑은 생각했다.

해랑은 자신이 묻고 있는 질문 자체가 잘못된 것인지도 모른다는 생각이 들었다. 어쩌면 둘 다 자신의 이름일지도 몰랐다. 나는 앞으로 뭘 해야 하는 거지? 해랑은 생각했다. 미래는 순수하게 부재했다. 순수하기에 알 수 없는 깊이와 속임수로 다가왔다.

"당신이 피아노를 계속 치다간 당신의 정체가 탄로 날 거예요."

은실이 말했다. 속임수인지 진실인지도 모를 말들이었다. 모든 것들은 텅 비어 있을 뿐이었다.

해랑은 고개를 세게 흔들었다.

"다 좋소. 그렇지만…."

밀실 안은 텁텁한 공기가 흘렀다. 은실이 해랑에게 물었다.

"궁금하다는 게 뭐죠?"

해랑은 잠시 입을 다물다 진심을 다하며 물었다. 진지하고 느릿한 말투였다.

"당신이 내 아내라는 것은 사실이오?"

해랑의 물음은 자신의 내부에 어떤 경련 같은 떨림을 전해주었다. 심장이 가늘게 고동쳤다. 해랑의 눈빛에는 어떤 간절함이 배어 있었다. 세상과 연결된 탯줄이 오직 은실이라는 듯 해랑은 은실의 손을 잡았다. 잡고 있는 손끝이 위태롭게 떨렸다. 은실은 보조개를 보이며 살짝 웃어보였다.

"당신의 아내가 맞냐뇨? 당신의 아내가 아니면 내가 왜 당신을 그렇게 간호하고 애타게 찾고….'

은실은 말을 맺지 못했다. 눈에 물이 그렁그렁한 채였다. 은실은 매화 꽃잎처럼 부드러운 여인이었다. 해랑은 은실과 잡고 있던 손을 꼭 쥐었다. 해랑은 가슴이 뜨거워 왔다. 은실을 세게 안았다. 뼈가 으스러질 듯해 은실은 숨이 막혀왔다. 은실이 해랑의 품을 살짝 떼어내며 물었다.

"그런데 해랑 씨, 궁금한 게 있어요."

"……."

은실은 커다란 눈을 깜박거리며 해랑을 쳐다보았다. 맑은 눈은 순결과 비밀을 동시에 지니고 있는 듯했다. 해랑은 은실의 다음 말을 기다렸다.

"당신 혹 금괴에 대해서 들어본 거 있나요? 기억나는 거 없나요?"

"금괴?"

은실은 해랑의 표정을 진지하게 살폈다. 해랑은 고개를 갸웃했다. 은실은 입고 있던 드레스가 몸에 끼는지 손으로 드레스를 한번 들어올렸다 내렸다.

"당신은 이해랑이지만 마츠무라 준이치로로 창씨개명을 했어요. 경무국장 마츠무라 데츠야의 집에 들어가 경무국장의 양아들처럼 사랑을 받았죠. 소문에 의하면 국장은 아들을 사랑해서 모든 비밀을 공유했다던데…. 관동군사령부에 갖고 갈 금괴가 사실 경무국장만이 아는 비밀창고에 보관되어 있다는 정보가 있어요. 그렇다면 그 장소를 당신이 알 수도 있다는 이야기죠."

알아들을 수 없는 이야기였다. 해랑으로서는 처음 듣는 이야기였다. 해랑은 알 수 없는 심연의 기억으로 불행을 느꼈다. 해랑은 자신이 알고 있는데 기억을 못하는 것인지 아예 처음부터 금괴의 소재를 자신이 모르는 것인지 그것조차 어둠 속에 가린 듯해 보였다.

그러나 이 모든 것도 해랑의 기억 속에 있는 것만은 분명했다. 기억은 커다란 나무뚜껑으로 닫아놓은 우물 속 같이 깊고 아득했다.

해랑의 막막한 시선을 보면서 은실도 막막해졌다. 은실은 실망에 휩싸였다.

해랑이 말했다.

"그런데, 이번에 내가 물어볼 게 있소."

"뭐죠?"

은실은 맥이 빠진 목소리로 해랑을 보았다.

"내가 경무국장 마츠무라 데츠야를 살해했다는데 그건 무슨 말이지?"

해랑의 눈빛은 절박함을 담고 있었다.

＊

그 시각, 류형도는 클럽의 좁은 복도를 계속해서 급하게 살피고 있던 참이었다.

"뭐야, 이 새끼!"

류형도가 클럽복도로 연결된 방 중 마지막 방문을 열려던 참이다. 흰 셔츠에 보타이를 하고 볼살과 뱃살이 두둑한 중년 사내는 낙랑클럽의 지배인처럼 보였다. 하이에나를 닮은 입술이 이빨이 드러나도록 위로 말려 올라가 있고 미간에 주름이 잔뜩 잡혀 있었다. 지배인 뒤에는 검은 국민복을 입은 남자 둘이 서 있었다. 건장한 체구들이었다. 그들은 류형도에게 다가오고 있었다. 류형도는 그들과 대적하기에 시간이 없었다.

마츠무라 준이치로, 눈앞에서 놓칠 수도 있다. 그가 살아 있다는 것, 경성에 나타났다는 것, 그것을 자기 눈으로 확인했다는 것이 신기할 만큼 두려웠다. 류형도는 험상궂은 표정으로 다가오는 지배인 무리를 노려보았다. 도망치듯 복도의 마지막 방문을 급하게 열었다.

밀실의 구석에서 은실은 해랑을 빤히 쳐다보고 있다. 해랑은 그 눈빛을 읽어낼 수가 없었다. 질문에 대한 답을 갖고 있는 것 같기도 했고 갖고 있지 않는 것 같기도 했다. 은실의 눈빛이 반짝였다. 눈은 많은 것을 이야기해주는 듯하지만 완벽한 허위처럼 가려져 있는 듯도 했다.

은실은 해랑의 손을 덥석 잡았다.

"당신이 금괴창고가 어디에 있는지만 내게 알려주면 되어요. 금괴창고가 있는 곳을 기억해내기만 한다면 당신의 진실도 알게 될 거예요, 그러니 어서 빨리 금괴 있는 곳을…."

"나, 난 몰라. 금괴는 처음 들어보는…."

해랑이 말을 더듬자 은실은 갑자기 승냥이처럼 변했다. 입가는 탐욕으로 가득 찬 듯 실룩거렸다. 은실은 해랑이 단 한 번도 본 적이 없는 얼굴로 치맛단을 들춰내 허벅지에 차고 있던 단도를 꺼냈다. 해랑의 목에 칼을 들이대며 덤벼들었다.

"금괴창고가 있는 곳을 대는 게 좋을 걸!"

은실은 교활한 미소를 지으며 말했다. 해랑도 믿기 힘들 정도의 완력이었다. 해랑의 목에 들이댄 칼끝은 피를 원하는 듯했다. 해랑은 이것이 완벽한 허위라는 생각이 들었다. 동시에 칼끝에서부터 공포는 가장 현실적으로 다가왔다. 칼날은 이미 목에 파고들고 있었다.

"나도 사실 너한테 이렇게까지 하고 싶지 않았는데…. 옛정을 생각해서 적당히 하려 했는데…."

그때였다. 퍽, 하는 소리와 함께 은실이 해랑 앞으로 고꾸라졌다. 해랑은 깜짝 놀라 위를 쳐다보았다.

가토였다. 가토가 뒤에서 몽둥이로 은실의 뒷머리를 친 것이다. 해랑은 악, 하고 짧고 낮은 비명을 질렀다. 가토는 비열한 웃음을 흘리며 말했다.

"요보는 언제나 불성실해. 거짓말을 잘하고 비열해. 신의도 쉽게 저버리고. 검을 차기보다는 단도를 숨기고 있을 때 더 편안함을 느끼지. 약보다는 독을 더 잘 쓰고, 흥정할 때는 끈덕지고, 바람의 방향이 바뀌면 어김없이 깃발을 바꾼다니까."

"……."

"그러니까 미군이 들이닥치니까 낙랑클럽이 양풍일색이 아닌가 말이오."

가토는 내리쳤던 자신의 몽둥이를 내려놓았다. 쓰러져 있는 은실을 보자 해랑은 최소한 확신 속에 있던 어떤 것마저 무너지는 느낌을 받았다. 가토가 만약 은실을 내리치지 않았다면 어떻게 되었을까. 해랑은 자신이 본 모든 것이 잘못된 '환각'인지도 모른다는 생각으로 딱딱하게 굳어졌다.

가토는 무겁고도 낮은 목소리로 재빨리 말했다.

"도민증은 샀소. 우리 지금 당장, 이곳을 빠져나가야 하오! 당신을 쫓고 있는 사람이 있소!"

"내 아내를, 아니 은실이를 여기에 두고 그냥 갈 수는 없소!"

"빠가야로! 이 여자는 당신의 아내가 아니란 말야! 아직도 모르겠엇? 빨리! 어섯!"

가토는 수탉처럼 목을 빼 주렴을 쳐둔 창문 밖을 살폈다. 주렴을 걷고 창문을 열었다. 좁은 통로가 나타났다. 반지하의 밀실이었고 창문 밖은 명동거리의 골목길로 통하고 있었다. 골목에서 흘러들어온 네온 싸인 불빛이 밀실에 있는 남자의 눈을 찔렀다.

"나를 부축해! 그리고 이 행낭은 당신이 가지고 있고! 지폐가 꽤 무거우니."

가토는 창문 쪽으로 비틀거리며 다가서는 해랑을 보며 말했다.

그때였다. 누군가 잠가둔 문을 거칠게 잡아당기고 있었다. 문은 완력을 견디지 못할 듯했다.

"어서! 빨리! 서두르라니까!"

문이 부서질 듯한 소리가 들려왔다. 무대에서 흐르는 재즈음악 소리가 눅눅하고 낮게 흘러들었다.

해랑은 자기도 모르게 어둠 속에서 일어났다. 자신을 누르고 있던 적막이 깨어지는 듯한 느낌을 받았다. 그는 자신을 돌아보는 가토에게 낮게 소리쳤다.

"나는 갈 수 없다고 했잖소!"

완력에 못 이긴 문은 꽈당 하고 부서지듯 열렸다.

무대의상들이 널린 방 어두운 구석이다. 가토와 해랑은 얼굴을 일그러뜨리며 밀실 문 쪽을 바라보았다. 요란하게 문이 깨지며 누군가 들어서고 있었다.

11부
쫓기는 자、쫓는 자

다음날
서기 1945년 10월 17일

해방 될 때까지 출석부가 전부 일본말이었
어요. 일본 성과 이름으로 다 되어 있었죠.
우선 그런 것부터 고쳐야 했어요. 가령 이
가는 '이와모토'라고 많이 했고, 정가는 내
천 자 하나 붙여서 '구니카와'라고도 하고,
김가는 아래에 밭 전자를 붙여가지고 '가
네다' 또 뫼 산자 붙여가지고 '가네야마'라
고 하기도 하고.
우리나라 사람들이 일본 성으로 바꿀 때 보
면, 대개 자기 본관하고 고향이 연관되도록
바꾸었어요. 아이들이야 처음에는 신기해
하고 재미있어 했지만 어른들은 분했죠.

정재도, 해방 전후 당시 교사

오전, 미 군정청 수사과,
류형도

"마츠무라 준이치로, 그가 살아 있는 게 확실하다?"
　수사과장 배덕술은 류형도의 보고를 받자 말했다. 마츠무라가
조선예악원 단장 살인용의자라는 것보다 살아 있다는 사실에 좀
더 구미를 당겨했다. 수사과장은 입꼬리를 치켜 올렸다. 목구멍
까지 올라오는 반가움을 애써 참는 것 같았다.
　"마츠무라 준이치로. 그가 살아 있다! …음, 역시…. 됐어!"
　배덕술은 주먹으로 책상을 쾅, 하고 가볍게 내리쳤다. 수사과
장 표정은 확신에 찬 듯 밝아지고 있었다. 눈빛이 번쩍였다.
　"그렇지만 눈앞에서 놓쳤습니다!"
　"다음에, 어떤 일이 있어도 꼭 잡아야 해!"

류형도는 수사과장의 표정을 살폈다. 배덕술은 기쁨에 차서 양 주먹을 서로 부딪치며 흐흐, 하고 웃었다. 류형도는 수사과장이 마츠무라에게 그렇게 온 신경을 모으고 있는 것이 석연치 않았다. 조선예악원 단장 살인사건 해결보다 그는 마츠무라에 대해서 온통 미쳐 있는 듯했다. 류형도는 수사과장을 보며 손등으로 땀을 닦아냈다.

얼마 전 이은 검찰총장을 찾아갔을 때였다.
류형도는 얼굴이 벌겋게 상기되어 있었다. 이은을 보며 소리쳤다. 분노가 목구멍까지 차올랐다. 말이 헛발질하듯 솟구쳤다.
"주재소마다 서류가 다 불태워졌답니다. 고등경찰 수배서류 말입니다! 일정 때 고등계에 있던 최운하, 종로 경찰서장 최연이라는 자도 복직되었습니다! 이북에서 경부보를 하던 이하여, 이익흥 이런 이들도 월남해서 복직했습니다! 대체 어떻게 이런 일이 있을 수 있단 말입니까!"
"류형도, 진정하게!"
"진정하게 됐습니까? 왜정 때 조선인 일경(日警)의 호구조사 하던 능력이 지금도 필요하다고 본 겁니까? 그렇다고 그것 때문에 다시 기용한다는 게 말이 됩니까! 철저한 민족반역자들입니다, 선생님. 박헌영이라면 그렇게 하지 않았을 것입니다!"
이은은 박헌영이란 말에 미간을 찌푸렸던 것이다.
류형도는 이은과 만났던 일이 떠오르자 설명할 수 없는 분노와 두려움이 일었다.

그는 상기된 표정으로 자리로 돌아갔다. 류형도는 눈이 불꽃처럼 타는 듯했다. 눈을 뜨고 있을 수가 없었다. 눈을 감았다. 모든 것이 어두웠고 빛은 없었다. 어둠은 모든 것을 편안하게 덮어주었다.

"류형도!"

수사과장이 류형도를 큰 소리로 불렀고 류형도는 눈을 떴다. 류형도는 잰 걸음으로 수사과장 앞으로 다가갔다.

"마츠무라 준이치로, 빨리 찾아내! 잡아들여! 어떤 일이 있어도 잡아야 한다! 알았나?"

수사과장은 다시 못 박듯 말했다. 류형도는 대답 대신 짧게 고개를 숙였다. 눈가가 떨려왔다.

류형도는 허리춤에 찬 권총을 잡아보았다.

미스즈야 여관,
이해랑

여관은 좁은 골목 안 깊숙이 들어간 곳에 있었다.

종로 끄트머리 쪽이었다. 문에 '미스즈야'라고 쓰인 초롱불이 달려 있었다. 절뚝거리는 가토를 부축하고서 멀리 갈 수 없었다.

메이지풍으로 만들어진 외양이었다. 주홍색 기와지붕에 아이보리 벽돌을 쌓아올린 삼층 건물이었다. 이오니아식 기둥으로 장식된 베란다가 보였다. 이국적인 것들의 합작품이었다.

어른 두 사람이 겨우 구부리고 들어갈 만한 문을 들어섰다. 일본식 정원이 펼쳐져 있다. 등불이나 가로등같이 생긴 전등 몇 개가 켜지지 않은 채 달려 있고 빼곡히 깔아놓은 자갈에 징검돌이 안채까지 연결되어 있다. 안채로 들어가는 공간은 정적에 묻혀 있었다.

여관의 외양과 달리 입구에 돈을 받는 남자는 중국풍 옷을 입고 있었다. 뚱뚱한 남자였다. 남자의 눈은 부리부리하고 코가 뭉뚝했다. 입술과 코 사이에는 이방인들에 대한 습관적인 의심과 일상적 권태가 동시에 묻어 있었다.

방은 아슬아슬한 나선형 목제 계단을 올라 이층이었다.

방으로 들어오자마자 가토는 방문에 걸림쇠를 걸었다. 가토는 신분을 숨기기 위해 썼던 커다란 밀짚모자를 벗었다. 갈매기머리 아래 벗겨진 이마가 전등빛에 반사되어 빛났다.

"자, 마츠무라 상, 이제 당신 이름은 '박이규'요. 이걸 받으시오."

가토가 행낭에서 뭔가를 꺼내 해랑에게 주었다. 해랑은 가토가 준 도민증을 받아 쥐었다.

해랑은 아무 말 없이 도민증을 한참을 들여다보았다. 길쭉하게 획이 많은 조선의 문자였다. 해랑이 읽을 수 없는 이름 옆에 영어로 된 미 군정청 신분확인 직인이 찍혀 있었다.

"당신도 보았지? 은실이란 여자가 당신에게 단도를 들이대던 거 말이오!"

해랑은 좀 전의 일이 떠올랐다. 단도를 자신의 목덜미로 찌를 듯이 들이대던 은실이 자신이 알고 있던 은실이 아니었다. 해랑은 그렇다면 지금 자신이 겪고 있는 현실도 자신의 실제 현실이 아닐지도 모른다는 생각을 했다. 해랑의 얼굴이 점점 어두워졌다.

"마츠무라 상, 조선 땅을 빠져나갈 때까지 이 신분증이 필요하오. 당신을 노리는 자가 많은 것 같던데. 이제 당신은 자신을 박이규라고 생각해야 한단 말이오. 부산항에 도착해 배를 탈 때까지요. 부산항에 도착하면 후쿠오카로 가는 배를 탈 수 있을 거요. 배를 타고 세 시간 후면 우리는 내지에 도착하게 되지."

해랑은 자기 자신의 존재가 불안했다. 두려워 견디기 힘들었다. 창문 밖 와글거리는 불빛처럼 자기 안에 뭔가가 들끓어댔다. 해랑은 자기 안을 들여다보려 했지만 자신의 안은 보이지 않는 커다란 창처럼 어두웠다. 오히려 해랑은 자신의 내부를 보게 될까봐 두렵기도 했다.

익숙하지 않은 옷을 입은 듯 해랑은 자신의 또 다른 이름인 '박이규'를 조용히 발음해 보았다.

유리창 너머가 보였다. 아직 해가 떨어지려면 시간이 남아 있었다. 그럼에도 밖은 어둑신했다. 담장 창살 끝이 보였다. 뾰족한 창살 끝에 새가 앉아 있었다. 새는 해랑의 주먹보다 작은 연회색이었다. 짧고 흰 부리를 가지고 있었다. 새는 한마디 울음도 울지 않은 채 그 뾰족한 끝에 앉아만 있었다. 해랑은 그 새를 물끄러미 바라보았다.

가토는 경무국장 마츠무라 데츠야 살인사건에 대하여 어찌된 영문인지 한마디도 하지 않았다.

해랑은 이런 저런 생각에 잠을 이룰 수가 없었다.

✽

어디선가 선뜩한 바람이 들어온다.

해랑은 살갗에 차가운 기운이 흐르는 느낌이 들었다. 몸속에 바람이 불어드는 것 같았다. 해랑은 생존에 쫓긴 야생동물처럼 재빨리 몸을 일으켰다.

여관방이다.

가토가 말했던 게 기억났다.

"어젯밤에 잠을 전혀 못 잤으니 오늘은 일찍 자두는 게 좋을 거요. 내일 일찍 떠날 거니."

잠이 들었던 모양이다. 달이 기울고 있었다. 창밖에 너울대던 불빛도 잠잠해져 보였다. 창문이 열려 있다. 바람 때문이 창문이 열린 건가. 해랑은 의아심이 들었다. 해랑은 침대에서 내려와 재빨리 상체를 숙였다. 해랑은 자신에게 이런 민첩함이 어디서 나오는지 알 수 없었다.

방은 어딘가 허전하다. 해랑은 어둠 속을 노려본다. 어둑신한 공기가 흐르지만 뭔가 서늘하게 빠진 느낌은 분명하다. 잠들기 전과 뭔가 달라져 있다.

가토, 가토가 보이지 않는다.

행낭도 보이지 않는다. 금과 지폐가 담긴 행낭이다.

해랑은 벌떡 일어났다. 가토의 잠자리 이불을 들춰냈다. 텅 비어 있다. 해랑은 들고 있던 이불자락을 내동댕이치며 미간을 찡그렸다. 창문 밖에 신호처럼 홍등이 깜박였다. 해랑은 어질러진 탁자 위를 보았다. 탁자의 흰 테이블보는 반쯤 흘러내려 와 있다.

탁자 위에 뭔가가 보인다. '박이규'라고 쓰여진 도민증이다. 해랑은 도민증을 자신의 상의 호주머니에 찔러 넣었다.

달이 다시 구름을 벗어났다. 방안이 밝아지기 시작한다. 달빛이 감나무가지에 걸린 채 창 쪽으로 쏟아진다. 마룻바닥에 어지러운 나뭇가지 그림자가 새겨진다.

낯설고 선뜩한 공기가 감돈다.

순간이었다. 마루를 밟는 발자국소리가 들린다.

조심스럽지만 공격해 들어오는 발걸음이라는 것을 단박에 알았다. 해랑의 얼굴에 경계와 불안한 기색이 감돌았다. 그는 문 쪽으로 조심스럽게 다가간다. 문 걸림쇠는 풀어져 있다. 해랑은 걸림쇠를 다시 조심스럽게 걸었다. 문 바로 옆 벽 쪽에 몸을 붙인다. 해랑은 몸을 바짝 붙인 채 숨을 죽인다. 발걸음은 2층 복도에서 갑자기 멈췄다. 고요하다.

해랑은 양미간을 찡그린 채 때가 쩐 나무문 손잡이를 바라보았다. 그리곤 해랑은 방 구석구석을 살펴보았다. 연통난로 옆에 길게 세워진 부젓가락이 보였다. 해랑은 쇠꼬챙이를 재빨리 집어든다.

해랑은 천천히 나무문 손잡이 옆 걸림쇠를 다시 풀어주었다.

손잡이가 천천히 돌아가고 있다.

해랑은 숨을 죽인다. 해랑은 문고리 쪽을 노려보았다.

머리 위로 치켜든 쇠꼬챙이를 쥔 손에 단단히 힘을 주었다.

대한예악원,
국재명

예악원 집사는 재명에게 전갈을 해주었다. 미 군정청 수사과에서
사람이 나왔다는 전갈이었다.

재명은 책상 두 번째 서랍을 열어 살피던 중이었다. 서랍 밑바
닥에 숨겨둔 권총이 보였다. 일정 때 것이었다. 재명은 일정 때
자신의 기록들을 버렸지만 권총만은 어쩌지 못하고 있었다. 가지
고 있는 것이 더 위험해질 수도 있었지만 재명은 망설였다. 재명
은 권총을 집어보았다. 차가운 금속성이 손 전체로 감겨들었다.
총알은 충분히 들어 있었다. 그것이 자신의 생명을 위협하기도
하겠지만 자신을 지키는 마지막 보루가 될지도 모를 일이었다.

재명은 입술을 굳게 다물어 보았다. 그러고는 권총을 서랍 맨
밑바닥에 조심스럽게 내려놓았다.

서랍을 막 닫으려는 순간이다. 서랍 안에 흰 봉투가 눈에 들어왔
다. 재명은 서랍을 다시 열었다. 은실이 재명에게 보낸 편지였다.

은실은 조선예악원을 떠나고 나서도 그에게 편지를 보내왔다.
조선예악원에 있을 때부터 은실은 재명에게 은근한 눈길을 보내
왔던 것이다. 고급스런 레이스가 달린 블라우스와 살랑거리는 스
커트를 입고 재명을 찾아왔을 때 재명은 알아보았다. 은실이 예
악원을 나가 어디로 간 것인지를. 그녀는 카페나 클럽에서 여급
이나 가수가 되어 있을 게 뻔했다. 훨씬 많은 급여를 힘들지 않게
벌 수 있는 곳이었다. 은밀한 사치를 즐기는 여자이니 충분히 그

럴 만하다는 생각을 했다.

하지만 계속해서 그에게 구애의 편지를 보내는 것만은 견딜 수 없었다. 재명은 은실이 보내온 편지를 모두 다시 되돌려 보냈다. 서랍 맨 밑바닥에 미처 보내지 못한 편지가 남아 있으리라 생각지 못했다. 재명은 은실이 보내온 편지를 들여다보았다.

"당신을 절실히 연모하는 은실? 흥?"

재명은 편지를 다시 읽으며 코웃음을 짧게 쳤다. 그때 집사가 전갈을 보내왔다.

재명은 급하게 서랍을 닫아 열쇠로 잠갔다. 재명은 침착해 보이려 했다. 책상 위에 흩어진 팸플릿과 서류들을 정리했던 것이다.

미 군정청 수사과에서 나온 이는 저번에 찾아온 적이 있는 류형도라는 자였다. 그는 가느다란 얼굴선을 가졌다. 눈빛이 상대의 속을 쏘아보는 듯 반짝였다. 단장실로 들어서자마자 류형도는 셔츠 단추를 풀며 주위를 꼼꼼히 살폈다.

나무선반 위에는 누런 필터지 악보들이 빽빽이 꽂혀 있다. 축음기 옆에는 레코드판이고 옆에는 사현금이 활과 함께 번쩍이며 장식처럼 놓여 있었다.

재명은 류형도의 예리한 눈빛이 싫어 자신의 셔츠 양쪽으로 맨 멜빵끈을 앞으로 툭 당겼다.

류형도가 나무의자에 앉자 재명도 따라 마주보며 의자에 앉았다. 단장실 뒤쪽은 뒤란으로 통하는 작은 쪽문이 나 있었다. 재명 등 뒤쪽에는 정원이 훤히 내려다보이는 유리 창문이었다. 소박한 소반에 차가 들어왔다.

류형도는 신중하게 눈빛을 반짝였다. 귓불을 만지작거리며 탐문하는 듯 재명에게 물었다.

"마츠무라 준이치로를 아시오?"

류형도는 일정 때 마츠무라의 사진을 탁자 위에 툭 던졌다. 연미복을 입고 포즈를 취한 마츠무라의 흑백사진이었다. 재명은 익숙하고 몸에 밴 침착함으로 어금니를 깨물었다. 미소를 띠어보였다.

"당연히! 일정 때 최고의 피아니스트 마츠무라 준이치로를 모를 조선인들은 없죠."

"그가 살아 있습니다!"

류형도는 단정하고 간명하게 말하며 재명의 낯빛을 살폈다. 재명의 여유 있던 표정이 싹 사라졌다.

일정(日政) 때 동경 콩쿠르 대회날이었다. 재명은 그 전날 네온사인이 현란한 동경의 한 여관에 있었다. 동경은 꼭 와보고 싶은 도시였다. 재명은 두근거리는 가슴을 진정시키려 했다. 천장에는 창틈으로 들어온 달빛과 별빛이 번져가고 있었다. 빛들은 몇백 년 전의 꿈처럼 반짝였다. 동경 콩쿠르는 재명이 오랫동안 꿈꾸어오던 무대였다.

재명은 침대에 누워 자신의 왼손가락 끝을 올려다보았다. 현을 짚던 손가락 끝이었다. 손가락 끝에 핏물이 맺히고 풀리고 다시 맺혔었다. 줄을 누르고 들어올리고 다시 누르며 흔들던 음. 사현금은 나무통으로 울며 소리를 끌어냈다. 소리는 재명의 몸과 함께 울려났다. 재명은 음의 도취와 쾌락을 즐겼다. 그것은 온전히 자신의 것이었다.

재명은 잠들기 직전 경성 콩쿠르대회에서 몇 번의 일등을 했던 기억들을 떠올렸다.

다음날 동경 콩쿠르 무대는 화려했다. 내지인들도 내지인들이지만 반도, 동아시아 각국의 최고의 실력자들이 모여들었다. 무대 뒤편에 대회참가자들은 모두 긴장한 채 순서를 기다리고 있었다. 재명도 긴장 때문에 온몸이 붉어졌다 파래졌다 화끈거렸다. 사현금의 음이 틀리지 않는지 몇 번을 피아노 음과 맞추어보다 재명은 이마와 콧등 위에 땀을 훔쳤다. 온몸이 땀으로 미끈거렸다. 연주자들이 모두 딱딱한 침묵 속에 있었다. 단 한 명의 대회 참가자만 제외하고.

재명의 자리에서 두 번째 앞줄에 있던 여인이었다. 여인은 자신의 옆에 앉은 남자의 옆구리를 찌르며 장난을 쳤다. 옆에 앉은 남자는 장난을 저지하는 것처럼 보였다. 짙은 눈썹에 갸름한 눈매를 가진 남자였다. 그는 옆에 앉은 여인이 장난칠 때마다 여인을 바라보다 다시 긴장한 채 정면으로 고개를 돌리곤 했다.

장난치는 여인을 보며 재명은 입술을 깨물었다. 구로가와 나오코. 그 여인은 나오코였다. 재명은 제국의 피아니스트 나오코의 음반을 들은 적이 있었다. 나오코는 재명과 같은 음악학교를 다니고 있었다. 수업이 파했을 때 재명은 나오코에게 다가가기 위해 얼마나 고심했던지. 재명은 나오코와 데이트를 하기 위해 돈을 모으기까지 했다. 조선예악원에서는 카페나 클럽에 가 악기를 연주하는 것을 금하고 있었다. 하지만 재명은 단장 몰래 클럽에

가 사현금을 연주하고 돈을 받았다. 웨이트리스의 수가 쉰셋이나 되는 '락원'이라는 본정통에서 가장 큰 카페였다. 재명은 일 원을 겨우 만들었지만 기껏 일 원을 가지고는 빵 네 개와 설탕가루, 사과 두 개, 바나나 열 개, 얼음사탕, 돗자리 값, 라무네두(음료수병) 정도밖에 기분을 낼 수가 없다.

재명은 열심히 돈을 모아 삼 원을 모았다. 재명은 누런 선화지 공책에 연필로 쓰기 시작했다.

[전차삯 25전, 입장권 20전, 사이다 한 병 20전….]

'그래 이 정도면 창경원 벚꽃놀이를 갈 수 있고 본정통에 가 칼피스를 한 잔 마시고, 희락관이나 대정관과 같은 활동사진관에서 영화를 구경하고 나서는 25전짜리 양식을 먹을 수 있겠지.'

재명은 그렇게 속으로 기뻐하며 구멍 난 양말을 반짝거리는 구두에 감춘 채 나오코를 본정통에서 기다렸던 것이다. 그러나 나오코는 나오지 않았다.

재명은 햇살 밝은 봄날, 진땀 흘리며 기다리던 전신주 아래가 떠올랐다. 재명은 절망적인 기분이 들어 당장 얼굴이 굳어졌다.

사회자가 공동 1등을 발표한다고 말했다. 재명은 자신이 1등이 분명하다고 생각했다. 재명은 세 시간씩 잠자는 시간을 제외하고 온전히 사현금 앞에서 떠나질 않았다. 현을 누르던 손가락 끝은 발갛게 부풀어 올라 있을 지경이었다. 누군가 그의 머릿속을 꽝하고 친다면 현악기의 곡들이 주르륵하고 흘러내려올 지경이었다. 그의 몸은 사현금과 일체가 된 듯했다.

재명은 그러나 대회에서 우승자가 될 것이라는 확신과 동시에 알게 모르게 번지는 불안한 두려움 속에서 갈팡질팡하고 있었다. 그것은 완벽주의자들에게 늘 나타나는 극단적인 자기확신과 낙오에 대한 공포였다. 1등을 발표하기 전 재명은 두근거리는 가슴을 진정시키려 애를 썼다. 그는 칼라를 만지작거리며 제 흥분을 가라앉히려 했다.

"마츠무라 준이치로! 구로가와 나오코! 공동 1등!"

1등이 호명되었을 때 재명은 그것이 현실로 믿어지지가 않았다. 그럴 수가 없었다. 이건 받아들일 수 없는 삶의 배신이었다. 재명은 춥고 텅 빈 연습실에서 밤늦도록 연습하던 시간이 떠올랐다. 연습을 하다 지쳐 바닥에 잠들던 시간들이 떠올랐다. 재명은 주먹을 움켜쥐었다. 재명은 그들을 노려보았다. 그의 눈길이 그들을 따라갔다. 불같은 질투가 온몸을 태웠다.

구로가와 나오코는 도도한 걸음으로 무대 위로 올라갔다. 마츠무라 준이치로, 그는 긴장한 모습으로 무대 위로 올라갔다. 나오코는 오만해 보였고, 남자는 잔뜩 긴장한 채 촌스럽고도 고집스러운 표정이었다. 마츠무라 준이치로, 재명은 그를 어디선가 본 듯한 느낌이 들었다. 재명은 그를 뚫어지게 쳐다보고 있었던 것이다.

마츠무라….

재명은 구레나룻 짧은 털이 곤두 설만큼 차갑게 말했다.

"몰랐습니다. 그리고 그것이 저와 무슨 상관이 있다고…."

"저, 그러니까…."

그러다 류형도는 말을 멈췄다. 팔을 빼다 탁자 위에 놓인 종이

묶음을 떨어뜨린 것이다. 류형도는 바닥에 떨어진 종이 묶음을
들어올렸다.

포스터였다. '대한예악원 해방기념 음악회'라…. 류형도는 뒤
의 말을 잇지 않고 빙긋 웃었다.

"친탁을 위한 음악회라 들었는데…."

류형도는 음악회 포스터를 내려다보며 말했다. 재명이 막아서
듯 말을 막았다.

"그건…."

이번엔 류형도가 재명의 말을 막아서듯 말했다.

"해방정국에서 미 군정청에서 시키는 모든 일들은 법이나 마
찬가지다.… 그래서?"

류형도의 말투는 빈정거림이 담겨 있었다.

"이왕에 해방이 되었는데 민족이 분열되어서 되겠소? 친탁이
니 반탁이니, 소모적인 혼란은 이제 그만두어야 하오. 정국이 불
안하니 친탁도 나쁘진 않겠지. 그리고 우린 미군정의 후원이 없
다면 음악회를 열 수도 없소. 대한예악원도 이제 새롭게 출발해
야 하오. 든든한 기반이 필요하단 말이오."

재명의 말에 류형도는 더욱 빈정대는 말투다.

"예술이나 문화란 참 편리한 제도요. 연주하고 전시하고 거기
에 정치적 수식을 붙이면 곧바로 이데올로기를 완성시킬 수 있
으니."

재명의 눈길에 짧은 노기가 스쳐갔다.

"당신이 예술에 대해 뭘 안다고 그러는 거지? 역사는 살아남은

예술을 기억할 뿐이야."

"살아남는다… 살아남기 위한 음악회라…."

류형도는 다시 빈정대며 말을 이었다.

"도살장으로 끌려가는 트럭 위에서 아무것도 모른 채 암컷의 뒤를 핥다가 이따금 깡충깡충 올라타기도 하는 수퇘지들…. 본 적 있소?"

류형도는 말을 이었다.

"지들이 어디로 가는지도 모른 채 삶의 욕정을 다 부려보는 거. 그런 거, 말이외다. 일정 때 조선이 병참기지가 되어갈 때 반도인들은 칡뿌리나 송진을 먹지 않았소? 조선민족이 공출로 징용으로 죽어갈 때 음악은 더욱 화려하고 아름다웠지. 군국주의의 이름으로…."

"……."

"구로가와 나오코도 그중에 하나였지?"

류형도가 조롱섞인 말투로 묻자 재명은 참을 수 없는 표정으로 역정을 내며 물었다.

"대체, 무슨 말을 하려는 거지?"

재명은 재차 나오코란 이름을 듣는 순간 다시 머리 끝으로 피가 몰리는 느낌을 받았다.

그러자 류형도는 잊었던 일이 떠올랐다는 듯 제 이마를 손가락으로 툭 쳤다.

"아, 그렇지. 조선예악원 단장 살인사건…. 유력한 용의자를 찾아냈소!"

재명은 놀라움을 꿀꺽 삼키며 류형도를 바라보았다. 류형도는
재명의 낯빛을 놓치지 않으려 재명의 모습에서 눈을 떼지 않았
다. 미술학도다운 관찰력이었다.

"대체, 누구요? 그 살인 용의자가….."

재명은 침을 꿀꺽 삼키고는 물었다.

류형도는 재명의 손가락 끝이 짧게 떨리는 것을 보았다. 재명
이 류형도의 앉은 자리 뒤쪽에 눈길을 주고 있었다. 류형도는 재
명이 눈치 채지 못하게 재명이 힐끔거리는 쪽을 바라보았다. 초
록잎이 짙은 화초 화분이었다.

"대체 그 살인용의자가….."

재명의 말을 자르듯 류형도가 빠르게 말했다.

"저기 저 화초는 이름이 뭐요?"

재명은 순간 당황한 빛으로 류형도를 바라보았다.

미스즈야 여관,
이해랑

해랑은 여관방 문손잡이가 서서히 돌아가는 것을 보고 있었다.
온몸이 긴장으로 화끈거렸다. 해랑은 쇠꼬챙이를 치켜들고 손잡
이를 노려보았다. 나무마룻바닥이 조심스럽게 삐걱거렸다. 나무
와 나무끼리 연결된 마룻바닥에서 삐걱거리는 느낌이 소리와 함
께 전달되었다.

침입자의 그림자였다.

그림자는 방문 아래 문 틈새로 어른거렸다. 해랑의 방 안쪽이었다. 해랑의 다리에 순간 바람 같은 것이 스쳤다.

손잡이가 천천히 돌아갔다. 해랑은 숨을 크게 들이쉬었다. 문이 조심스럽게 열렸다. 열고 들어온 자는 검은 그림자였다. 놈은 마른 체격에 큰 키였다. 창문에서 깜박이던 홍등이 방안으로 흘러들었다. 불빛 속에 놈이 들고 있던 것이 번쩍였다. 짧고 날카로운 금속이었다.

해랑은 문짝을 재빨리 밀었다. 놈은 방안으로 다 들어오기 전에 문짝에 부딪쳐 잠시 비틀거렸다. 그러나 재빨리 방안으로 달려들며 해랑을 공격했다. 놈이 쥐고 있던 단단한 금속이 해랑을 향해 뻗어 나왔다. 해랑의 왼쪽 어깨와 오른쪽 어깨 쪽으로 한 번씩 뻗어왔다. 해랑은 반대방향으로 한 번씩 상체를 돌리며 칼을 피했다.

칼은 쉴 사이 없이 해랑의 가슴과 복부 쪽을 겨냥했다. 해랑은 몸을 틀면서 놈의 머리를 헤드락을 걸었다. 놈의 등 뒤에서 칼을 든 손목을 낚아챘다. 단도였다. 단도는 놈의 손목에서 떨어졌다. 해랑은 발로 단도를 찼다. 단도는 침대 밑으로 휙 미끄러져 들어갔다.

놈은 기다리지 않았다. 자신의 등 뒤로 가 있는 해랑의 머리를 양팔로 들어올려 엎어치기를 했다. 대단한 괴력이었다. 해랑의 몸이 공중에 들리더니 뒤집어지며 바닥으로 꼬꾸라졌다. 해랑이 벽언저리에 머리를 찧으며 부딪쳤다. 방에 있던 원탁이 넘어지고 그 바람에 탁자 위에 있던 도자기 찻잔이 바닥으로 떨어지며 부

서졌다.

그 틈을 놓치지 않고 검은 그림자는 해랑을 들어올려 명치로 훅을 날렸다. 몸이 허공중으로 들리는 듯했다. 허리가 꺾였다. 다음 코뼈가 박살 나는 듯한 충격이 가해졌다. 가격은 쉬지 않고 기습적으로 해랑의 얼굴과 옆구리로 날아들었다.

해랑이 다시 유리창 언저리께로 날려가 처박혔다. 유리창이 부서지며 조각이 바닥으로 쏟아졌다. 해랑은 온몸이 화끈거리고 입가가 찢어진 듯 쓰라렸다. 해랑은 쏟아진 유리더미 속에서 손등으로 입가를 훔치며 일어났다.

놈이 달려들었다. 해랑이 이번에 빨랐다. 놈의 다리를 걸어 넘어뜨렸다. 바로 놈의 팔을 휙 돌려 꺾은 채 벽 쪽으로 밀어붙였다. 해랑은 놈의 명치끝을 주먹으로 가격했다. 해랑의 주먹에는 유리조각들이 박혀 있었다. 가격할 때마다 해랑의 주먹에 살갗을 파고드는 고통이 흘러들었다. 놈의 머리통이 옆으로 꺾이며 피를 토했다. 눈꺼풀이 내려 감기며 핏물이 흘렀다.

해랑은 놈의 멱살을 잡은 채 눈을 노려보았다. 축 처져 있던 놈은 재빨리 틈을 보며 일어났다. 놈은 해랑의 허리를 감고 거꾸로 해랑을 넘어뜨렸다. 해랑의 뒷머리통이 바닥에 꽝, 하고 바닥을 찧었다. 둘은 서로 엉켜 붙은 채 몇 바퀴를 돌았다. 해랑은 놈을 눕힌 채 주먹으로 가격했다. 놈은 완전히 축 처지며 쓰러졌다.

해랑은 거친 숨을 몰아쉬었다. 찢어진 입가가 다시 쓰라렸다. 입가를 훔쳤다. 손등이 온통 피로 물들어 있었다.

해랑은 놈의 몸을 뒤지기 시작했다. 검은 국민복 상의와 하의 안쪽 주머니였다. 주머니는 텅 비어 있었다.

아니다.

상의 안쪽 주머니에서 뭔가 두꺼운 감촉이 왔다. 해랑은 손끝에 잡히는 것을 꺼내보았다. 흑백사진이다. 그것은, 해랑의 사진이었다. 마츠무라 경무국장의 집에서 보았던 흑백사진과 같이 해랑은 사진 속에서 검은 연미복을 입고 정면을 응시하고 있었다.

해랑은 사진 속의 자신을 뚫어지게 쳐다보았다. 사진 속의 사내의 눈빛은 왠지 슬퍼보였다. 정면을 응시하고 있지만 그 눈빛은 허공의 어느 지점으론가를 향했다. 그 눈빛은 세상에 기댈 만한 것이 마치 자기자신밖에 없는 듯해 보였다.

해랑은 흑백사진의 뒤를 돌려보았다. 펜으로 갈겨 쓴 일어로 된 글씨가 보였다.

[마츠무라 준이치로]

해랑은 얼굴을 일그러뜨렸다. 해랑은 들고 있던 손가락 끝으로 사진의 가장자리가 구겨질 만큼 힘을 주었다. 사진 속의 남자의 얼굴이 조금씩 구겨졌다.

날렵하게 기운이 느껴지면서 단정한 글씨체다. 글씨를 쓴 자는 아주 이지적인 자인지도 모른다. 동시에 비열함을 끝내 숨기는 잔인한 자일 수도 있다.

해랑은 얼굴을 모르는 누군가가 자신을 노린다는 사실이 두려웠다. 세상은 해랑에게 끝끝내 입을 다무는 것 같았다. 침묵이, 그 부재가 해랑을 혼돈스럽게 했다.

복도에서 쿵쾅거리는 소리가 다시 났다.

그때였다. 둔탁하고 묵직한 군화소리. 해랑은 흠칫 놀라 계단으로 통하는 문 쪽을 쳐다보았다. 해랑이 채 몸을 숨길 틈도 없었다.

방문이 벌컥 열렸다. 누런 미군군복을 입은 헌병 둘이었다.

그들은 뭔가 소리를 질러대며 말했다. 언어는 해랑의 편이 아니었다. 해랑은 그들이 무슨 말을 하는지 알아들을 수가 없었다. 말도, 국적도, 아내도, 시간도 해랑의 편은 아니었다. 핏물이 가득 묻은 얼굴로 해랑은 주저앉은 채 자기 앞에 알 수 없는 소용돌이가 휘몰아치고 있다는 생각이 들었다.

미군 헌병은 해랑을 내려다보며 총부리를 들이댔다.

헌병들은 청록색 눈을 번쩍이고 있었다.

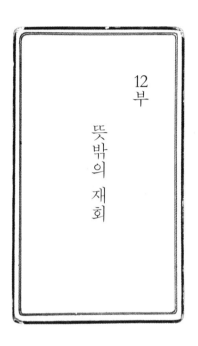

12부

뜻밖의 재회

다음날
서기 1945년 10월 18일

조선사람들 가운데 일본놈 앞잡이 노릇을 하던 사람들도 있었어요. 일본 형사들은 앞잡이가 된 그런 조선사람들에게 잡혀온 조선사람들을 때리라고 시켰어요. 바로 앞에서 형사들이 지켜보고 있으니 더욱 가혹하게 때릴 수밖에 없었지요.

남동순의 증언

미 대사관 별실,
나오코와 이해랑

미군헌병이 미스즈야 여관에서 해랑을 데리고 간 곳은 미 대사
관 별실이었다. 뜻밖이었다. 별실 홀에 들어가자 해랑은 주위를
둘러보았다. 나오코가 초조한 표정으로 해랑을 기다리고 있었다.
　해랑은 갈색 코트를 입고 있었다. 안에는 흰 셔츠에 양복바지
를 입고 있었다. 해랑은 사납게 펄럭이던 지상의 바람에게 호송
이라도 당한 듯해 보였다. 귀밑까지 자란 머리는 헝클어져 있었
고 셔츠자락은 바지춤에서 삐져나와 있었다. 헝클어진 모습이 마
치 어떤 심각한 현장에 당도한 운명처럼 보였다.
　해랑은 주위를 두리번거렸다. 자신이 당도한 곳이 어딘지 알려
는 필사적인 눈빛이었다.

나오코는 잠시 커다랗게 뜬 눈을 움직이지 못했다. 눈빛이 가늘게 흔들리기 시작했다. 나오코는 가슴이 복받쳐 올랐다. 서늘한 기운이 가슴 밑바닥을 훑고 지나갔다.

나오코는 해랑에게 천천히 이름을 물었다.

"당신, 이름이…. 뭐죠?"

해랑의 얼굴에 두려움과 긴장이 출렁거렸다. 어둠 속에 웅크리다 빛 속으로 나온 벌레처럼 경계하는 빛이 역력했다.

"박, 이, 규."

해랑은 조선어를 틀리지 않게 말하려고 애쓰며 천천히 자신의 이름을 발음했다. 그것은 독특한 조선어 발음이었다. 어눌하지만 또박또박한 말투였다.

나오코는 해랑의 얼굴을 뚫어지게 쳐다보았다. 철원에서 만난 그 남자가 분명하다, 나오코는 생각했다. 하지만 자신이 알고 있던 마츠무라와는 영 다른 사람 같았다. 박이규란 남자는 머리가 길게 자라 있을 뿐만 아니라 뭔가 숨기는 듯 불안한 눈빛이었다. 나오코가 아는 마츠무라는 아니었다. 마츠무라는 당당하고 독할 만큼 자기고집이 센 사람이었다. 나오코는 얼굴색을 바꾸었다. 남자의 얼굴을 다시 바라보았다.

해랑은 자신이 잡혀온 곳에서 긴장을 잃지 않아야 한다는 생각에 쓰윽, 웃음을 지어보였다. 해랑은 여차 하면 신분증도 보여줄 작정이었다. 가토가 여관에서 자신에게 준 가짜신분증이었다.

미 군정청에 있는 여자에게 잘못해서 자신의 신분을 들킨다면 곤란해질 게 뻔했다. 해랑은 고개를 들어 여자의 얼굴을 보았다.

여자는 갸름한 미인형이고 양장에다 머리를 우치마키로 말아 올리고 있었다. 여자가 가까이 오자 연한 분냄새가 났다. 해랑은 정신이 아득해 오는 느낌을 받았다. 해랑은 자신을 뚫어지게 쳐다보는 나오코의 눈빛을 애써 피하려 했다.

그러나 나오코는 시선을 피하는 해랑의 안색을 계속 살피고 있었다. 그녀는 아무리 그래도 그에게서 마츠무라의 느낌을 지울 수가 없었다.

'마츠무라 준이치로, 그자는 다 좋은데 고집이 너무 세단 말이야. 속을 알 수 없는 위인이야…. 대일본 제국에 대한 충성심을 잘 모르겠단 말이지!'

나오코는 자신의 남편이 하던 말을 떠올렸다. 종로경찰서장의 장례식 추도식에서였다. 그날 신사 앞마당에서 마츠무라는 쇼팽의 왈츠를 연주했던 것이다. 장례식 날 온 추모객들은 갑작스런 춤곡에 어리둥절해했던 것이다.

'마츠무라 상이 어쩌면 장난을 치고 있는지도 몰라.'

장례식장을 댄스장으로 만들어놓는 짓궂은 사내가 아닌가. 나오코는 생각했다. 그녀는 남자의 얼굴을 다시 살폈다.

남자의 눈에는 약한 핏발이 서 있었고 경계의 빛이 출렁였다.

남자는 나오코가 낙랑클럽에서 보았던 그 남자이기도 했다.

그러나 꼼꼼히 살펴보면 뭔가 달랐다. 나오코는 다시 이 남자가 마츠무라가 아닐 수도 있다는 생각을 했다. 남자는 장난스럽지도 고집스러워 보이지도 않았다. 상대를 경계한 채 출입문 쪽을 곁눈질하고만 있었다. 민첩하고 불안에 빠진 도망자 같았다.

남자는 나오코를 전혀 모르는 표정이었다.

'마츠무라 상이라면 나를 모른 척할 리가 없어.'

그는 내 앞에서 죽지 않았는가. 나오코는 수덕사 아래 료칸에서 흰 유카타를 입고 함께 목욕하던 때를 떠올렸다. 뜨거운 습포처럼 자신의 유방을 움켜잡던 뜨거운 남자의 손을 떠올렸다. 그리고 갑작스런 군화발자국소리가 났고 총성이 들렸고…. 그리고, 그리고, 남자는 총에 맞아 피를 흘리며 자기 앞에 쓰러졌다.

'마츠무라가 아니다!'

나오코는 약한 한숨을 쉬고는 자신이 사람을 잘못 보았다고 해랑에게 말했다. 그러자 해랑이 나오코에게 그녀의 이름을 물었다.

"저는 나혜원이라고 합니다."

나오코는 자기도 모르게 '나혜원'이라고 말했다. 그것은 자기가 들어도 뜻밖의 이름이었다. 윌슨이 세브란스 병원에서 나오코에게 이름을 물었을 때 나오코는 주저하며 자신의 이름을 나혜원이라고 했다. 나오코는 왜 자신의 이름을 조선이름으로 바꾸어 말해주었는지 알 수 없었다.

나오코는 내지로 돌아가기 전, 경성에 잠시 머무르는 동안이라도 자신을 지켜야 한다고 생각했다. 그녀는 위로 틀어 올렸던 머리를 풀어 어깨쯤 길이로 싹둑 잘랐다. 까맣고 윤기 나던 머리결이었다. 어느새 단발이 찰랑거렸다. 나오코는 찰랑거리는 머리끝을 만져보았다. 나오코는 거울 속 자기자신이 낯설었다.

그녀는 도망치고 싶었다. 일정 때 나오코가 아닌 다른 그 누군가가 되고 싶었다. 기억들이 그녀를 옭아매지 않게. 그녀는 과거를 단단히 밀봉해야만 했다. 나오코는 서랍 속에 넣어둔 핀을 꺼내보았다. 봉황무늬 철제 핀이었다. 어쩌면 자신의 머리가 허리쯤까지 자랄 동안 그녀는 핀을 꽂을 일이 없을지도 모른다. 머리가 허리까지 자랄 때쯤이면 나오코는 과거도 다 잊게 될지도 모를 일이다.

나오코는 그렇게 되기를 원했다. 나오코는 현을 튕기듯 핀을 '핑~'하고 튕겨보았다. 현악기처럼. 그리고 다시 핀을 서랍 속에 넣었던 것이다.

'마츠무라가 아니다!'

나오코는 다시 확신이 들었다. 나오코는 남자에게서 몸을 돌려 나가보라고 했다. 하지만 이번에는 남자가 나갈 기색이 아니었다. 뭔가 그녀에게 말을 하려 했다.

"도 와 주 시 오."

남자가 짧게 말했다. 나오코는 남자의 긴장한 표정을 살폈다. 남자는 물 밖으로 튀어나온 물고기처럼 숨가빠 보였고 그의 눈빛은 절박해 보였다. 나오코는 남자의 눈빛을 보면서 자신의 가슴 속에 뭔가 썰물이 빠져나가는 듯한 느낌을 받았다.

그 느낌은 언젠가 느껴보았던 것만 같았다.

미 군정청 수사과,
이해랑과 나오코

나오코와 해랑이 미 대사관 별관에서 나왔다.

미 군정청 입구에 다다랐을 때는 저녁이 가까워오고 있었다. 미 군정청 입구에 누런 군복을 입은 보초가 서 있었다. 그는 경직된 표정이다.

보초는 해랑과 나오코를 파란 눈으로 보고 있었다. 모두가 퇴근한 시간이었고 미군보초는 조금 전 수사과장 배덕술이 청사를 빠져나가는 것을 보았다. 수사실은 텅 비어 있을 게 뻔했다.

나오코는 통역 신분증을 보여주었다. 애써 작은 웃음을 보였지만 나오코의 뺨은 창백하고 딱딱해 보였다.

"He will be questioned by the police and I accompanied him as an interpreter."(수사과에서 심문을 받을 사람이에요. 통역이 필요해 제가 따라온 것이에요.)

"I haven' anything back from my boss!"(연락받은 바 없소!)

미군보초가 딱딱한 표정으로 말했다.

"수사관과는 수사실에서 만나기로 했는데 우리가 먼저 도착한 것 같아요."

나오코가 밝게 웃으며 말했다. 나오코 옆에 이해랑이 서 있었다. 해랑은 미군 보초를 향해 멋쩍은 표정을 지으며 어색하게 서 있었다. 해랑은 자신의 코트자락을 만지작거리며 여유 있어 보이려 애를 썼다.

보초는 코트에 흰 셔츠차림을 한 남자의 차림새를 다시 아래위로 훑어보았다. 보초가 망설이며 고개를 갸웃거리자 나오코가 단호한 태도로 말했다.

"정 이상하면 수사관 댁에 전화를 걸어보시면 되잖아요?"

보초는 여전히 석연찮은 표정이다.

햇빛의 기운이 이미 약해지자 빛은 짙은 황금색으로 변하고 있었다. 정원에 보랏빛 제비꽃들이 가을빛 속에 지고 있다.

미군 보초는 애써 얼굴 표정을 풀었다. 옆에 서 있던 다른 보초와 몇 마디의 말을 주고받고선 들어가라는 뜻으로 나오코에게 고갯짓을 했다.

수사실 안은 어두웠고 3층이었다.

저녁이 내려와 있다. 낮동안 시끄럽게 바닥을 끌던 의자도 둔탁한 책상도 잠든 짐승처럼 잠자코 웅크린 채였다.

해랑이 손전등을 켰다. 실내는 조그만 배구공만큼의 밝은 구멍이 생겨났다. 배구공 만한 빛의 구멍이 실내를 어지럽게 비췄다.

"수사과 사무실에는 왜 들어오자고 한 거죠?"

나오코는 입에 손전등을 물고 책상서랍을 뒤지는 해랑을 보며 물었다. 해랑은 아무 말도 하지 않았다. 굳은 표정으로 황급히 서류철 묶음을 넘기기 시작했다. 그러다 나오코의 물음에 인상을 썼다. 제 손가락 하나를 들어 입에 문 손전등을 가리켰다. 지금 말을 시키지 말라는 신호였다.

해랑은 다시 서류묶음을 재빨리 넘기기 시작했다. 눈으로 하나씩 훑어 내려갔다.

쉽지 않은 작업이었다. 해랑은 조선말을 읽을 수가 없었다. 마음이 다급해졌지만 몸에 익은 방식대로 조심스럽게 서랍문을 열고 닫았다. 다음 책상을 뒤질 차례였다.

"여기서 뭘 찾으려고 하느냐구요? 대체, 여기까지 데리고 왔으면 무슨 설명이라도 해줘야 하는 거 아닌가요?"

나오코가 상기된 표정으로 소리를 질렀다. 미 대사관 별실에서 해랑은 나오코에게 미 군정청 수사과 사무실로 자신을 데리고 가줄 수 없느냐고 부탁했던 것이다.

"쉬!"

해랑은 손전등을 내려놓고 입술 위에 집게손가락을 댔다. 사무실은 저녁빛이 내려 이미 어두웠다. 서로의 얼굴이 제대로 보이지도 않았다. 나오코가 낮은 목소리로 다시 물었다.

"그러니까 뭘 찾는지 말하면…."

나오코의 말을 잘라먹듯 해랑이 말했다.

"도 와 줄 수 있 소? 내 가 조 선 글 을 잘 못 읽 어 서…."

나오코가 난감한 듯 말했다.

"나도 잘 읽는 편은 아니지만…."

해랑이 재빨리 훑어본 서류철을 치우며 말했다.

"스미마셍가 니혼고데 하나시타라 도오데스카?"(미안하지만 일어로 말하면 안 되겠소?)

나오코가 놀란 듯 해랑을 바라보았다. 해랑이 일어로 말을 이었다.

"일정 말 때 경무국장 살인사건에 대한 자료를 찾고 있소."

해랑은 일어로 말하면서 편안한 느낌을 받았다. 폐로 편안한 공기가 들어오고 나가는 것 같았다. 말은 호흡처럼 해랑을 숨 쉬게 했다. 해랑이 철제 캐비닛 손잡이를 돌리며 말했다.

"마츠무라 데츠야 경무국장 살인사건 기록 말이오….."

해랑의 말이 끝나자마자 나오코는 얼굴빛이 짙은 흙빛으로 변했다. 나오코는 흔들리는 눈빛으로 해랑을 천천히 올려다보았다. 해랑은 어둠이 눈에 익었지만 나오코의 표정을 살필 겨를이 없었다. 해랑은 손전등을 책상 위에 두고 캐비닛 안에 쌓여 있는 검은 서류철을 꺼내 하나씩 살피고 있었다.

"내가 그 사건 살인용의자였다는 거요."

나오코는 또박또박하게 발음하려고 애를 쓰며 물었다.

"당신은 박이규라 하지 않았나요?"

"아, 아, 물론 내 이름은 박이규요. 여기 도민증도 보여줄 수도 있어. 난 조선인이오. 하지만….."

"하지만 뭐죠?"

"지금, 다 설명할 순 없소."

"하지만, 당신이 왜 이 사건기록을 찾는지는 내가….."

"알 것 없다고 했잖소!"

"……"

해랑은 갑작스럽게 소리를 지른 자신이 어색했다.

해랑은 목소리를 가다듬어 나직이 말했다.

"당신, 그런 기분 알아? 고개를 돌려 토할 수도 없고 억눌러 삼킬 수도 없는 거, 그런 것이 과거라는 거? 난, 내가 누구인지도 모르겠고 지금 내가 어디에 있는지도 모르겠어. 다만 내가 지금 온몸의 힘을 다해 그놈의 과거와 씨름하고 있다는 것만은 사실이지."

"……"

캐비닛 바닥에 먼지가 쌓인 검은 서류철뭉치가 보였다. 일정 때 기록들을 수사과에 보관하고 있다는 소문이 맞긴 맞는 모양이었다. 표지에 일어로 분류해둔 사건명과 함께 조선어로 뭔지 알 수 없는 단어들을 써놓고 있었다. 연도로 봐서 바로 1년 전 사건기록들이었다. 해랑은 긴장된 마음을 진정시키며 서류철 묶음을 넘겼다.

"여하튼⋯. 그 사건의 진상에 대해서 난 좀 알아야겠소. 누군가 자꾸만 나를 쫓고 있소. 그러니⋯."

그때였다. 해랑이 말을 멈추었다. 그는 검은 서류철을 넘기다 뭔가를 발견한 듯 눈빛을 반짝였다.

"경무국장 마츠무라 데츠야의 사건기록이야. 드디어 찾았소!"

해랑이 낮게 소리를 질렀다. 일정 때 수사기록이 아직도 남아 있다는 것이 믿기지 않았다. 일정 때 전쟁관련 문건, 사상범 정치범 관련문건은 소각되었다고 들었다. 일반 형사사건기록들은 채 소각되지 않은 채 캐비닛에 쌓여 있었던 모양이었다. 나오코가 해랑 쪽으로 달려왔다.

해랑은 서류철을 책상 위에 놓았다. 의자를 안쪽으로 당겨 앉았다.

서류철을 접어 넘긴 채 읽어 내려가기 시작했다. 해랑은 세로줄로 쓰인 사건기록을 낮은 소리로 읽어나갔다. 읽어 내려가는 목소리에 따라 고개가 아래위로 움직여 갔다.

"경무국장 마츠무라 데츠야는 나무 목욕통에서 벌거벗은 채 숨져 있었다는군. 물속에서 목을 찔린 듯하며 타살 가능성도 없지 않다고 되어 있어. 마츠무라 국장이 죽던 날 함께 살던 마츠무라의 양아들과 국장의 처가 함께 도망쳤다는 거군. 양아들이 충분히 혐의가 있다고 쓰여 있는데…. 그건 양아들과 함께 목욕을 즐겼고…. 그런데 양아들, 양아들이라면….”

해랑은 공포와 두려움으로 놀란 듯 고개를 들었다.

나오코는 사색이 된 채 뻥 뚫린 눈으로 해랑을 쳐다보았다. 나오코는 덜덜 떨고 있었다. 그녀는 자신도 모르게 해랑의 손을 잡으려 했다.

해랑은 나오코의 손을 뿌리친 채 자리에서 일어났다. 해랑이 비틀거리며 앞으로 걸어가다 책상 모서리에 부딪치며 비틀거렸다. 해랑은 얼굴을 일그러뜨린 채 허공을 바라보고 있었다.

나오코가 자신의 손을 뿌리친 해랑에게 천천히 다가갔다. 흐느끼듯 중얼거렸다.

“그건, 오해예요. 국장은 당신이 살해한 게 아니야!”

멍한 듯 앞으로 걷던 해랑은 놀란 표정으로 나오코를 돌아보았다.

나오코와 눈이 마주쳤다. 나오코는 전신을 덜덜 떨며 입술을 달싹거렸다. 나오코는 울음이 목 끝까지 차서 말이 제대로 나오지 않았다. 나오코는 온 힘을 다해 울음을 막아낸 채 다음 말을 이끌어내야 했다. 나오코가 다음 말을 하려는 순간이다.

갑작스럽게 불이 들어왔다.

누군가 전등스위치를 올렸다.

해랑은 반사적으로 몸을 숙였다. 바닥에 엎드린 채 가만히 고개를 들었다. 자신의 뒤에 있는 나오코 쪽을 돌아보았다. 나오코도 엎드린 채 해랑 쪽을 보고 있었다. 해랑은 다시 고개를 돌려 앞쪽을 살폈다. 책상 다리와 의자 다리 사이에 남자의 검정 구두가 보였다. 구두코가 낡았지만 날렵해 보이는 양화였다.

불이 들어오자 사무실 내부가 해랑의 눈에 들어왔다. 큰 나무책상이 놓여있고 그 책상과 기역자로 꺾어 작은 나무책상이 놓여 있었다. 사무실 중앙에 낡은 소파와 등받이 없는 나무의자들이 놓여 있다. 벽 쪽에는 철제 캐비닛들이 벽면을 가린 채 줄지어 서 있었다.

캐비닛이 열려 있고 서류철이 책상 위에 어질러져 있는 것을 본 검정구두 남자는 당황한 듯해 보였다. 남자는 재빨리 몸을 벽 쪽에 붙였다. 누군가 사무실 안에 아직 남아 있을지도 모른다고 생각하는 것 같았다. 허리춤에서 천천히 권총을 꺼내는 소리가 들렸다. 쇳소리였다. 권총 방아쇠를 위해 걸림쇠를 푸는 소리가 연이어 들렸다.

해랑은 엎드린 채 입술을 깨물었다. 뭔가 결의라도 한 듯 해랑의 얼굴이 굳어졌다. 해랑은 나오코 쪽으로 기어가기 시작했다.

권총이 큰 나무책상 쪽으로 다가오고 있었다. 해랑과 나오코 쪽이었다. 해랑은 눈짓으로 나오코에게 뭔가 신호를 보냈다. 나오코는 두려움으로 떨고만 있었다. 해랑은 몸을 숨기고 있는 커다란 나무책상 서랍을 조심해서 열어보았다. 서랍 안에 손을 뻗어 더듬었다. 뭔가 묵직한 것이 잡혔다.

해랑이 손에 잡힌 것을 살펴보았다. 쇠구슬 여러 개였다. 해랑은 쇠구슬을 손바닥에 살그머니 쥐어보았다. 쇠구슬은 저 땅 속 깊은 곳 광석이었을 적의 기억이라도 갖고 있는 듯 딱딱한 적의(敵意)가 느껴졌다.

해랑은 쇠구슬을 한 개씩 손가락 끝으로 잡았다. 해랑은 쇠구슬을 천정에 있는 전등 쪽으로 던졌다. 전등은 모두 세 개였다.

와장창 소리가 차례로 나고 전등이 깨졌다. 전등이 모두 깨지자 갑작스런 어둠이 찾아왔다. 구두는 깜짝 놀란 듯 소리를 질렀다.

"누구냣!"

배덕술이었다. 잊은 물건 때문에 다시 사무실로 들어오던 길이었다. 수사과장 배덕술은 양미간을 찌푸렸다. 권총을 잡고 이쪽으로 저쪽으로 획획 겨냥하는 곳을 바꾸며 대상을 찾고 있었다.

해랑과 나오코는 함께 손을 잡고 몸을 숙여 창문 쪽으로 달려갔다. 배덕술이 발걸음소리를 듣고 달려들었다. 해랑이 달려오는 배덕술의 다리를 걸어 넘어뜨렸다. 배덕술이 넘어지며 끄응 소리를 냈다. 해랑은 격자 창문을 깼다. 3층 창문 아래를 내려다보았다. 창문 아래 기와지붕이 비스듬히 놓여 있었다. 아래는 사면이 벽으로 둘러싸인 정방형의 그늘진 풀밭이었다.

나오코는 망설이며 주저하는 듯했다. 해랑은 나오코를 창문 너머로 밀어넣었다. 나오코는 창틀을 잡고 비스듬한 1층 지붕으로 내려서려 했다.

배덕술이 일어났다. 해랑에게 다시 총을 겨누려 했다. 해랑은 몸을 두 번 휙 돌려 돌리는 다리의 힘으로 총을 쥔 배덕술의 손과 턱을 가격했다. 돌려차기였다. 총은 바닥 어딘가로 떨어져 빙글

빙글 돌며 구석으로 미끄러졌다. 배덕술이 비틀거리며 해랑의 아귀에 주먹을 휘둘렀다. 주먹은 빗나갔다. 해랑은 배덕술의 명치끝을 가격하고 옆구리를 공격했다. 배덕술이 나무책상의 모서리에 부딪치며 뒷걸음치며 비틀거렸다.

나오코의 굽 낮은 구두가 지붕으로 미끄러졌다. 비명을 지르며 나오코는 손끝으로 지붕을 긁었다. 나오코는 지붕 아래로 미끄러져 갔다.

벨이 날카롭게 울린다.

날카로운 기계음이 귀를 찔렀다. 후닥닥 달려오는 미군들의 군화소리가 들려왔다. 나오코의 손끝이 지붕의 끝자락 처마 끝에 닿았다. 안간힘을 다해 처마 끝에 매달렸다. 무릎까지 오는 치맛자락이 펄럭했다. 나오코는 아래를 내려다보았다. 흙더미가 있는 풀밭이었다. 3층이었다. 뛰어내리기에는 높은 위치다. 나오코는 손끝의 힘이 점점 빠져나가는 느낌이 들었다.

나무의자가 해랑 쪽으로 날아왔다. 의자는 해랑의 머리 옆 벽에 퍽, 하고 부딪치며 부서졌다. 해랑이 배덕술의 손목을 뒤로 잡고 비틀며 앞의 벽으로 던지듯 밀어붙였다. 벽에 부딪친 배덕술의 입가가 피로 물들었다.

나오코는 더 이상 자신의 무게를 감당할 자신이 없어졌다. 나오코는 자신도 모르게 왼손을 놓았다. 떨어지는 듯했다.

그 순간이다.

누군가 자신이 떨구었던 왼손을 획 하고 잡아챘다. 나오코는 새하얗게 질린 표정으로 위를 쳐다보았다. 해랑이었다. 굉장한 힘으로 나오코를 지붕 위로 잡아 올리고 있었다. 나오코는 허공 중에서 버둥거렸다. 해랑은 벌겋게 된 얼굴로 한 손으로 창틀을 잡고 양다리를 비스듬한 지붕에서 중심을 잡은 채 한 손으로 나오코를 끌어올리고 있었다.

버둥거리던 나오코의 몸이 서서히 위로 올라오고 있었다. 나오코의 발이 지붕 위에 닿았다. 해랑은 창틀을 잡고 있는 자기 쪽으로 나오코를 끌어올렸다. 나오코가 헛발질로 휘청거리는가 싶더니 해랑의 품에 와락 하고 안겼다. 나오코는 아찔한 순간을 넘긴 듯 거친 숨을 헉헉거렸다. 나오코와 해랑의 이마가 갑작스럽게 맞닿았다.

그때였다.

누군가 그들에게 총을 겨누고 있었다. 방안 쪽에서 창틈으로 나온 총구였다. 해랑과 나오코는 어둠 속에서 총을 겨눈 자를 살펴보았다.

류형도였다. 해랑과 나오코는 서로를 껴안은 채 서서히 얼굴이 굳어갔다.

"마츠무라 준이치로! 너를 조선예악원 노준혁 단장의 살인범으로 체포한다! 구로가와 나오코! 당신도 도망갈 생각 마! 당신은 일정 때 화려한 전적으로 특별전범재판에 회부될 거얏!"

나오코는 자신을 끌어안은 해랑의 얼굴을 커다랗게 뜬 눈으로 쳐다보았다. 나오코는 믿기지 않는 듯 해랑의 시선을 살폈다. 해랑은 딱딱하게 굳은 채 류형도를 뚫어지게 쳐다보고 있었다.

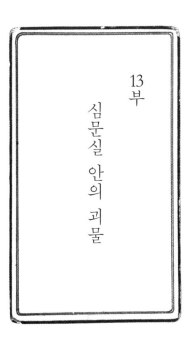

13
부

심문실 안의 괴물

열흘 뒤
서기 1945년 10월 하순

내 눈에는 '민족해방'이 아니라 '친일파 해방'이 된 걸로만 보입니다. 왜 그러냐 하면 친일파들은 일제강점기에는 일본놈이라고 하는 상전이 있어 그들의 지시를 받고 눈치 보고 살았거든. 그런데 광복이 되고 나니 그런 상전이 없어졌어요. 그러니 나라가 이제 저희 손에 들어갔거든. 해방은 그들이 돼버렸단 말입니다.

───────────

채병률, 우익계학생단체 이북학련 활동

미 군정청, 지하 심문실,
배덕술

'당신, 살아 있었군. 마츠무라 준이치로.'

취조실 계단은 어둡고 침침했다. 나선형으로 된 철제계단은 걸을 때마다 기이하고 신경질적으로 울었다. 신경을 긁어대는 기분 나쁜 소리였다. 쿰쿰한 지하의 냄새가 벌써 코끝으로 스며들었다.

'그런데 왜 나를 못 알아보는 거지? 나를 벌써 잊은 건가?'

나오코는 속으로 중얼거렸다. 류형도는 손을 뒤로 묶은 나오코의 팔을 힘껏 밀었다. 나오코는 자기도 모르게 앞으로 거꾸러질 뻔했다. 그러자 류형도가 다시 쓰러지려는 나오코를 부축했다. 배덕술은 해랑의 뒤에서 해랑을 따라 내려오고 있었다.

해랑은 계단을 내려가는 나오코가 자신을 자꾸만 돌아보며 힐끔거리는 것이 거슬렸다. 배덕술이 해랑의 뒤를 따라 내려오며 등을 툭툭 치고 있었다.

나오코는 해랑을 돌아보다 다시 걸음을 멈췄다. 류형도가 인상을 찡그렸다. 나오코는 걸음을 뗄 때마다 몸속에 그리움이 왈칵 왈칵 쏟아지는 듯해 움직일 수가 없었다.

'당신은 마츠무라 경무국장을 살해하지 않았어요. 마츠무라 국장은… 그러니까. 그이는….'

나오코는 핏물 가득하던 욕조가 다시 떠올라 가늘게 몸을 떨었다.

마츠무라 데츠야는 알몸으로 그녀를 껴안고 있었다. 이번에 목욕시중을 그녀에게 들게 한 것이다. 데츠야는 나오코의 틀어올린 머리에서 핀을 뽑았다. 나오코의 긴 머리가 아래로 툭, 풀어지듯 흘러내렸다. 데츠야는 자신을 껴안은 나오코의 흰 등을 어루만졌다. 그의 손은 무사의 손답게 두껍고 거칠었다. 그러나 손길은 뜨거운 습포처럼 화끈거리고 있었다. 데츠야는 나오코를 안은 채 눈을 감았다. 데츠야는 나오코의 귀에 그의 입술을 댔다. 데츠야는 나오코에게 뭔가를 속삭이듯 말했다. 나오코는 놀란 듯 눈을 번쩍 떴다. 데츠야는 철제 핀을 높이 치켜 들어올렸다. 순간 나오코는 양손으로 데츠야가 쥔 핀을 움켜쥐었다. 둘은 핀을 서로 쥐고 버둥거렸다. 나오코는 비명을 질렀다.

"다메!"(안 돼요!)

나오코가 소리쳤던 것이다.

'그러니까 그이는 스스로….'

나오코는 공포에 질린 듯 고개를 흔들어댔다.

＊

"여기서 각자 심문하도록 하지."

지하로 내려온 심문실은 긴 복도에 몇 개의 방들로 나뉘어져 있었다. 시멘트로 발라놓은 벽들은 한눈에 보아도 금이 가 있고 칠이 벗겨져 있었다. 이곳에 많은 사람들이 끌려왔다는 듯 문을 열고 들어서는 나무 문고리가 닳아 있었다. 배덕술은 해랑을 끌고 심문실 첫 번째 방으로 들어갔다. 수사과장은 류형도에게 눈짓을 했다. 류형도는 나오코를 심문실 두 번째 방으로 끌고 들어 갔다. 철제문을 열자 끼이익 금속의 비명소리가 났다.

나오코는 심문실 방으로 들어가는 해랑의 뒷모습에서 눈을 떼 지 않았다. 나오코의 눈에서 오래 갇혀 있던 물이 제 살을 찢고 흘러나왔다. 한번 흘러나온 눈물은 멈춰지지 않는 허기처럼 쏟아 졌다.

나오코는 해랑이 자신의 허리를 꺾던 일이 떠올랐다. 해랑은 거친 듯 부드럽게 나오코를 눕혔다. 분홍빛 젖꼭지가 하늘을 향 해 기도하듯 솟아올랐고 해랑과 나오코는 기이한 육체처럼 하나 로 엉켜들었다. 둥근 몸체에 비죽하게 튀어나온 네 개의 다리를 가진 생물처럼.

나오코는 과거의 기억들이 떠오르자 온몸이 떨려왔다.

'마츠무라 상, 당신은 영 다른 사람 같아. 옛날을 어딘가에 두 고 온 사람처럼…. 우리 서로 각자 가장 나쁜 꿈을 꾸고 있는지도

몰라.'

류형도는 나오코의 등을 떠밀었다. 그제야 나오코는 지금 자신이 있는 곳이 어디인지 알 것 같았다. 심문실이었다.

심문실 안은 책상과 의자를 제외하고 텅 비어 있었다. 좁고 어두웠다. 축축한 습기냄새와 시큼한 곰팡이냄새가 코끝을 찔렀다. 낡은 나무의자와 책상에는 핏자국과 기름때가 묻어 있었다. 나오코는 딱딱한 나무의자에 앉았다. 차가운 분노가 올라왔다.

나오코는 상투적이고 지리멸렬한 어떤 싸움 앞에 당도한 예감이 들었다.

❋

해랑은 나무의자에 두 팔이 묶인 채 앉아 있었다.

심문실 안을 둘러보았다. 바닥은 흥건하게 젖어 있다. 축축한 채 비릿한 악취가 올라오고 크고 작은 집게와 지렛대, 뾰족한 공구들이 종류별로 놓여 있다. 전기고문을 위한 전자기기판이 보이고 나무대들보에 핏물이 튀어 있는 것이 보인다. 나무로 된 큰 형틀과 등받이 없는 의자가 있고 철제로 된 통에는 물이 한가득 담겨 있다.

배덕술은 노련한 고문관처럼 누런 이를 드러내며 웃고 있었다.

배덕술은 해랑의 턱을 몽둥이로 한 대 갈긴 후 말을 이었다.

"자 이제 시작해볼까? 마츠무라 준이치로."

배덕술은 희죽거렸다. 몽둥이로 해랑의 턱을 들어올렸다. 들어올리더니 봉으로 그의 턱을 패대기치듯 다시금 때렸다. 해랑은 두 팔이 묶인 채 신음소리를 내며 앞으로 꼬꾸라졌다. 입속에서 피가 쏟아졌다. 입속이 벌겋게 되어 혀가 보이지 않았다.

배덕술은 눈을 번득였다.

"좀 전에 사무실에서 말한 것과 같소. 나는 노준혁 조선예악원 단장을 모르오!"

해랑은 배덕술을 노려보며 단호하게 말했다.

"당연히 모르겠지. 자네가 알 리가 있나."

배덕술은 빙글거리며 말했다. 해랑은 눈을 커다랗게 뜨고 배덕술을 바라보았다. 뭔가 알지 못하는 일이 이 방에서 일어날지도 모른다는 불안한 예감이 해랑을 엄습했다. 말하자면, 그것은 두려움이었다.

"내가 궁금한 건 그게 아니야. 금괴에 대한 것이지!"

배덕술의 말투에는 냉정으로 위장한 흥분이 출렁이고 있었다.

해랑은 양미간을 찡그리며 다시 눈을 치켜떴다.

금괴라, 해랑은 은실이 떠올랐다. 대체 무슨 일이 있었던 거지. 경무국장 집 금고에 있던 몇 조각의 금을 말하는 것은 아닐 것이었다.

기억은 몸을 빠져나간 후 돌아오지 않았다. 해랑은 몸이 텅 비어 버린 듯했다. 기억은 투명할 만큼 깨끗하게 비워져 있었다. 해랑은 막막했다.

수사과장 배덕술이 누런 이를 드러내며 차갑게 말을 이었다.

"본명 마츠무라 준이치로! 창씨개명 전 이름 이해랑! 태생은 조선인. 경무국장 집에 들어가면서 피아니스트로 변신. 일본인

행세를 했지.”

해랑은 눈을 동그랗게 뜨고 듣고 있었다. 자기자신에 대하여 가장 소상한 이력을 듣는 순간이었다. 배덕술이 수사기록철을 펼친 채 말을 이어갔다.

“동경 콩쿠르대회, 동아시아 콩쿠르에서 최고점으로 입상기록, 천재 피아니스트. 징용과 학병지원을 위한 자선음악회 개최 수차례. 〈학병지원 연설문〉 낭독. 친일 민족반역자!”

해랑은 얼굴을 일그러뜨린 채 책상에 눈을 박고 있었다. 마치 과거의 자기자신과 거래하는 듯 해랑은 자기자신이 낯설었다. 과거는 하나의 유희처럼 해랑을 배신하는 듯했다. 그러나 해랑은 자신의 현실에 스스로를 복종시켜야 한다는 사실을 알았다.

“그런데 말이야. 네놈이 경무국장 집에서 머슴살이를 하러 가기 전 몇 년 동안의 기록이 없어. 조선 어디에 있었다는 기록이 없단 말이야. 만주에라도 갔던 건가?”

배덕술은 서류 기록철을 소리 나게 탁 덮고 해랑을 노려보았다. 날카로운 발톱으로 해랑을 긁듯이 말을 이었다.

“난 네가 만주에서 스파이 훈련을 받고 조선으로 귀환한 조선인 밀정이든 친일 반역 피아니스트든 상관없어! 단 금괴에 관심이 있을 뿐이지!”

해랑의 얼굴이 다시 붉게 상기되며 일그러졌다. 해랑은 뒤로 묶인 손에 더욱 힘을 주었다. 몸을 버둥거리며 꿈틀거렸다. 팔뚝에 힘줄이 불끈하고 솟고 해랑의 눈이 이글거렸다.

“마츠무라 데츠야 경무국장은 관동군 사령부에 보낼 금괴를 자신이 몰래 보관하고 있었지. 조선은행 지하금고에 보관한다는 것은 일부러 만들어낸 가짜정보였어."

배덕술이 입을 열자 입 냄새가 훅하고 끼쳤다.

"……."

"마츠무라 준이치로. 국장에게 총애를 받던 양아들이지 않은가. 금고의 비밀번호도 양아들에게는 알려준다고 하던데. 그렇다면 금괴가 있는 곳도 당연히 알고 있겠지?"

"조선예악원 노준혁 단장 살인사건을 취조하는 게 아니었나?"

"아, 아, 그거…."

배덕술은 마치 잊고 있었던 것이 떠올랐다는 듯 손가락 끝으로 관자놀이를 쳤다. 누런 이를 드러내며 웃었다.

"아하, 그 살인사건. 흐흐흐…. 난 그 살인사건에 아무 관심이 없어. 다만 네놈이 용의자라는 것 정도는 알고 있었지. 그래서 류형도에게 그 사건서류를 던져줬던 거야."

"그럼, 류형도를 이용해서?"

"그래, 류형도를 이용해서 너를 찾아낼 생각이었지. 너를 찾아내 금괴를 찾아낼 생각이었고."

"교활한 놈!"

"그러게. 이걸 어쩌나. 우리 명민한 류형도 수사관이 고맙게도 죽었다는 당신을 찾아내 주었으니…. 흐흐. 이제는 내가 네놈에게서 금괴를 찾아낼 순서라는 것이지."

해랑은 눈 주위 근육이 욱신거렸다. 해랑은 힘을 주며 말했다.

"난 금괴에 대해서 아는 바가 없소! 난 과거의 일들이 전혀 기

414

억나질 않앗!"

"물론, 물론….''

배덕술은 마치 이해라도 간다는 듯 고개를 끄덕였다. 배덕술은 입가에 희미하고 끈적한 웃음을 흘렸다.

"여기 들어오는 모든 새끼들이 그렇게 시작들을 하시지. 그러나 피똥, 피오줌 다 싸고 턱과 어깨가 나가 덜걱거릴 정도가 되면 불게 되어 있어. 그러니까 네놈은 네 골통으로 생각하려 하면 안 돼! 네 몸으로 생각해야 돼! 몸으로 생각하면 금괴가 어디에 있는지 알게 된다는 거지! 고통은 정직한 것이거든!"

배덕술은 그렇게 말하고 팔뚝까지 오는 고무장갑을 끼기 시작했다. 해랑은 내장이 터지는 듯한 분노와 두려움이 엄습했다. 해랑은 배덕술을 노려보았다. 줄에 묶인 두 손에 힘을 주면 줄수록 손목만 아파왔다.

"나는 내가 누구인지도….''

배덕술은 해랑의 말이 채 끝나기도 전에 말했다.

"우선 이것을 입에 물어야 해!"

배덕술은 결대로 잘라진 나무조각 하나를 해랑의 입에 재갈 물렸다. 해랑은 자신에 대해 항변할 출구마저 막혀버린 느낌이 들었다. 그는 배덕술을 노려보았다.

❀

나오코는 심문실에서 더 도도해 보였다.

문명적 힘이 느껴지면서도 야생적인 여자였다. 그녀는 담담하면서도 오만한 시선으로 류형도를 바라보고 있었다. 자신이 딛고 선 현실에 대하여 예의바르면서도 동시에 비웃는 듯했다. 나오코 는 자기 방식의 현실 속에서 편안해 보였다. 그것은 현실에 대한 허무나 권태와는 또 다른 의미에서의 현실에 대한 무심함처럼 보였다.

류형도는 나오코 앞에서 오히려 머뭇거리고 있었다.

젊은 목숨들을 떼죽음의 전쟁터로 보내던 시절이었다. 농가 수 확은 공출로 모두 수탈당했다. 일본 총독부는 안남미나 만주 수 수 혹은 콩깻묵 배급으로 수탈을 호도하였다.

류형도는 어머니와 여동생이 떠올랐다. 류형도가 불령선인으 로 순사에게 잡혀가기 전이었다. 아버지가 만주로 떠난 후 꽤 많 은 땅문서를 만주에서 심부름을 왔다는 도적떼에게 뺏기고 말았 다. 이후 어머니는 삯바느질을 했다. 집에는 늘 먹을 것이 없었다.

집에 돌아오면 어머니는 늘 바느질을 하고 있었다. 쌀겨나 무 청으로 쑨 죽을 먹고도 여동생은 뭔가 더 먹고 싶어서 칡뿌리 삶 은 것을 질근질근 씹고 있었다. 때로 수수이삭을 쪄서 까먹기도 했다. 여동생은 다 익지 않은 목화 다래를 따서 단물을 빨아 먹었 다. 마을 근처 목화밭 임자가 항의하며 류형도의 집을 찾아온 적 도 한두 번이 아니었다.

애국반을 통해 나누어주는 구입증으로는 속 빈 흑빵 하나 사 기도 힘들었다. 구입증 4등급으로 배급을 받기 위해 줄을 서 있 다 하더라도 줄은 장사진이었다. 그 줄이 절반이 줄기도 전에 빵 은 동이 나곤 했던 것이다.

류형도는 어머니와 여동생이 누렇게 버짐이 피고 광대뼈가 튀어나올 정도로 바싹 마른 얼굴로 방안의 벽에 간신히 기댄 채 숨을 헐떡이는 것을 보았다. 영양실조였다. 둘은 다음날 함께 죽었다.

류형도는 사립문 뒤쪽 언덕에 그들을 묻었다. 나오코와 같은 광적인 전쟁광들은 자선음악회를 열었고 가든파티를 하였다. 나쁜 기후였고 광적인 계절이었다. 차가운 겨울의 시간들이었다.

외숙인 이은을 만난 것은 그 후 한참 뒤의 일이었다. 여동생과 연락이 되지 않아 애를 태우던 중 여동생이 죽은 사실을 뒤늦게 알게 된 이은은 류형도의 손을 잡고 한참을 울었다. 류형도의 재주를 한눈에 알아보고 미술공부를 위해 내지(일본 본토)로 유학을 보내준 이도 이은이었다.

류형도는 손끝이 떨려왔다. 나오코의 얼굴을 쳐다보았다. 나오코는 턱을 당긴 다음 긴 속눈썹을 내리깔고 단정하게 앉아 있다. 류형도는 검은 기록철을 손바닥으로 탁, 하고 쳤다. 그러자 나오코가 눈을 들어 류형도를 쳐다보았다. 수척해 보이는 얼굴이지만 눈빛만은 당당했다. 그 눈빛은 내면의 깊고 큰 고독을 안고 있는 듯했다. 류형도는 이상한 무력감에 휩싸였다. 새로운 어두운 터널 앞에 서 있는 듯한 느낌이 들었다.

그때였다. 낮은 신음소리가 흘러나왔다. 소리는 낮고 작았지만 고통을 무겁게 견디고 있는 짐승 같은 소리였다. 옆방에서 들려오는 소리였다. 류형도는 자기도 모르게 자리에서 벌떡 일어났다. 류형도의 얼굴은 참혹할 정도로 일그러져 있었다.

나오코는 놀란 눈으로 류형도 쪽으로 시선을 옮겼다. 류형도는 심문실 방문을 황급하게 열고 나가버렸다. 류형도가 나가버린 방에는 축축한 습기가 올라오는 듯했다. 나오코는 조그맣게 몸을 말아보았다.

❋

심문실 안에서 해랑은 자신의 몸에서 끼치는 피비린내가 역했다. 그는 온몸을 비틀거리다 손발이 묶인 채 꽈당 하고 쓰러졌다. 나무의자와 함께 쓰러진 곳은 시멘트 바닥이었다. 해랑은 단장의 말이 기억났다.

"경무국장의 집에 들어가서는 철저하게 일본인이 되어야 한다. 일본말을 쓰고 일본식으로 생활해야 한다. 내선일체라고 하지만 조선인들을 '요보'[餘亡]라고 하지 않느냐. 망한 나머지 인간들이라는 아주 모욕적인 말이지. 그러나 그런 모멸감도 잊어버려라! 너는 일본인이 되어야 한다! 그래야 의심하지 않을 게야. 네 정체에 대해서 말이다."

배덕술의 몽둥이가 해랑의 옆구리를 가격하고 있던 중이었다. 해랑은 바닥에 쓰러지면서 몸 전체에 어떤 충격이 전해왔다. 짧은 예감 같은 느낌이 해랑의 머릿속으로 파고들었다. 등뼈를 타고 내려가는 아득하고 먼 느낌이었다. 선명하고 명확한 장면이었다. 번개가 머리 위를 스쳐지나가자 머릿속이 멍할 만큼 환해졌다.

"네 입에서 금괴를 쏟아내든 금괴가 있는 곳을 불든 그건 네 자유야. 하지만 만약 불지 않는다면 제발 조용히 죽여 달라고 내게 애원하게 될 걸."

418

배덕술은 의자와 함께 쓰러진 해랑을 짓밟으며 말했다.

해랑은 비로소 과거의 일들이 떠올랐다. 그것은 아련한 듯하더니 어느새 또렷하고 분명한 풍경처럼 눈앞에 나타났다.

"이해랑! 니가 조선인이라는 것을 잊지 마라! 하지만 경무국장의 집에서 넌 마츠무라 준이치로다! 뼛속까지 일본인이 된 것처럼 행동해야 한다! 그래야 너를 의심하지 않을 거야!"

단장이 소리치며 말했다.

"마츠무라 준이치로. 이제 너는 내 양아들이다! 너는 이제부터 황국의 신민이 아니라 황국 국민이다!"

마츠무라 데츠야 경무국장이 준엄하게 말했다.

"해랑, 이해랑, 어딜 가더라도 나를 잊으면 안 돼!"

해랑이 어린 시절 예악원을 떠날 때 은실이 한 말이었다.

"마츠무라 상, 당신은 참…."

나오코가 부끄러워하며 그의 손에서 손을 빼려 했다.

해랑은 기억이 떠오르자 온몸이 끈적끈적해지는 느낌이 들었다. 끈끈한 거미줄에 감긴 느낌이었다. 무언가 뜨거운 것이 긴 창처럼 가슴 속을 깊게 찌르고 들어왔다. 뺨이 뜨거워졌다.

그제야 해랑은 아직도 자신이 살아 있다는 것을 깨달았다. 그러나 자신의 양 손목이 밧줄에 꽁꽁 묶여 있고 양다리는 의자다리에 단단히 묶여 있었다.

왼손을 들어 왼손을 치려 했던 것처럼, 오른손을 들어 오른손을 치려 했던 것처럼 어떤 가망 없는 싸움에 놓여 있다는 기분도

들었다.

배덕술이 해랑을 일으켜 세웠다. 그러곤 불에 단 긴 쇠꼬챙이를 들고 나타났다. 해랑은 뒤로 묶인 손목을 힘껏 움직여 보았다. 움직일수록 손목을 묶은 밧줄이 죄어왔다. 해랑은 몸을 버둥거리며 최대한 반항해보려 했다. 해랑은 자신이 이제 이곳을 빠져나가야 할 궁극적인 이유라도 얻은 느낌이 들었다.

'나에게 무슨 일이 있었지?'

해랑은 경무국장의 양아들로 있을 때 일이 떠올랐다. 국장은 해랑이 제국의 피아니스트로 유명해질수록 해랑을 엄격하게 대했다. 다정함을 애써 숨기기 위한 위장이기도 했다. 국장은 피아노 연주회가 끝날 때까지 묵묵히 무대 아래를 지키곤 했다.

부산에서 연주회를 하던 때였다. 성전축하음악회 지방공연 마지막 날이었다. 연주를 막 마치고 무대 뒤쪽으로 걸어 나와 자신의 방에서 옷을 갈아입으려던 찰나였다. 갑작스럽고 거칠게 문이 열리고 누군가 뛰어들어 왔다. 연미복을 입은 채 거울을 보고 있던 해랑은 놀라 뒤를 돌아보았다. 부단장이었다. 그는 누구에겐가 쫓기는 듯했다.

"조직의 은신처가 발각되었다! 동지들이 몰살당했어!"

부단장은 의심스러운 눈빛을 번득이고 있었다. 맹수에게 쫓기다 맹수가 되어버린 야생짐승 같았다. 부단장은 해랑이 준 정보가 모두 거짓이었다고 말하며 무시무시한 얼굴로 해랑에게 고함을 쳤다.

단장님마저 살해당했다는 이야기를 부단장에게 들었을 때 해랑은 경악하며 털썩 의자에 주저앉을 수밖에 없었다. 해랑은 얼굴을 일그러뜨린 채 머리를 감싸 쥐었다.

해랑은 단장이 살해되었다는 말보다 이제 자신의 신분을 알고 있는 사람은 부단장 한 명밖에 없다는 사실이 더욱 소름끼쳤다. 대기실 방문을 황급하게 두드리는 소리가 났다. 성전축하음악회를 성공적으로 무사히 마친 것에 대한 소감을 듣기 위해 기자들이 몰려들었다. 방문을 열자마자 플래시를 터뜨리며 사진을 찍고 인터뷰를 하자며 마이크를 들이댈 게 분명했다. 굳게 잠가둔 방문 손잡이가 덜컥거렸다. 곧 이어 경호를 맡은 순사의 말도 섞여서 들려왔다.

"좀 기다리시오! 질서를 지키시오!"

모든 상황이 급박하게 돌아가고 있었다. 부단장은 순간 덜컥대는 대기실 방문 쪽을 보면서 품에서 뭔가를 꺼냈다. 그것은 짧고 번쩍이는 금속이었다. 해랑은 그것이 잘 갈아진 단도라는 것을 알았다.

"이 새끼! 네놈이 우릴 배신할 줄 알았어! 네놈을 처음부터 믿는 게 아니었어! 처음부터 말이야! 네놈이 예악원에 들어올 때부터 맘에 안 들었어!"

부단장이 해랑의 멱살을 잡고 목덜미를 향해 칼을 높이 치켜들었다. 해랑은 어찌할 바를 몰라 절규하듯 소리쳤다. 그때였다. 탕, 하고 총소리가 났다.

해랑이 사색이 되어 얼굴을 일그러뜨렸다. 절망적인 표정으로 무릎을 꺾었다. 황급히 문을 연 순사의 총에 부단장이 쓰러졌다.

해랑의 손에 엄청난 피가 묻어나고 있었다.

여기까지 기억해내자 해랑은 도리어 심한 혼란에 빠졌다. 자신의 정체를 알려줄 이가 이 세상에 그 누구도 없다는 생각이 들었다.

심문실 의자바닥에서 축축한 악취가 올라오고 있었다. 시간이 별로 남지 않았다는 것도 알았다. 배덕술이 누런 이를 드러내며 다가오고 있었다. 배덕술의 손에 붉게 달구어진 쇠꼬챙이가 해랑의 복부 쪽을 향하고 있다. 환하게 달군 불냄새가 코끝에 어른거렸다. 경동맥이 급하게 뜀박질했다.

해랑이 소리쳤다.

"이제, 기억 나, 금괴가 어디 있는지."

해랑은 숨을 헐떡이며 말했다. 배덕술이 쇠꼬챙이를 연장통 위로 놓고 다가왔다.

"새끼, 불꼬챙이를 보니까 대가리가 돌아가나 보지?"

해랑은 숨을 다시 가다듬었다. 금괴가 처음부터 국장의 '작전'의 일부일 뿐이라는 것쯤은 국장이 말해주지 않아도 눈치로 알고 있었다. 그렇다. 금괴는 항일비밀조직을 잡기 위한 미끼였다. 조직은 덥석 그 미끼를 물었던 셈이다. 관동사령부로 간다는 금괴는 처음부터 없었다. 해랑은 조직이 와해되고 나서야 그 사실을 알게 되었다. 국장이 헌병대장과 큰 소리로 웃으며 대화하는 소리를 듣고서야 모든 것이 끝났다는 것을 알았다.

배덕술은 담배 한 개비를 내밀었다. 연기 한 모금을 깊게 빨아들이던 해랑이 갑자기 캑캑 기침을 했다.

"걱정 마, 담배도 지겹게 피게 될 거야."

해랑이 캑캑거리다 물었다.

"무슨 뜻이지?"

"질문은 내가 한다. 넌 대답만 해!"

배덕술은 눈빛을 번득이며 자리에서 일어났다. 의자에 앉은 해랑의 고개를 위로 젖혔다. 한 손으로는 해랑의 머리채를 움켜쥐고 한 손으로 그의 목을 움켜쥐고 조르며 물었다. 해랑은 뒤로 묶인 손을 버둥거려보았다.

"자, 자, 이제 말해 봐, 내 눈을 똑바로 보고."

해랑은 다시 신음소리를 냈다.

"금괴는, 금괴는…."

해랑은 깔고 있던 눈을 갑자기 위로 치켜뜨며 배덕술을 노려보았다. 순간적인 일이었다. 뒤로 묶였던 해랑의 손목이 갑자기 풀리면서 해랑이 배덕술에게 덤벼들었다. 배덕술은 갑작스런 기습에 무방비상태로 나자빠졌다. 해랑이 배덕술의 팔뚝을 잡고 뒤로 꺾었다. 꺾은 채 세게 벽으로 밀어붙였고 배덕술은 벽에 부딪치자마자 반동으로 튀어 올랐다. 튀어 오르는 상체를 해랑은 무릎으로 차면서 뒤로 넘어뜨렸다.

넘어진 배덕술은 정신을 수습하고 쇠꼬챙이를 찾아 손에 쥐고는 해랑의 왼쪽 손목을 내리찍고 있었다. 순간 해랑은 꼬챙이가 자신의 손목뼈에 쇠사슬처럼 감기는 느낌이 들었다. 살타는 냄새가 피어올랐다. 해랑은 고통스러워 인상을 썼다.

해랑은 배덕술의 턱을 갈긴 후 오른손으로 찔린 쇠꼬챙이를 뽑아냈다. 해랑이 뽑힌 쇠꼬챙이로 배덕술의 뺨을 갈겼다. 배덕술이 악, 하는 비명을 질렀다. 뺨에 붉은 회초리자국 같은 자국이 뱀꼬리처럼 생겨났다. 배덕술의 어깨와 가슴 등 쪽을 갈기자 그는 비명을 지르며 몸을 휘었다.

다음 쇠꼬챙이는 배덕술의 배를 겨냥하고 있었다. 배덕술이 쇠꼬챙이를 잡았다. 꼬챙이를 잡은 손바닥 쪽이 지직 하며 타들어가는 소리가 났다. 그는 얼굴 전체를 일그러뜨렸다. 그의 옆 이마로 땀이 흘렀다.

쇠꼬챙이는 배덕술의 배를 향해 있었다. 드디어 쇠꼬챙이는 배덕술의 손바닥을 뚫고 그의 배 속으로 깊이 들어갔다. 배덕술이 바닥으로 쓰러졌다. 배 위에 쇠꼬챙이가 돛대처럼 세워졌다. 쇠꼬챙이가 꽂힌 배 위에서 핏물이 분수처럼 솟아나고 있었다. 그는 허옇게 눈을 뜬 채 숨을 헐떡이며 누워 있었다.

해랑은 정신을 잃을 것 같이 비틀거렸다. 문 쪽을 향해 서서히 발을 옮겼다. 밧줄로 묶었던 손목에 피멍과 피딱지가 붙어 있었다. 축 늘어진 어깨는 부러졌는지 걸을 때마다 소리가 났다. 눈두덩과 입가는 터져 피가 맺혀 있었다.

배덕술이 해랑에게 몽둥이질을 하고 있을 때 류형도가 해랑이 있는 심문실로 들어왔던 것이다. 류형도는 해랑의 뺨을 세게 갈기고는 욕을 해대더니 뒤로 묶인 해랑의 손아귀에 뭔가를 슬쩍 쥐어주었다. 순간 뒤로 묶인 해랑의 손아귀에 뭔가 잡혔다. 면도칼이었다. 류형도는 마지막 세례를 베풀듯 해랑의 머리통을 세게 책상에 꽝 하고 내리꽂고는 방을 나갔던 것이다.

해랑은 류형도가 왜 자신을 도와주었는지 궁금했다. 그러나 지금 해랑은 지금 이곳을 빨리 빠져나가야 한다는 생각이 앞섰다.

해랑은 좀 전 자신의 옆방으로 들어가던 나오코를 기억했다. 해랑은 가슴이 터질 듯 아팠다. 해랑은 솟구치는 눈물을 억제한 채 심문실 옆방을 재빨리 열었다. 방은 비어 있었다. 해랑은 류형도가 나오코를 어디로 끌고 갔는지 알 수가 없었다. 해랑은 입가의 핏자국을 훔치며 계단을 올랐다.

❊

해랑이 총독부 지하 심문실을 무사히 빠져나간 걸 확인한 류형도는 다시 지하로 내려왔다. 배덕술이 쓰러져 있는 심문실 방 쪽이었다.

배덕술은 쇠꼬챙이에 찔린 채 기어가고 있었다. 벽모서리 쪽으로 기어가 몸을 기대려 했다. 몸을 끌고 간 시멘트 바닥에 핏물이 흘러 피비린내가 확 끼친다. 류형도는 배덕술에게 달려갔다. 배덕술은 자신의 배 중앙에 꽂힌 쇠꼬챙이를 내려다보며 헐떡거렸다.

"이제야… 오시는군. 샌님 나리."

류형도는 커튼의 무명천을 북 찢은 다음 꼬챙이가 꽂힌 배덕술의 배와 심장 사이를 묶어 지혈을 했다. 류형도는 아무 말도 하지 않은 채 배덕술이 벽에 기대도록 해주었다. 상체를 세웠다. 배덕술은 배에 꽂힌 쇠꼬챙이를 손으로 움켜쥐었다.

"난… 너를… 처음부터 알아봤지…. 흐흐."

배덕술은 그렇게 말하고 어두운 웃음을 힘없이 흘렸다. 배덕술의 옆에 쭈그려 앉은 류형도는 놀란 눈을 뜬 채 배덕술을 쳐다보았다.

"너는… 내가 고문한 센징 중에서 가장 겁쟁이였지…."

류형도는 심장이 멎는 듯한 충격이 왔다. 류형도는 배덕술에게서 한 걸음 뒤로 물러나려는 듯 몸을 뒤로 움찔했다.

"너는… 사람을 죽일 수도 없는… 겁쟁이야. 그러면서… 무슨 사상이니, 운동이니…."

"그럼, 처음부터 알고 있으면서 왜 나를?"

류형도는 배덕술의 멱살을 움켜쥐었다. 눈이 이글거렸다.

"넌…. 고문을 시작하기도 전에 오줌을 질질 싸는… 그런 겁쟁이잖아? 난 그런 놈들을… 잘 알고 있지…. 그래서 너는 내 연구 과제를 중간까지 하지도 않았는데 술술 불기 시작하더군. 네놈의 가장 친한 친구의 이름을 말이야…. 크크크."

류형도는 배덕술의 멱살을 더욱 세게 움켜쥐고 위로 끌어올렸다.

"아, 아, 너무… 그럴 것… 없네…. 일정 때는 변절, 밀고, 배신이…. 넘쳐나던 시절이었으니까."

"난 내 친구를 팔지 않았어!"

류형도의 목소리는 이미 크게 갈라지고 있었다.

"아, 아, 그래, 팔지… 않았지…. 몸이 견딜 수가… 없었던 것일 뿐이지. 그래, 나는 사는 것이 얼마나 고통스러운지 가르쳐주려 한 것뿐이야. 난, 난 최고의 기술자니까. 크크크…."

배덕술은 고통스러운 듯 얼굴을 일그러뜨리고 웃었다.

"자, 이제 자네가 이 기술자를 구해줄 차례네."

류형도는 자신도 모르게 배덕술의 배에 꽂힌 쇠꼬챙이를 두 손으로 움켜쥐었다.

"아, 아… 아서라… 내 기억에… 너는 사람을… 죽일 정도의 인간은 아니잖아? 꼬챙이를 뽑으면 안 된다는 거… 알 텐데. 그리고 내가 죽게 되면… 너에게도 좋을 건 없지. 너를… 밀고한 놈을… 내가 알려줄 수도 있어."

류형도는 분노에 타는 눈빛으로 배덕술을 노려보았다. 쇠꼬챙이는 끝이 십자형으로 만들어진 도구였다. 살 속으로 파고든 꼬챙이는 꽂혔다 다시 뽑히는 순간 주변의 살점들을 훑어내며 구멍을 낼 게 뻔했다. 피가 한꺼번에 쏟아질 것이다.

"아니! 잘못 맞혔어! 넌 나를 잘 몰라! 내가 누구인지 보여줄 테니 잘 봐!"

류형도는 그렇게 말하고 쇠꼬챙이를 두 손으로 천천히 뽑아 올리고 있었다. 배덕술은 놀란 눈으로 자신의 몸속에서 솟아올라오고 있는 꼬챙이를 보고 있었다. 핏물이 흰 셔츠 위로 솟구쳐 올랐다. 류형도는 뽑아낸 꼬챙이를 시멘트 바닥에 탁 하고 던졌다.

"그러나 네놈을 여기서 죽게 할 수는 없지! 네놈을 전범재판 법정에 꼭 세우고야 말겠어!"

류형도는 배덕술의 멱살을 잡고 소리치며 비상벨을 눌렀다.

14
부

예
술
의

자
유

그로부터 2개월 후
1945년 12월 중순

모스크바에서는 정식으로 미국, 영국, 소련
3상회의가 열렸다. 그 자리에서 한국에 임
시정부를 세운 뒤 미소공동위원회를 마련,
한국을 5년 동안 미국, 영국, 중국, 소련 등
4개국 신탁통치 아래 두자는 것을 결정했다.

――――――――

1945년 12월16일 모스크바 회의

종로 전범재판소 법정,
나오코

전범재판장은 사람들로 장사진이다.

방청석에는 양복 차림의 신사들, 농사꾼 차림의 사내들, 아낙들, 양장으로 차린 신여성들이 가득했다. 신신(新新)백화점에서 법정 근처에까지 구경꾼이 북새통이었다. 기마경찰이 인파를 정리하느라 진땀을 흘렸다.

신문의 대서특필 탓이었다. 신문은 절세미인, 희대의 미인재판이 열린다고 대서특필하고 있었다.

나오코의 전범재판 공판이 있는 날이었다. 재판장은 다시 한 번 들고 있던 나무망치를 몇 번씩 쳤다. 재판장은 삼각 모양으로 솟은 검은 법모를 손으로 잡고 바르게 정돈을 하고 있었다.

나오코는 푸른 죄수복을 입고 있었다.

그녀는 침묵으로 자신을 지켜온 경전처럼 엄격하고 고고해 보였다. 방청객들은 생각보다 수수하다는 둥 하며 수군거렸다. 피고인 자리에는 나오코 말고도 몇몇 여성들이 앉아 있었다. 그들은 나오코와 함께 전쟁물자 지원을 위한 자선음악회를 도운 여성들이었다. 그중에 나오코의 몸종 유키도 있었다.

방청석에 중절모를 쓴 한 남자도 앉아 있다. 남자는 입가에 반창고를 붙이고 있었다. 미 군정청 수사과 심문실에서 도망쳐 나온 흔적이라도 되는 듯했다. 그는 자신의 얼굴을 가리려는 듯 모자챙을 잡고 다시 모자를 눌러 썼다. 모자를 잡은 그의 왼손 새끼손가락 옆이 뭉뚝해져 있다.

전범재판은 특별범죄 심사위원회를 거치는 일이었다. 검사의 심문 없이 재판장이 직접 피고인에게 심리하는 방식이었다. 재판부에 판사는 한 명이었고 변호인은 국선이었다.

재판부 판사가 나오코에게 물었다.

"구로가와 나오코, 음악회를 통해 군자금을 모아 제국의 전쟁동원에 협력한 사실을 시인합니까?"

"……."

나오코는 정신을 멍하게 놓은 사람처럼 아무 말이 없었다.

"구로가와 나오코, 다시 묻겠소. 음악회를 통해 군자금을 모아 제국의 전쟁동원에 협력한 사실을 시인합니까?"

"네."

나오코는 담담해 보였다. 나오코와 달리 그녀의 대답에 관중석이 술렁였다.

"그 음악회가 어떤 음악회였다는 것을 알고 있었다는 건가요?"

"네. 알고 있어요. 난 피아니스트입니다. 피아노를 칠 자유를 가지고 있어요. 어떤 경우에든 사람들은 음악을 들을 권리를 갖고 있듯이."

"피아노를 치고 싶다는 이유로 모든 경우에 연주하는 것만은 아닙니다."

"인간은 숭고한 순간을 위해 전 생애를 걸어요. 제가 피아노를 연주하는 순간이 바로 그 순간입니다."

"그러나 당신이 연주한 곡들이 사람들을 어떤 방식으로 이끌었는지 그 결과에 대하여서 생각해 보았소?"

"그건 제가 음악회를 열든 열지 않든 상관없는 일이 아니었나요? 현실은 언제나 똑같아요. 결코 아름답지 않죠. 제가 피아노를 치든 치지 않았든 반도인들은 전쟁터로 끌려갈 수밖에 없었어요. 그러니 음악회는 결국 노예선을 타고 갈 반도인들을 위로했다는 말이 더 옳을 거예요."

재판장은 곤혹스런 낯빛을 하고 다시 물었다.

"당신은 당신 자신의 음악을 완성하기 위해, 또 연주할 수 있는 무대를 얻어내기 위해 수많은 젊은이들이 전쟁터로 끌려가게 했소. 무엇을 위해 죽는지도 모르는 어린 소년들이 전투기를 타고 적군의 함대로 추락했소. 당신이 친 곡이 사람들을 도취시켜 전쟁터에 나가게 했고 광분에 빠져 전쟁터에서 벌레처럼 죽어가게 했습니다. 이것이 무슨 음악을 통한 구원이라고 할 수 있는 겁니까?

그런 음악을 연주하도록 일본 총독부에서 결국 시킨 것입니까?”

재판장은 담담하고도 엄격한 말투로 물었다.

“아닙니다. 나 스스로 선택한 일입니다.”

순간 장내가 술렁거렸다. 순간 국선변호인이 나오코를 저지하려 했다. 나오코는 아랑곳하지 않고 말을 이었다.

“피아니스트가 연주하기 위해서는 무대가 필요한 법이지요. 연주하지 않는 음악은 죽은 음악이나 마찬가지니까. 판사님이라면 어떻게 하시겠어요? 피아니스트는 연주만 할 뿐입니다. 음악에 덧씌워진 사상이나 이념 따위는 중요한 것이 아닙니다. 난 단지 내 음악을 했을 뿐입니다.”

나오코는 등을 곧게 쭉 펴고 턱 끝을 아래로 살짝 당기며 말했다. 마땅한 결백 앞에 서 있는 사람처럼 그녀는 단호했다. 방청석의 사람들이 다시 웅성거리기 시작했다.

중절모를 쓴 해랑은 고개를 숙인 채 얼굴을 일그러뜨렸다. 남자는 호주머니에 손을 집어넣었다. 꺼낸 것은 흰 손수건이었다. 손수건에는 그의 이름이 수놓여 있었다.

〈마츠무라 준이치로〉

남자는 피아노를 치는 여자의 옆에 앉아 함께 피아노를 쳤다. 피아노를 치며 여자가 남자에게 곧잘 말하곤 했었다.

“마츠무라 상, 인생은 끝없는 착오로 이루어져 있는 거야. 난 내가 누구인지 잘 모르겠단 생각을 할 때가 있어.”

여자는 핼쑥한 얼굴을 하고 긴 속눈썹을 내리깐 채 말했다. 남자의 허벅지에 여자의 허벅지가 닿았다. 탱탱한 느낌이 와 닿는다.

남자는 자신의 아랫도리가 팽팽해지는 느낌이 들었던 것이었다.

검찰총장실,
류형도

이은의 집무실을 찾아간 류형도는 흥분해 있었다. 류형도는 후송 중이던 배덕술이 후송차에서 도망쳐버렸다는 사실을 전해 듣고 오는 길이었다. 고문형사 마츠우라 히로, 류형도는 다시 한 번 몸이 부들거리는 것을 느꼈다.

이은의 집무실로 들어서자마자 류형도는 배덕술의 탈출소식에 한참동안 분노를 이기지 못했다. 그러다 흥분된 목소리로 말을 이었다.

"나오코의 전범재판을 보고 오는 길입니다."

류형도는 벌겋게 된 얼굴로 이은에게 다시 말했다.

"일제에 동조하고 일신의 공영을 위해 일제에 적극 협력한 사람들을 보면 구역질이 납니다."

이은은 자신의 책상의자에서 일어나 류형도가 앉아 있는 소파 쪽으로 걸어 나오며 말했다.

"일제에 동조하고 협력한 조선인들을 찾아내자면 어쩌면 반도에 있는 반 이상의 조선인들을 고발해야 할지도 모를 걸세. 그러나 그중에서 유죄선고를 받은 자는 몇 명밖에 되지 않을 걸."

"왜 그렇죠?"

류형도는 화가 난 듯 물었다.

"문제는 잘못의 유무가 아니야. 현재의 법이 아니라 당시의 법을 따라서 해야 하니까. 당시 서대문형무소 간수는 자신의 일과 직분을 다하기 위해 조선인 사상범들을 감시했던 것이고. 징용보급대 사람들은 자신의 직분으로 징용해갈 사람들을 강제로 모았던 것이지. 관동군이 된 조선인들은 독립군들을 토벌하기도 했으니까."

류형도가 말했다.

"그건 좀⋯."

그러자 이은이 말했다.

"뭔가."

류형도가 말했다.

"편협해욧!"

이은은 엷은 미소를 띤 채 한참 있다 말을 했다.

"맞네. 법은 편협한 것이라네."

류형도는 도저히 받아들일 수 없다는 표정으로 책상을 꽝, 하고 쳤다.

전범재판소,
류형도와 이해랑

하늘은 한없이 맑았지만 허공의 길은 보이지 않았다. 가야 할 마지막 지점이 어디인지 아는 사람은 아무도 없다. 실패를 찾아가는 실처럼 어디를 향하는 시간만이 놓여 있을 뿐이었다.

거리에는 눈송이들이 날렸다. 오랜만의 눈이었다. 눈들은 마른

잎처럼 제 몸을 또르르 말며 내렸다. 해랑은 코트 깃을 세웠다. 중절모를 눌러 썼다. 완장을 찬 청년들이 떼 지어 이리저리 몰려다니고 있었다.

여름인지 겨울인지 낮인지 밤인지 해랑은 알 수가 없었다. 시간은 아랑곳하지 않고 무심하게 제 길을 뚜벅뚜벅 걸어갔다. 하지만 늘 시간 앞에서 해랑은 허둥대고 있었다. 많은 사람들이 고문당하고 죽고 도망다니거나 전장이나 북방으로 끌려갔다.

시간은 사위가 숨죽인 적요 속에서도 꿈틀거리는 벌레처럼 앞으로 기어갔다. 엄청난 역사 속에서도 아랑곳하지 않는 무심함으로 혹은 한 치의 예외도 없는 걸음걸이로 시간은 해랑의 앞을 가로질러 갔다. 해랑이 잠들어 있던 사이에도.

해방된 조선이 해랑은 낯설었다, 아직도. 해랑만 두고 시간은 제 혼자서도 제 갈 길을 갔다. 해랑은 먼저 가버린 시간을 추적해왔던 것일까.

돌아온 기억이 해랑을 외롭게 했다.

단장도 죽고 부단장도 죽었다. 자신의 정체를 알고 있던 유일한 사람들이었다. 연주회가 끝나고 나왔을 때 부단장이 자기에게 덤벼들었고 결국 경호를 맡았던 순사가 부단장에게 총을 쏘지 않았던가. 해랑은 자신의 몸 위로 쓰러진 부단장의 시신을 안고 주저앉았었다. 해랑은 얼굴을 일그러뜨린 채 미친 듯이 부단장을 흔들어 깨우려 했던 것이다.

자기가 누구인지를 안다는 것이 어쩌면 쓸쓸한 일인지도 모른다는 생각을 했다. 도리어 망각이 생을 견디는 힘일지도 모른다,

해랑은 생각했다.

법정 방청석에서 만난 류형도는 해랑을 보고 놀라는 표정이다. 류형도를 발견한 해랑이 류형도의 옆자리로 다가갔다. 해랑의 얼굴은 진지해 보였고 절박해 보였다. 류형도에게 귓속말로 말했다.

"나오코를 구할 방도는 없겠소?"

류형도는 낮은 목소리로 꾸짖듯 말했다.

"여기서 당장 나가시오! 당신의 정체가 알려지면….'

"난 친일반역자가 아니오!"

"흥. 그걸 나보고 믿으라고?"

해랑은 고개를 옆으로 돌린 채 류형도를 바라보았다. 류형도가 해랑을 노려보자 이번엔 해랑은 완전히 정신 나간 사람처럼 보였다. 얼굴이 발갛게 달아오르고 눈이 초점 없이 일그러져 있었다. 류형도가 다시 목소리를 낮추어 말했다.

"배덕술이 노리는 것이 금괴라는 걸 알고 당신을 풀어주었을 뿐이얏! 배덕술에게 속은 게 분해서…. 당장, 꺼져! 개새끼!"

류형도는 해랑을 노려보며 분기를 터뜨렸다. 류형도는 배덕술의 모습이 떠올랐던 것이다.

법정에서 심리는 아직 시작되지 않고 있었다. 해랑은 울분을 참지 못하고 밖으로 뛰어나갔다. 법정 밖 마당에 백목차일(白木遮日)을 친 것같이 흰옷 입은 사람들이 들끓고 있었다.

"무얼 얻어먹자고 저렇게 많이 왔어?"

지나가는 광주리를 인 아낙들이 한마디씩을 했다. 해방 후 조선인이 하는 첫 재판이었고, 제국 때 유명했던 미인 나오코의 재판이었다. 구경꾼 중에서 탕건 쓴 노인들까지 끼어 있었다.

해랑은 하늘을 쳐다보았다. 하늘은 음울한 구름이 잔뜩 상을 찡그리고 있었다. 멀리 전차가 지나가는 것이 보였다. 전차는 종을 치며 붉은 담벼락을 배경으로 네거리 모퉁이를 돌고 있었다. 전차에는 갓 쓴 양반들이 만원이었다. 조금 있으려니 류형도가 해랑을 따라 나왔다. 그는 바지 호주머니에서 담배를 한 대 꺼내 피우며 입가를 실룩거렸다. 분기를 다스리려는 듯 말했다.

"배덕술이 금괴 때문에 나를 이용했다는 말만 안 했어도…."

해랑은 류형도를 바라보며 사정하듯 말했다. 절박한 목소리였다.

"난, 난, 저번에 말했듯이…."

"듣기 싫소! 단장을 죽이지 않았다는 말? 또 뭐, 완벽한 밀정이 되기 위해 친일적 행각을 할 수밖에 없었다는 말?"

류형도의 눈은 노기로 이글거리고 있었다. 류형도는 이번에 심호흡을 했다. 목소리를 가라앉히더니 말을 이었다.

"좋소. 단장 살인사건은 또 다른 문제긴 해."

"무슨 말이오?"

해랑은 호기심으로 가득 찬 눈빛으로 류형도를 바라보았다. 류형도는 낮은 목소리로 또박또박 작게 말을 이었다.

"범인은 외부침입자가 아니오. 단장은 당신이 뒷담으로 빠져 나간 뒤 뒷담으로 통하는 쪽문을 안으로 잠가 두었소. 그리고 나서 봉변을 당한 거요. 쪽문을 안으로 잠가 두었으니 범인은 단장실 문 쪽으로 들어왔소. 면식범이었고 저항의 흔적이 심하지 않은 것으로 봐서 단장이 채 경계도 하기 전에 당한 것 같소."

류형도는 이어 말했다.

"아무리 그래도 당신은 친일 제국주의의 개 노릇을 했어! 그 중죄에서 벗어날 수는 없어!"

그러자 해랑이 격하게 대응했다.

"나에게 예술가로서 시대에 대한 증인 역할을 하라고 강요하지 마! 난 개인적으로 어떤 역할도 바라지 않아."

"그것 보시오! 해방 비밀조직의 밀정이었다고 하면서 결국 자신의 역할을 회피한 것 아닌가?"

"아니! 나에게는 오직 한 가지 사명만이 있지. 예술가로서 전쟁이나 사상에 의지 않고 삶을 내 창조적 열정으로 살아가야 한다는 것. 그것이오."

"그건 나약한 생각에 불과해! 결국 시대의 소용돌이에서 희생될 뿐이야."

류형도는 자신이 그려왔던 그림들을 떠올렸다. 다시는 그림을 그릴 수 없다는 생각을 했다. 가슴이 먹먹해 왔다. 해랑이 류형도의 눈빛을 보며 잠잠히 말했다.

"혁명이란 한 권력이 다른 권력에 의해 뒤집히는 순간이 아니오. 오히려 혁명은 권력의 제거를 위해 끝없이 싸워나가는 것이지. 권력이니 억압이니 그것이 없는 세상이 예술의 세상이란 말이오. 그것을 위해 싸우는 것이 예술가의 혁명이오! 집념이기도 하고!"

해랑의 말에 류형도의 눈빛이 흔들렸다. 류형도는 자기도 모르게 주먹을 움켜쥐었다. 류형도는 생각이라도 난 듯 말했다.

"단장의 사인이 독극물이라는 것이 밝혀졌어! 검시 담당의가 최근 약물실험을 하다 알게 되었다는군. 시신의 입술과 혀가 퍼렇게 된 증세와 똑같은 반응을 일으키는 물질을 발견했다더군. 그리고 그 독극물이 예악원 내부에서 유통되었다는 증거도 확보했어. 물론 사인이 독극물인지 두개골파열인지 어느 쪽인지 확실하진 않아. 어쨌든 그 전에도 조선예악원에서 그 독극물 사건과 비슷한 일이 있었고…. 그래서 당신을 일단은 풀어준 거얏!"

해랑의 눈빛이 흔들렸다. 독극물? 단장의 사인이 독극물이라. 혀와 식도가 타들어 가 있었다는 의무과 기록이 나왔다…. 그렇다면 누가 왜?

해랑은 자기도 모르게 온몸이 떨렸다. 그러자 해랑은 노준혁 단장이 한 말이 기억났다.

"정보가 새고 있어. 우리 쪽에 밀정이 있는 것 같네."

해랑은 이맛살을 찡그렸다. 대체 누구일까. 뭔가 표면 위로 떠오를 듯 떠오를 듯했다. 예악원의 생도들 얼굴을 하나씩 떠올려 보려 했다. 하지만 어느 누구도 짚이지 않았다.

류형도는 자리에서 일어나서 법정을 나가려 했다. 그러다 잠시 무슨 생각이 났는지 몸을 틀어 해랑에게 다가와 말했다.

"그나저나 최칠구가 도망쳤소! 형무소에서 어떻게 탈옥했는지 알 수가 없지만…. 어쨌든 당신, 조심해야 할 거욧!"

전범재판소 법정,
나오코

전범재판 심리가 다시 열리는 날이다.

　방청석에 사람들을 헤치고 해랑은 겨우 자리를 잡았다. 해랑은 피고인석에 앉은 나오코의 옆얼굴을 바라보고 있었다. 나오코는 창백해진 낯빛이었다. 눈빛은 위험에 빠진 짐승 같았다. 몸에 불타는 칼을 지닌 수도승처럼 보이기도 했다. 위태롭기도 하고 평안해 보이기도 했다.

　"추위에 얼어 죽을 것 같은 사람에게 거문고는 한낱 불을 때야 할 나무장작이죠. 하지만 연주자가 아무리 추워도 거문고를 장작처럼 뜯어내 불쏘시개로 쓸 수는 없어요."

　"그 말은, 그러니까 추워서 사람들이 죽어가더라도 거문고를 연주해야 한다는 말이오?"

　판사는 심리를 계속해갔다. 방청석에 앉아 있는 군중들을 의식한 채 그는 좀더 엄숙한 목소리를 내고 있었다.

　"그렇습니다."

　나오코가 대답했다.

　"그런데 서대문 형무소에서 사상범들을 사형하는 날, 사상범들 사형집행을 하는 마당가에 들리도록 피아노 연주를 했다는데 사실이오?"

　방청석에 사람들이 술렁거렸다.

　"우리는 전시상황과 특수한 상황을 거쳐왔어요. 잠을 자다가도, 방공호에 숨어 있다가도 연합군의 폭격으로 죽을 수도 있는 상황이었단 말입니다. 만약에 우리가 그 죽음의 상황으로 가야 한다면 사상이 다르든 신념이 다르든 죽어야 한다면 음악으로 마음을 편안하게 해주고 싶었어요."

다시 방청석이 술렁거렸다.

판사는 좀더 엄격한 말투로 변해 있었다.

"그날 연주한 곡이 쇼팽의 마주르카라는 곡이오. 그것은 왈츠 곡이고 신나는 곡이라고 들었는데… 그런 곡이 위로의 곡이란 말이오?"

나오코는 그날의 일들이 떠올랐다.

그들은 무명헝겊에 눈을 가린 채 사형장에 끌려나왔다. 죄수복을 입은 이들도 있었지만 재판과정을 거치지 않은 것인지 바지 저고리를 입은 이들도 있었다. 짚으로 된 삼각뿔 모양의 가리개를 쓰고 걸어 나오는 이들도 있었다.

어느 날은 눈이 많이 내렸다. 차꼬를 맨 발목은 이미 피딱지가 검붉게 앉아 있었다. 고문 끝이라서인지 눈두덩은 붓고 찢어지고 귀가 찢긴 사람도 있었다. 눈 위를 걷는 이들은 모두 맨발이었다. 맨발은 금방 발갛게 부어오르다 감각을 잃은 듯 창백해졌다.

그런 날이면 나오코는 오르간을 연주했다. 죽을 사람이나 죽이는 사람이나 그 오르간소리를 들었다. 점화 직전의 한순간처럼 침묵과 긴장이 사형장 마당을 덮었었다.

나오코는 빈정거리듯 말했다.

"신나는 곡도 슬프게 들릴 수 있고 느리고 장중한 곡도 유쾌하

게 들릴 수가 있지요. 음은 모든 경계를 넘어서서 제 혼자 자유로울 뿐이에요. 음악은 제 혼자 아름답고 제 혼자 완벽할 뿐입니다. 사상이나 윤리를 집어넣고 싶어하는 것은 인간들일 뿐이니까."

"다시 한 번 묻겠소. 당신은 왜 피아노를 연주했지?"

판사가 진지하게 물었다.

나오코는 기다렸다는 듯 또렷하게 말했다.

"난 나를 찾고 싶을 뿐이에요. 피아노는 내가 누구인지 말해주니까."

법정에 잠시 정적이 흘렀다. 법정 방청객들은 나오코의 말에 갑자기 예속되어버린 듯했다. 어디선가 목쉰 헛기침이 흘러나왔다. 나오코가 다시 말을 이었다.

"인간은 숭고한 한순간을 생애를 통해 실현하기 위해 살아가는 것이오. 저에게 있어서 그것은 피아노일 뿐입니다."

관중석에 앉은 무리 중에는 나오코의 말에 감동을 받은 이도 있었다. 어떤 이는 "나오코를 석방시키시오!"라고 외쳤고 "무죄요!"라는 외침도 있었다. 뒤이어 "무슨 소리? 중벌을 받아야 하오!"라고 외치는 소리도 함께 들려왔다. 그러나 석방을 시키라는 함성이 더 거세게 들려왔다.

판사는 망치를 두드리며 좌중을 진정시키려 했다.

재판장은 기록을 다시 넘겼다. 그리곤 연필을 나무 법대 위에 톡톡 두들기며 물었다.

"당신 옆에 앉은 우키모토 유키도 오케스트라 연주에 참여했다는 말을 들었소. 연주회를 위한 심부름을 하고 진행을 도왔다는 기록이 있습니다만."

나오코는 위악 가득한 표정으로 재판장을 보았다. 그리고는 자신의 옆에 앉은 유키를 바라보았다. 유키는 놀란 표정으로 나오코를 되쳐다보았다.

나오코는 말했다.

"유키도 나와 함께 연주회를 도왔어요. 그러나 그런 것은 별로 중요하지 않아요.… 중요한 것은 죽으러 가는 사람들만큼 누군가를 죽여야 하는 사람들의 두려움도 크다는 사실이죠."

"그러면 피아노 연주, 오케스트라 연주는 사형집행관들 군인들의 마음을 위로해주기 위한 연주였나?"

"꼭 그런 것만은 아니에요. 그러나 죽음 뒤 살아남는 자에게도 위로가 필요하다고 생각했어요."

방청객들이 다시 한 번 술렁거렸다. 야유가 쏟아지고 고함소리가 났다.

국선변호인이 딱딱하게 굳은 표정으로 나오코를 돌아봤다.

해랑은 나오코의 뒷모습을 보며 다시 한 번 얼굴을 일그러뜨렸다. 국선변호인도 해랑도 나오코가 지금 어떤 말을 재판정에서 하고 있는지를 잘 알고 있었다. 맹수가 우글거리는 정글 속에 눈빛을 반짝이며 꽃을 따고 있는 무심한 소녀처럼 나오코의 얼굴은 천진하고 진지해 보였다. 그 진지한 열정이 해랑은 두려웠다. 모든 현실을 무(無)로 돌려버리는 무욕의 열정이었다.

해랑은 나오코와 피아노 연습하던 때가 떠올랐다. 연습을 하다 말고 그들은 몰래 집을 빠져나갔다. 몰래 도망치듯.

각자 말을 타고서였다. 말은 억새밭이 있는 강가에 멈추어 섰다. 강물은 은빛 갈기처럼 햇빛 속에서 반짝였다. 오후 빛이 그들의 뺨을 타고 흘렀다.

나오코는 말에서 내려 준비해온 커다란 모직 보자기를 모래밭에 깔았다. 사금파리를 머금은 모래는 햇빛에 눈이 부실 만큼 반짝였다. 해랑은 모래를 움켜쥔 다음 손가락을 폈다. 모래가 손가락 사이로 흘러 내려갔다. 해랑은 손가락 사이로 흘러간 모래를 한참 바라보았다.

나오코는 간이용 축음기를 틀었다. 바흐의 〈푸가〉였다. 해랑이 연주한 음반이었다. 군가를 제외하고 해랑은 늘 '바흐'곡을 연주했다. '바흐'는 나오코가 가장 좋아하는 음악가였다. 〈푸가〉는 슬픈 듯하면서 명랑함을 잃지 않았다. 해랑의 연주는 포인트를 줄곳에 확실하게 음색을 표현하며 느리고 빠른 리듬의 굵기를 자유롭게 구가했다.

피아노곡이 흘러나오자 나오코는 잠시 우수에 잠기는 듯했다. 그러다 가방에서 뭔가를 꺼냈다. 98원짜리 미국제 사진기였다. 나오코는 사진기로 해랑을 찍기 시작했다. 해랑은 손사래를 치며 사진을 찍지 말라고 했다. 나오코는 더욱 장난스럽게 얼굴을 가리는 해랑을 찍어댔다.

전쟁 중이라 물자가 귀했다. 그러나 나오코의 대나무 바구니는 요술을 부리듯 뭔가를 자꾸만 뱉어내고 있었다. 비밀에 싼 작고 흰 물수건을 건네주었다. 면 수건이었다. 해랑은 물수건으로 손

을 닦았다. 그러자 나오코가 엷은 노란 종이가 밑면에 깔린 카스텔라를 꺼냈다. 본정통에 있는 프랑스인이 하는 잡화가게에서 사온 카스텔라였다. 해랑에게 조심스럽게 건네주자 여자와 남자는 카스텔라를 한 입씩 베어 물었다. 카스텔라는 혀끝에서 천천히 녹으며 목구멍으로 흘러들었다. 부드럽고 달콤한 나오코의 혀처럼. 해랑은 나오코의 손가락을 빨아먹듯 카스텔라를 천천히 핥으며 삼켰다.

강은 어딘가로 흘러가고 있었다. 시간도 쌓여 흘러갔다.

해랑은 용기를 내었다. 나오코의 손을 잡았다. 그들은 강을 함께 바라보았다. 해랑은 잡고 있는 나오코의 손바닥을 손톱으로 부드럽게 긁었다. 여자의 손가락 하나하나를 애무했다. 자신의 손으로 감싼 채 흡입하듯 빨아들였다. 나오코는 해랑에게 자신의 손을 맡긴 채 강물을 하염없이 바라보고 있었다.

해랑과 나오코의 손이 땀으로 미끈거리기 시작했다. 나오코는 온몸으로 혼미한 감각이 전달되는 것을 느꼈다. 나오코는 막막하고 끔찍한 기쁨에 젖었다. 여자는 그 기쁨을 애써 참았다. 나오코는 두려운 정열에 빠진 게 분명했다.

여자는 풀을 먹여 빳빳하게 선 기모노 깃을 단정히 여몄다.

애써 목소리를 가다듬었다.

"마츠무라 상, 강을 보고 있으면 말이야…."

나오코가 조용한 목소리로 말했다.

"꼭 차안과 피안을 보는 것 같애. 이쪽은 삶이고 저쪽은 죽음이고. 우리는 그 사이에서 배회하고 있을 뿐이지."

그러자 해랑이 말했다.

"하긴, 사람은 자신이 살아온 그만큼의 시간만큼 사라져 가는 거지요."

나오코는 한참을 있다 다시 말했다.

"그러니…."

"그러니 뭐죠?"

해랑은 어두운 얼굴로 물었다.

"인생이 참 아름답지 않아?"

해랑은 나오코의 말을 들으며 이 여자를 사랑하게 될지도 모른다는 생각을 했다. 그렇다면 해랑은 이생과의 계약이 오랫동안 아플 것 같다는 생각을 했다. 해랑은 나오코의 손을 꼭 쥐었던 것이다.

법정은 휴정이 있은 후 속개되었다.

재판장은 나무망치를 몇 번씩이나 두들겼다. 법정은 여전히 소란스러웠다. 나오코를 살려야 한다는 목소리와 죽여야 한다는 목소리가 함께 터져 나왔다. 방청석은 계속 술렁거렸다. 재판장은 정숙, 정숙, 몇 번을 말할 뿐이었다.

나오코 옆에 앉아 있던 유키는 나오코를 보며 얼굴을 붉혔다. 갑자기 어린애가 누군가의 먹을 것을 빼앗아 오기라도 한 것처럼 당황하는 표정이 역력했다.

유키는 종이에 뭔가를 쓰기 시작했다.

유키는 뭔가가 서로 엉키고 있다는 생각을 했다. 어떤 경우에도 자신의 처지는 자신이 지켜야 한다고 생각하며 눈빛을 반짝였다. 유키는 자신이 쓴 쪽지를 변호사를 통해 재판부 쪽으로 넘기고 있었다.

재명은 단장실 선반에 놓여 있는 화초에 물을 주고 있었다. 그때 누군가 갑작스럽게 문을 열고 단장실로 들어왔다. 햇빛이 사위어 가는 오후였다. 유리창 너머에서 고운 휘파람처럼 햇볕이 넘실거리고 있었다.

"아니, 당신?"

재명은 자기도 모르게 낮게 소리를 질렀다.

"그래요. 나에요. 조은실."

과연 은실이었다. 은실은 밝은 진주홍색 숄을 하고 흰 레이스가 달린 원피스를 입고 나타났다. 챙이 긴 꽤 값나가는 외국제 모자를 쓰고 있었다. 바다뱀 가죽같이 자연색의 세무구두를 신고 있었고 잔뜩 멋을 부린 모양새였다.

"대체, 당신, 어떻게 된 거지?"

"왜, 내가 살아 있어서 당신에게 걸리적거리기라도 하나?"

은실은 일정 때 갑작스럽게 조선예악원에서 모습을 감춘 이후에도 재명에게 계속해서 편지를 보내왔다.

'당신이 없는 곳에서도 당신은 내 곁에 있어요.'

재명은 은실이 보내는 연서를 생각하며 고개를 절레절레 흔들었다.

재명은 은실의 은근한 구애가 지긋지긋했다. 고혹적인 눈빛이 때로 어린애처럼 순진한 빛을 띠기도 하지만 재명은 은실의 속을 알 수가 없었다. 그러나 은실이 세상의 변화에 누구보다 재빨리 적응하는 여자라는 것, 자기가 갖고 싶어하는 것을 위해 어떤 짓도 할 수 있는 여자라는 정도는 알고 있었다.

"하긴 당신이 쉽게 죽을 사람은 아니지. 작년 수덕사에서 총에 맞은 마츠무라가 없어졌다는 소식을 들었을 때 왠지 당신이 아닐까 하는 생각은 했어."

"그래요. 이해랑, 아니 마츠무라 준이치로, 내가 빼돌렸어요."

"어떻게 그럴 수 있어? 그는 살인자야! 친일제국주의자고! 뭔가 노리는 게 있었던 건가?"

"그건, 당신도 마찬가지 아닌가? 난, 당신이 누군지 아는데?"

은실의 말에 순간 재명의 얼굴이 일그러졌다. 은실은 한쪽 입꼬리를 끌어올리며 목소리를 낮추어 말했다.

"일정 때 당신이 어떤 짓을 했는지….."

순간 재명은 심장 한 곳을 찔린 듯 놀랐지만 애써 아무렇지 않은 표정을 지어보였다.

"무슨 말이지? 난 전혀 알 수 없는 말을 하는군. 도리어 당신이야말로 자신의 본모습을 숨기려고 꽤나 힘들었을 것 같은데. 밤마다 몰래 자신의 화장을 지우느라 얼마나 힘들었을까?"

재명은 헛기침을 하며 목소리를 가다듬었다.

재명은 자신을 빤히 쳐다보는 은실의 눈빛에서 뭔가 섬뜩한 것을 느꼈다. 이 여자를 여기서 그냥 두어서는 안 되겠다는 생각에 재명은 불쑥 은실의 손을 잡았다.

육욕의 사랑을 원하는 천한 계집이었다. 재명은 은실을 그렇게 생각했다. 그녀가 하는 사랑이란 처녀처럼 순수하지도 신성하지도 않은 비루한 감정일 뿐이었다. 은실은 예악원에 있을 때부터 생의 한 걸음 한 걸음을 모두 계약으로 생각하는 여자였다. 클럽에서도 은실이 많은 미군들과 친하게 지낸다는 사실을 소문으로 알고 있었다.

은실이 한껏 부드러워진 목소리로 말했다.

"천지신명에게 대해서도 난 부끄럽지 않아요. 당신을 그리워하는 마음."

은실의 볼은 상기되어 있었다. 재명은 짙은 눈썹을 꿈틀거렸다.

"대체, 나한테 원하는 게 뭐지? 당신은 이해랑, 아니 마츠무라를 좋아했잖아."

"해랑, 이해랑을 좋아했지. 당신이 나타나기 전에는. 당신이 나타나고 나서부터 뭔가 달라졌단 말예요. 모든 게."

은실의 목소리는 떨고 있었다.

"그래서 어쩌자는 거지?"

"떠나요. 나와 함께. 이 조선땅을 함께 떠나자구."

은실은 재명에게 매달리며 말했다.

재명은 놀란 눈으로 자신의 팔을 잡고 매달리는 은실을 바라보았다. 은실은 세상에서 외로운 여자였기에 맹목적이고 맹목적이기에 순수하게 정념적인 여자였다. 재명은 은실이 그 정념 때문에 무슨 짓이라도 할 여자라는 생각을 했다.

재명은 다시금 입술을 깨물었다.

"당신! 제정신이 아니군!"

"아니요, 난, 어느 때보다 정신이 맑아요."

은실은 그렇게 말하면서 스스로 맥박이 빨라지는 것을 느꼈다.

재명은 그런 은실을 찬찬히 지켜보았다. 푸른빛이 도는 흰자위에 흑갈색 눈동자가 재명을 보며 반짝이고 있었다. 눈빛이 몹시 강렬했고 그 강렬함이 재명을 질리게 했다. 재명은 우선 그녀를 달래야 한다는 생각으로 심호흡을 했다.

재명은 은실의 머릿결을 쓰다듬어 주었다. 그리고는 마음을 가라앉히기 위해 테이블 위에 놓인 찻잔에 찻물을 따랐다. 재명은 묵묵히 차를 마셨다. 차 맛은 은근하고 썼다.

은실은 재명이 따라준 찻잔을 손바닥으로 감싼 채 재명을 다정하게 보고 있었다.

얼마의 시간이 지났을 때 단장실에 은실은 보이지 않았다. 재명은 허겁지겁 단장실 책상 위를 치우고 있었다. 그때 머슴아비가 전갈을 주었다. 재명은 뒷문으로 통하는 비밀통로 입구 문을 막 닫고 있던 차였다. '박이규'라는 자가 찾아왔다는 전갈이었다. 재명은 황급하게 이마의 땀을 훔치고 멜빵바지의 옷깃을 바로 했다.

머슴아비는 해랑을 국재명의 방으로 인도했다.

해랑이 재명을 찾아간 것은 다른 이유 때문이 아니었다. 유키가 전해준 쪽지 때문이었다.

'국재명 단장? 하필 찾아가 도움을 청해야 한다는 사람이 국재명일까?'

해랑은 막막했다. 하지만 나오코를 구해낼 방도를 찾아야 한다는 것은 분명했다.

"나오코를 구할 수 있는 방도는 없는 거요?"

해랑이 의자에 앉자마자 자신을 소개한 후 재명에게 물었다. 재명은 뭔가를 확인이라도 하는 듯 해랑의 얼굴을 샅샅이 살피고 있었다. 해랑이 그 눈빛에 짐짓 의아스런 표정을 짓자 재명은 그제야 냉정을 되찾으며 눈을 내리깔았다.

"박이규 씨, 미 군정청에서 힘을 써도 나오코를 구해내기는 힘들 거요. 이는 특별전범 재판이 아닙니까. 조선민족 모두가 주목하고 있는 재판이오."

재명은 원탁 테이블 의자에 앉아 찻잔 끝을 손가락으로 돌리고 있었다. 재명은 해랑을 뚫어지게 쳐다보며 말했다.

"……."

해랑은 숨이 막혀왔다. 해랑은 고개를 숙인 채 가만히 있었다. 그는 일그러진 얼굴을 어찌해 볼 수 없는 듯 고개를 저었다.

나오코가 자신에게 주던 하얀 물수건이 떠올랐다. 물수건으로 손을 닦던 일이 떠올랐다. 해랑은 가슴이 먹먹해져 왔다. 해랑은 다시 정신을 차리려 노력했다. 해랑이 괴로워하는 사이 무거운 침묵이 흘렀다. 재명은 흥미로운 표정을 짓더니 해랑에게 물었다.

"그나저나, 조선예악원 노 단장 살인사건은 종료된 것입니까?

범인이 잡혔소?"

해랑은 대답 대신 고개를 천천히 저었다.

"그럼 범인을 아직 못 잡았다는 거요?"

해랑은 고개를 끄덕이며 숙였던 고개를 천천히 들었다. 재명이 해랑의 얼굴 표정을 살피며 나직한 목소리로 말했다.

"난 당신이 류형도에게 잡혔다는 소문을 들었는데…."

"난, 아니오!"

해랑은 류형도와의 얼마 전 격론이 떠올라 자기도 모르게 인상이 찌푸려졌다.

해랑이 류형도와의 일들을 떠올리며 말이 없자 재명은 한참 동안 해랑을 꼼꼼히 살폈다.

"당신이 범인이 아니라…."

재명의 말투에는 약간 조소가 담겨 있었다.

"하긴 나는 범인을 알고 있소."

해랑은 심장에 뭔가 쿵하고 내려앉은 느낌이 들었다. 그는 다급하게 물었다.

"대체, 대체 누구란 말이오?"

재명은 해랑의 반응을 즐기듯 빙긋 웃었다. 재명은 펜을 꺼내 종이 위에 뭔가를 썼다.

[마츠무라 준이치로]

"이자일 게요. 분명히!"

해랑은 아득함이 몰려왔다. 해랑은 자기도 모르게 흥분한 채 소리쳤다.

"마츠무라는 아니오! 범인이 아닐 거요!"

재명은 천천히 일어나 뒷짐을 졌다. 어슬렁거리듯 정원 쪽을 향한 유리창을 등지고 섰다.

"당신이 어떻게 그가 아닐 거라 생각하지? 당신이 마츠무라인 것처럼 항변하는군."

재명이 다시 빙긋 웃으며 뒤를 돌아 정원을 바라보았다.

해랑은 재명의 뒷모습을 보다 재명이 쓴 종이 위의 글씨를 바라보았다. 갑자기 이상한 기미를 느꼈다. 그것은 뇌수를 스치는 알 수 없는 갑작스런 느낌이었다. 안개 같은 모호함이 스멀스멀 피어올랐다. 해랑은 자신의 양복 깃 속으로 손을 집어넣었다. 사진을 꺼냈다. 낡은 흑백사진, 여관에서 자신을 죽이려 했던 자가 품에 갖고 있던 사진이었다. 해랑은 사진 뒷면을 펼쳐보았다.

[마츠무라 준이치로]

그랬다. 필기체로 날려 쓴 글씨였다. 분명 재명이 쓴 손글씨와 닮아 있었다. 획을 아래에서 위로 삐치는 폼이나 각을 지우는 각도도 비슷했다. 해랑은 고개를 갸웃했다. 해랑은 생래적인 의혹이 솟구쳐 오르는 것을 느꼈다. 그는 분기로 가득한 눈길로 재명의 뒷모습을 바라보았다.

재명은 창문 밖을 보다 문득 창문에 비친 해랑의 모습을 보았다. 자신의 뒤쪽에서 해랑은 자신을 노려보고 있었다. 재명은 불안한 기색을 스스로 누그러뜨렸다. 그는 칼라 깃을 만지작거리며 여유 있는 모습으로 돌아섰다. 그는 빙긋 웃으며 해랑에게 차를 마시라고 권했다. 재명은 신사의 예의를 다 했다.

'하긴 이 정도 필체를 가진 이는 많겠지.'

해랑은 괜한 의혹으로 머리를 복잡하게 했다는 생각이 들었다. 해랑은 차를 들이켰다. 무심히 고개를 들었다. 무심한 눈길에 선반 위 화분과 화초가 보였다. 재명이 물을 주던 화초였다. 화초는 막 물기를 먹은 탓인지 진초록이 여귀처럼 싱싱한 빛을 뿜어냈다.

"저 화초는 어디서 본 듯한데, 이름이⋯."

해랑이 묻자 재명이 '협죽도'라고 말했다. 협죽도, 해랑은 뭔가 생각에 잠긴 듯했다. 해랑은 그 이름을 언젠가 들어본 적이 있다는 생각을 했다. 뚜렷하지는 않았다.

재명은 얼굴이 굳어지다 찻물을 조금 들이켰다. 다시 얼굴을 애써 환하게 풀어보였다.

"마츠무라가 아닐 수도 있겠지요. 음, 그렇다면 노 단장 살인사건은 독을 잘 아는 이들을 찾아보면 금방 잡힐 겁니다."

재명은 해랑을 안심시키려는 듯 해랑을 보며 말했다.

해랑은 깜짝 놀라는 표정으로 눈을 떴다.

무언가 날카롭고 예리한 칼날이 머릿속을 통과했다. 심장에는 뜨거운 것이 솟아올랐다. 분노 같기도 하고 경악 같기도 했다.

해랑은 자신도 모르게 자리에서 벌떡 일어났다. 해랑은 주먹을 있는 힘껏 쥐었다. 해랑은 격앙된 숨결을 애써 누그러뜨리려 했다. 그러나 그의 주먹이 부들부들 떨려왔다.

해랑은 있는 힘을 다해 재명을 덮치며 넘어뜨렸다. 재명은 자신이 앉아있던 의자와 함께 바닥으로 쾅당, 하고 넘어졌다. 재명은 영문을 모르는 듯한 표정을 지었다. 그러나 재명이 해랑을 쳐다

볼 겨를도 없이 해랑의 주먹이 날아와 재명의 얼굴에 박혔다. 코뼈가 부러진 듯한 통증이 왔고 금방 입술이 터져 핏물이 흘렀다.

해랑이 재명의 목을 팔로 조이자 재명이 꽥꽥거렸다. 해랑이 거친 숨소리를 내며 말했다.

"난 단장님이 독살되었단 말을 너한테 한 적이 없어! 독살되었다는 것도 이제 방금 알아낸 사실이야. 그런데 네놈이 어떻게 그 사실을 알고 있는 거지?"

재명이 해랑의 명치끝을 팔꿈치로 쳤다. 해랑이 비틀거리며 꼬꾸라지려 하자 그 틈에 해랑의 팔을 뒤로 비틀어 벽 쪽으로 거칠게 밀어뜨렸다. 그 기세에 벽 선반에서 놓여 있던 화분들이 일제히 바닥으로 쏟아지며 깨졌다. 파편이 해랑의 허벅지 쪽으로 튀어 올랐다.

"이제 범인을 잡게 된 건가?"

재명이 입꼬리를 올리며 악의적으로 웃었다. 해랑이 재명에게 몸을 던지며 다시 달려든 것은 그때였다. 해랑은 다리를 돌려 재명의 턱을 갈겼다. 재명은 비명도 채 지르기 전에 넘어졌다. 해랑은 넘어뜨린 재명의 턱을 계속 가격했다. 해랑의 강한 손아귀의 힘이 재명의 턱을 옥죄었다.

"그럼, 네놈이었어? 네놈이 예악원에 잠입한 그 유령, 일본 밀정이었어? 단장님은 왜 죽였던 거야? 왜?"

"윽, 윽…."

재명은 누운 채 자신의 상체를 올라타고 있는 해랑의 손아귀에 턱이 잡힌 채 말도 제대로 하지 못하고 있었다. 재명은 해랑의 손아귀의 힘 때문에 살가죽이 벗겨질 듯 늘어진 얼굴을 하고 겨우 말을 했다.

"그… 래…. 내 정체…가 탄로 나서 주… 죽였다…."

해랑은 짐작한 일이었지만 재명이 직접 토설하는 것을 들으며 마음 깊숙한 충격을 받았다. 해랑의 얼굴에 회한의 바람이 한번 일었다 사라졌다. 과거 그를 지켜보던 노 단장의 근엄했던 눈빛이었다.

해랑의 흔들리는 눈빛을 살피던 재명이 비열한 웃음을 웃으며 말을 이었다.

"흐흐흐…. 단장이 내가 일본 밀정이란 사실을 알아버렸거든. 흐흐흐…. 그놈의 영감, 협죽도를 마시고도 체력 한번 좋더구먼…. 내가 뒷목을 내리칠 때까지 내 손목을 잡고 끝까지 나를 밀어내더구먼. 힘 한번 대단하지? 흐흐흐…. 어차피 물고기를 잡으려면 물을 건드리지 않고는 가능하겠어? 너나 나나 서로 죽이지 않으면 안 될 운명이잖아. 서로 죽이기를 그렇게 원했잖아."

해랑의 흐린 눈빛을 틈타 재명은 해랑을 거칠게 밀어 던져버렸다. 해랑이 구석으로 꽝 하고 처박히는 동시에 뒷문으로 통하는 통로 문짝이 열렸다. 해랑은 문짝이 열리면서 뭔가 밖으로 꽈당 하고 쓰러지는 것을 보았다. 해랑은 뭔가 오싹한 느낌 속에 쓰러진 물체를 보았다. 창백한 얼굴에 입술이 파랗게 된 한 여인이었다. 여인의 몸은 구겨진 채로 쓰러졌다. 해랑은 곧이어 그 여인의 얼굴을 알아보았다.

해랑의 얼굴은 말할 수 없이 일그러졌다. 그녀는 오랫동안 해랑이 마음속에 두고 온 여인, 어릴 때부터 그에 곁에 있었던 여인, 은실이었다.

"네놈이, 은실이를, 은실이를…?"

해랑의 눈에 핏빛이 고였다. 발톱을 감춘 야수가 날카로운 발톱을 드러내듯 재명이 말했다.

"흐흐흐. 그년이 주제에 나를 겁박하더군. 아예 날 갖고 놀려고…. 내가 예악원에 잠입한 밀정, 그 '유령'이라는 것을 까발리겠다나? 협박으로 사랑을 살 수 있나? 그럴 수는 없지. 나 국재명이, 그럴 수 없지…. 동경에 가서 공부하고, 악착같이 살아남기위해, 내 음악을 하기 위해 내가 어떻게 살아왔는데…. 하지만 너도 은실이 이년과 같은 꼴이 될 거야?"

해랑은 오열을 하듯 은실을 부여잡고 있다 재명을 돌아보았다.

"그래, 네놈도 이제, 끝장이니!"

"……."

해랑은 이글거리는 눈빛으로 재명을 쳐다보았다.

"네가 마신 차는… 단장과 은실이 마신 차와 같은 협죽도야. 피를 토하면서 너도 곧…."

재명이 야비한 웃음을 머금고 말을 이어갔다. 갑자기 해랑은 자신의 온몸에 힘이 쑥 하고 빠져나가는 듯한 느낌을 받았다. 해랑은 스르르 무너지듯 몸이 앞으로 쓰러졌다. 무의식적으로 해랑은 손으로 입을 가렸다. 입에서 핏물이 솟구쳤다. 해랑은 손가락의 감각이 점점 없어지는 느낌을 받았다.

재명이 붉게 손자국이 난 자신의 목 주위를 만지며 빙긋 웃었다. 그는 해랑을 보며 비웃듯 거칠게 말했다.

"네놈이 이해랑, 마츠무라 준이치로라는 것은 네놈을 보자마자 알아봤지. 박이규, 라는 가명을 써서 위장해봤자 소용도 없어. 너는 조선 밀정, 나는 일본 밀정, 둘 중에 하나는 없어져야 하는 거 아닌가? 네가 여기서 죽는 것이 '완벽한 삼박자'를 완성시키는 것이다. 해방된 조국에서 조국의 음악을 완성시킬 사람은 단한 명뿐. 천재는 한 명이면 족한 거 아닌가?"

해랑은 목이 말려들 듯 조여 오는 것을 느꼈다. 눈이 까뒤집어지고 흰자가 드러나고 있었다. 온몸이 사시나무 떨듯 떨려왔다. 감각들이 굳어가고 있었다.

재명은 해랑이 죽어가는 장면을 즐기듯 말을 이었다.

"조급해할 것 없어. 우리는 모두 죽어갈 뿐이니까. 일정 때 만주로 가면서 약 때문에 나를 팔아넘긴 아버지도 마약상에게 배때기 찔려 죽어 자빠졌다더군. 그 새끼도 우리도 모두 역사에 순종하면서 죽어갈 뿐이잖아…. 역사란 게 별거야? 역사 안에서 너나 나나 조그만 덩어리에 불과한 거잖아. 우리는 서로를 죽이려고 안달이지. 하지만 묻히면 저 탄광 속에서 묻힌 숱한 석탄재 같은 존재에 불과해. 너는 친일 피아니스트, 나는 대한예악원 단장. 사람들은 너를 그렇게 기억할 테고 나를 그렇게 기억할 테지. 인생이 원래 그런 거 아닌가? 거대한 착오덩어리. 하지만 그 착오가 역사 속의 진실이지."

"윽, 윽…. 진실이란 게 그렇게 쉽게 만들어… 지는 줄 아나 보지?"

해랑의 신음소리가 거칠어지고 있었다.

"그래도 우리에게 음악이 있으니까. 나는 내 음악을 위해 어떤 일도 다 할 수 있어. 흐흐흐…."

재명은 신음소리에 가깝게 웃어제꼈다.

"명성, 명성을…. 얻기 위해서…. 무엇이든…. 했던 거냐?"

해랑은 비틀리고 뭉개진 목소리로 물었다.

"맞아! 민족이고 뭐고, 난 내 음악을 지키는 게 가장 중요하니까! 내 음악을 할 수 있는 거, 그게 가장 중요한 일이지…. 네놈을 없애려고 사람을 보내기도 했지. 끈질긴 놈, 명줄이 긴 거야, 아니면 운이 좋은 거야. 이제 해방된 조국에서 너와 나 둘 중에 하나만…. 없어지면…."

재명은 서랍을 열더니 칼을 꺼냈다. 끝이 뾰족하고 날카로운 단도였다. 재명은 비틀거리며 주저앉은 해랑의 목을 겨냥해 칼을 들어올렸다.

"탕!"

갑작스러운 큰 굉음이었다. 화약냄새가 진하게 풍겨났다.

그때 다시 총소리가 났다. 두 발의 총알은 재명의 어깨를 꿰뚫고 다시 심장을 관통했다. 재명은 천천히 바닥에 쓰러졌다. 쓰러진 재명을 보며 해랑은 천천히 흐릿한 눈을 들어올렸다.

류형도였다. 검시관은 그 독물이 협죽도라는 화초에서 나온 것이라 말해주었다. 류형도는 협죽도 잎을 어디선가 본 듯한 기억이 뒤늦게 떠올랐던 것이다.

류형도는 긴장되고 충혈된 눈빛으로 서 있다 두 손으로 조준했던 총을 천천히 내려놓았다. 류형도의 얼굴 근육이 떨리는 것

을 보며 해랑은 눈이 감기는 것을 느꼈다. 누군가 자신의 이름을
부르며 어깨를 잡고 흔들어댔다. 해랑은 의식이 사라져 가면서도
자신의 이름이 낯설었다.

"이해랑 씨, 이해랑 씨…."

류형도는 해랑을 흔들며 말했다.

전범재판소 법정,
유키

마지막 심리 날이었다.

그날은 판결도 함께 있을 예정이었다. 신문은 연일 나오코에
대한 노골적인 관심을 실어 날랐다. 방청석은 늘 북적댔다. 절세
가인 일본인 피아니스트 나오코를 살려야 한다는 말도 있었다.
그녀가 피아노를 칠 때 혼을 빼앗길 정도의 열정에 도취하게 된
다는 말도 있었다. 일정 때 어린 여자아이까지 전쟁에 동원시킨
악질적인 전쟁광이라는 악의적 소문도 신문을 장식했다.

나오코는 점점 더 무욕의 담담한 표정으로 변해가고 있었다.
자신이 생각하는 다른 현실이라도 있는 듯. 그녀는 오만해 보였
다. 아니 그것은 자신의 열정을 모두 불사르고 끝내는 연기처럼
덧없이 스러져갈 인생일 뿐이라는 태도 같은 거였다.

말하자면, 그것은 무심함이었다. 나오코의 무심한 듯한 태도가
사람들을 열광시켰다. 또한 그것이 그녀를 매도하게 하는 이유가
되었다.

마지막 심리 날에는 검사가 배정되어 재판장에 나타났다. 아무리 제대로 체제가 잡히지 않은 과도기라 하더라도 올바르게 재판과정이 진행되어야 한다는 신문 사설 때문이었다.

검사의 자격을 가진 이는 별로 없었다. 일정 때 검사는 대부분 일인들이었다. 검사는 미인 재판에 대한 관심 때문에 갑작스럽게 발탁된 이였다. 그는 일정 때 일인 검사 밑에서 잔심부름을 하며 기록을 돕던 서기였다. 검사는 머리숱이 별로 없고 매서운 눈매를 가지고 있었다. 그는 일정 때 반일분자 재판을 돕던 친일파 서기로 해방이 되자 그는 전범재판에서 확실하게 반일 태도를 보여야겠다는 결심으로 가득 차 있었다. 민족반역자를 재판하기에 딱 맞는 자격이었다.

검사가 나오코에게 물었다.

"소작료를 내지 못한 집 어린 여자아이들 집을 가가호호 방문해서 전쟁터로 강제 동원시켰다는 기록이 있소. 어린 여자아이들이 전쟁터로 가서 어떤 일을 했는지는 잘 알고 있을 텐데. 이 일도 음악회를 열기 위해 어쩔 수 없이 한 일이오? 제국에 충성하기 위해서?"

방청석 공기가 술렁거렸다. 저번 심리 때와는 달랐다. 그들은 자리에서 일어나 삿대질을 하며 야유를 퍼부었다. 방청석은 생각지도 못한 기록에 마지막 분노를 퍼붓고 있었다.

나오코는 창백한 낯빛에 태연한 기색으로 정면을 바라보았다. 그녀를 지나쳐 갔을 불행을 애써 잠재우듯 여자는 입가에 단호한 오만함을 남기고 있었다. 그 단호함만큼 그녀는 아름다웠다.

나오코가 흔들림 없이 소리치듯 말했다.

"그럴 리가. 그런 일은, 절대로 없습니다! 여자 아이들을 강제로 전쟁터에 보낸 일…. 그건 내가 한 일이 아닙니다!"

나오코는 자신의 옆에 앉은 유키를 노려보았다. 유키의 얼굴이 붉게 변하기 시작했다. 유키는 당황하는 기색이 역력했다.

나오코는 몇 해 전 일이 떠올랐다. 유키가 다급하게 문을 열고 나오코의 방으로 들어온 것이다. 나오코는 청동조각이 장식된 커다란 거울을 마주보고 앉아 길고 탐스러운 머리를 빗질하고 있었다. 방으로 들어온 유키는 숨을 헐떡였고 잔뜩 상기된 표정이었다.

유키는 집사인 가토와 함께 조선인 부락에 다녀온 이야기를 늘어놓았다. 가토가 조선 노동자들을 함경, 강원, 평안도 등지에서 모집한다는 이야기를 듣고 있었다. 그중에서 경상남도가 제일 쉽게 조선 노동자를 속일 수 있는 곳이라고 했다. 그곳에 요보들을 붙들어 일본 각지의 공장과 광산으로 팔아넘긴다는 이야기였다.

유키도 그 모든 일들을 아는 것으로 봐서 가토 일을 거들고 있음에 틀림없다. 나오코는 머리를 빗다 수다스럽게 떠들어대는 유키를 거울 속에서 바라보았다. 유키는 이어서 성전에 동참할 반도의 갈보 년들을 많이 모았다고 자랑스럽게 말했다. 유키는 조선인 여자소학교 아이들을 꽤나 알고 있었는데 마을 소학교 일본인 여교사가 유키의 사촌언니였다.

"성전에 갈보 년들의 성액이 흐른답니다요! 히히…."

유키가 킬킬대며 말하자 나오코는 비질하던 손길을 멈추고 인상을 찡그렸다. 성전이니, 신민이니, 황국의 영광이니, 나오코는 신물이 날 지경이었다. 나오코는 당장, 그런 이야기는 듣기도 싫다며 물리쳤다.

나오코는 과거 일을 떠올리며 유키를 빤히 쳐다보았다. 나오코는 냉정한 표정으로 입을 다물었다. 유키의 눈빛에서 적의가 번득였다. 유키는 쪽지에 뭔가를 다시 쓰기 시작했다. 쪽지를 검사에게 넘겼다.

그때 방청석 뒤쪽 문이 조용히 열렸다. 남자가 천천히 들어오고 있었다. 이해랑이었다. 병원에서 해독치료를 받았지만 꽤 창백해 보였다. 옆 이마에 푸른 핏줄이 불끈 솟아나 있었다.

해랑은 방청석 끝자리에 앉았다. 해랑은 정면을 응시했다. 해랑의 뺨은 수척했지만 눈빛만은 밤 숲길의 호랑이처럼 빛나고 있었다.

심리는 계속되고 있었다. 법정은 팽팽하게 당겨진 활시위처럼 긴장되어 있었다. 지나치게 긴장한 탓인지 누군가 나무의자 끌리는 소리를 내고는 제 스스로 놀란 표정을 지었다. 법정 안에 있는 모든 이들은 이음새 하나가 빠진 마차처럼 덜컹대며 함께 같은 시절을 겪어왔다는 것을 알고 있었다. 같은 시절을 겪었기 때문에 그들은 더욱 분노에 감싸여 피고인을 노려보고 있었다. 자기를 미워할 수가 없으니 남이라도 미워해야 할 지경이었다.

검사가 입꼬리를 살짝 올리며 말했다.

"구로가와 나오코, 당신은 제국주의 전쟁에 공을 세우고 사회적 명망을 얻기 위해서는 어느 누구에게라도 자신을 던지는 여성이라는 평판이 있더군요.”

나오코의 얼굴이 딱딱하게 굳어졌다.

“당신은 결혼 전 어릴 때 일본인 양부모에게 입양되었습니다. 입양된 후 양아버지에게 잘 보이기 위해 피아노 방에서 항상 양아버지와 단둘이서 피아노를 쳤다는데, 맞습니까.”

황급하게 국선변호인이 일어나 소리쳤다.

“재판장님, 이것은 본 재판의 기소사실과 상관없는 개인가족 사적 이야기입니다!”

재판장이 막기도 전에 검사는 진지하게 사과했다. 그러나 그는 다시 심문을 계속했다.

“양아버지에게 자신이 피아노 치는 것을 보여주기 위해 어릴 때부터 양아버지를 유혹하듯 양아버지와 꼭 함께 피아노 방에 단둘이 있었다는 사실입니다. 그것도 속옷만을 입은 채.”

나오코의 눈이 커다랗게 되더니 서서히 눈빛이 흔들렸다.

“구로가와 나오코, 일정 때 최고의 피아니스트이자 최고의 스타. 대중은 말할 것도 없고 일본 최고의 지식인들을 후원회원으로 거느린 권력자였습니다. 이렇게 권력자가 되기 위해 구로가와 나오코는 경무국장의 집으로 시집갔고, 다음에는 자신의 명망을 위해 전쟁터로 학병 동원, 어린 여자아이까지 정신대에 동원시켰습니다. 제국의 체제에 철저하게 협력을 다한 여자였던 것입니다. 결국 구로가와 나오코는 민족을 매욕하고, 일제의 식민지 정책에 협력한 민족 반역자였던 것입니다!”

방청석이 다시 크게 술렁거렸다. 이번에 방청석에 앉아 있던 여자들의 야유소리가 더 컸다.

나오코는 얼굴이 새파랗게 질린 채였다. 수치심과 모멸감이 얼굴 전체를 잡아먹고 있었다. 거미줄에 걸린 나비처럼 그녀는 무거운 치욕감을 느꼈다.

그녀는 자리에서 벌떡 일어났다. 검사를 노려보며 떨고 있었다. 그것은 소리 없는 몸부림처럼 보였다. 그녀는 무슨 말을 하려고 하는 듯 입술을 달싹거렸다. 하지만 어떤 말도 그녀의 입에서 새어나오지 않았다.

유키는 평온한 표정으로 입꼬리를 살짝 올리고 있었다. 나오코는 유키를 돌아보지 않았다. 돌아보지 않아도 유키를 느낄 수 있었다. 인간의 의지가 구차한 삶을 얼마나 질기게 견디게 하는지. 그 질긴 의지가 나오코는 끔찍했다.

방청석 뒷자리에 앉아 있던 해랑은 뭔가 내부에서 폭발하는 듯한 느낌을 받았다. 그는 놀란 표정으로 나오코를 바라보았다. 나오코의 커다란 눈에 푸른 안광이 뿜어져 나오는 것 같았다.

해랑은 어린 시절 소녀가 떠올랐다. 소녀는 흰 속옷차림으로 어두운 집 밖으로 뛰쳐나왔다. 자신의 방 유리창에 돌멩이를 던졌다.

"더러운 센징…."

그녀가 해랑에게 처음 한 말이었다. 그녀는 울고 있었고 상처를 입은 듯해 보였다. 어두운 골목 구석에서였다. 여자아이의 목덜미에 있던 붉은 손자국이 떠올랐다. 어린 여자아이는 자신의 가슴을 팔로 감싸 안은 채 덜덜 떨고 있었던 것이다.

검사는 쉬지 않고 말을 이었다.

"존경하는 재판장님, 오늘 이 자리에서 저는 새로운 사실을 누군가로부터 접수받았습니다."

검사와 유키의 눈빛이 허공중에 서로 부딪쳤다. 검사는 나오코를 다시 돌아보았다.

"구로가와 나오코, 당신은 그러니까 당신은 일본인이 아니라 조선인이오. 어릴 때부터 피아노에 재능을 보이자 당신의 부모가 당신을 일본인 양부모에게 속여 판 것이 아니오? 당신의 친부모는 그 덕에 논 밭뙈기 열 평을 받았고."

나오코는 자신의 옆에 앉은 유키를 노려보았다.

국선변호인이 다시 한 번 제지를 하려 했지만 검사는 말을 이었다.

"구로가와 나오코는 '애국금차회' 창립을 주도했고 조선여성들에게 전쟁물자로 노리개, 금붙이마저 내놓으라고 강요했습니다. 특히 1943년 징병제가 실시되자 나오코는 〈훌륭한 군인이 되자〉라는 글을 싣습니다. 그 글은 반도에 불타는 애국심과 적성으로 말미암아 드디어 약진 반도에 징병제가 실시되었다며 징병제를 찬양하는 글이었습니다. 조선인이면서 일본인으로 속여 양녀로 들어갔습니다. 완벽한 일본 여자가 되려고 경무국장에게 시집간 것입니다. 결국 제국의 개가 되어 전쟁동원에 적극 동참했던 것 아니오? 자신의 음악과 명망을 얻기 위해 말이지?"

검사는 나오코를 향해 고함을 지르고 있었다.

법정은 커다랗게 출렁이는 파도처럼 보였다. 방청석의 군중들은 흔들리며 자리에서 일어났다. 제각각의 욕설들이 빗발쳤다.

변호인이 자리에서 일어났다. 그는 앞에 앉은 재판장에게 가까이 다가갔다. 뭔가 말을 전해주는 듯했다. 재판장은 변호인 쪽으로 몸을 기울이며 이야기를 듣고 있었다. 그들은 심각한 표정이었다.

그때였다. 나오코가 자리에서 벌떡 일어났다.

의자 끌리는 소리에 놀라 재판장과 변호인이 몸을 돌려 나오코를 바라보았다.

"그래요, 나는 조선인이오!"

나오코의 목소리는 힘으로 가득 차 있지만 떨리고 있었다. 불붙은 기름이 완전히 소진되듯 나오코는 거침없이 말을 했다.

"조선인이면서 조선인 어린 처녀아이들 집을 순사들과 함께 방문했소. 강제로 정신대에 들어가도록 끌어냈소. 그러니 내 어린 시절 양아버지에 대한 것은 더 이상 언급하지 않았으면 좋겠소!"

법정은 다시 커다랗게 흔들렸다.

해랑은 절망적인 표정이 되어 얼굴을 일그러뜨렸다. 냉정을 되찾으려 했지만 이미 엄습한 절망감이 남자를 먼저 낚아챈 뒤였다. 해랑은 의자 아래로 고개를 처박은 채 숨을 죽여 흐느꼈다. 눈물이 솟아났지만 울음소리를 내지 않기 위해 입을 틀어막았다.

해랑은 화장지와 손수건을 늘 갖고 다니던 나오코가 떠올랐다. 흰 물수건을 깨끗한 비닐에 넣고 다니며 그녀는 물수건으로 하염없이 손을 닦곤 했다. 처음, 해랑의 손길이 여자의 몸에 닿았을 때 화들짝 놀라던 그녀의 표정이 떠올랐다.

해랑은 자신의 온몸이 진땀과 눈물로 범벅이 되어 있다는 것을 알았다.

자신이 어떤 심연에 빠져버린 듯했다. 그것은, 안간힘을 써도 빠져나올 수 없는 심연이었다.

에필로그

그로부터 5년 후
1950년 6월 24일 오후 2시(한국전쟁 발발 14시간 전)

명동 혼마치 거리

혼마치 거리는 일정 때와 같이 번화했다.

카페와 그릴들이 늘어서 있다. 그 너머에 적산가옥이 줄지어
서 있다. 일인들이 버리고 간 집들이었다. 일인들이 버리고 간 집
에는 조선인들이 들어가 살고 있었다. 가옥 뒤쪽은 얕은 산이 이
어져 있다. 산비탈에는 몇 해 전 번졌던 콜레라로 죽은 갓난아이
들이 거적때기에 말려 함께 묻혀 있었다. 사람들은 무덤이 있는
산비탈을 멀찍이 돌아 지게를 지고 산에 나무를 하러 다녔다.

혼마치 거리 명동시장통도 북적댔다. 고급 선물을 하기 위해

미군부대에서 빼온 양담배와 양주를 찾는 사람들 때문이었다. 거리의 모퉁이 쪽으로 카페들이 즐비했다. 카페는 프랑스식 테라스를 흉내 내 차양을 드리웠다. 그 아래 그늘 탁자를 만들어 놓았다. 신사들은 그곳에서 비루를 마시며 초여름의 한낮을 즐기고 있었다. 블라우스에 무릎까지 오는 스커트를 입은 양장한 여성들도 있었다. 여인들은 카페에 앉아 설탕을 넣지 않는 검은 커피를 마시며 흰 손수건으로 땀을 닦아냈다.

해방의 흥분은 다시 새로운 생존을 위한 악전고투로 대체되었다.

배덕술도 그중의 하나였다. 몇 해 전 반민특위 인사들이 활개를 치고 다녔다. 친일민족반역자들을 처단하겠다며 친일분자들의 집과 재산을 몰수했다. 체포조를 만들어 친일분자를 색출하는데 혈안이 되어 있었다.

배덕술은 쫓기는 몸이었다. 그러면서도 조직을 만들어 반민특위 인사 중에 중요한 인사를 골라 암살했다. 암살은 성공적이었다. 날이 갈수록 암살은 좀더 집요하고 잔인해져갔다.

그는 중절모를 깊게 눌러 썼다. 카페 차양 아래 탁자에 시켜놓은 커피가 식어가고 있었다. 그는 양복깃 위로 흰 셔츠 깃을 내놓은 채 코끝에 짧은 혀 같은 수염을 만지작거렸다. 그는 신문을 펼쳤다.

신문 광고란에는 대개 영화광고와 제약회사 광고가 커다랗게 자리를 차지하고 있다. 그 옆에 '탈당성명서'도 광고란에 큰 자리를 차지했다.

오인등(吾人等)은 해방 직후 혼란기에 무지한 소치로 남로당에 가

입하였으나 동당의 노선이 반민족적임을 깨닫고 동당(同黨)을 탈당함과 동시에 이후 대한민국에 충성(忠誠)을 다할 것을 맹서함.

탈당성명서를 낸 이들은 정부수립 후에도 끊이지 않고 신문 광고란에 광고를 했다. 서울뿐 아니라 지방 시골 곳곳 면과 리에 있는 사람들까지 탈당성명서를 냈다. 모두 강화되는 사상 통제에서 벗어나려고 애들을 쓰고 있었다.

배덕술은 귓구멍을 후비며 픽, 하고 코웃음을 쳤다. 배덕술은 중절모를 더욱 깊게 눌러 쓴 다음 신문을 넘겼다. 그러자 배덕술의 눈이 점점 더 커지기 시작했다. 펼쳐놓은 신문에 커다란 사진이 나와 있었다. 대서특필처럼 큰 기사였다.

일정 때 피아니스트 나혜원 씨, 출소 후 피아니스트 이해랑 씨와 내일 결혼할 예정

배덕술은 활짝 소리 나게 신문을 더 크게 펼쳤다. 커다란 헤드라인 기사였다. 기사 옆에 사진도 함께 실려 있었다. 서대문형무소에서 출소하는 나오코의 모습과 나오코를 기다리는 이해랑의 모습이었다.

✳

같은 시각 이해랑과 나오코는 함께 있었다. 외국인 선교사가 나무합판을 이어서 지은 학교 사옥 안이었다. 겨울에 추운 것을 빼

면 그럭저럭 사계절을 지낼 만했다.

유리창 밖은 붉은 장미넝쿨이 유난히 타오르는 오후였다. 전날 내린 장맛비로 흙마당에 붉은 살점처럼 장미 꽃잎이 흩어져 있었다. 사옥 1층 거실에는 손풍금이 있어 프랑스 선교사는 이곳에서 예배를 드리곤 했다. 빛이 잘 쬐는 여름 사옥 1층 거실에서 나오코는 손풍금을 치는 해랑을 내려다보고 있었다.

무명지 깨물어서 붉은 피를 흘려서
태극기 걸어놓고 천세 만세 부르세
한 글자 쓰는 사연 두 글자 쓰는 사연
나랏님의 병정 되기 소원입니다

해랑은 풍금 곡조에 맞춰서 낮은 소리로 노래를 불렀다. 나오코는 퉁명스러운 목소리로 해랑에게 말했다.

"해방된 지 벌써 다섯 해가 되었는데 아직도 학생들에게 군가를 가르쳐야 해요?"

아직 원기를 회복하지 않은 듯 나오코의 얼굴은 핼쑥해 보였다. 감옥에서 나온 지 몇 달이 되지 않은 탓이다. 그러나 빛나는 눈빛은 여전했고 탐스러운 윤곽의 입술도 여전했다.

해랑은 선교사의 도움을 받아 중학교 학생들에게 음악을 가르치고 있었다. 나오코가 감옥에서 나오자 프랑스 선교사는 그들이 사옥에 함께 기거할 수 있도록 도와주었다.

"뭐, 할 수 있겠소? 우리나라 곡이 없으니 일정 때 부르던 곡에

다 가사만 살짝 바꾸어서 학생들에게 가르치라는군."

"그래도 그 곡은 '혈서 지원'이라고 지원병 장려책의 일환으로 작곡된 군가잖아요."

"그래. 일정 때 가사지. 천황을 나랏님이란 말로만 바꾸었어. 달라진 게 없긴 하오."

"일정 때 살아남은 사람들도 길거리에서 만나면 서로 모른 체 지나간대요."

"옛 상처를 비벼서 좋을 게 뭐가 있겠나?"

"그런 판국에 아직도 일정 때 군가라니…."

나오코의 말을 잠잠히 듣고 있던 해랑이 빙긋 웃으며 말했다.

"아직 이 나라가 곡을 작곡할 기량들이 없으니…."

해랑은 잔잔한 미소를 띠며 말했다.

"내가 더 이상 어떤 곡도 작곡하지 않겠다는 말, 기억하지? 홍보용 국민가요 같은 것도 쓰기 싫소. 하지만 당신이 듣고 싶어하는 곡은 얼마든지 들려주겠소. 내일 우리 혼인날이잖아."

그러더니 해랑은 잠깐 생각이라도 난 듯 자세를 다듬더니 다른 곡을 치기 시작했다.

러시아풍 민요였다. 곡은 슬픈 듯하면서도 은밀한 쾌감이 넘쳐 나고 있었다. 내면의 아픈 흔적들을 잠잠히 어루만져주는 듯했다. 나오코의 표정이 물에 먹이 퍼지듯 천천히 풀어졌다. 해랑은 손풍금을 치며 낮은 어조로 말했다.

"그래도 다행이오. 해방이 되었고, 내가 누구인지 찾을 수 있어서 말이야."

나오코는 피아노를 치는 해랑의 손목을 쓰다듬으며 말했다.

"그래요. 이해랑, 당신은 마츠무라 준이치로가 아니라 이해랑, 당신의 이름을 되찾았어요. 일정 때 반일조직 일원이었다는 기록이 발견된 것이 얼마나 다행한 일인지⋯."

"류형도가 그 자료를 찾아낼 줄은 몰랐어. 배덕술이 자료를 불태운 것으로 알고 있었는데⋯."

해랑은 안도를 되찾은 표정을 지어보였다.

"그러나 애초부터 당신은, 그대로 당신일 뿐이에요. 조선일 밀정도, 천재 피아니스트도 아닌, 이렇게 내 앞에 앉아 있는 모습 그대로⋯."

"이제 내 맘대로 피아노를 칠 수 있어 다행이야. 예전에 내 마음은 피비린내 나는 노랫소리로 가득 차 있었지. 피 냄새와 쇠 냄새, 불꽃과 독이 내 마음에 가득 차 있었어. 복수와 정념뿐이었어. 이제 내 영혼이 시키는 대로 피아노를 칠 수 있게 되었어."

해랑의 얼굴은 쓸쓸해 보이기도 하고 편안해 보이기도 했다. 해랑은 마츠무라 국장이 떠올랐다.

'마츠무라 준이치로, 너는 정말 피아노에 미친 녀석 같다. 나도 칼을 잡을 때 그런 희열을 느끼곤 하지. 그러나 마츠무라, 잊지 마라, 너는 이제 일본인이다! 그리고 내 아들이다!'

해랑은 기쁨도 슬픔도 다 지나간 듯 아득한 얼굴이 되었다. 데츠야 국장을 떠올리는 사이 손풍금은 더욱 절정을 향해 가는 듯했다. 나오코가 손풍금을 치는 해랑을 감싸 안았다. 거친 시간들을 지내온 듯 나오코는 인상을 찡그리며 웃었다. 그리고 해랑의 품에 살포시 안겨들었다. 나오코는 행복할 시간만을 생각하기로 했다.

❋

한편 같은 시각 숲속 통나무로 만들어진 은신처다. 한 낯익은 사
내가 총기를 손질하고 있었다. 최칠구였다.

　최칠구는 M1 소총에 총알을 장전하고 있었다. 문득 산비둘기
우는 소리에 최칠구는 통나무집 창 쪽으로 시선을 돌렸다. 통나
무집 앞마당은 풀밭이었다. 풀밭 너머 사격연습을 위한 조준판이
세워져 있었다. 최칠구는 집 밖으로 나와 조준판을 향해 총을 겨
누어보았다. 오랫동안 연습한 사격이었다.

　군당의 세포들이 알려준 바로는 내일이라 했다. 그는 내일 이
해랑의 결혼식에 나타날 것이다. 신랑을 저격한다면 결혼식장은
피바다가 될 것이다.

　얼마 전 반민특위가 해체되었다. 친일잔당을 숙청도 다 하기
전에 친일파들이 미군정을 움직이고 이승만을 움직인 것이다. 반
민특위가 해체된 것도 억울한 일인데 도리어 반민특위 인사들이
암살되는 일이 계속해서 자행되고 있었다. 일정 때 친일 고등계
형사들 짓이 분명했다.

　최칠구는 친일 반역자를 직접 처단하기로 마음먹었다. 이해랑
을 저격하는 것은 중요한 상징적인 거사가 될 것이다. 이해랑이
일정 때 조선인 밀정으로 지하비밀단체에 도움을 주었다지만 이
해랑 그자가 저지른 친일행위가 면죄부를 받을 수는 없는 노릇
이다. 총독부 주최 성전축하음악회 전국 순회공연만도 수차례나

다닌 인사였다. 얼마 전까지만 해도 '내선일체, 천황폐하 만세'를 삼창하던 자가 아닌가. 치가 떨려왔다.

최칠구는 핏줄이 선 눈가가 자기도 모르게 떨리는 것을 직감했다. 과거를 응징하지 않고는 자신은 앞으로 한 치도 나아갈 수 없었다. 최칠구는 그랬다.

✳

그 시각 명동성당 앞이다. 한 비렁뱅이 여인이 비틀거리며 걸어가고 있었다.

시장통을 지나 명동성당 쪽이었다. 머리는 수수망태처럼 헝클어져 있고 머리 밑은 허옇게 기계충이 앉아 있다. 광대뼈가 불쑥 솟은 뺨은 누렇게 떠 있고 입가는 부스럼 딱지가 앉아 있다. 땟국물이 흐르는 치마저고리를 입은 채 희죽거리며 웃던 그녀는 약기운이 떨어진 지 한참인 듯 손을 떨었다.

여인은 명동성당 앞 떡갈나무 아래까지 걸어갔다. 여인은 지친 듯 나무그늘 아래에 주저앉았다. 햇빛은 나뭇가지 사이로 파고들었다. 햇빛은 여인의 누렇게 뜬 얼굴 위에도 내렸다. 여인의 얼굴 위로 얼키설키 나뭇가지의 그림자가 만들어졌다.

어디선가 훅 하고 더운 바람이 불었다. 바람은 여인이 입고 있는 악취 나는 치마를 잠깐 들치는 듯도 했다. 여인은 등에 지고 있던 행낭을 벗기 위해 몸을 뒤로 틀었다. 그러다 자신의 발아래 누런 종이 하나가 떨어져 있는 것을 보았다.

미풍이 불어 냄새나는 여인의 머리카락을 흔들어주고 있었다.

여인은 머리카락을 쓸어 올린 후 자신의 발아래 떨어진 종이를 주워들었다. 손바닥만 한 작고 누런 종이였다. 종이에는 남녀가 찍은 흑백사진이 인쇄되어 있었다. 혼인을 알리는 신식청첩장이었다. 명동성당에서 다음날 있게 될 결혼식을 알려주는 청첩장인게 분명했다.

1950년 6월 25일 낮 12시
신랑 이해랑 신부 나혜원의 결혼식

여인은 눈을 커다랗게 떴다.

이해랑, 이해랑, 그 이름은 여인이 오래 전에 알고 있던 이름이었다. 여인은 커다랗게 뜬 눈을 몇 번이나 껌벅껌벅거렸다. 자리에서 일어났다. 그녀는 행낭을 다시 등에 두르고는 절뚝거리며 시장통으로 흘러들었다.

커다란 가마솥을 걸어놓은 국밥집 앞이다. 가마솥에서는 허연 김이 피어오르고 있었다. 반쯤 열어둔 가마솥 뚜껑사이로 냄새가 피어나자 여인은 코를 벌름거렸다.

눈치라도 챘는지 가게 안에 있던 여주인이 냉큼 가게 앞으로 나왔다. 여주인은 소매저고리를 걷고 허연 중치마를 걸친 차림이었다. 국밥집 주인은 나무주걱을 휘두르며 소리쳤다.

"아편쟁이년, 또 온 기여? 냉큼 물러나지 못혀?"

여인은 절뚝거리며 뒤로 물러났다. 그러더니 다시 앞으로 다가왔다.

"아주무이, 국밥 한 그릇만 주문 내 재밌는 야기 한 개 해줄게."

국밥집 주인은 아랑곳하지 않고 소리쳤다.

"잔말 말고 썩 물러나기나 혀. 남의 집 장사 망칠 일 있나. 약쟁이 냄새에 들어올 손님도 다 도망치겠구먼."

주인은 여인의 어깨를 밀쳐냈다. 여인은 땅바닥에 털썩 쓰러졌다. 다시 악취가 풍겼다. 국밥집 주인은 중치마를 들어 코를 틀어막고는 가게 안으로 사라졌다.

거렁뱅이 여인은 앉은 자세로 조금씩 기어갔다. 가게 옆 처마 아래에 쪼그리고 앉았다. 햇빛이 처마 밖으로 나온 여인의 발잔등을 비추어주었다. 검정 고무신 사이로 나온 발등은 맨발이었고 검은 때 얼룩이 가득했다.

"내참, 재밌는 야기 하나 한대도 그란다."

여인은 혼잣말처럼 중얼거렸다. 여자의 손에는 명동성당 앞에서 주은 누런 청첩장 한 장이 들려 있었다. 여인은 눈을 흐릿하게 뜨고 뭔가에 취한 듯 중얼거리기 시작했다.

"신랑, 이해랑이. 호호호…, 내가 지어준 이름이재. 십여 년 전에 예악원인가 예악단인가에 내가 팔아넘긴 아가 맞재, 아마. 아가, 벌써 이렇게 컸나. 경산 과수원 옆집이었어. 야들 집 말이재. 내가 살던 집 옆집. 그 집에 가난한 일본놈들 가족이 살고 있었어…. 일본인 어마이와 머스마 둘이 있었재 아매? 호호호…. 그런데 말이야."

여인은 행낭에서 잎담배 가루를 조금 꺼내 코 밑에 대고 냄새를 맡았다. 잎담배를 코 밑에 갖다 대니 숨 쉬기가 훨씬 편한지 여인의 얼굴이 누그러졌다.

"그런데, 그 집이 탐이 났는 기라. 그 집에 오르간 말이다. 오르간 훔쳐 낼 생각만 했다 아이가. 흐흐흐…. 그래서 그 집을 호시탐탐 지켜보고 있던 차였는데…. 그래 맞다. 햇빛이 창창한 어느 날이었재?"

여인은 잎담배 가루를 만 누런 종이담배에 불을 붙였다.

"그 일본 여자 참 독합디다. 큰 머시마가 학교에서 벤또를 훔쳐 먹었다고 같은 반 애 엄마가 찾아와 따지더란 말이오. 그러니까 결백을 주장하겠다고 하는 기야. 그러더니 자기 애 배때기를 부엌칼로 가릅디다. 참 독하재? 배때기 안에 밥이 없지 않냐고 하면서, 그 다음에 도시락 훔쳤다 따지는 아 배때기를 따고 그 다음에 자기 목을 따 죽는 기라. 참 내, 기가 막힐 노릇이재. 일본인 어마이는…. 애들 아부지가 경무국에서 가장 높은 곳에 있는 사람이라고 하던데. 와 혼자 애들 데리고 사는지는 모르겠소만…. 흐흐…. 그래, 그때 내가 혼자 남은 머스마를 데리고 경성에 올라왔재. 갸가 이해랑. 내가 그 자리에서 바로 지어준 이름이재. 이해랑. 참 좋은 이름이자? 흐흐흐…."

여인은 더럽게 때가 낀 붕대를 감은 자신의 손을 내려다보았다.

해가 이동하며 여인의 머리를 비추어주었다. 여인은 손차양을 만들어 태양을 쳐다보았다. 빛이 여인의 눈을 찔렀다. 여인은 눈을 가늘게 뜨고 해를 계속 쳐다보았다.

태양의 완벽한 빛 속에 검은 반점들이 어른거렸다.

내일 혼인날은 아마도 화창한 날씨가 될 것 같았다.

작가후기

허공중에 길이 있다면
— 후기를 대신하며

쇼와[昭和] 20년 서기 1945년 8월 15일 조선이 해방되었다. 일본
천황은 항복선언이 아니라 종전(전쟁이 끝났음)을 선언했다. 해
방되었지만 조선인들은 자신이 누구인지 알 수가 없었다. 일본
어 상용화, 일본식 군복, 일본인 교사와 신사참배. 기다리던 광복
이 왔지만 자신이 조선인인지 일본인인지 알 수 없었다. 세라복
을 입은 여학생들은 광복이 되자 자신의 센세이(일본인 선생님)
가 불쌍하다고 소리 내 흐느끼기도 했다.

　이야기는 의식불명에 오랫동안 누워있던 한 남자가 의식에서
깨어나는 데서 시작한다. 남자는 깨어나자마자 조선이 해방이 되
었다는 사실을 알게 된다. 조국이 해방되었지만 남자는 자신의

485

정체를 알 수가 없다.

이 이야기는 기억상실에 걸린 '조선인 밀정'에 대한 것이다. 조선인 첩자이자 천재 피아니스트. 전쟁의 광기 속에서 자신의 예술과 사랑과 신념을 지켜나가는 한 사내의 이야기다.

한잠 푹 자고 일어났는데 전혀 다른 체제가 되어버린 세상. 잊어버린 자신의 이름. 자신도 몰랐던 자기 안의 천재성. 이런 모티프들은 오랫동안 나를 유혹하던 이야깃거리였다. 조선해방을 기점으로 혼란했던 언어와 조국과 자의식의 문제. 그 과정에서 체제와 예술 사이에서 고민할 수밖에 없던 예술가의 갈등과 딜레마에 대한 이야기를 하고 싶었다.

예술가에게 '적'은 검열로 다가오는 체제도, 자신을 알아주지 않는 세상의 천시도, 경제적 궁핍도 아니다. 예술가가 경계해야 할 유일한 단 하나의 적은 바로 '자기자신'이다. 세상으로부터 오는 찬미와 영광, 혹은 무관심과 천대 속에서 자기자신을 지켜나가는 것. 그러면서 자기자신을 경계하는 것. 그 날카로운 칼날 위를 달리는 자(*blade runner*), 그 자가 예술가다.

그러면서 치명적으로 피할 수 없는 사랑의 이야기도 하고 싶었다. 피할 수 없는 사랑이야말로 우연을 가장한 필연이다.

예술에 대한 고집스러운 사랑, 일본인 여성과의 위험한 정념, 자신이 누구인지 알지 못하고는 한 걸음도 나아갈 수 없다는 자기집념의 인물,

'해랑'을 세상에 내놓는다. 2년 남짓 '해랑'과 함께 전율을 느끼며 컴퓨터 앞에서 한 시절을 잘 보냈다.

이 소설이 담고 있는 스릴러적 구성과 수수께끼 방식은 삶이 우리에게 부려놓은 숙제를 닮아 있다. 그것은 곧 '나는 누구인가'를 찾아가는 탐색의 과정이다. 나는 이 소설이 당신에게 그런 소박한 질문의 한 방식이길 바란다.

허공중에 길이 없지만 허공중에 새순을 뻗으며 길을 만드는 나무 같은, 그런 자가 되고 싶었다. 그러나 허공은 광대하고 아득하기만 하다.

뜨거운 한시절이 또 한 번 지나간다.

2014년 3월 김용희 쓰다